El rescate

El rescate

Nicholas Sparks

Traducción de Iolanda Rabascall

rocabolsillo

Título original: *The Rescue*

© 2000 by Nicholas Sparks

This edition published by arrangement with Grand Central Publishing,
New York, New York, USA. All rights reserved.

Segunda edición en este formato: mayo de 2014

© de la traducción: Iolanda Rabascall
© de esta edición: Roca Editorial de Libros, S. L.
Av. Marquès de l'Argentera 17, pral.
08003 Barcelona
info@rocabolsillo.com
www.rocabolsillo.com

© de la fotografía de cubierta: Milton Montenegro (Getty Images)

Impreso por LIBERDÚPLEX,
Crta. BV-2249, km 7,4, Pol. Ind. Torrentfondo
Sant Llorenç d'Hortons (Barcelona)

ISBN: 978-84-15729-29-7
Depósito legal: B-26.246-2013
Código IBIC: FA

El papel utilizado para la impresión de este libro ha sido fabricado a partir de madera
procedente de bosques y plantaciones gestionados con los más altos estándares ambientales,
garantizando una explotación de los recursos sostenible con el medio ambiente y beneficiosa
para las personas. Por este motivo, Greenpeace acredita que este libro cumple los requisitos
ambientales y sociales necesarios para ser considerado un libro «amigo de los bosques».
El proyecto «Libros amigos de los bosques» promueve la conservación y el uso sostenible
de los bosques, en especial de los Bosques Primarios, los últimos bosques vírgenes del planeta.

Dedico este libro a Pat y a Billy Mills.
Gracias por hacer que mi vida sea mejor.
Con todo mi amor.

Prólogo

Aquella borrasca sería recordada como una de las más violentas en la historia de Carolina del Norte. Corría el año 1999, por lo que los más agoreros la consideraron un mal presagio, la primera señal del fin de los tiempos. Otros se limitaron a encogerse de hombros y a comentar que sabían que tarde o temprano tenía que suceder.

En total, nueve tornados documentados tocaron tierra aquella noche en la zona más oriental del estado, destrozando a su paso casi una treintena de casas. El tendido telefónico quedó arrasado, los transformadores ardieron sin que nadie pudiera hacer nada, miles de árboles fueron derribados y los tres ríos más caudalosos se desbordaron. Aquel golpe de la Madre Naturaleza cambió la vida de mucha gente.

El desastre se desencadenó en un abrir y cerrar de ojos. Un minuto antes, el cielo estaba encapotado, pero nada fuera de lo normal. Sin embargo, al minuto siguiente, aquel cielo gris de principios de verano se abrió: cayeron relámpagos, soplaron vientos huracanados. Una tupida cortina de lluvia lo cubrió todo. Un frente llegado del noroeste cruzó el estado a más de sesenta kilómetros por hora. De repente, las emisoras de radio empezaron a bombardear con mensajes de emergencia, informando acerca de la violencia de la borrasca.

Los que pudieron buscaron cobijo en algún edificio, pero los que transitaban por las carreteras no tuvieron la misma suerte. Denise Holton era una de las personas que circulaba por la autopista en aquellos precisos momentos, por lo que se vio atrapada en medio del temporal, completamente indefensa.

La lluvia arremetía con tanta fuerza que obligó a los conductores a aminorar la velocidad a unos diez kilómetros por hora. Denise agarró el volante hasta que se le quedaron los nudillos blancos, con todos los sentidos en alerta. En algunos momentos, no veía ni la carretera a través del parabrisas, pero sabía que si se paraba podía provocar un accidente, pues probablemente los conductores que iban detrás de ella no la verían a tiempo para frenar. Se pasó el cinturón de seguridad por encima de la cabeza para poder inclinarse más sobre el volante, sin apartar la vista de las líneas de la autopista, que eran prácticamente invisibles.

Durante un buen tramo condujo guiándose solo por el instinto. No veía nada de nada. La lluvia caía sobre el parabrisas como una monstruosa ola oceánica, oscureciendo prácticamente toda la visión. Los faros del vehículo resultaban inútiles. Denise quería parar, pero ¿dónde? ¿Dónde era seguro detenerse? ¿En el arcén? Los vehículos invadían toda la autopista. Nadie podía ver nada en tales condiciones.

Denise tomó la decisión de seguir conduciendo, ya que, en cierto modo, le pareció la opción más segura. Sus ojos se desplazaban de la carretera a las luces traseras del vehículo que tenía delante, para luego fijarlos en el espejo retrovisor. Solo rezaba para que el resto de los conductores actuaran como ella, con la misma prudencia, intentando evitar la colisión a toda costa.

Entonces, con la misma celeridad con la que había arrancado, la borrasca perdió fuerza y la carretera volvió a hacerse visible a través del parabrisas. Denise suspiró, aliviada. Al parecer, el resto de los conductores tuvo la misma impresión, ya que, a pesar del pavimento resbaladizo, los vehículos volvieron a acelerar, compitiendo por adelantarse.

Denise también pisó el acelerador, para seguir el ritmo de los demás. Al cabo de diez minutos, la lluvia seguía cayendo, aunque de un modo más débil. Echó un vistazo al indicador del nivel de combustible y sintió una creciente angustia en el pecho. No le quedaba suficiente gasolina para llegar a casa.

Los minutos pasaban.

El tráfico fluido la mantenía alerta. La luna nueva iluminaba tenuemente el cielo. Denise volvió a echar un vistazo al indicador del nivel de combustible. La aguja rozaba casi el extremo inferior de la franja de color rojo. A pesar de que quería alejarse de la tormenta tanto como fuera posible, aminoró la velocidad para alargar la poca gasolina que le quedaba, rezando para no quedarse tirada en la cuneta.

Los conductores empezaron a adelantarla de nuevo. El limpiaparabrisas no daba tregua al agua que caía sobre el cristal. Denise se arriesgó a seguir conduciendo.

Al cabo de diez tensos minutos, suspiró, aliviada. Vio un cartel que indicaba que había una gasolinera a menos de dos kilómetros de distancia. Puso el intermitente, se colocó en el carril de deceleración y abandonó la autopista. Se detuvo a repostar junto al primer surtidor que encontró libre.

Lo había conseguido, aunque sabía que la tormenta se desplazaba precisamente hacia aquella dirección y que alcanzaría la zona al cabo de unos quince minutos, o incluso antes. Tenía tiempo, aunque no mucho.

Llenó el depósito y luego, atropelladamente, sacó a Kyle de la silla infantil. El crío se agarró a su mano cuando entraron a pagar. Denise había insistido en que no le soltara la mano, por el gran número de vehículos que había en la estación de servicio. Ya en la tienda, observó que allí había muchísima gente. Era como si todos los conductores de la autopista hubieran tenido la misma idea: repostar antes de que la borrasca los volviera a alcanzar.

Denise tomó una lata de Coca-Cola light, la tercera del día, y enfiló hacia las neveras situadas al fondo de la tienda, en busca de leche con sabor a fresa para Kyle. Se estaba haciendo tarde, y a él le encantaba tomar leche antes de dormir. Con un poco de suerte, si podía mantener la distancia respecto a la tormenta, el crío dormiría durante casi todo el trayecto de vuelta a casa.

Denise se colocó en la cola para pagar. Delante de ella había cuatro personas, todas con el semblante impaciente y cansado, como si no alcanzaran a entender cómo era posible que la gasolinera estuviera tan concurrida a aquellas horas. Parecía como si se hubieran olvidado de la tormenta, aunque, a juzgar por sus miradas, Denise sabía que no era así. Todo el mundo estaba tenso. Sus expresiones clamaban en silencio: «¡Vamos, vamos, tenemos que salir de aquí cuanto antes!».

Denise suspiró. Podía notar la tensión en la nuca mientras realizaba suaves movimientos rotatorios con los hombros, para relajarse. Entornó los ojos, se los frotó y volvió a abrirlos. En uno de los pasillos que tenía a su espalda, una madre discutía con su hijo pequeño. Denise echó un vistazo por encima del hombro. El niño debía de tener la misma edad que Kyle (cuatro años y medio, más o menos). Su madre parecía tan tensa como Denise. Agarraba al crío con nerviosismo por el brazo, mientras el pequeño no paraba de patalear.

—¡Quiero magdalenas! —refunfuñaba.

Su madre se mantuvo firme.

—¡He dicho que no! ¡Ya has comido bastantes porquerías hoy!

—¡Pero tú sí que te has comprado algo!

Denise volvió a mirar hacia delante. La fila no había avanzado ni un paso. ¿Por qué tardaban tanto? Alargó el cuello para ver mejor. La cajera parecía aturdida con tanto trajín y, por lo visto, todos los clientes querían pagar con tarjeta.

Otro minuto. Quedaban tres personas delante de ella. La madre y el niño enfurruñado se colocaron en la fila justo detrás de ella. Seguían enzarzados en la disputa.

Denise apoyó la mano en el hombro de Kyle. El pequeño tomaba sorbitos de leche con una pajita y permanecía en silencio. Casi era inevitable escuchar la discusión a su espalda.

—¡Va, mamá!

—¡Como sigas así, lo único que conseguirás será llevarte una buena bofetada! ¡No estoy de humor para tonterías!

—¡Pero es que tengo hambre!

—¡Pues haberte comido el perrito caliente!

—¡No quería un perrito caliente!

Aquella lucha sin cuartel entre madre e hijo no parecía tener fin. Entonces llegó el turno de Denise. Abrió el monedero y pagó en efectivo. Siempre llevaba encima una tarjeta de crédito, por si surgía alguna emergencia, pero la usaba muy pocas veces, por no decir nunca.

Con la mirada fija en los números digitales de la caja registradora, buscó el dinero en el monedero. A su espalda, la madre seguía discutiendo con su hijo. La cajera le entregó el cambio, que Denise se guardó. Acto seguido, dio media vuelta para enfilar hacia la puerta. Consciente de lo estresante que estaba siendo aquella noche para todo el mundo, sonrió amablemente a la madre que estaba justo detrás de ella, como queriendo decir: «A veces los niños pueden dar mucha guerra, ¿verdad?».

Como respuesta, la mujer esbozó una mueca de fastidio.

—¡Qué suerte tiene! —soltó la señora.

Denise la miró con curiosidad.

—¿Cómo dice?

—He dicho que qué suerte tiene —repitió, abrumada, al tiempo que señalaba a su hijo—. ¡Este pesado no se calla nunca!

Denise clavó la vista en el suelo, asintió con los labios prietos, se apartó y abandonó la tienda. A pesar del estrés por la tormenta, a pesar del largo día conduciendo y de las horas que había pasado en el centro médico, solo podía pensar en Kyle. De repente, mientras se dirigía hacia el coche le entraron unas incontrolables ganas de llorar.

—Se equivoca —musitó para sí con tristeza—. Usted es la que tiene suerte.

Capítulo 1

¿*P*or qué? ¿Por qué, de todos los niños, le había tenido que pasar a Kyle?

Ya en el coche, después de repostar gasolina, Denise volvió a incorporarse a la autopista, con la idea de alejarse de la tormenta tanto como fuera posible. Durante los siguientes veinte minutos, la lluvia cayó de forma constante, pero nada fuera de lo común. El limpiaparabrisas apartaba el agua hacia los lados mientras ella seguía conduciendo hacia Edenton, el pueblo donde vivía, en Carolina del Norte. Llevaba la lata de Coca-Cola light encajada entre el freno de mano y el asiento del conductor. Pese a que sabía que no le convenía, apuró la última gota e inmediatamente deseó haber comprado otra. Esperaba que la cafeína extra la mantuviera alerta y centrada en la conducción, en lugar de en Kyle. Pero la atención que le prestaba a su hijo la absorbía por completo.

Kyle. ¿Qué podía decir de él? Lo había llevado en su vientre. A las doce semanas, había oído los latidos de su corazón. Durante los últimos cinco meses del embarazo, había notado cómo se movía dentro de ella. Al nacer, todavía en la sala de parto, Denise lo contempló y pensó que no había nada más bello en el mundo. Aquel sentimiento no había cambiado, aunque no se considerara, para nada, una madre perfecta. Simplemente lo hacía lo mejor que podía. Aceptaba lo bueno y lo malo. Buscaba alegrías en las pequeñas cosas, aunque, a veces, resultaba complicado.

Durante los últimos cuatro años había hecho todo lo posible por tener paciencia con él, pero no siempre resultaba fácil. Una vez, mientras Kyle era todavía un bebé, Denise le puso la mano en la boca unos instantes para que se callara. El crío llevaba más de cinco horas berreando después de pasar toda la noche en vela, aunque seguro que muchos de los padres del vecindario no consideraban que aquello fuera una ofensa imperdonable.

En los momentos de tensión, Denise intentaba mantener sus emociones a raya. Cuando notaba que su frustración iba en aumento, contaba despacio hasta diez antes de hacer nada. Si eso tampoco funcionaba, salía de la habitación para calmarse. Normalmente funcionaba, pero sabía que era algo positivo y negativo al mismo tiempo. Sabía que debía de ser muy paciente para ayudar a su hijo, pero a veces su comportamiento le hacía dudar de sus virtudes como madre.

Kyle nació justo el día que se cumplían cuatro años del fallecimiento de la madre de Denise a causa de un aneurisma cerebral. Ella no se consideraba una persona supersticiosa, pero no podía evitar interpretarlo como algo más que una simple coincidencia. Estaba segura de que Kyle era un regalo de Dios. Sabía que había llegado para reemplazar a su familia. Aparte de él, no tenía a nadie en el mundo. Su padre había muerto cuando Denise tenía apenas cuatro años. Además, era hija única, y sus abuelos, tanto los maternos como los paternos, también habían fallecido.

Inmediatamente, Kyle se convirtió en el centro de su vida, de su amor. Pero el destino es impredecible. Por lo visto, no bastaba con toda su pasión de madre. Desde hacía cuatro años, Denise llevaba una vida que jamás habría imaginado, totalmente volcada en su hijo; una vida basada en el progreso diario de Kyle, que ella anotaba con toda suerte de detalles en un pequeño cuaderno.

Kyle, por supuesto, no se quejaba de los ejercicios que realizaban a diario. A diferencia de otros niños, él nunca se quejaba de nada. Denise echó un vistazo al espejo retrovisor.

—¿En qué piensas, cielo?

Con la cabeza ladeada, Kyle contemplaba la lluvia que el viento estrellaba contra las ventanas. Su mantita descansaba sobre su regazo. No había dicho nada desde que había vuelto a subir al coche. Al oír la voz, el pequeño desvió la vista hacia delante.

Ella esperó su respuesta, una respuesta que no llegó.

Denise Holton vivía en una casa que antaño había pertenecido a sus abuelos. Cuando ellos fallecieron, su madre la heredó, y después pasó a manos de la propia Denise. No era gran cosa; una casita destartalada construida en los años veinte sobre un terreno de una hectárea. Las dos habitaciones y el comedor no estaban mal, pero la cocina requería urgentemente electrodomésticos nuevos, y el cuarto de baño no disponía de plato de ducha. Tanto el porche delantero como el trasero estaban combados. De no haber sido por el ventilador portátil, seguro que se habrían muerto de calor. No obstante, no se podía quejar, pues así podía vivir sin pagar alquiler. Durante los tres últimos meses, aquella casita había sido su hogar.

Quedarse en Atlanta, su ciudad natal, habría sido imposible. Cuando Kyle nació, Denise usó el dinero que su madre le había dejado para solicitar una baja temporal y quedarse en casa con él. Por entonces, ella pensaba que se trataba de una medida provisional; su intención era volver a dar clases cuando Kyle fuera un poco mayor. Sabía que, tarde o temprano, el dinero se acabaría y que tendría que trabajar para vivir. Además, le encantaba dar clases. Tras su primera semana lejos de la escuela, ya echaba de menos a sus alumnos y a sus compañeros de trabajo.

En ese momento, ya habían transcurrido unos años y seguía en casa con Kyle. Sus días de maestra no eran más que un vago recuerdo, algo más parecido a un sueño que a la realidad. Denise no recordaba ni una sola lección ni tampoco los nombres de sus antiguos alumnos. De no haber estado segura de que no lo había soñado, podía haber jurado que jamás había sido maestra.

La juventud ofrece la promesa de la felicidad, pero la vida te sirve en bandeja la realidad del dolor. Su padre, su madre, sus abuelos…, todos habían muerto antes de que Denise cumpliera veintiún años. A esa edad, ya había asistido a cinco funerales; sin embargo, todavía no tenía la edad legal para entrar en un bar y ahogar sus penas en alcohol. Había sufrido más de lo que le correspondería por su edad, pero, por lo visto, Dios todavía no estaba satisfecho. Al igual que las penalidades de Job, las suyas no parecían tocar a su fin.

¿Estilo de vida de la clase media? ¡Se acabó! ¿Sus amistades de la infancia? Debía dejarlas atrás. ¿Un trabajo que la llenara? Eso era pedir demasiado.

Ahí estaba Kyle, el dulce y maravilloso niño por el que Denise hacía todos esos sacrificios, y que en muchos sentidos todavía era un misterio para ella.

En vez de dar clases, trabajaba en el turno de noche en un restaurante llamado Eights, un local muy concurrido a las afueras de Edenton. El propietario, Ray Toler, era un hombre negro de unos sesenta y tantos años que llevaba más de treinta regentando el local. Él y su esposa habían criado a seis hijos, y todos ellos habían ido a la universidad. En la pared del fondo se podían admirar unas copias colgadas de sus diplomas, y todos los clientes que pasaban por allí habían oído hablar de ellos, ya que Ray los mencionaba a menudo. También le gustaba hablar de Denise. Le gustaba resaltar que ella había sido la única que le había presentado un currículo cuando la entrevistó para el puesto de trabajo.

Ray entendía qué significaba ser pobre. Era un hombre bondadoso, que comprendía lo difícil que resultaba la vida para las madres solteras.

—En la parte trasera del local, hay un cuartito —le dijo cuando la contrató—. Puedes traer a tu hijo contigo, siempre y cuando no estorbe.

A Denise se le llenaron los ojos de lágrimas cuando él le enseñó la pequeña habitación. Había dos camas y una lamparita; un lugar donde Kyle estaría seguro. A la noche siguiente, unos minutos antes de que empezara su turno de trabajo, Denise metió a Kyle en la cama de la pequeña habitación; unas horas más tarde, lo sentó en el coche y lo llevó de vuelta a casa. Desde entonces, no había alterado aquella rutina.

Denise realizaba turnos de cinco horas cuatro noches a la semana. Era un trabajo que apenas le daba para ir tirando. Dos años antes había cambiado su Honda por un viejo pero robusto Datsun, y se había embolsado la diferencia de precio. Pero ya hacía tiempo que se había gastado ese dinero junto con todo lo que le había dejado su madre. Se había convertido en una experta ahorradora; a la hora de recortar gastos, no había quién la ganara. Llevaba un año y medio sin comprarse ropa nueva; aunque el mobiliario era decente, no eran más que restos de otras vidas. No estaba suscrita a ninguna revista, no tenía televisión por cable, su equipo de música era un viejo estéreo de sus años universitarios. La última película que había visto en el cine había sido *La lista de*

Schindler. Apenas realizaba llamadas telefónicas de larga distancia para hablar con sus amigas. En el banco solo le quedaban doscientos treinta y ocho dólares. Su coche, de diecinueve años, tenía suficientes kilómetros como para haber dado la vuelta al mundo cinco veces.

Sin embargo, nada de eso era relevante. Solo importaba Kyle.

Y, pese a ello, el pequeño no le había dicho que la quería ni una sola vez.

Las noches en las que no trabajaba en el restaurante, se sentaba en la mecedora del porche trasero, con un libro en el regazo. Le gustaba leer al aire libre, con el canto de los grillos como rumor de fondo, relajante en su monotonía. Su casa estaba rodeada por un dosel de robles, cipreses y vetustos nogales revestidos de una capa de musgo. A veces, cuando la luz tamizada de la luna se filtraba sesgada entre los árboles, proyectaba sombras en forma de animales exóticos sobre el camino de tierra.

En Atlanta solía leer por placer. Sus gustos abarcaban desde Steinbeck y Hemingway hasta Grisham y King. Aunque esos libros estaban disponibles en la biblioteca de la localidad, nunca los sacaba en préstamo. En vez de eso, usaba los ordenadores que había cerca de la sala de lectura, que ofrecían libre acceso a Internet. Realizaba búsquedas de los estudios clínicos patrocinados por las principales universidades, e imprimía los documentos cuando encontraba alguna información relevante. Eran tantos los artículos impresos recopilados que el montón medía casi ocho centímetros de grosor.

Asimismo, en el suelo junto a su silla, descansaba un buen número de manuales de psicología. Eran libros caros, que causaban verdaderos estragos en su parco presupuesto. Sin embargo, nunca perdía la esperanza. Después de realizar el pedido, aguardaba su entrega con ansiedad. Le gustaba creer que en aquella nueva entrega encontraría alguna información que le sirviera.

Cuando los recibía, se sentaba durante horas a estudiar el contenido. A la luz de la lámpara situada a su espalda, los examinaba, aunque normalmente no le aportaban nada nuevo. Sin embargo, se lo tomaba con calma. Algunas veces tomaba notas; en otras, simplemente doblaba la página y marcaba la información.

Pasaba una hora, quizá dos, antes de que cerrara el libro y diera por concluida la sesión de lectura de aquella noche. Se ponía de pie y realizaba estiramientos para desentumecer los músculos. Tras llevar los libros hasta la pequeña mesa del comedor, echaba un vistazo a Kyle y, acto seguido, volvía a salir al porche.

El camino sin asfaltar confluía en un sendero que se adentraba en la arboleda y acababa justo delante de la valla rota que delimitaba la parcela. Ella y Kyle se paseaban por allí durante el día. De noche, Denise recorría el sendero sola, rodeada de un sinfín de sonidos extraños: el ulular de un búho sobre su cabeza, el crujido de una rama cercana, otro crujido entre unos matorrales más apartados… La brisa marina mecía las hojas provocando un susurro similar al del océano; la luna asomaba y se ocultaba, pero el sendero era recto. Lo conocía como la palma de su mano. Después de la valla, el bosque se cerraba a su alrededor.

Más sonidos, menos luz, pero ella seguía alejándose de la casa hasta que la oscuridad se tornaba casi sofocante. Empezaba a oír el rumor del agua; el río Chowan estaba cerca. Otra arboleda, un giro a la derecha, y en un tris el mundo parecía abrirse como una flor ante sus ojos. El río, ancho y con su lento discurrir, era ya visible. Poderoso, eterno, tan negro como el tiempo.

Denise cruzaba los brazos y lo contemplaba. Se dejaba envolver de su fuerza y permitía que aquella poderosa calma la invadiera por completo. Permanecía así unos minutos, no muchos, ya que Kyle estaba solo.

Entonces suspiraba y daba media vuelta, consciente de que debía regresar a casa.

Capítulo 2

*E*n el coche, con la tormenta pisándole los talones, Denise pensó en la revisión médica a la que habían acudido hacía apenas unas horas. El especialista había leído los resultados del informe sobre Kyle.

—El paciente es un niño varón que en el momento de la revisión tiene cuatro años y ocho meses… Kyle es un niño sano que no presenta ninguna deficiencia física visible en la cabeza ni en el área facial… No existe constancia de trauma cerebral… La madre ha descrito el embarazo como normal…

El doctor continuó leyendo unos minutos más, destacando los resultados específicos de varias pruebas, hasta que por último llegó a las conclusiones.

—Aunque su cociente intelectual está dentro de los límites normales para su edad, Kyle presenta un grave trastorno del lenguaje receptivo-expresivo…, probablemente se trate de un desorden del procesamiento auditivo central (DPAC), si bien no se ha podido determinar la causa… Su capacidad lingüística general equivale a la de un niño de dos años… Se desconoce su capacidad de desarrollo del lenguaje…

«Básicamente, Kyle está al mismo nivel que un bebé», concluyó Denise para sí, sin poder evitarlo.

Cuando terminó, el médico dejó el informe a un lado y miró a Denise en actitud comprensiva.

—En otras palabras —dijo, hablando despacio como si ella no hubiera comprendido lo que él acababa de leer—, Kyle tiene problemas con el lenguaje. Por algún motivo (no estamos seguros de por qué), aunque su cociente intelectual es normal, Kyle no ha desarrollado la capacidad de comunicación verbal que le correspondería por edad. Tampoco es capaz de comprender lo que le dicen.

—Lo sé.

Su respuesta pilló al médico desprevenido. A Denise le pareció que esperaba que ella le contradijera, que alegara una excusa o que lo acribillara con una predecible retahíla de preguntas. Al darse cuenta de que ella no iba a añadir nada más, él carraspeó para aclarar la garganta antes de proseguir:

—Según esta nota, su hijo ya ha sido visitado por otros especialistas.

Denise asintió.

—Así es.

Él repasó las hojas.

—Sin embargo, en su historial no veo los informes previos.

—No los he entregado.

El médico la miró sorprendido.

—¿Por qué?

Denise agarró el bolso y lo dejó sobre su regazo, en actitud pensativa, hasta que al final dijo:

—¿Puedo hablarle con absoluta franqueza?

Él la escrutó unos momentos antes de arrellanarse en la silla.

—Por favor.

Denise miró a Kyle de soslayo antes de volver a mirar al médico.

—A lo largo de los dos últimos años, Kyle ha sido diagnosticado erróneamente una y otra vez. He oído de todo, desde que era sordo a que era autista, que sufría un trastorno generalizado del desarrollo, e incluso que era un niño con TDA. Después se ha comprobado que ninguno de esos diagnósticos era correcto. ¿Sabe lo difícil que es para una madre oír tales cosas de su hijo, creerlas durante meses, aprender toda la información pertinente, y entonces, cuando finalmente ya lo has aceptado, que te digan que se han equivocado en el diagnóstico?

El médico no contestó. Denise lo miró fijamente a los ojos y, sin bajar la vista, prosiguió:

—Sé que Kyle tiene problemas con el lenguaje y, créame, lo

he leído todo acerca de los trastornos del procesamiento auditivo. Para serle sincera, es probable que haya leído tanta información como usted, que es un especialista en la materia. Pese a ello, quiero saber la opinión de otro profesional sobre sus habilidades lingüísticas para poder determinar qué tipo de ayuda específica necesita mi hijo. En el mundo real, él no solo ha de hablar conmigo, sino con más personas.

—Así que… ¿nada de lo que le he dicho es nuevo para usted?

Denise sacudió la cabeza.

—No.

—¿Su hijo sigue algún programa en particular?

—Trabajo con él en casa.

El médico hizo una pausa.

—¿Acude a la consulta de un logopeda o de algún otro especialista, alguien con experiencia en el trato de niños como él?

—No. Kyle asistió a sesiones de terapia tres veces por semana durante algo más de un año, pero los resultados no eran satisfactorios, no progresaba. Así pues, el pasado mes de octubre decidí dejar de acudir al centro médico. Ahora me encargo yo sola.

—Entiendo. —Por la forma de decirlo, era obvio que no compartía su decisión.

Denise entrecerró los ojos.

—Quiero que comprenda que, aunque, según de lo que se desprende de la revisión, Kyle tiene el nivel de un niño de dos años, eso ya supone una mejora respecto a cómo estaba antes. Antes de que me dedicara a él, Kyle jamás había mostrado ni la más leve señal de mejoría.

Tres horas más tarde, mientras conducía por la autopista, Denise pensó en Brett Cosgrove, el padre de Kyle. Era la clase de hombre que llamaba la atención, siempre le habían atraído esa clase de hombres: alto y delgado, con ojos oscuros y el cabello negro azabache. Lo había visto en una fiesta, rodeado de gente; se notaba que estaba acostumbrado a ser el centro de atención. Por aquel entonces, ella tenía veintitrés años, estaba soltera. Era su segundo año de maestra. Le preguntó a su amiga Susan quién era: se enteró de que Brett estaba en la ciudad solo unas semanas, de paso, desarrollando un proyecto para una empresa relacionada con la banca de inversión y cuyo nombre ya ni recordaba. No le importó que no fuera de allí. Lo miró y él le correspondió con una sonrisa. Durante los siguientes cuarenta minutos no dejaron de lanzarse miraditas, hasta que al final él decidió acercarse a saludarla.

¿Quién puede explicar lo que sucedió a continuación? ¿Hormonas? ¿Soledad? ¿El estado de ánimo a esas horas? La cuestión es que abandonaron la fiesta un poco después de las once, tomaron unas copas en el bar del hotel donde él se alojaba mientras se entretenían el uno al otro contándose anécdotas graciosas, flirtearon con vistas a lo que podría suceder después y acabaron en la cama. Fue la primera y la última vez que lo vio. Él regresó a Nueva York y retomó su vida, una vida que incluía una novia que había olvidado mencionar, sospechó Denise desde el primer momento. Y también ella volvió a sus cosas.

No le dio demasiada importancia a aquella aventura pasajera, pero, al cabo de un mes, sentada en el suelo del cuarto de baño un martes por la mañana, con el brazo alrededor de la taza del inodoro, la aventura cobró una nueva dimensión. Denise fue al médico, quien le confirmó lo que ya sabía.

Estaba embarazada.

Llamó a Brett por teléfono y le dejó un mensaje en el contestador automático en el que le pedía que la llamara. Él respondió al cabo de tres días. La escuchó, luego suspiró con exasperación y se ofreció a pagar el aborto. Denise, que era católica, le dijo que no pensaba abortar. Enfadado, él le dijo que cómo era posible que eso hubiera pasado.

—Creo que la respuesta a esa pregunta es más que obvia —contestó ella.

Él le preguntó si el bebé era suyo. Ella cerró los ojos, procurando no perder la calma, intentando no dejarse arrastrar por aquella provocación. Sí, era suyo. De nuevo, él se ofreció a pagar el aborto. De nuevo, ella dijo que no. ¿Qué era lo que Denise esperaba de él? Ella le contestó que no esperaba nada, solo había pensado que debería saberlo. Él replicó que se negaba en redondo a encargarse de la manutención del niño. Ella le dijo que no esperaba ningún compromiso por su parte, pero que necesitaba saber si quería implicarse en la vida del crío. Escuchó la respiración agitada al otro extremo de la línea. Al final él dijo que no, que estaba prometido con otra chica.

Jamás volvieron a hablar.

A decir verdad, resultaba más fácil defender a Kyle frente a un médico que ante sí misma. Si era sincera, estaba más preocupada de lo que dejaba entrever. A pesar de que había mejorado, que hubiera alcanzado la habilidad lingüística de un niño de dos años no era como para ponerse a tirar cohetes. Kyle iba a cumplir cinco en octubre.

Sin embargo, Denise se negaba a tirar la toalla. Nunca lo haría, aunque ocuparse por completo de él fuera la tarea más ardua a la que jamás se había enfrentado. No solo tenía que encargarse de lo habitual (preparar la comida, llevar a Kyle al parque, jugar con él en el comedor, enseñarle nuevos lugares), sino que además se ocupaba de hacer ejercicios de lenguaje con él cuatro horas al día, seis días a la semana.

El progreso de Kyle, aunque fuera innegable desde que habían empezado con las prácticas, no podía considerarse lineal. Algunos días, decía todo lo que ella le pedía que dijera; pero a veces la cosa era bien distinta. Un día lograba asimilar conceptos nuevos con facilidad; y otros días parecía ir más atrasado que nunca. La mayoría de las ocasiones podía contestar a preguntas del tipo «qué» y «dónde», pero las preguntas «cómo» y «por qué» todavía resultaban incomprensibles para él. En cuanto a mantener una conversación, lo que se entiende como intercambio de razonamiento verbal entre dos individuos, de momento no era más que una hipótesis científica, más allá de la habilidad de Kyle.

El día anterior habían pasado la tarde en la orilla del río Chowan. A Kyle le gustaba ver las barcas que surcaban las aguas hacia la bahía Bachelor, y la actividad brindaba un cambio a la rutina diaria. Normalmente, cuando hacían aquellos ejercicios juntos, Kyle permanecía sentado en una silla del comedor, inmovilizado con una correa. La silla le ayudaba a concentrarse.

Denise eligió un bello paraje, flanqueado por abedules y con más helechos que mosquitos. Estaban sentados en un lecho de tréboles, ellos dos solos. Kyle contemplaba el agua. En un cuaderno, Denise anotaba con todo detalle la información más reciente sobre su progreso.

—¿Ves alguna barca, cielo? —preguntó ella sin levantar la vista.

Kyle no contestó. En vez de eso, alzó una pequeña avioneta, simulando que volaba. Tenía un ojo entornado y el otro centrado en el juguete en su mano.

—Cariño, ¿ves alguna barca?

Él emitió un soniquete emulando el ronco rechinar de un motor. No le estaba prestando atención.

Denise desvió la vista hacia el agua. Ninguna barca a la vista. Se inclinó hacia su hijo y le tocó la mano para reclamar su atención.

—¿Kyle? Di: «No veo ninguna barca».

—*Aión.*

—Sí, ya sé que es un avión. Di: «No veo ninguna barca».

El pequeño alzó un poco más el juguete, con un ojo todavía fijo en su objetivo. Tras unos segundos, dijo:

—*Aioneta.*

—Sí, tienes una avioneta.

—*Aioneta.*

Denise suspiró.

—Sí, una avioneta.

—*Aioneta.*

Contempló su cara, tan perfecta, tan bonita, con un aspecto tan normal. Colocó el dedo índice en su barbilla para que la mirara a los ojos.

—Aunque estemos aquí, hemos de practicar, ¿de acuerdo? Debes repetir lo que digo o regresaremos a casa, a tu silla en el comedor. Y tú no quieres eso, ¿verdad que no?

A Kyle no le gustaba su silla. Cuando lo sujetaba con la correa, ya no podía moverse. A ningún niño (tampoco a Kyle) le gustaba eso. Sin embargo, él siguió jugando con la avioneta, moviéndola hacia delante y hacia atrás con absoluta concentración, manteniéndola alineada con un horizonte imaginario.

Denise volvió a intentarlo.

—Di: «No veo ninguna barca».

Nada.

Ella sacó un caramelo del bolsillo del abrigo.

Al ver la golosina, Kyle intentó agarrarla. Denise la mantuvo fuera de su alcance.

—Di: «No veo ninguna barca».

Era como si intentaras sacarle una muela, pero al final las palabras afloraron por su boca.

—*No eo dinguda aca* —susurró Kyle.

Denise se inclinó y lo besó en la frente, luego le dio el caramelo.

—Muy bien, campeón; lo has dicho muy bien, cielo.

Kyle escuchó los halagos mientras se metía el caramelo en la boca, y volvió a concentrarse en la avioneta.

Denise anotó en el cuaderno las palabras que el pequeño había pronunciado y continuó con la lección. Alzó la vista, pensativa, repasando mentalmente las frases que Kyle todavía no había pronunciado aquel día.

—Kyle, di: «El cielo es azul».

—*Aioneta* —respondió él tras un instante.

Denise seguía conduciendo; estaban solo a veinte minutos de casa. En el asiento trasero, oyó que Kyle se movía en la silla y echó un vistazo por el espejo retrovisor. Los sonidos en el interior del vehículo pronto se acallaron, y ella procuró no hacer ruido hasta que estuvo segura de que el crío se había vuelto a quedar dormido.

Kyle.

El anterior había sido un día típico en su vida con él. Un paso adelante, un paso atrás, dos pasos de lado… Siempre batallando. Si bien había mejorado respecto a su estado anterior, su atraso era frustrante. ¿Conseguiría algún día tener las mismas capacidades que un crío de su edad?

Fuera, los nubarrones negros se extendían por todo el cielo y la lluvia caía ininterrumpidamente. En la parte trasera, Kyle soñaba, sus párpados aleteaban levemente. Denise se preguntó qué estaría soñando. ¿Se basaban sus sueños en algún sonido, o eran como una película muda, imágenes de cohetes y avionetas surcando el cielo en silencio? ¿O acaso soñaba usando las pocas palabras que conocía? No lo sabía. A veces, cuando se sentaba a su lado en la cama mientras él dormía plácidamente, le gustaba imaginar que en sus sueños el pequeño vivía en un mundo en el que todos le entendían, en el que el lenguaje era real (quizá no su idioma materno, sino algo que para él tenía sentido). Esperaba que soñara que jugaba con otros niños, niños que respondían bien a él, niños que no se apartaban cuando no hablaba. En sus sueños, ella podía ver que Kyle era feliz. Dios podía ser como mínimo un poco clemente, ¿no?

En ese momento, conduciendo por la carretera silenciosa, Denise estaba sola. Con Kyle en el asiento trasero, se sentía así: sola. Ella no había elegido aquella vida; era la vida que le había tocado en suerte. Habría podido ser peor, por supuesto, y procuraba mantener esa perspectiva. Pero la mayor parte del tiempo no resultaba fácil.

¿Habría tenido Kyle los mismos problemas de haber estado su padre con ellos? No lo sabía a ciencia cierta, aunque la verdad era que tampoco quería pensar en esa posibilidad.

Una vez le formuló la pregunta al médico de Kyle, y él le contestó que no lo sabía. Una respuesta sincera —la que ella ya esperaba—, pero, después de aquella consulta, Denise pasó una semana sin poder dormir. Él médico no había descartado esa opción, por la que esta arraigó en su mente. ¿De algún modo era responsable de todos los trastornos de Kyle? Y aquel pensamiento había desembocado en más preguntas: si no era por la falta de un padre, ¿había sido algún fallo que ella había cometido durante el embarazo? ¿Había comido de forma indebida? ¿No había descansado bastante? ¿Debería haber tomado más vitaminas? ¿O menos? ¿Le había leído suficientes cuentos cuando era un bebé? ¿No le había prestado la debida atención cuando más la necesitaba? Le dolía considerar las posibles respuestas a aquellas preguntas. Con un gran esfuerzo de voluntad las apartó de la mente. Pero, a veces, a altas horas de la noche, las preguntas volvían para torturarla; como una planta trepadora que se expande por el bosque, resultaba imposible mantenerlas a raya.

¿La culpa era suya?

En momentos como aquellos, Denise recorría sigilosamente el pasillo hasta la habitación de Kyle y lo contemplaba mientras descansaba. El pequeño dormía con una mantita blanca hecha un ovillo junto a la cabeza, agarrando con sus manitas pequeños juguetes. Lo contemplaba sin pestañear y sentía en el pecho una extraña mezcla de tristeza y de alegría. En una ocasión, cuando todavía vivía en Atlanta, alguien le preguntó si habría tenido a Kyle de haber sabido lo que el futuro les deparaba.

—Por supuesto —se apresuró a contestar, tal y como se suponía que tenía que hacer.

Y en el fondo sabía que lo había dicho sinceramente. A pesar de los problemas de Kyle, ella veía al pequeño como una bendición. La lista de los pros no solo era más larga que la de los contras, sino también que aquellos eran mucho más significativos.

Pero a causa de los trastornos de Kyle, ella no solo le amaba, sino que además sentía una incontrolable necesidad de protegerle. Todos los días quería salir muchas veces en su defensa, excusarlo, hacer que los demás comprendieran que, aunque pareciera normal, había algo que no funcionaba correctamente en su cerebro. La mayoría de las ocasiones, sin embargo, no lo hacía. Al final dejaba que los demás sacaran sus propias conclusiones acerca de su hijo. Si no le comprendían, si no le daban una oportunidad, eso que se perdían, ya que, a pesar de todos sus problemas, Kyle era un niño maravilloso. No pegaba ni mordía, ni chillaba ni molestaba a otros niños; nunca les quitaba los juguetes, y compartía los suyos incluso cuando no le apetecía hacerlo. Era extremamente dulce, el niño más dulce que había conocido, y cuando sonreía era tan…, tan encantador…

Ella le devolvía la sonrisa y él seguía sonriendo, y durante unos segundos Denise pensaba que todo iba bien. Le decía lo mucho que le quería, y la sonrisa del pequeño se ampliaba, pero, como no podía hablar correctamente, a veces Denise tenía la impresión de que ella era la única que se daba cuenta de lo maravilloso que era. Kyle permanecía sentado solo en el parque y jugaba con sus camiones mientras los otros niños le daban la espalda.

Se preocupaba por él todo el tiempo. Todas las madres se preocupan por sus hijos, pero ella sabía que no era lo mismo. A veces deseaba conocer a alguien más con un niño como Kyle; alguien que la comprendiera, alguien con quien hablar, con quien poder comparar notas, que le ofreciera un hombro donde apoyarse cuando sintiera ganas de llorar.

¿Acaso otras madres, al despertar por las mañanas, se preguntaban si su hijo tendría algún día un amigo? ¿Uno solo? ¿Algún día? ¿Acaso otras madres se preguntaban si su hijo iría a una escuela normal, practicaría deportes o asistiría al baile de graduación? ¿Acaso otras madres veían cómo sus hijos eran marginados, no solo por otros niños, sino también por otras madres? ¿Acaso esa clase de preocupaciones acaparaban todos los minutos de todos los días, sin poder ver la luz al final del túnel?

Sus pensamientos discurrían por aquella senda tan familiar mientras conducía el viejo Datsun por carreteras que ya le resultaban familiares. Estaba tan solo a diez minutos de casa. Después de la siguiente curva, le quedaba cruzar el puente hacia Edenton y luego girar a la izquierda en Charity Road. Otro kilómetro más y estaría en casa.

Seguía lloviendo, y el asfalto estaba negro y resplandeciente. Los focos alumbraban a lo lejos, reflejando la lluvia como pequeños diamantes que caían del cielo nocturno. Conducía por una zona de marismas, una de las numerosas que en aquellas tierras bajas producían las aguas del estrecho de Albemarle. Había pocos habitantes por aquellos parajes, y los que vivían allí apenas se dejaban ver. No circulaba ningún otro vehículo por la carretera. De repente, al tomar la curva a casi cien kilómetros por hora, lo vio en medio de la carretera, a menos de cuarenta metros.

Un ciervo enorme, paralizado por los faros que lo habían alumbrado sin previo aviso.

El vehículo iba demasiado rápido para frenar de golpe, pero el instinto se impuso y Denise pisó el freno a fondo. Oyó el chirrido de las ruedas, notó cómo perdían su agarre en la superficie resbaladiza por la lluvia, sintió la inercia que empujaba el coche hacia delante. Sin embargo, el animal no se movió. Denise vio sus ojos, como un par de canicas amarillas que refulgían en medio de la oscuridad. Iba a atropellarlo. Se oyó a sí misma gritar mientras daba un desesperado golpe de volante. Las ruedas delanteras derraparon; tras un segundo, pareció que respondían a la maniobra. El automóvil empezó a patinar en diagonal por la carretera, evitando al ciervo por apenas unos centímetros. De repente, el animal salió de su estupor y corrió como una flecha en busca de refugio, sin mirar atrás.

Sin embargo, aquella maniobra había sido demasiado para su coche. Denise notó que las ruedas se elevaban del suelo y el golpetazo cuando el coche tomó de nuevo contacto con el asfalto. Los viejos amortiguadores crujieron violentamente con el impacto, como un muelle roto. Los cipreses en el arcén estaban a menos de diez metros.

En un intento desesperado, volvió a dar otro giro de volante, pero el coche salió impelido hacia delante sin obedecer sus órdenes. Denise abrió los ojos como un par de naranjas al tiempo que contenía la respiración. Parecía como si todo fuera a cámara lenta. De repente se dio cuenta del evidente desenlace, aunque solo fue por una décima de segundo.

Al cabo de un instante, se estrelló contra el árbol. Oyó el crujido del metal al arrugarse como un acordeón, y el cristal frontal se hizo añicos delante de ella. No llevaba el torso sujeto por el cinturón de seguridad, por lo que su cabeza se propulsó hacia delante y chocó contra el volante. Sintió un dolor agudo en la frente…

Luego, todo se volvió de color negro.

Capítulo 3

—¿Se encuentra bien, señorita?

El mundo volvió a cobrar forma lentamente con el eco de una voz extraña, como si Denise nadara hacia la superficie en un estanque de aguas turbias. No sentía dolor, pero en la lengua notaba el gusto salado y amargo de la sangre. Todavía no era consciente de lo que había sucedido. Deslizó la mano distraídamente por la frente mientras se esforzaba por abrir los ojos.

—No se mueva… Llamaré a una ambulancia…

Denise apenas asimiló las palabras; no significaban nada para ella. Todo estaba borroso, desenfocado, incluso los sonidos. Muy despacio, giró la cabeza instintivamente hacia la figura entre sombras que veía con el rabillo del ojo.

Un hombre…, pelo oscuro…, impermeable amarillo…, se alejaba…

La ventana del conductor estaba hecha añicos. Denise estaba empapada por la lluvia que el viento empujaba sin clemencia. En medio de la oscuridad oyó un desconcertante silbido y vio una nube de vapor que ascendía desde el radiador. Poco a poco fue recuperando la visión, empezando por las imágenes más cercanas. Tenía trozos de cristal sobre el regazo, los pantalones… Había sangre en el volante…, frente a ella…

Mucha sangre…

Nada tenía sentido. Su mente divagaba entre imágenes que no le resultaban familiares, una tras otra…

Entornó los ojos y sintió el dolor por primera vez… Los abrió despacio. Se obligó a concentrarse. El volante…, el coche…, ella estaba en el coche…, la oscuridad era total…

«¡Dios mío!»

De repente, lo recordó todo. La curva…, el ciervo…, cómo había perdido el control. Se giró hacia atrás y entrecerró los ojos para poder ver a través del hilo de sangre que le nublaba la vista; se centró en el asiento trasero. Kyle no estaba en el coche. La silla infantil estaba vacía; la puerta trasera, abierta.

«¿Kyle?»

A través de la ventana, Denise gritó para llamar la atención de la figura que la había despertado…, si es que no se la había imaginado. No podía negar que tal vez se tratara de una alucinación.

Pero él estaba allí, y se dio la vuelta hacia Denise. Ella parpadeó… El hombre la miró. Sus labios dejaron escapar un frágil gemido.

Más tarde recordaría que, al principio, no se asustó, no de la forma en que debería haberlo hecho. Sabía que Kyle estaba bien; ni siquiera se le pasó por la cabeza que no pudiera estarlo. Iba sujeto con el cinturón de seguridad —de eso estaba segura— y el coche no había sufrido ningún desperfecto en la parte trasera. La puerta estaba abierta. Incluso en su estado de confusión, Denise tenía la seguridad de que esa persona —fuera quien fuese— había sacado a Kyle del vehículo. El hombre se inclinó hacia la ventana del conductor.

—Escuche, será mejor que no hable. Ha recibido un buen golpe. Me llamo Taylor McAden, y pertenezco al cuerpo de bomberos. Tengo una radio en el coche; voy a pedir ayuda.

Ella ladeó la cabeza, intentando enfocar aquella figura con su visión borrosa. Se esforzó por hablar lo más claro posible.

—¿Mi hijo está bien?

Denise sabía la respuesta que iba a oír, que debería oír, pero, curiosamente, esta no llegó. En vez de eso, el extraño pareció necesitar cierto tiempo para asimilar las palabras, como Kyle. Sus labios se fruncieron ligeramente, con una leve tensión. Luego sacudió la cabeza.

—Yo… acabo de llegar… ¿Su hijo?

Fue entonces —mientras miraba al extraño e imaginaba lo peor— cuando Denise sintió el primer arrebato de pánico. Como atrapada por una gigantesca ola, empezó a notar que se hundía sin remedio, igual que le había pasado cuando se enteró de la muerte de su madre.

Un relámpago iluminó el cielo, seguido casi de inmediato por un trueno. La lluvia seguía cayendo como una tupida cortina. El hombre se secó la frente con la palma de la mano.

—¡Mi hijo estaba en el coche! ¿Dónde está?

Las palabras afloraron claramente, con la suficiente fuerza como para sorprender al individuo junto a la ventana y despertar por completo las facultades adormecidas de Denise.

—No lo sé… —Bajo el fragor del aguacero, el bombero no comprendía lo que ella intentaba decirle.

Denise intentó salir del coche, pero el cinturón de seguridad, que le sujetaba los muslos, se lo impidió. Lo desabrochó rápidamente, sin prestar atención al dolor en la muñeca y el codo. El hombre dio un paso involuntario hacia atrás al tiempo que Denise intentaba abrir la puerta con la ayuda del hombre. La puerta estaba atrancada a causa del impacto. Cuando consiguió salir del coche, casi perdió el equilibrio al ponerse de pie. Tenía las rodillas hinchadas por el aparatoso impacto contra el salpicadero.

—No creo que sea una buena idea que se mueva…

Denise se apoyó en el coche para no caer y, sin hacerle caso, se desplazó hasta el otro lado del vehículo, hacia la puerta trasera abierta.

«No, no, no, no…»

—¡Kyle!

No daba crédito a lo que veía. Se inclinó hacia el interior del coche para buscarlo. Sus ojos escrutaron el suelo, luego volvieron a fijarse en la silla infantil, como si esperara que Kyle reapareciera por arte de magia. De repente, notó una intensa quemazón en la cabeza y un dolor punzante, pero intentó no prestar atención a aquellas señales de alarma.

«¿Dónde estás, Kyle?»

—Señora… —El bombero la siguió hasta el otro lado del vehículo, como si no supiera qué hacer ni qué pasaba ni por qué esa mujer cubierta de sangre se había alterado tanto de repente.

Ella lo atajó agarrándolo por el brazo y traspasándolo con una mirada suplicante.

—¿No lo ha visto? Un niño pequeño… con el pelo castaño…
—Las palabras estaban llenas de pánico—. ¡Viajaba en el coche
conmigo!

—No, yo…

—¡Ayúdeme a encontrarlo! ¡Solo tiene cuatro años!

Ella dio media vuelta; el fulminante movimiento casi le hizo
perder el equilibrio y volvió a aferrarse al coche. Su visión se volvió negra por los laterales, mientras procuraba controlar la sensación de mareo. El grito se escapó de sus labios, a pesar de la confusión mental.

—¡Kyle!

Estaba aterrorizada.

Se concentró. Cerró un ojo para lograrlo, para recuperar la
claridad. La tormenta arreciaba con toda su furia. Los árboles que
había a unos cinco metros de distancia apenas eran visibles. Todo
estaba completamente oscuro en aquella dirección, salvo las líneas que delimitaban la carretera.

Dios mío.

La carretera…

Denise notó cómo le resbalaban los pies en la hierba anegada
de lodo y oyó sus propios jadeos entrecortados al iniciar la marcha por la carretera. Cayó una vez, se puso de pie y siguió avanzando, bamboleándose. El bombero comprendió lo que se proponía y corrió tras ella; la alcanzó antes de que Denise llegara a la
carretera. El hombre observó atentamente a su alrededor.

—No lo veo…

—¡Kyle! —gritó ella, rezando mentalmente. A pesar de que
su gemido quedó amortiguado casi por completo por el fragor de
la tormenta, consiguió que Taylor reaccionara.

Los dos tomaron direcciones opuestas, ambos gritando el
nombre de Kyle; de vez en cuando se detenían para escuchar
atentos ni aunque fuera el más leve rumor. La lluvia, sin embargo, caía de un modo ensordecedor. Tras un par de minutos,
Taylor regresó corriendo a su coche e hizo una llamada al parque
de bomberos.

Las voces de Denise y Taylor eran los únicos sonidos huma-
nos en el paraje. La lluvia les impedía oír los gritos del otro, así
que menos aún la voz de un niño, pero de todas formas continuaron. Los gritos de Denise se agudizaron aún más; el clamor de

desesperación de una madre. Taylor repetía el nombre de Kyle una y otra vez, sin parar, corriendo unos cien metros carretera arriba y abajo, totalmente consternado por el miedo que podía ver en Denise.

Al cabo, llegaron otros dos bomberos, con linternas en las manos. Al ver a Denise con el pelo y la camisa ensangrentados, el mayor de los dos retrocedió un momento antes de intentar calmarla sin éxito.

—¡Ayúdenme a encontrar a mi hijo! —replicaba Denise, con la voz entrecortada.

Pidieron refuerzos. Al cabo de poco, llegaron más bomberos. Ya eran seis las personas que buscaban al pequeño.

La tormenta seguía rugiendo con toda su fuerza: relámpagos, truenos..., vientos huracanados que soplaban con tanta fuerza como para derribar al más corpulento de aquellos hombres.

Fue Taylor quien encontró la mantita de Kyle, en la ciénaga, a unos cincuenta metros del lugar donde Denise había sufrido el accidente. Estaba enganchada en el sotobosque que cubría el terreno.

—¿Es de su hijo? —le preguntó.

Denise empezó a llorar tan pronto como él le entregó la mantita.

Media hora más tarde, todavía no había ni rastro de Kyle.

Capítulo 4

No tenía ningún sentido. Un minuto antes estaba durmiendo plácidamente en el asiento trasero del vehículo, y al siguiente había desaparecido. Así, de golpe, sin previo aviso; tras una decisión de milésimas de segundo de dar un golpe de volante, ya nada volvería a ser lo mismo. ¿A eso se reducía la vida?

Sentada en la banqueta trasera de la ambulancia, que tenía las puertas abiertas, mientras las destellantes luces azules del coche patrulla iluminaban la carretera en círculos concéntricos, Denise esperaba, abrumada por todos aquellos pensamientos.

Otra media docena de vehículos habían aparcado en el lugar de forma dispersa, mientras un grupo de hombres con impermeables amarillos decidían qué debían hacer en ese momento. Aunque era obvio que ya habían trabajado juntos antes, Denise no acertaba a distinguir quién estaba al mando. Tampoco sabía qué estaban diciendo; sus palabras se perdían bajo el rugido amortiguado de la tormenta. La lluvia seguía cayendo como una tupida cortina, imitando el traqueteo de un tren de mercancías.

Denise sentía frío y todavía estaba un poco mareada. Era incapaz de centrar su atención durante más de pocos segundos seguidos. Había perdido el equilibrio —se había caído tres veces mientras buscaba a Kyle— y la ropa, empapada y llena de barro, se le pegaba a la piel.

Cuando había llegado la ambulancia, los bomberos la obligaron a detener la búsqueda. Le echaron una manta por encima de los hombros y le dieron una taza de café. Denise no podía beber, prácticamente no podía hacer nada. Temblaba sin control, y su visión era borrosa. Las extremidades ateridas de su cuerpo parecían corresponder a otra persona. El enfermero en la ambulancia (aunque no era médico) sospechaba que sufría una contusión y ordenó que la subieran a la ambulancia inmediatamente. Denise se negó. No se marcharía de allí hasta que encontraran a Kyle. El enfermero dijo que, como máximo, podía esperar otros diez minutos.

El corte en la cabeza era profundo y todavía sangraba, a pesar del vendaje. La advirtió de que podía perder la conciencia si esperaban más de diez minutos.

—No pienso irme —repitió ella.

Seguía llegando más gente. Una ambulancia, un coche patrulla que se encargó de coordinar los mensajes por radio, otros tres miembros del cuerpo de bomberos y un camionero que había visto la concentración de vehículos y se había detenido (todos llegaron con escasos minutos de diferencia). Todos estaban juntos, en un círculo, en medio de los vehículos y camiones con los faros encendidos.

El hombre que la había encontrado (¿Taylor?) le daba la espalda. Ella intuía que estaba informando al resto de lo que sabía, lo cual no era mucho, aparte de que había encontrado la mantita. Un minuto más tarde, se dio la vuelta y la miró, con semblante taciturno. El policía que había a su lado, un individuo rechoncho con el pelo ralo, asintió con la cabeza mientras también miraba fijamente a Denise. Después de hacer un gesto para que el resto del grupo no se moviera, Taylor y el policía enfilaron hacia la ambulancia. El uniforme —que en el pasado siempre le había inspirado confianza— no significaba nada para ella en esos momentos. Eran dos hombres, dos simples hombres, nada más.

Denise contuvo las ganas de vomitar. Acariciaba la mantita manchada de barro en su regazo. De vez en cuando, la retorcía hasta formar un ovillo; luego volvía a alisarla. Pese a que la ambulancia la protegía de la lluvia, el viento soplaba con fuerza y ella seguía temblando. No había dejado de hacerlo ni cuando le habían puesto la manta por encima de los hombros. Hacía demasiado frío.

«Y Kyle está ahí fuera, sin ni siquiera una chaqueta.»

«Mi pequeño.»

Denise alzó la manta de Kyle, se la llevó hasta la mejilla y entornó los ojos.

«¿Dónde estás, cielo? ¿Por qué has salido del coche? ¿Por qué no te has quedado con mamá?»

Taylor y el policía se subieron a la ambulancia e intercambiaron unas miradas antes de que el chico colocara con delicadeza la mano sobre el hombro de Denise.

—Sé que es duro, pero tengo que hacerle unas preguntas. Es importante.

Denise se mordió el labio antes de asentir levemente con la cabeza. Aspiró hondo y abrió los ojos.

De cerca, el policía parecía más joven. Sus ojos desprendían ternura. La miraba fijamente, sin apenas pestañear.

—Soy el sargento Carl Huddle, del Departamento de la Policía Estatal —se presentó con el típico acento suave sureño—. Sé que está preocupada, y nosotros compartimos su preocupación. La mayoría de los que estamos aquí somos padres, y nuestros hijos son más o menos de la misma edad que el suyo. Todos queremos encontrarlo tanto como usted, pero necesitamos disponer de cierta información que nos permita optimizar la búsqueda.

Denise apenas comprendió aquellas palabras.

—¿Podrán encontrarlo con esta tormenta? Quiero decir, ¿antes de que…?

Los ojos de Denise se desplazaban de un hombre al otro, sin saber en quién centrar la mirada. Cuando el sargento Huddle no contestó directamente, Taylor McAden asintió con determinación.

—Encontraremos a su hijo. Se lo prometo.

Huddle miró a Taylor, antes de asentir también él. Apoyó el peso de su cuerpo en una sola pierna, visiblemente incómodo.

Denise resopló y se sentó con la espalda erguida, intentando no perder la compostura. Su cara, que el enfermero de la ambulancia había limpiado de todo rastro de sangre, ofrecía ahora el color de la cera. El vendaje alrededor de su cabeza mostraba una gran mancha roja justo encima del ojo derecho. Tenía la mejilla hinchada y amoratada.

Cuando estuvo dispuesta, los dos hombres repasaron los datos básicos para el informe: nombres, dirección, número de teléfono, ocupación, su residencia, cuándo se había mudado a Edenton, los motivos por los que conducía, su parada para repostar cuando había dejado atrás la tormenta, el ciervo en la carretera, cómo había perdido el control del vehículo, el accidente en sí. El sargento Huddle anotó todos los detalles en un bloc. Tras el último apunte, alzó la vista hacia ella con cierto embarazo.

—¿Es usted pariente de J. B. Anderson?

John Brian Anderson había sido su abuelo materno. Ella asintió.

El sargento Huddle carraspeó, pues todo el mundo en Edenton conocía a los Anderson. Echó un vistazo al bloc otra vez.

—Taylor nos ha dicho que Kyle tiene cuatro años.

Denise asintió.

—Cumplirá cinco en octubre.

—¿Podría darme una descripción general, algo que pudiera comunicar por radio?

—¿Por radio?

El sargento Huddle contestó con paciencia.

—Sí, informaremos a la red de emergencias de la policía para que otros departamentos también dispongan de la información. Por si alguien encuentra a su hijo y llama a la policía; o si, por casualidad, él se acerca a alguna casa y los propietarios llaman a la policía. Ya sabe, ese tipo de casos.

Él no le dijo que también informaban de forma rutinaria a los hospitales de la zona. No había necesidad de alarmarla más aún.

Denise desvió la vista, intentando ordenar sus pensamientos.

—Mmm… —Necesitó unos segundos antes de poder hablar. ¿Quién puede describir a su hijo con exactitud, en términos de números y datos?—. No lo sé… Un metro de altura, unos veinte kilos, pelo castaño, ojos verdes… Un niño normal para su edad, ni muy alto ni muy bajo.

—¿Algún rasgo distintivo? ¿Marcas de nacimiento o algo parecido?

Ella se repitió la pregunta, pero todo le parecía tan inconexo, tan irreal, tan absolutamente incomprensible… ¿Por qué necesitaban esa información? Un niño pequeño perdido en la ciénaga… ¿Cuántos niños podía haber ahí fuera en una noche como aquella?

«Deberían estar buscándolo, en vez de estar aquí, interrogándome.»

La pregunta… ¿Qué le habían preguntado? ¡Ah, sí! Rasgos distintivos… Se concentró tanto como pudo, deseando zanjar aquel interrogatorio lo antes posible.

—Tiene dos lunares en la mejilla izquierda, uno más grande que el otro —dijo al final—. Ninguna marca de nacimiento.

El sargento Huddle anotó la información sin alzar la vista del bloc.

—¿Y es capaz de abrir la puerta del coche y salir?

—Sí, desde hace unos meses.

El policía asintió. Su hija de cinco años, Campbell, también podía hacerlo.

—¿Recuerda qué ropa llevaba puesta?

Denise cerró los ojos, pensando.

—Una camiseta roja con un gran Mickey Mouse. Mickey guiña el ojo y está con el puño cerrado y el dedo pulgar hacia arriba, en señal de aprobación. Y pantalones vaqueros, con cinturilla elástica, sin cinturón.

Los dos hombres intercambiaron miradas.

«Colores oscuros.»

—¿Mangas largas?

—No.

—¿Zapatos?

—Eso creo. No se los quité, así que supongo que todavía los lleva puestos. Zapatos blancos, no sé de qué marca. Los compré en uno de los centros comerciales de WallMart.

—¿Llevaba chaqueta?

—No. Cuando hemos salido de casa, hacía calor, así que no se la he puesto.

Mientras proseguía el interrogatorio, tres relámpagos seguidos iluminaron el cielo nocturno. La lluvia parecía cobrar aún más fuerza, si cabía tal posibilidad.

El sargento Huddle alzó la voz por encima del estruendo de la lluvia.

—¿Todavía tiene familia viviendo en esta zona? ¿Padres? ¿Hermanos?

—No, no tengo hermanos. Mis padres están muertos.

—¿Y su marido?

Denise sacudió la cabeza.

—No estoy casada.

—¿Kyle se había escapado antes alguna vez?

Denise se frotó las sienes, intentando mantener a raya la sensación de mareo.

—Un par de veces. Una en el centro comercial, y otra cerca de casa. Pero le dan miedo los relámpagos. Creo que podría ser la razón por la que ha salido del coche. Siempre que hay rayos, se mete en la cama conmigo.

—En cuanto a la ciénaga, ¿cree que puede tener miedo de andar por ahí solo de noche? ¿O considera que es más probable que esté cerca del coche?

Denise sintió que se le encogía el estómago. El miedo le aclaró la mente solo un poco.

—Kyle no teme estar fuera, ni siquiera de noche. Le encanta pasear por el bosque que hay junto a nuestra casa. No sé si tiene suficiente conciencia como para tener miedo.

—Así que podría estar…

—No lo sé…, quizá —lo atajó ella con desesperación.

El sargento Huddle hizo una pausa, intentando no presionarla demasiado.

—¿Sabe qué hora era cuando vio el ciervo?

Denise se encogió de hombros, impotente, débil.

—No lo sé, quizá fueran las nueve y cuarto… No miré la hora.

Instintivamente, los dos hombres echaron un vistazo a sus relojes de pulsera. Taylor había encontrado el vehículo a las 21.31; no habían pasado ni cinco minutos cuando llamó para solicitar ayuda. En esos momentos, eran las 22.22. Así pues, había transcurrido más de una hora —como mínimo— desde el accidente. Tanto el sargento Huddle como Taylor sabían que tenían que iniciar la búsqueda enseguida. A pesar de la relativa calidez en el aire, unas pocas horas bajo aquella lluvia sin la ropa adecuada podría acarrear una hipotermia.

Lo que ninguno de los dos le mencionó a Denise fue el peligro que entrañaba la ciénaga en sí. No era un lugar adecuado para nadie en una tormenta como aquella, y menos aún para un niño. Una persona adulta podría desaparecer para siempre sin dejar ni rastro.

El sargento Huddle cerró el bloc con un golpe seco. Cada minuto que pasaba era sumamente valioso.

—Ya continuaremos con las preguntas más tarde, si le parece bien, señorita Holton. Necesitaremos más datos para redactar el informe, pero en estos momentos lo más importante es que empecemos de inmediato la búsqueda coordinada.

Denise asintió.

—¿Hay algo más que deberíamos saber? ¿Un apodo, quizá? ¿Un nombre o alguna señal a la que el chico responda?

—No, solo Kyle. Pero…

Fue entonces cuando Denise se dio cuenta de lo más obvio. La peor noticia, algo que al policía ni se le había ocurrido preguntar.

«Dios mío…»

A Denise se le formó un asfixiante nudo en la garganta.

«Oh, no… oh, no…»

¿Por qué no lo había mencionado antes? ¿Por qué no había informado al bombero directamente, al salir del coche, cuando Kyle quizá todavía estuviera cerca…, cuando podrían haberlo encontrado antes de que se alejara más?

—¿Señorita Holton?

El peso de las posibles consecuencias cayó sobre ella como una losa: consternación, miedo, rabia, negación…

«¡Él no puede contestarles!»

Denise hundió la cara entre ambas manos.

«¡Él no puede contestar!»

—¿Señorita Holton? —le dijo alguien.

«¡Dios mío! ¿Por qué?»

Después de lo que pareció una eternidad, se secó las lágrimas, incapaz de mirar a aquellos dos hombres a los ojos.

«Debería haberlo dicho antes.»

—Kyle no contestará si le llaman por su nombre. Tendrán que encontrarlo, tendrán que verlo.

Ellos la miraron sin comprender, visiblemente desorientados.

—Pero si le decimos que llevamos rato buscándolo, que su madre está preocupada…

Denise sacudió la cabeza al tiempo que sentía unas incontenibles ganas de vomitar.

—No contestará.

¿Cuántas veces había pronunciado aquellas palabras antes?

¿Cuántas veces las había dicho a modo de simple explicación? ¿Cuántas veces no habían significado nada, si las comparaba con una situación tan trágica como aquella?

Los dos hombres permanecieron callados. Denise resopló de rabia y prosiguió:

—Kyle no habla… muy bien, solo dice algunas palabras. Por alguna razón, él no…, no puede comprender lo que le dicen. Por eso estábamos en el hospital de Duke esta tarde…

Denise miró primero a un hombre y luego al otro, para asegurarse de que la comprendían.

—Tendrán que encontrarlo. No bastará con solo gritar su nombre. Él no comprenderá lo que le dicen. No contestará…, no puede. Tienen que encontrarlo…

«¿Por qué él? De todos los niños, ¿por qué eso le había de pasar a Kyle?»

Incapaz de añadir nada más, Denise empezó a sollozar.

Al verla en ese estado, Taylor le puso la mano en el hombro, tal y como había hecho antes.

—Lo encontraremos, señorita Holton —dijo con convicción—. Lo encontraremos.

Al cabo de cinco minutos, mientras Taylor y los otros hombres estaban trazando un mapa de la zona que debían explorar, llegaron cuatro tipos más para unirse al dispositivo de búsqueda. Era todo lo que Edenton podía ofrecer. Los relámpagos habían provocado tres grandes incendios; en los últimos veinte minutos se habían producido cuatro accidentes de tráfico (dos con lesiones graves); y las líneas eléctricas caídas todavía suponían un gran riesgo. Las llamadas telefónicas habían colapsado la centralita del parque de bomberos; a todos los sucesos se les asignaba un orden de prioridad. Y a menos que una vida no estuviera en grave peligro, la respuesta por parte de los bomberos era que de momento no podían hacer nada.

Un niño perdido era algo prioritario, algo que pasaba por encima de prácticamente el resto de los casos.

El primer paso fue aparcar los coches y los camiones tan cerca de los límites de la ciénaga como fue posible. Los dejaron al ralentí, con los potentes faros del techo encendidos, a unos trece metros de distancia. No solo aportaban la luz extra necesaria para la búsqueda inmediata, sino que además servirían de reclamo en el caso de que los buscadores se desorientaran.

A todos se les entregó una linterna y un radiotransmisor con pilas de recambio. Once hombres (incluido el camionero, que quería ayudar) emprenderían la búsqueda, que empezaría en el lugar donde Taylor había encontrado la mantita. Desde allí se desplegarían en tres direcciones (sur, este y oeste). El este y el oeste discurrían en paralelo a la carretera; el sur era la última dirección que Kyle parecía haber tomado. Decidieron que un hombre se quedaría en el improvisado campamento, cerca de la carretera y de los vehículos, por si Kyle veía las luces y regresaba por su propio pie. Lanzaría una bengala cada hora, para que los hombres supieran exactamente dónde estaban.

Después de que el sargento Huddle diera una breve descripción de Kyle y de la ropa que llevaba puesta, habló Taylor. Él, junto con otro par de hombres de los allí reunidos, habían cazado en la ciénaga antes y explicaron al resto los riesgos a los que se enfrentaban.

Taylor les dijo a sus compañeros que, en esa zona de la ciénaga, cercana a la carretera, el terreno estaba siempre encharcado, pero no inundado. Hacía falta adentrarse unos ochocientos metros para que el agua formara marismas poco profundas sobre el terreno. De todos modos, el lodo era un peligro real; te atrapaba los pies y las piernas, y a veces te inmovilizaba como un tornillo, por lo que era difícil escapar, y aún más para un niño. Aquella noche, el agua había crecido un centímetro cerca de la carretera, y la situación no haría más que empeorar a medida que siguiera lloviendo.

Los surcos anegados de cieno combinados con la subida del nivel del agua constituían una combinación letal. Los hombres asintieron con gesto sombrío. Tendrían que avanzar con mucha cautela.

El aspecto positivo —si es que había alguno— era que ninguno de ellos imaginaba que Kyle pudiera haber ido muy lejos. Los árboles y las plantas enredaderas obstaculizaban la marcha, por lo que, con un poco de suerte, limitarían la distancia que el pequeño podría haber recorrido. Un kilómetro y medio, quizá; desde luego, menos de tres kilómetros. Todavía estaba cerca. Cuanto antes iniciaran la búsqueda, más oportunidades tendrían.

—Pero —prosiguió Taylor—, según la madre, es probable que el niño no conteste a nuestras llamadas. Hay que estar atentos a cualquier pista, para que no pasemos de largo sin verlo. Su madre insiste en que no pongamos las esperanzas en que el chico conteste.

—¿No contestará? —inquirió uno de los hombres, desconcertado.

—Eso es lo que dice su madre.

—¿Por qué no? ¿No puede hablar?

—Su madre no nos lo ha explicado.

—¿Es retrasado? —preguntó otro.

Taylor notó una súbita tensión.

—¿Y eso qué importa? Hay un niño pequeño perdido en la ciénaga. Eso es todo lo que sabemos de momento.

Taylor miró fijamente a los hombres hasta que al final dio media vuelta. Solo se oía la lluvia que caía alrededor de ellos. El sargento Huddle soltó un suspiro.

—Será mejor que nos pongamos en marcha.

Taylor encendió la linterna.

—¡Vamos allá!

Capítulo 5

*D*enise podía verse a sí misma en la ciénaga con los demás, apartando las ramas que le laceraban la cara, con los pies hundiéndose en el lodo mientras buscaba a Kyle desesperadamente. La verdad, en cambio, era que estaba tumbada en una camilla en el compartimento trasero de la ambulancia de camino a Elizabeth City, a cincuenta kilómetros al noreste, donde se encontraba el hospital más cercano.

Mantenía la vista fija en el techo de la ambulancia, todavía temblando y mareada. Quería quedarse en la ciénaga; había suplicado que le permitieran quedarse, pero le habían replicado que para Kyle era mejor que ella se marchara en la ambulancia. Allí no haría otra cosa que obstaculizar la búsqueda. Denise había contestado que no le importaba y se había empecinado en bajarse de la ambulancia y exponerse de nuevo a la lluvia, convencida de que Kyle la necesitaba.

Como si estuviera en pleno control de sus facultades, había pedido un impermeable y una linterna. Tras dar un par de pasos, sin embargo, el mundo había empezado a girar vertiginosamente a su alrededor. Se había inclinado hacia delante, sin controlar sus piernas, y había caído de bruces. Dos minutos más tarde, la sirena de la ambulancia rugía como si le fuera la vida y ella iba de camino al hospital.

Aparte de temblar, no se había movido desde que la habían tumbado en la camilla. Tenía las manos y los brazos inquietantemente paralizados. Su respiración era rápida y poco profunda, como la de un cachorrillo. Su piel tenía una tonalidad cerosa, como enferma, y a causa de la última caída se había vuelto a abrir la cabeza.

—Tenga fe, señorita Holton —intentaba calmarla el enfermero.

El joven acababa de tomarle la presión. Pensaba que tenía una conmoción.

—Conozco a esos chicos —prosiguió—. Ya se han perdido otros chiquillos antes por aquí, y siempre los han encontrado.

Denise no contestó.

—Y usted también se pondrá bien —continuó el enfermero—. Dentro de un par de días, ya podrá andar de nuevo.

El compartimento de la ambulancia quedó sumido en un silencio sepulcral durante un minuto. Denise continuaba con la vista clavada en el techo. El enfermero empezó a tomarle el pulso.

—¿Desea que llame a alguien cuando lleguemos al hospital?

—No —susurró ella—. No tengo a nadie.

Taylor y los demás llegaron al lugar donde había encontrado la mantita y empezaron a desplegarse. Él y otros dos hombres se dirigieron hacia el sur, adentrándose en la ciénaga, mientras que el resto del dispositivo de búsqueda avanzaba hacia el este y el oeste.

La borrasca no amainaba; la visibilidad en la ciénaga —incluso con las linternas— era de apenas unos metros. Al cabo de unos minutos, Taylor ya no podía ver ni oír a nadie, y sintió una angustiosa sensación de asfixia en el pecho. Atrás quedaba el subidón de adrenalina que lo había invadido antes de la búsqueda (cuando todo parecía posible); ahora le tocaba enfrentarse a la cruda realidad.

Taylor había participado antes en otras operaciones como aquella; de repente, tuvo la certeza de que en aquella misión no había suficientes hombres. La ciénaga de noche, la tormenta, un niño que no podía contestar cuando lo llamaban por su nombre… Cincuenta personas no bastarían, quizá ni siquiera cien. La forma más efectiva de buscar a una persona que se había extraviado en el bosque era estar a la vista del primer compañero, tanto por la derecha como por la izquierda, es decir, con un equipo compacto que avanzara a la vez, casi como una banda ambulante. Si permanecían juntos, podrían barrer la zona a conciencia y con rapidez, sin temor a dejar ningún espacio por explorar.

Con diez hombres eso era imposible. Apenas unos minutos después de separarse, todos los miembros del dispositivo de búsqueda se habían quedado solos, completamente aislados. Se limitaban a recorrer el terreno en la dirección que habían elegido, apuntando las linternas a un lado y a otro, a su alrededor: era como buscar una aguja en un pajar. Encontrar a Kyle se había convertido en una cuestión de suerte, no de destreza.

Recordándose a sí mismo que no debía perder la fe, se obligó a seguir adelante, bordeando los árboles, pisando la tierra cada vez menos firme. Aunque él no tenía hijos, era el padrino de uno de los de su mejor amigo, Mitch Johnson. Se esforzó como si estuviera buscándolo a él.

Mitch también era bombero voluntario. A Taylor le vendría de perlas que participara en la búsqueda. Mitch, que a su vez había sido su compañero favorito de caza durante los últimos veinte años, conocía la ciénaga prácticamente tan bien como él. Sin embargo, estaba fuera, de viaje. Esperaba que eso no fuera un mal presagio.

A medida que se alejaba de la carretera, la ciénaga se iba volviendo más densa, más oscura, más remota y misteriosa. Los imponentes árboles parecían cerrarse a su alrededor; había troncos caídos en el suelo, podridos. Las enredaderas y las ramas de los arbustos le laceraban la piel, y tenía que recurrir a su mano libre para apartarlas de la cara. Apuntaba la linterna hacia los árboles, hacia los arbustos, inspeccionando el terreno con atención, en busca de cualquier señal del pequeño. Pasaron unos pocos minutos.

Luego diez.

Luego veinte.

Luego treinta.

Se había adentrado en la ciénaga. El agua le llegaba hasta los tobillos, por lo que dificultaba cualquier movimiento. Taylor echó un vistazo al reloj. Las 22.56. Kyle llevaba una hora y media perdido, quizá más. El tiempo, que inicialmente estaba de parte del dispositivo de búsqueda, rápidamente se volvía en su contra.

«¿Cuánto tiempo pasará antes de que ese pequeño sucumba al frío?»

Taylor sacudió la cabeza; no quería pensar en lo peor.

Los relámpagos y los truenos no cesaban, y la lluvia, dura e implacable, parecía provenir de todas direcciones. Taylor tenía que secarse la cara cada dos o tres segundos. A pesar de la insistencia de la madre, que decía que Kyle no contestaría, él seguía gritando su nombre. Por alguna razón sentía que, de ese modo, estaba haciendo más de lo que hacía en realidad.

Maldición.

No habían sufrido una borrasca como aquella en... ¿seis, siete años? ¿Por qué aquella noche? ¿Por qué precisamente cuando un niño se había perdido? En una noche como aquella, ni siquiera podían recurrir a los perros de Jimmie Hicks, y esos sabuesos eran los mejores del condado. El mal tiempo hacía imposible seguir cualquier rastro. Barrer el terreno a ciegas no iba a ser suficiente.

¿Adónde iría un chiquillo? ¿Un niño al que le aterraban las tormentas pero no el bosque? Un niño que había visto a su madre tras el accidente, que la había visto herida e inconsciente.

«¡Piensa, Taylor, piensa!»

Conocía la ciénaga tan bien o mejor que cualquiera. Fue allí donde disparó a su primer ciervo cuando tenía doce años; todos los otoños se adentraba en aquellos parajes para cazar patos. Tenía una habilidad instintiva para seguir el rastro de prácticamente cualquier bicho viviente, por lo que pocas veces regresaba de una cacería con las manos vacías. Los habitantes de Edenton a menudo se mofaban diciendo que tenía el olfato de un lobo. Poseía un talento fuera de lo común, no podía negarlo. Sin lugar a dudas, tenía los mismos conocimientos que cualquier otro cazador (para seguir huellas y pistas, como ramas rotas que indicaban el camino que había tomado un ciervo), pero eso no explicaba completamente su éxito. Si alguien le preguntaba cuál era su secreto, él se limitaba a contestar que intentaba pensar como un ciervo. La gente se reía por la ocurrencia, pero Taylor siempre lo decía con la cara seria, por lo que todos se daban cuenta enseguida de que no intentaba hacerse el gracioso.

¿Pensar como un ciervo? ¿Qué diantre significaba eso?

Los demás sacudían la cabeza. Quizá solo Taylor lo sabía.

Y, en esos momentos, estaba intentando hacer lo mismo, solo que esta vez el desafío era superior.

Cerró los ojos. ¿Adónde iría un niño de cuatro años? ¿Qué camino había tomado?

Sus ojos se abrieron de golpe ante el estallido de la luminosa bengala en el cielo nocturno, indicando que había transcurrido una hora. Eran las once de la noche.

«¡Piensa!»

La sección de urgencias del hospital en Elizabeth City estaba abarrotada, no solo por pacientes con lesiones graves, sino también por personas que simplemente no se encontraban muy bien. Era evidente que podrían haber esperado hasta el día siguiente, pero, tal como sucede en las noches de luna llena, las tormentas parecían arrancar una vena irracional en la gente. Cuanto más duraba la tormenta, más irracional se tornaba todo el mundo. En una noche como aquella, un ardor de estómago podía interpretarse como un primer síntoma de un ataque al corazón; la fiebre que había aparecido a primeras horas del día era de repente demasiado grave como para no prestarle atención; un calambre en la pierna podía ser un coágulo de sangre. Los médicos y las enfermeras lo sabían; en noches como aquella, esos achaques eran tan predecibles como la salida del sol. El tiempo medio de espera en la sección de urgencias era de, por lo menos, dos horas.

Sin embargo, debido a la herida en la cabeza, a Denise la ingresaron de inmediato. Todavía estaba consciente, aunque solo de forma parcial. Mantenía los ojos entornados, pero, en vez de hablar, balbuceaba, repitiendo la misma palabra una y otra vez. Inmediatamente la llevaron a la sala de rayos X. Con el resultado, el médico decidiría si era necesario realizar un TAC.

La palabra que repetía sin cesar era «Kyle».

Pasaron otros treinta minutos. Taylor se había adentrado en las profundidades de la ciénaga. La oscuridad era total. Sentía que estaba explorando una suerte de cueva. Incluso con la luz de la linterna, notaba cierta claustrofobia. Los árboles y los matorrales formaban una barrera casi infranqueable, y le resultaba imposible avanzar en línea recta. Era fácil acabar caminando en círculos, y no podía ni imaginar lo que eso debía suponer para Kyle.

El viento y la lluvia no amainaban. Los relámpagos, sin embargo, estaban espaciando lentamente su frecuencia. El agua le llegaba ya hasta la pantorrilla, y no había encontrado ninguna pista. Unos minutos antes, había hablado con sus compañeros por el radiotransmisor. Todos contestaron lo mismo.

Nada. Ni rastro del pequeño.

Hacía dos horas y media que Kyle se había perdido.

«¡Piensa!»

¿Podía haber llegado tan lejos? ¿Podría alguien de su estatura ser capaz de avanzar a través de un agua tan profunda?

Decidió que no, que no era posible que Kyle hubiera llegado tan lejos, no en camiseta y pantalones vaqueros.

Si lo había conseguido, probablemente no lo encontrarían con vida.

Taylor sacó la brújula del bolsillo y la iluminó con la linterna. Intentó interpretar el rumbo. Decidió regresar al lugar donde había encontrado la mantita, al punto de inicio. Kyle había estado allí… Eso era lo único que sabían.

Pero ¿qué camino había tomado?

Las ráfagas de viento sacudían las ramas de los árboles sobre su cabeza. La lluvia se le clavaba en las mejillas. Un relámpago iluminó la parte más oriental del cielo. Lo peor de la tormenta parecía tocar a su fin.

Kyle era pequeño y tenía miedo a los relámpagos…, a la lluvia…

Taylor alzó la vista hacia el cielo, concentrado, y sintió que algo cobraba forma… En lo más profundo de su mente, algo empezaba a emerger, despacio. ¿Una idea? No, no era algo sólido… pero ¿una posibilidad?

«Ráfagas de viento…, lluvia…, miedo a los relámpagos…»

Esos factores debían ser importantes para Kyle, ¿no?

Taylor agarró el radiotransmisor y ordenó a todo el mundo que regresara a la carretera lo antes posible para reunirse con él.

—¡Eso es, seguro! —exclamó esperanzado, sin dirigirse a nadie en particular.

Al igual que muchas de las esposas de los bomberos voluntarios que llamaron al parque de bomberos aquella noche, preocupadas por sus maridos en una noche de perros como aquella, Judy McAden no pudo resistirse a llamar. Aunque desde el parque de bomberos solían llamar a Taylor dos o tres veces al mes, la madre de Taylor no podía evitar preocuparse por él siempre que salía de servicio. Ella no había querido que fuera bombero, y así se lo dijo, aunque al final dejó de suplicarle que desechara la idea, cuando se dio cuenta de que su hijo jamás cambiaría de opinión. Él era, igual que lo había sido su padre, más terco que una mula.

Sin embargo, durante toda la noche había sentido instintivamente que algo iba mal. No se trataba de una tragedia; al principio había intentado no pensar en ello, pero esa incómoda intuición persistía, y aumentaba a medida que pasaban las horas. Al final, llamó, con renuencia, casi esperando lo peor. Sin embargo, lo que le contaron fue la historia del pequeño desaparecido.

El bisnieto de J. B. Anderson se había perdido en la ciénaga. Taylor formaba parte del dispositivo de búsqueda. La madre, sin embargo, iba de camino al hospital en Elizabeth City.

Después de colgar el teléfono, Judy irguió la espalda en la silla, aliviada de que Taylor se encontrara bien, aunque preocupada por aquel niño. Como cualquier otro habitante en Edenton, conocía a los Anderson, pero es que, además, ella había conocido también a la madre de Denise cuando ambas eran jóvenes, antes de que esta se fuera a vivir fuera del pueblo y se casara con Charles Holton. Eso había sucedido muchos años atrás (como mínimo, hacía cuatro décadas). No había pensado en la madre de Denise desde hacía muchísimo tiempo.

De repente, evocó los recuerdos de su juventud, como un lienzo de imágenes: cuando las dos iban juntas, caminando a la escuela; los días ociosos junto al río, hablando de chicos; cuando recortaban las fotos de moda de las revistas… También recordó cómo le entristeció la noticia de su muerte. Desconocía que la hija de su amiga se hubiera instalado en Edenton.

Y ahora su hijo había desaparecido.

«¡Menuda llegada al pueblo!»

Judy no se lo pensó dos veces. Esperar no iba con ella; siempre había sido una mujer resuelta, y tener sesenta y tres años no había cambiado nada. Hacía bastante tiempo, tras la muerte de su esposo, Judy había aceptado un puesto en la biblioteca y había criado a Taylor sola, jurándose que conseguiría salir adelante. No solo hizo frente a las cargas económicas de la familia, sino que también se encargó de todas las cuestiones que solían requerir la figura de un padre y de una madre para poder completarlas. Se ofreció voluntaria en la escuela de su hijo, y actuaba de coordinadora todos los años, pero además llevaba a Taylor a los partidos de su equipo y había ido de acampada con los boy scouts. Le había enseñado a cocinar y a limpiar, a jugar al baloncesto y al béisbol. Y en ese momento, pese a que aquellos tiempos ya habían quedado atrás, Judy estaba más ocupada que nunca.

Durante los últimos doce años, después de criar a Taylor, se había dedicado a ayudar al pueblo de Edenton con acciones de voluntariado. Participaba de forma activa en todos los actos de la comunidad. Escribía a su congresista y a los legisladores del estado con frecuencia, e iba de puerta en puerta recogiendo firmas para diversas causas cuando consideraba que su voz no era escuchada. Era miembro de la Sociedad Histórica de Edenton, que recaudaba fondos para conservar las casas más antiguas del pueblo; asistía a todas las reuniones del Ayuntamiento, y tenía una opinión formada acerca de las acciones que había que tomar. Daba clases de catequesis en la iglesia episcopal, participaba en todas las ferias culinarias, y todavía trabajaba treinta horas a la semana en la biblioteca. Su planificación no le permitía perder mucho tiempo: cuando tomaba una decisión, la seguía a rajatabla. Sobre todo si estaba segura de que tenía razón.

Aunque no conocía a Denise, ella también era madre y se imaginaba el calvario que debería de estar atravesando. Taylor se había pasado la vida metido en berenjenales; de hecho, parecía atraer los problemas como un imán, incluso desde que era muy pequeño. Ese niño perdido debía de estar absolutamente aterrorizado, igual que su madre.

Se puso el impermeable, segura de que en aquellos momentos esa madre necesitaba todo el apoyo del mundo.

La idea de conducir bajo la tormenta no la amedrentaba; ni siquiera se le pasó aquel pensamiento por la cabeza. Una madre y su hijo estaban en apuros.

Aunque Denise Holton se negara a verla —o no pudiera verla a causa de las heridas—, Judy sabía que no podría dormir si no le transmitía a esa joven que el pueblo entero estaba devastado por la tragedia.

Capítulo 6

*M*edianoche. La bengala volvió a iluminar el cielo nocturno, como un reloj que marca la hora puntualmente.

Kyle llevaba más de tres horas desaparecido.

Taylor llegó a la carretera y se quedó impresionado al ver la luminosidad de aquella zona, en comparación con las hondonadas fangosas que acababa de dejar atrás. También oyó voces por primera vez desde que se había separado de los demás…, muchas voces, gente que se llamaba entre sí.

Apretó el paso y sorteó los últimos tres árboles. Entonces vio una docena más de vehículos aparcados, que contribuían a iluminar el terreno con sus faros. Había mucha más gente. En el pueblo había corrido la voz y algunos hombres habían ido a prestar ayuda. Incluso desde lejos, Taylor reconoció a la mayoría: Craig Sanborn, Rhett Little, Skip Hudson, Mike Cook, Bart Arthur, Mark Shelton…, y seis o siete más. Personas que habían desafiado la borrasca, personas que tenían que trabajar al día siguiente, personas a las que Denise probablemente ni conocía.

«Buena gente», pensó él sin vacilar.

El ambiente, sin embargo, era de absoluto desánimo. Los que habían estado buscando al pequeño regresaban empapados, cubiertos de lodo y arañazos, exhaustos y decepcionados. Al igual que Taylor, habían comprobado que el terreno era oscuro e impenetrable. Taylor se acercó a ellos, y todos callaron, al igual que los recién llegados.

El sargento Huddle se dio la vuelta, con la cara iluminada por las linternas. En su mejilla se podía ver un arañazo profundo, reciente, parcialmente oculto por una mancha de barro.

—¿Alguna noticia? ¿Has encontrado algo?

Taylor sacudió la cabeza.

—No, pero creo que sé hacia dónde se dirige.

—¿Cómo lo sabes?

—No estoy seguro. Solo es una suposición, pero creo que va hacia el sudeste.

Al igual que el resto de los presentes, Huddle conocía la reputación de buen rastreador de Taylor. Se conocían desde que eran niños.

—¿Por qué?

—Bueno, primero porque allí encontramos la manta; si ha seguido en esa dirección, tendrá el viento a su espalda. No creo que un niño pequeño intente ir contra el viento; supongo que es al revés, que procurará seguir la dirección del viento. De lo contrario, la lluvia resultaría muy pesada. Y creo que también querrá apartarse de los relámpagos. Su madre ha dicho que le dan miedo.

El sargento Huddle lo miró con escepticismo.

—Eso no es mucho.

—No —admitió Taylor—, tienes razón. Pero creo que es nuestra mejor opción.

—¿No crees que deberíamos continuar la búsqueda tal como lo hacíamos? ¿Cubriendo todas las direcciones?

Taylor sacudió la cabeza.

—Seguiríamos demasiado dispersos, y eso no es bueno. Ya has visto la situación en la ciénaga. —Se secó las mejillas con la palma de la mano, con actitud reflexiva.

¡Cómo deseaba que Mitch estuviera allí con él para ayudarle a convencer a los demás! A Mitch se le daba muy bien lo de disuadir a la gente.

—Mira —dijo finalmente—, ya sé que solo se trata de una suposición, pero me apuesto lo que quieras a que no me equivoco. ¿Qué tenemos, de momento? ¿Más de veinte personas? Podríamos barrer toda la zona en esa dirección.

Huddle lo miró, indeciso.

—Pero ¿y si no ha ido en esa dirección? ¿Y si nos equivocamos? Es noche cerrada… Es posible que el pequeño se esté moviendo en círculos. Quizá se haya resguardado en algún recoveco.

Que tenga miedo de los relámpagos no significa que sepa cómo alejarse de ellos. Solo tiene cuatro años. Además, ahora disponemos de bastantes voluntarios como para buscar en diferentes direcciones.

Taylor no contestó. Se quedó pensando en esa posibilidad. Lo que decía Huddle tenía sentido, sin duda; pero había aprendido a fiarse de sus instintos. Su expresión se mantuvo inmutable.

El sargento Huddle frunció el ceño, con las manos hundidas en los bolsillos del impermeable.

Al cabo de unos minutos, Taylor volvió a hablar:

—Confía en mí, Carl.

—No es tan fácil. La vida de un niño está en peligro.

—Lo sé.

El sargento Huddle suspiró y le dio la espalda. A fin de cuentas, era su decisión. Él era quien coordinaba oficialmente la búsqueda. Era su misión, su obligación…, y al final sería él quien debería responder del caso.

—De acuerdo —cedió al final—. Lo haremos a tu manera. Solo le pido a Dios que no te equivoques.

Las doce y media.

Al llegar al hospital, Judy McAden enfiló directamente hacia el mostrador de recepción. Como conocía el protocolo de los hospitales, preguntó por Denise Holton, su sobrina. La recepcionista no le preguntó nada más —la sala de espera seguía abarrotada de gente— y buscó la información de esa paciente rápidamente. Al cabo de unos instantes le dijo que había sido trasladada a planta, pero que las horas de visita ya habían terminado. Si podía volver a la mañana siguiente…

—¿Puede por lo menos decirme cómo se encuentra? —la interrumpió Judy.

La joven se encogió de hombros.

—Según el informe, le han hecho una radiografía, eso es todo lo que sé. Estoy segura de que llegará más información cuando las cosas se calmen un poco.

—¿A partir de qué hora puedo pasar a visitarla?

—A partir de las ocho. —La recepcionista ya había cogido otro informe médico.

—Gracias —comentó Judy, decepcionada.

Por encima del hombro de la recepcionista, Judy se fijó en que la situación al otro lado del mostrador parecía incluso más caótica que en la sala de espera. Las enfermeras iban de una habitación a otra, con aspecto de estar totalmente desbordadas.

—¿He de pasar por aquí de nuevo antes de subir a verla? ¿Mañana, me refiero?

—No. Mañana por la mañana entre directamente por la puerta principal situada en la esquina. Suba y pregunte a las enfermeras en el mostrador de la planta por la habitación 217. Ellas le indicarán dónde está.

—Gracias.

Judy se separó del mostrador, y la siguiente persona en la fila ocupó su puesto. Era un hombre de mediana edad que desprendía un fuerte hedor a alcohol. Llevaba el brazo en cabestrillo.

—¿Por qué tardan tanto? El brazo me está matando…

La recepcionista suspiró con impaciencia.

—Lo siento, pero, tal como puede ver, esta noche estamos desbordados. El médico le atenderá tan pronto como…

Judy se aseguró de que la recepcionista seguía con la atención centrada en el hombre plantado delante del mostrador. Entonces abandonó la zona de espera a través de un par de puertas correderas que conducían directamente al área principal del hospital. Ya había estado antes allí, por lo que sabía que los ascensores estaban al final del pasillo.

Al cabo de unos pocos minutos, pasaba por delante de un mostrador vacío, hacia la habitación 217.

En el mismo momento en que Judy se dirigía a la habitación de Denise, los hombres reanudaban la búsqueda. Eran veinticuatro en total, con solo la suficiente distancia entre ellos para permitirles ver la luz de las linternas que tenían más próximas: formaban una cadena humana que se extendía unos cuatrocientos metros a lo ancho. Lentamente, empezaron a avanzar en dirección sudeste, iluminando todo el terreno con las linternas, sin prestar atención a la tormenta. Al cabo de unos minutos, el mal tiempo volvió a engullir la luz de los faros de los vehículos aparcados en la carretera. Para los recién llegados, la repentina oscuridad resultaba impactante. Se preguntaron cuánto tiempo podría sobrevivir un niño pequeño en esas condiciones.

Algunos de los voluntarios, sin embargo, se estaban empezando a preguntar si incluso serían capaces de encontrar el cuerpo.

Denise todavía estaba despierta. Le resultaba totalmente imposible conciliar el sueño. Había un reloj en la pared junto a la cama, y lo miraba fijamente, viendo pasar los minutos con una alarmante regularidad.

Kyle llevaba casi cuatro horas perdido.

«¡Cuatro horas!»

Quería hacer algo —cualquier cosa— en vez de permanecer allí tumbada, dominada por aquella impotencia, sintiéndose completamente inútil. Quería estar junto a aquellos hombres que estaban buscando a su hijo. No poder hacerlo le resultaba aún más doloroso que las heridas. Tenía que saber qué sucedía. Quería participar. Pero allí, en el hospital, no podía hacer nada.

Su cuerpo la había traicionado. En las últimas horas, la sensación de mareo solo había disminuido levemente. Seguía sin poder mantener el equilibrio el tiempo suficiente como para recorrer el pasillo, así que menos aún para intervenir en la búsqueda.

Las luces brillantes le lastimaban los ojos. Cuando el médico le había hecho un par de preguntas sencillas, ella había visto tres imágenes de su cara. Ahora, sola en la habitación, se odiaba a sí misma por su debilidad. ¿Qué clase de madre era?

¡Ni siquiera podía buscar a su propio hijo!

A las doce, se había desmoronado por completo (Kyle llevaba ya tres horas perdido), cuando se dio cuenta de que no sería capaz de abandonar el hospital. Tan pronto como salió de la sala de rayos X se puso a gritar a todo pulmón el nombre de Kyle una y otra vez. Desahogarse de aquella manera le proporcionaba un extraño alivio. En su mente, Kyle podía oírla, y ella deseaba que él escuchara su voz.

«¡Vuelve, Kyle! ¡Regresa con mamá! Puedes oírme, ¿verdad que sí?»

No le importaba que las dos enfermeras le pidieran que bajara la voz, que se calmara, mientras ella forcejeaba violentamente contra su agarre. Le decían que se relajara, que todo saldría bien.

Pero Denise no podía estarse quieta. Siguió gritando su nombre y forcejeando con las enfermeras hasta que al final la llevaron a aquella habitación. Por entonces, ya no le quedaban fuerzas para seguir chillando. Sus gritos se habían vuelto meros sollozos. Una enfermera se había quedado con ella unos minutos para asegurarse de que se encontraba bien, después tuvo que responder a una llamada de urgencia de otra habitación. Desde entonces, había estado sola.

Miró sin pestañear el segundero del reloj junto a la cama.

Tic.

Nadie sabía qué pasaba. Antes de que la reclamaran en otra habitación, Denise le había pedido a la enfermera que llamara a la policía para averiguar si había noticias. Se lo había suplicado, pero la enfermera se había negado con diplomacia y le había asegurado que tan pronto como supiera algo se lo diría. De momento, lo mejor que podía hacer era calmarse, relajarse.

Relajarse.

¿Estaba loca?

Kyle seguía perdido, y ella sabía que todavía estaba vivo. Tenía que estarlo. Si Kyle moría, ella lo sabría; lo sentiría en sus entrañas, como si alguien le propinara un puñetazo en pleno estómago. Quizá tenían una conexión especial, tal vez todas las madres compartían esa conexión con sus hijos. Tal vez fuera porque Kyle no podía hablar y ella tenía que confiar en el instinto cuando se trataba de él. No estaba exactamente segura, pero su corazón le decía que lo sabría, y de momento su corazón había permanecido en silencio.

Kyle todavía estaba vivo.

Tenía que estarlo...

«¡Dios mío, que esté vivo, por favor!»

Tic.

Judy no llamó a la puerta, sino que la empujó con suavidad. La luz del techo estaba apagada. En un rincón del cuarto, una lamparita emitía una luz tenue. Entró sin hacer ruido. No sabía si Denise estaba dormida, pero no quería despertarla si era así.

Cuando se disponía a cerrar la puerta, Denise giró la cabeza, aturdida, y la miró.

Incluso en medio de la oscuridad parcial, cuando Judy se dio la vuelta y vio a Denise tumbada en la cama, se quedó helada. Fue una de las pocas veces en su vida que no supo qué decir.

Conocía a Denise Holton.

A pesar del vendaje alrededor de la cabeza, a pesar de los morados en la mejilla, a pesar de todo, reconoció a Denise como la joven que utilizaba los ordenadores en la biblioteca, la que tenía ese chiquillo encantador al que le gustaban los libros sobre aviones…

«¡Oh, no! ¡Aquel chiquillo tan encantador!»

Denise, sin embargo, no estableció ninguna conexión mientras escrutaba a la mujer que permanecía de pie delante de ella. Sus pensamientos todavía eran demasiado confusos. ¿Una enfermera? No, no iba vestida como tal. ¿La policía? No, demasiado mayor. Pero su cara se le antojaba familiar…

—¿Nos conocemos? —acertó a preguntar al final con una voz ronca.

Judy se recompuso y se acercó a la cama.

—En cierta manera —respondió suavemente—. Te he visto en la biblioteca. Trabajo allí.

Los ojos de Denise se abrieron un poco más. ¿La biblioteca? La habitación empezó a girar de nuevo a su alrededor.

—¿Qué hace aquí? —Las palabras salían diluidas, los sonidos se solapaban.

Judy no pudo evitar pensar que aquella pobre chica tenía razón. ¿Qué hacía allí? Nerviosa, jugueteó con la correa del bolso antes de contestar:

—He oído que tu hijo se ha perdido. Mi hijo forma parte del dispositivo de búsqueda.

Mientras contestaba, los ojos de Denise parpadearon con una mezcla de esperanza y miedo, y su expresión pareció más segura. Sin poder remediarlo, soltó una pregunta, pero esta vez las palabras emergieron con más lucidez que antes.

—¿Se sabe algo?

Fue una pregunta repentina, pero Judy se dio cuenta de que debería haberla esperado. ¿Por qué, si no, habría ido a verla?

Judy sacudió la cabeza.

—No, nada, lo siento.

Denise frunció los labios y permaneció callada. Pareció evaluar la respuesta antes de darse la vuelta hacia la pared.

—Me gustaría estar sola —dijo.

Sin estar todavía segura de qué hacer —«¿Por qué diantre he venido? Ni siquiera me conoce»—, Judy dijo la única cosa que a ella misma le habría gustado escuchar, la única cosa que le pareció acertada.

—Lo encontrarán, seguro.

Al principio, pensó que no la había oído, pero entonces vio que le temblaba la mandíbula y que, a renglón seguido, se le llenaban los ojos de lágrimas. Denise no hizo ningún ruido. Parecía estar conteniendo sus emociones como si no quisiera que nadie la viera en ese estado. Aunque no sabía cómo reaccionaría la chica, Judy se dejó llevar por un impulso materno y se acercó un poco más. Se detuvo solo unos instantes antes de sentarse en la cama. Denise no pareció darse cuenta. Ella la observó en silencio.

«¿Se puede saber en qué estaba pensando? ¿Que podría ayudarla? ¿Qué diantre puedo hacer? Quizá no debería haber venido… Ella no me necesita aquí. Si me pide de nuevo que me marche, me iré…»

Sus pensamientos se vieron interrumpidos por un susurro tan bajo que Judy apenas lo oyó.

—¿Y si no lo encuentran?

Judy buscó su mano y se la estrujó con ternura.

—Lo encontrarán.

Denise soltó un hondo y largo suspiro, como si intentara aunar fuerzas de alguna reserva oculta. Lentamente, giró la cabeza y miró a Judy, con los ojos rojos e hinchados.

—Ni siquiera sé si aún siguen buscándolo…

Así de cerca, Judy se fijó en el parecido físico entre Denise y su madre (o, mejor dicho, recordó el aspecto físico que tenía su madre). Podrían haber sido hermanas. Se preguntó por qué no había establecido la relación en la biblioteca. Pero aquel pensamiento fue rápidamente reemplazado cuando comprendió las palabras de Denise. Sin estar segura de si la había oído correctamente, Judy frunció el ceño.

—¿Qué quieres decir? ¿Nadie te ha informado sobre el resultado de la búsqueda?

A pesar de que Denise la estaba mirando, parecía muy lejos, perdida en una especie de aturdimiento apático.

—No sé nada desde que me metieron en la ambulancia.

—¿Nada? —repitió Judy, extrañada de que hubieran mostrado tan poca sensibilidad.

Denise sacudió la cabeza.

Inmediatamente, Judy echó un vistazo a la habitación en busca de un teléfono y se puso de pie. Saber que había algo que podía hacer le había hecho recuperar la confianza. Por eso había sentido la necesidad de ir al hospital.

«¿No han llamado a la madre? ¡Eso es inaceptable! ¡No solo inaceptable, sino, además, cruel! Un descuido, lo sé, pero, de todos modos, es muy cruel.»

Judy se sentó en la silla junto a la mesita, en la esquina de la habitación, y cogió el teléfono. Tras marcar un número rápidamente, contactó con la comisaría de la policía local de Edenton. Los ojos de Denise se abrieron desmesuradamente cuando comprendió lo que Judy se proponía hacer.

—Soy Judy McAden, estoy con Denise Holton en el hospital. Llamaba para saber cómo va la búsqueda… Ya, lo sé… Estoy segura de que está muy ocupado, pero necesito hablar con Mike Harris… Dígale que se ponga, que Judy desea hablar con él… Sí, es importante.

Cubrió el auricular con la mano para hablar con Denise.

—Conozco a Mike desde hace muchos años. Es el comisario. Quizá sepa algo.

Se oyó un clic, acto seguido, alguien cogió de nuevo el teléfono.

—Hola, Mike… No, estoy bien. No llamo por eso… Estoy aquí con Denise Holton, la madre del niño que se ha perdido en la ciénaga. Estoy en el hospital, y, por lo visto, nadie la ha informado acerca de la búsqueda… Sé que estáis liados…, pero ella necesita saber qué pasa… Ah… Entiendo, vale, muy bien, gracias.

Tras colgar, sacudió la cabeza y habló con Denise mientras marcaba un nuevo número.

—No sabe nada porque sus hombres no coordinan la búsqueda, ya que está fuera de los límites del condado. Llamaré al parque de bomberos.

De nuevo tuvo que pasar por los filtros iniciales antes de que le pasaran con un cargo superior. Entonces, después de uno o dos minutos, adoptó un tono de madre aleccionadora:

—Entiendo… Bueno, ¿es posible contactar por radio con alguien en la ciénaga? Estoy con la madre del pequeño, que tiene todo el derecho del mundo a saber qué pasa, y no puedo creer que no la hayan informado… ¿Qué te parecería si fuera Linda la que estuviera aquí y Tommy fuera el niño extraviado?… No me importa si estás muy ocupado. No hay excusas para un fallo así… Mira, no puedo creer que se te haya pasado por alto algo así… No, preferiría no tener que volver a llamar… ¿Qué te parece si me mantengo a la espera mientras contactas por radio con…? Joe, ella necesita saberlo. Hace horas que no sabe nada… De acuerdo.

Judy miró a Denise.

—Me mantendré a la espera. Está llamando a un bombero por radio. Tendremos noticias dentro de un par de minutos. ¿Estás mejor?

Denise sonrió por primera vez desde hacía horas.

—Gracias —contestó débilmente.

Transcurrió un minuto, luego otro, antes de que Judy volviera a hablar.

—Sí, sigo aquí…

Judy se quedó callada mientras escuchaba la explicación y, a pesar de las circunstancias, Denise sintió un brote de esperanza.

«Quizá…, por favor…»

Escudriñó a Judy en busca de cualquier signo de emoción. Mientras el silencio continuaba, la boca de la mujer se mantenía en una línea recta. Al cabo de un rato, habló:

—Entiendo… Gracias, Joe. Llama a este número si te enteras de algo más, ¿de acuerdo? Sí, el hospital en Elizabeth City. Dentro de un rato volveré a llamarte.

Mientras Denise la miraba, el corazón se le subió a la garganta y volvió a sentir náuseas.

Kyle seguía todavía perdido.

Judy colgó el teléfono y regresó junto a la cama.

—Todavía no lo han encontrado, pero siguen buscándolo. Un puñado de habitantes del pueblo se ha unido al dispositivo, así que hay más gente que antes buscando a tu hijo. El tiempo ha mejorado un poco, y creen que Kyle se ha dirigido hacia el sudeste. Hace una hora que han empezado a barrer el terreno en esa dirección.

Denise apenas la oyó.

Ya casi era la una y media de la madrugada.

La temperatura —que al principio era de unos quince grados— había descendido a cinco grados. Hacía más de una hora que el grupo avanzaba unido. Un viento frío proveniente del norte había provocado el descenso brusco de la temperatura. Taylor había empezado a temer que, si no hallaban al niño dentro de las siguientes dos horas, las posibilidades de encontrarlo con vida serían nulas.

Habían llegado a una zona de la ciénaga donde la vegetación era menos densa; los árboles crecían más separados y los matorrales no les arañaban la piel continuamente. La búsqueda se tornó más cómoda. Taylor podía ver a tres hombres —o más bien, la luz de sus linternas— en ambas direcciones. No había ningún espacio que quedara sin cubrir.

Taylor había cazado en aquella zona. Dado que el terreno era un poco más elevado, solía estar seco, y los ciervos acudían en manadas. A unos ochocientos metros, el promontorio desaparecía de nuevo por debajo de las capas freáticas; desde allí se llegaba a un sitio que los cazadores denominaban «Tiro al Pato». Durante la temporada de caza, docenas de bandadas de patos inundaban el lugar. Allí el agua era unos sesenta centímetros más profunda durante todo el año, por lo que la caza estaba asegurada.

Asimismo, era el punto más alejado donde podía haber ido Kyle.

Si, por supuesto, estaban avanzando en la dirección correcta.

Capítulo 7

*E*ran ya las dos y veintiséis minutos de la madrugada. Kyle llevaba casi cinco horas y media perdido.

Judy humedeció un paño y se lo pasó a Denise por la cara, con delicadeza. Denise no había hablado mucho, y Judy no la presionaba. Parecía aturdida: pálida y dominada por el agotamiento, con los ojos rojos y acuosos. Había vuelto a llamar al parque de bomberos y le habían dicho que todavía no sabían nada. En aquella segunda ocasión, Denise apenas reaccionó: parecía como si ya esperara la noticia.

—¿Quieres un vaso de agua? —le preguntó Judy.

La chica no contestó, pero ella se levantó de la cama y llenó el vaso. Cuando regresó, Denise intentó sentarse con la espalda erguida para tomar un sorbo, pero el accidente había empezado a pasarle factura al resto del cuerpo. Un dolor punzante le recorrió todo el brazo, desde la muñeca hasta el hombro, como una descarga eléctrica. El estómago y el pecho le dolían como si le hubieran colocado un objeto pesado encima durante mucho rato y se lo acabaran de quitar. Su cuerpo parecía ir recuperando poco a poco su estado habitual, como un globo que alguien estuviera volviendo a hinchar con gran esfuerzo. Sentía una gran tensión en el cuello, y le parecía como si le hubieran puesto una barra de hierro en la parte superior de la espalda, una sensación que no le permitía mover la cabeza hacia delante ni hacia atrás.

—Deja que te ayude —se ofreció Judy.

Judy depositó el vaso sobre la mesa y la ayudó a incorporarse. La cara de Denise se contrajo con una mueca de dolor; contuvo el aliento y frunció los labios con fuerza mientras el tormento la abordaba a oleadas, hasta que por fin empezó a remitir. Judy le dio el agua.

Mientras Denise tomaba un sorbo, lanzó un vistazo de nuevo al reloj. Las manecillas seguían avanzando implacables, sin piedad.

¿Cuándo lo encontrarían?

Judy estudió la expresión de Denise y le preguntó:

—¿Quieres que llame a una enfermera?

Denise no contestó.

Judy cubrió la mano de Denise con la suya.

—¿Quieres que me vaya para que puedas descansar?

La chica apartó la vista del reloj y miró a Judy. Seguía viendo a una extraña, aunque innegablemente afable, una extraña que mostraba un sincero interés por ella, que la miraba con ojos bondadosos, que le recordaba a su anciana vecina en Atlanta.

«Solo quiero a Kyle…»

—No creo que pueda dormir —balbuceó al final.

Denise apuró el agua y Judy le retiró el vaso.

—¿Cómo ha dicho que se llama? —preguntó Denise.

Ya podía hablar sin que se le trabara la lengua, pero la sensación de cansancio hacía que las palabras fluyeran con languidez.

—He oído su nombre cuando ha hecho las primeras llamadas, pero no lo recuerdo.

Judy dejó el vaso sobre la mesa y ayudó a Denise a acomodarse de nuevo.

—Soy Judy McAden. Supongo que he olvidado mencionarlo al principio, cuando he entrado.

—¿Y trabaja en la biblioteca?

Ella asintió.

—Os he visto a ti y a tu hijo allí, en varias ocasiones.

—¿Por eso…? —se interesó Denise, sin acabar la frase.

—No, de hecho he venido porque conocía a tu madre, cuando era joven. Fuimos amigas hace mucho tiempo. Al enterarme de lo que ha sucedido…, bueno, no quería que pensaras que estabas sola en este trance.

Denise entrecerró los ojos para observarla mejor, como si viera a Judy por primera vez.

—¿Mi madre?

La mujer asintió.

—Vivía en la misma calle que yo; un poco más abajo. Nos criamos juntas.

Denise intentó recordar si su madre la había mencionado, pero concentrarse en el pasado era como intentar descifrar una imagen en una pantalla borrosa de televisión. No podía recordar nada. Mientras lo intentaba, sonó el teléfono.

Aquel sonido estridente las pilló por sorpresa. Las dos se dieron la vuelta a la vez hacia el aparato.

Unos minutos antes, Taylor y los demás habían llegado al Tiro al Pato. Allí, el agua pantanosa era más profunda. Se hallaban a dos kilómetros del lugar donde había ocurrido el accidente. Kyle no podía haber ido más lejos; sin embargo, no encontraron nada.

Uno a uno fueron llegando al Tiro al Pato, donde el grupo empezó a converger; a través de los radiotransmisores se podían oír varias voces decepcionadas.

Taylor, sin embargo, no llamó. Todavía enzarzado en la búsqueda, intentó de nuevo ponerse en la piel de Kyle, formulándose las mismas preguntas que ya se había hecho antes. ¿Había ido el niño en aquella dirección? Una y otra vez, llegaba a la misma conclusión. Estaba seguro de que el viento tenía que haberlo empujado hacia allí. El pequeño no habría querido bregar contra el viento; además, al dirigirse hacia ese punto, se habría mantenido alejado de los relámpagos.

¡Maldición! ¡Tenía que haber ido en esa dirección! ¡Seguro! Pero ¿dónde estaba?

De repente deseó llevar gafas de visión nocturna, cosa que le habría permitido reducir el grado de oscuridad y le habría facilitado distinguir la imagen del niño a partir del calor de su cuerpo. Sabía que varias tiendas vendían ese tipo de gafas, pero no conocía a nadie en el pueblo que tuviera unas. Por supuesto, el parque de bomberos no contaba con esa clase de material tan sofisticado (ni siquiera podían permitirse un uniforme básico, así que menos aún un dispositivo de última tecnología). Los presupuestos limitados, después de todo, eran una lacra de lo más normal en la vida de un pequeño pueblo.

Pero la Guardia Nacional…

Taylor estaba seguro de que ellos sí que tendrían el equipamiento necesario, aunque en esos precisos instantes no podía contar con esa opción. Tardaría mucho en contactar con ellos; además, pedir a sus colegas de la Guardia Nacional que le prestaran unas gafas de visión nocturna no le parecía algo factible: el empleado a cargo del material necesitaría una autorización de su superior, quien a su vez la necesitaría de alguien más, quien exigiría que le pasaran la solicitud por escrito, y bla, bla, bla. Además, aunque la solicitud fuera aprobada por el milagro que fuera, el depósito más cercano estaba a casi dos horas en coche. Cuando consiguiera las gafas, ya sería prácticamente de día.

«¡Piensa!»

Un relámpago iluminó nuevamente el cielo, sacándolo de su ensimismamiento. Había transcurrido un buen rato desde el último rayo. Seguía lloviendo, pero lo peor ya había pasado.

Cuando el cielo nocturno se iluminó, a lo lejos vio una estructura rectangular de madera, parcialmente cubierta por la maleza. Era uno de los observatorios de patos que había en aquella zona; en total debía de haber una docena.

Su mente empezó a discurrir a gran velocidad… Los observatorios de patos… parecían casitas infantiles, y ofrecían suficiente cobijo para resguardarse de la lluvia. ¿Había Kyle visto uno?

No, demasiado fácil…, no podía ser…, pero…

A pesar de que no las tenía todas consigo, Taylor sintió una descarga de adrenalina. Tuvo que hacer un enorme esfuerzo para no perder la calma.

«Quizá», eso era todo. Solo un gran «quizá».

Sin embargo, en esos momentos, un «quizás» era todo lo que tenía. Así pues, aceleró la marcha hacia el primer mirador de patos que había visto. Las botas se le hundían en el lodo, provocando un chapoteo mientras avanzaba con dificultad a través del suelo cenagoso. A los pocos segundos, llegó al mirador. Había estado en desuso desde el otoño anterior, y estaba rodeado por plantas enredaderas y maleza. Se abrió paso entre las enredaderas y asomó la cabeza dentro. Barrió el interior del mirador con la luz de la linterna, esperando ver a un niño acurrucado, resguardándose de la tormenta.

Pero lo único que encontró fueron las tablas de madera del suelo.

Mientras retrocedía, otro relámpago iluminó el cielo y Taylor avistó otro mirador a unos cincuenta metros, uno que no quedaba tan oculto como el que acababa de inspeccionar. Taylor volvió a ponerse en marcha, corriendo, esperanzado...

«Si fuera un niño y hubiera llegado hasta aquí y viera algo que se asemejara a una casita...»

Llegó al segundo mirador, lo examinó rápidamente, pero tampoco encontró nada. Volvió a soltar una maldición. Sabía que cada vez disponían de menos tiempo. Reanudó la marcha, enfilando hacia el siguiente mirador, sin saber a ciencia cierta dónde estaba. Sabía por experiencia que no podía estar a más de un kilómetro, cerca de la orilla.

Y tenía razón.

Resollando, luchó contra la lluvia, el viento y sobre todo contra el cieno, con la corazonada de que su búsqueda en los miradores daría el fruto esperado. Si Kyle no estaba allí, llamaría al resto de los voluntarios por el radiotransmisor y les pediría que rastrearan todos los miradores de la zona.

Llegó al tercer mirador, apartó la maleza y rodeó la estructura al tiempo que procuraba calmar sus expectativas. Al iluminar el interior con la linterna, contuvo el aliento.

Sentado en un rincón, vio a un niño pequeño, lleno de lodo y de arañazos, sucio de los pies a la cabeza..., pero, aparte de eso, parecía estar bien.

Taylor parpadeó, pensando que era una alucinación, pero cuando volvió a abrir los ojos, el pequeño seguía allí, con su camiseta de Mickey Mouse.

Estaba demasiado impresionado como para hablar. A pesar de las horas que llevaba buscando al pequeño, la conclusión había parecido llegar demasiado rápido.

En el silencio —apenas unos segundos, como máximo—, Kyle alzó la vista hacia él, hacia el gigante del impermeable amarillo, con una expresión de sorpresa en su cara, como si lo acabaran de pillar haciendo algo indebido.

—¡Hoa! —exclamó el pequeño, y Taylor rompió a reír a carcajadas.

Los dos se relajaron con muecas de entusiasmo. El chico se apoyó sobre una rodilla. El pequeño se incorporó sobre sus pies y luego sobre sus brazos hasta quedar a cuatro patas. Tenía frío y estaba empapado. No paraba de tiritar. Cuando Taylor sintió aquellos bracitos alrededor de su cuello, los ojos se le llenaron de lágrimas.

—¡Vaya! ¡Hola, muchachote! Supongo que tú debes de ser Kyle.

Capítulo 8

—El chico está bien, repito, está bien. He encontrado a Kyle. Está aquí conmigo.

Tras aquellas palabras por el radiotransmisor, el grito de entusiasmo se extendió entre el grupo de voluntarios, que se encargaron de transmitir la noticia al parque de bomberos, desde donde Joe, sin dilación alguna, llamó al hospital.

Eran las 2.32 de la madrugada.

Judy alargó el cable del teléfono desde la mesita, luego se sentó en la cama para que Denise pudiera contestar. Apenas podía respirar cuando cogió el aparato. Entonces, de repente, se llevó la mano a la boca para reprimir un grito. Su sonrisa, tan sincera y conmovedora, era contagiosa. Judy tuvo que contener las ganas de ponerse a dar brincos de alegría.

Las preguntas que hizo Denise eran las esperadas:

—¿Está bien?… ¿Dónde lo han encontrado?… ¿Está seguro de que no está herido?… ¿Cuándo podré ver a mi hijo?… ¿Por qué tanto rato?… Ah, ya, entiendo… Pero ¿está seguro?… Gracias, muchas gracias… ¡No puedo creerlo!

Cuando colgó el teléfono, Denise se incorporó —esta vez sin ayuda— y abrazó a Judy espontáneamente mientras le refería lo que le habían dicho.

—Ya están de camino, hacia el hospital. Kyle tiene frío y está empapado, y quieren examinarlo, por precaución, solo para confirmar que está bien. Llegarán dentro de una hora, más o menos… No puedo creerlo.

La emoción hizo que Denise sintiera un nuevo mareo, pero qué más daba.

Kyle estaba a salvo. Eso era lo único que importaba en esos momentos.

En la ciénaga, Taylor se había quitado el impermeable y había arropado a Kyle con él, para darle calor. Luego lo sacó en brazos del mirador y se reunió con el resto de sus compañeros. Se quedaron en el Tiro al Pato solo el tiempo necesario para confirmar que no faltaba nadie. Una vez reunidos, iniciaron el camino de regreso en grupo, esta vez en formación compacta.

Las cinco horas de búsqueda le habían pasado factura, y llevar a Kyle en brazos suponía un verdadero suplicio. El pequeño pesaba como mínimo dieciocho kilos, y el peso extra no solo le provocaba un entumecimiento en los brazos, sino que, además, hacía que se hundiera más en el cieno. Cuando llegó a la carretera, estaba exhausto. ¿Cómo era posible que las mujeres llevaran a sus hijos todo el rato en brazos mientras compraban en el centro comercial?

Una ambulancia los esperaba en la carretera. Al principio, Kyle no quería separarse de Taylor, pero este le habló con suavidad hasta que al final consiguió convencerlo para que dejara que el enfermero lo examinara. Sentado en la ambulancia, Taylor no deseaba nada más que darse una larga ducha con agua caliente, pero como Kyle parecía al borde del pánico cada vez que se apartaba de él, decidió acompañarlo hasta el hospital. El sargento Huddle abrió el camino con su coche patrulla, mientras que el resto de los voluntarios empezaron a marcharse a sus casas.

Por fin, aquella larga noche tocaba a su fin.

Llegaron al hospital un poco después de las tres y media de la madrugada. A esas horas, el ajetreo en la sala de urgencias se había calmado y prácticamente todos los pacientes habían sido atendidos. Los médicos habían sido informados de la inminente llegada de Kyle y lo esperaban en la puerta. Igual que Denise y Judy.

Judy había sorprendido a la enfermera de guardia al presentarse en el mostrador a esas horas de la noche para pedir una silla de ruedas para Denise Holton.

—¿Qué hace aquí? ¿No sabe qué hora es? Ya no son horas de visita…

Pero Judy simplemente desatendió sus preguntas y repitió su petición. Fue necesario engatusar un poquito a la enfermera, aunque no demasiado.

—Han encontrado a su hijo y lo traen aquí. Quiere verlo cuando llegue.

La enfermera la escuchó y le aseguró que tendrían la silla de ruedas.

La ambulancia se detuvo frente a la puerta unos minutos antes de lo previsto. La puerta trasera se abrió de par en par y bajaron a Kyle en la camilla, mientras Denise intentaba ponerse de pie. Cuando la camilla atravesó el umbral, tanto el médico como las enfermeras se apartaron a un lado para que Kyle pudiera ver a su madre.

En la ambulancia lo habían inmovilizado con unas correas y luego lo habían abrigado con mantas para que entrara en calor. Aunque su temperatura había descendido un par de grados en las últimas horas, no había estado en ningún momento bajo riesgo de sufrir una hipotermia, y las mantas habían cumplido su objetivo. Kyle tenía la carita sonrosada y se movía sin problemas; la verdad era que tenía mejor aspecto que su madre.

Denise se aferró a la camilla y se inclinó hacia delante. Cuando Kyle la vio, se sentó inmediatamente, alargó los brazos y los dos se fundieron en un emotivo abrazo.

—¡Mami! —gritó el pequeño.

Denise se echó a reír; el médico y las enfermeras la imitaron.

—Hola, cielo —le susurró al oído, con los ojos cerrados para contener las lágrimas—. ¿Estás bien?

Kyle no contestó, aunque esta vez a su madre no le importó en absoluto.

Υ

Denise tomó la mano de su hijo y lo acompañó mientras lo llevaban en camilla hasta la sala de observación. Judy se quedó atrás, en un segundo plano, mirándolos cómo desaparecían tras la puerta, sin querer interrumpir. Cuando los perdió de vista, suspiró. De repente se dio cuenta de lo cansada que estaba. Hacía muchos años que no trasnochaba. Pero había valido la pena; no había nada mejor que un buen sobresalto, como en una montaña rusa, para conseguir que el corazón bombeara con fuerza. Unas cuantas noches más como aquella y estaría en forma para una maratón.

Abandonó la sala de urgencias justo cuando la ambulancia daba marcha atrás, y se puso a buscar las llaves del coche en el bolso. Al alzar la cabeza, vio a Taylor, que estaba hablando con Carl Huddle cerca del coche patrulla, y suspiró aliviada. Su hijo la vio al mismo tiempo; de hecho, al principio pensó que la vista le estaba jugando una mala pasada. La observó con curiosidad mientras se acercaba a ella.

—¿Qué haces aquí, mamá? —le preguntó, incrédulo.

—He pasado la noche con Denise Holton, ya sabes, la madre del pequeño. Pensé que necesitaría un poco de apoyo moral.

—¿Y has decidido presentarte aquí, sin conocerla?

Ambos se abrazaron.

—¡Pues claro!

Taylor sintió un inmenso orgullo por ella. Su madre era toda una dama. Al cabo de unos segundos, Judy se separó y lo miró de arriba abajo.

—¡Menudo aspecto más deplorable, hijo!

Taylor se echó a reír.

—Gracias por los ánimos. La verdad es que me encuentro muy bien.

—Lo supongo. Es como deberías sentirte. Esta noche has hecho una gran hazaña.

Él sonrió levemente antes de volver a adoptar un porte serio.

—¿Cómo estaba ella? Quiero decir, antes de que encontráramos a su hijo —se interesó.

Judy se encogió de hombros.

—Angustiada, perdida, aterrorizada… Elije el adjetivo que prefieras. Esta noche ha pasado por prácticamente todas las fases imaginables.

Él la miró con una sonrisilla maliciosa.

—He oído que le has soltado cuatro frescas a Joe.

—¡Y no me arrepiento! ¿Se puede saber en qué estabais pensando en el parque de bomberos?

Taylor alzó las manos a la defensiva.

—¡A mí no me culpes! Yo no soy el jefe. Además, él estaba tan preocupado como nosotros, te lo aseguro.

Judy alzó la mano para apartar un mechón de pelo rebelde de los ojos de su hijo.

—Debes de estar agotada.

—Un poco, pero nada que no se solucione con unas horas de sueño. ¿Quieres que te lleve a casa?

Judy ensartó el brazo con el de Taylor y los dos enfilaron hacia el aparcamiento. Después de recorrer unos pasos, ella lo miró con interés.

—Eres un chico muy apuesto. ¿Cómo es posible que todavía no te hayas casado?

—Me preocupa la familia, mamá.

—¿Cómo?

—Me refiero a cómo se lleve mi mujer con mi familia.

Judy sonrió al tiempo que retiraba el brazo en señal de fingido reproche.

—¡Retiro lo dicho! ¡Ya no me pareces nada apuesto!

Taylor rio al tiempo que volvía a abrazarla con cariño.

—Solo bromeaba. Ya lo sabes.

—Eso espero.

Cuando llegaron al coche, Taylor tomó las llaves y le abrió la puerta a su madre. Judy se sentó al volante y él se inclinó hacia ella por la ventanilla abierta.

—¿Estás segura de que no estás demasiado cansada para conducir? —le preguntó.

—No, estoy bien. Además, no queda tan lejos. Por cierto, ¿dónde tienes el coche?

—Todavía en el lugar del accidente. He llegado aquí en la ambulancia, con Kyle. Carl se ha ofrecido a llevarme de vuelta.

Judy asintió mientras giraba la llave de su auto: el motor cobró vida de inmediato.

—Me siento muy orgullosa de ti, Taylor.

—Gracias, mamá. Yo también me siento muy orgulloso de ti.

Capítulo 9

*E*l día siguiente amaneció nublado, con lluvias ocasionales, aunque la borrasca ya se había desplazado hacia el mar. Los periódicos se hacían eco de lo que había sucedido la noche previa; los titulares se centraban sobre todo en un tornado cerca de Maysville que había arrasado parte de un parque de casas móviles. El resultado: cuatro personas muertas y otras siete heridas.

En ningún diario se mencionaba el rescate de Kyle Holton; ningún reportero se había enterado hasta el día siguiente, bastantes horas después de que ya lo hubieran encontrado, de que el pequeño se había perdido. La misión de búsqueda había sido todo un éxito. Por eso había pasado desapercibida, especialmente si se comparaba con el continuo goteo de información sobre las consecuencias desastrosas de la borrasca en la parte más oriental del estado.

Denise y Kyle seguían todavía en el hospital; les habían permitido dormir en la misma habitación. Ambos tenían que pasar la noche en observación (o, mejor dicho, lo que quedaba de la noche), y aunque a Kyle le habrían dado el alta a la tarde siguiente, los médicos querían mantener a Denise un día más en observación.

El bullicio en el hospital no permitía dormir hasta muy tarde. El médico de guardia entró a verlos a los dos, y después Denise y Kyle pasaron el resto de la mañana mirando dibujos animados. Ambos estaban en la cama de Denise, con un par de almohadas en la espalda, para permanecer cómodamente sentados, y vestidos con las batas que les había proporcionado el hospital. Kyle estaba mirando *Scooby-Doo*, su serie favorita. También habían sido los dibujos animados favoritos de Denise cuando era pequeña. Lo único que les faltaba era una bolsa de palomitas. A ella, de solo pensar en esa posibilidad, se le removió el estómago. Pese a que la sensación de mareo había desaparecido casi por completo, la intensa luz todavía le dañaba la vista, y le costaba digerir los alimentos.

—*Tá criendo* —dijo Kyle, señalando hacia la pantalla, mirando cómo las piernas de Scooby se movían en círculos.

—Sí, huye del fantasma. ¿Puedes decir: «Huye del fantasma»?

—*Yel fantama.*

Denise lo estrechaba con un brazo por encima del hombro, y le dio una palmadita de aprecio.

—¿Corriste anoche?

Kyle asintió, sin apartar la vista de la pantalla.

—*Zí, orría.*

—¿Estabas asustado?

—*Zí, autado.*

Aunque su tono cambió levemente, Denise no sabía si estaba hablando de él o si todavía hablaba de *Scooby-Doo*. Kyle no comprendía la diferencia entre los pronombres (yo, tú, él, ella…), ni tampoco sabía usar los tiempos verbales adecuadamente. Corrí, corría, corrió… para él significaban lo mismo; por lo menos, esa era la impresión de Denise. El concepto de tiempo (ayer, mañana, anoche) también se escapaba a su lógica.

Era la primera vez que hablaban sobre lo que había sucedido. Un poco antes había intentado sin éxito abordar el tema. «¿Por qué corrías? ¿En qué pensabas? ¿Qué viste? ¿Dónde te encontraron?» Kyle no había contestado a ninguna de sus preguntas, ni ella tampoco esperaba que lo hiciera. Aun así, de todos modos, quería preguntárselo. Algún día quizás él sería capaz de contárselo. Algún día, cuando pudiera hablar, quizá recordaría la experiencia y se la contaría con pelos y señales. «Sí, mamá, recuerdo…»

Hasta entonces, sin embargo, seguiría siendo un misterio.

Hasta entonces.

A Denise aquel «entonces» se le antojaba más lejos que nunca.

La puerta de la habitación se abrió con un leve empujón.

—¿Se puede?

Denise se volvió hacia la puerta y vio a Judy McAden, que asomaba la cabeza.

—Espero no venir en un mal momento. He llamado al hospital, y me han dicho que los dos seguíais ingresados.

La chica intentó alisarse la bata arrugada del hospital.

—¡No, por supuesto que no! Estábamos mirando la tele. ¡Pase!

—¿Segura?

—Por supuesto. Solo puedo mirar dibujos animados un rato; luego me canso.

Denise cogió el control remoto y bajó un poco el volumen.

Judy se acercó a la cama.

—Solo quería conocer a tu hijo. Se ha convertido en el principal tema de conversación en el pueblo. Esta mañana he recibido, por lo menos, unas veinte llamadas.

Denise ladeó la cabeza y miró a su hijo con orgullo.

—Pues aquí está, el pequeño travieso. Kyle, di «hola» a la señora Judy.

—*Hoa, zora Udi* —susurró él, con la mirada fija en la pantalla.

Judy tomó la silla y se sentó junto a la cama. A continuación, le dio unas palmaditas al pequeño en la pierna.

—Hola, Kyle. ¿Cómo estás? He oído que anoche tuviste una gran aventura. Tu madre estaba muy preocupada.

Después de un momento de silencio, Denise alentó a su hijo a contestar.

—Kyle, di: «Sí, lo sé».

—*Zí, o zé.*

Judy miró a Denise.

—Os parecéis muchísimo.

—Por eso lo compré —respondió Denise rápidamente, y Judy se echó a reír.

La mujer volvió a mirar a Kyle.

—Tu mamá es divertida, ¿verdad?

El crío no contestó.

—Kyle no se expresa muy bien todavía —comentó Denise en voz baja—. Va retrasado en el habla.

Judy asintió, luego se inclinó un poco más hacia el niño, como si quisiera contarle un secreto.

—Oh, no pasa nada, ¿verdad, Kyle? Yo tampoco soy tan divertida como los dibujos animados. ¿Qué estás viendo?

De nuevo, el pequeño no contestó. Denise le dio unos golpecitos en el hombro.

—Kyle, ¿qué dan en la tele?

Sin mirarla, el niño susurró:

—*Zcudidú.*

A Judy se le iluminaron los ojos.

—Oh, Taylor solía mirar esos dibujos cuando era pequeño. —Entonces, hablando un poco más despacio, preguntó—: ¿Es divertido?

Kyle asintió con entusiasmo.

—*Zí, iveído.*

Denise abrió los ojos, sorprendida al comprobar que Kyle había contestado. Sus facciones se relajaron.

Le dio las gracias a Dios por estas pequeñas cosas.

Judy volcó toda su atención en Denise.

—Todavía no puedo creer que sigan dando esa serie de dibujos animados en la tele.

—¿*Scooby-Doo*? La dan dos veces al día —puntualizó Denise—. Lo vemos por la mañana y por la tarde.

—¡Qué suerte!

—Sí, menuda suerte. —Denise torció el gesto. Judy sonrió.

—¿Qué tal os encontráis hoy los dos?

Denise irguió un poco más la espalda en la cama.

—Bueno, Kyle está en plena forma. Por su aspecto nadie diría que pasó una noche terrorífica. En cambio, yo…, bueno, digamos que podría estar mejor.

—¿Te recuperarás pronto?

—Mañana. Por lo menos, eso espero.

—Si has de quedarte en el hospital, ¿quién cuidará de Kyle?

—Oh, se quedará conmigo. En el hospital me han ofrecido esa posibilidad. Les estoy muy agradecida.

—Bueno, si necesitas que alguien cuide de él, avísame, ¿de acuerdo?

—Gracias —respondió Denise al tiempo que desviaba nuevamente los ojos hacia su hijo—, pero creo que estaremos bien aquí, ¿verdad, Kyle? Mamá ha estado demasiado tiempo separada de ti. Lo suficiente por una temporada.

En los dibujos animados, de repente se abrió la tumba de una momia: Shaggy y Scooby empezaron a correr otra vez, con Vilma pisándoles los talones. Kyle rio, como si no hubiera oído a su madre.

—Además, usted ya ha hecho más que suficiente —continuó Denise—. Siento mucho no haber tenido la oportunidad de darle las gracias anoche, pero es que…

Judy alzó las manos para atajarla.

—Oh, no te preocupes por eso. Estoy encantada de que al final todo saliera bien. ¿Carl ha pasado ya a verte?

—¿Carl?

—El policía que estaba de servicio anoche.

—No, todavía no. ¿Pasará a verme?

Judy asintió.

—Eso he oído. Taylor me ha comentado esta mañana que Carl todavía ha de hacerte unas preguntas para completar el informe.

—¿Taylor? ¿Se refiere a su hijo?

—Así es, mi querido y único hijo.

Denise hizo un esfuerzo por recordar las imágenes de la noche previa.

—Fue él quien me encontró, ¿verdad?

Judy asintió.

—Estaba realizando un seguimiento de los cables eléctricos caídos cuando, por casualidad, vio tu coche.

—Supongo que también debería darle las gracias.

—Ya se las daré yo de tu parte. Pero no estaba solo en la ciénaga, ¿sabes? Al final había más de veinte personas del pueblo que habían ido a prestar ayuda.

Denise sacudió la cabeza, sorprendida.

—Pero si ni siquiera me conocen…

—La gente tiene una forma extraña de sorprenderte, ¿verdad? La cierto es que hay un montón de gente buena por ahí. Para serte sincera, no me sorprendió. Edenton es un pueblo pequeño, pero aquí la gente tiene un gran corazón.

—¿Ha vivido toda su vida en Edenton?

Judy asintió.

Denise susurró con gesto conspirativo:

—Supongo que conoce casi todos los tejemanejes en el pueblo.

Judy se llevó la mano al corazón cual una Scarlett O'Hara y soltó lentamente las palabras, con pose teatral:

—Mira, bonita, podría contarte historias que te erizarían las puntas de las pestañas.

Denise rio.

—Quizá tenga ocasión de pasar a visitarla algún día, para que me cuente algún chisme interesante.

Judy siguió imitando la actitud de la típica joven sureña, cándida y mojigata:

—¡Pero eso sería cotillear, y cotillear es pecado!

—Lo sé, pero es que yo soy una pecadora nata.

Judy le guiñó el ojo.

—¡Ya somos dos! ¡Me parece un plan perfecto! Y ya puestas, te contaré anécdotas sobre tu madre, de cuando era joven.

Una hora después del almuerzo, Carl Huddle pasó a ver a Denise y acabó de completar el informe. Animada y mucho más despierta que la noche anterior, contestó las preguntas con toda suerte de detalles. Incluso así, dado que el caso estaba oficialmente cerrado, no les llevó más de veinte minutos. Kyle estaba sentado en el suelo, jugando con un avión que Denise había encontrado en el bolso. El sargento Huddle le había devuelto aquel juguete la noche anterior.

Cuando acabaron, el policía dobló las páginas del informe y las guardó en una carpeta manila, si bien no mostró ninguna prisa por marcharse. En vez de eso, entornó los ojos y reprimió un bostezo con el reverso de la mano.

—Disculpe —dijo, intentando zafarse del profundo sopor que lo había embargado de repente.

—¿Cansado? —preguntó ella con cortesía.

—Un poco. He tenido una noche movida.

Denise se acomodó en la cama.

—Me alegro de que haya venido a verme. Quería darle las

gracias por lo que hizo. No se imagina lo mucho que supone para mí.

El sargento Huddle asintió como si ya hubiera estado en situaciones similares antes.

—De nada, pero es mi trabajo. Además, yo también tengo una hija pequeña. De haber sido ella la que se hubiera extraviado, habría deseado que todo el mundo en un radio de… unos ochenta kilómetros a la redonda, por decir algo, hubiera dejado lo que tenía entre manos para ayudarme a encontrarla. Nadie podría haberme sacado de la ciénaga anoche, ni a la fuerza.

Por su tono, Denise supo que estaba siendo sincero.

—¿Así que también tiene una hija? —se interesó.

—Sí. El lunes pasado cumplió cinco años. A esa edad, están para comérselos.

—Yo creo que están para comérselos a cualquier edad. ¿Cómo se llama?

—Campbell. Como la sopa. Es el apellido de soltera de mi esposa.

—¿Tiene más hijos?

—De momento no, pero, dentro de un par de meses, Campbell va a dejar de ser hija única.

—¡Vaya! ¡Enhorabuena! ¿Niño o niña?

—Todavía no lo sabemos. Será una sorpresa, igual que con Campbell.

Denise asintió y entornó los ojos un momento. El sargento Huddle se propinó un golpecito con la carpeta en las rodillas; acto seguido, se levantó para marcharse.

—Bueno, será mejor que me vaya. Probablemente necesita descansar.

A pesar de que sospechaba que el policía hablaba más para sí mismo, Denise irguió un poco más la espalda en la cama.

—Antes de que se vaya, ¿le importaría si le hago un par de preguntas acerca de lo que pasó anoche? Con la conmoción que sufrí y con todo el jaleo de esta mañana, aún no sé qué es lo que realmente sucedió…. Quiero decir que no lo sé de primera mano.

—Por supuesto, pregunte todo lo que quiera.

—¿Cómo consiguieron…? Quiero decir, estaba tan oscuro y con la tormenta… —Hizo una pausa, en busca de las palabras correctas.

—¿Se refiere a cómo encontramos a su hijo? —añadió el sargento Huddle.

Denise asintió.

El policía miró de reojo a Kyle, que seguía jugando con el avión en un rincón.

—Bueno, me gustaría decir que fue gracias a nuestra destreza y nuestro entrenamiento, pero no fue así. Tuvimos suerte, muchísima suerte. Su hijo podría haber estado perdido en la ciénaga varios días. Es un paraje denso. Al principio no sabíamos qué dirección había tomado, pero Taylor supuso que Kyle seguiría el viento y se alejaría de los relámpagos. Efectivamente, tenía razón. —El policía sonrió al chico con la orgullosa mirada que tendría un padre después de que su hijo hubiera anotado el tanto decisivo en un partido, luego prosiguió—: Tiene un hijo muy valiente, señorita Holton. Que lo encontráramos en buen estado fue más gracias a él que a nuestra actuación. La mayoría de los niños (¡qué diantre, diría que todos los niños que conozco!) habrían estado aterrorizados, pero su hijo no lo estaba. Es realmente sorprendente.

Denise frunció el ceño al pensar en lo que el sargento le acababa de contar.

—Un momento… Cuando habla de Taylor…, ¿se refiere a Taylor McAden?

—Sí, el mismo que la encontró. —El policía hizo una pausa para rascarse la barbilla—. De hecho, ahora que lo pienso, fue él quien los encontró a los dos. Encontró a Kyle en el mirador de patos, y Kyle no quería soltarse de él hasta que llegó al hospital. Se aferró a él como un pulpo.

—¿Taylor McAden encontró a Kyle? Pensaba que era usted quien lo había encontrado.

El sargento Huddle recuperó la gorra que había dejado en el extremo de la cama.

—No, no fui yo, pero le aseguro que no fue porque no lo intentara. Es como si Taylor hubiera establecido una conexión especial con su hijo toda la noche. Eso sí, no me pregunte cómo.

El sargento Huddle se quedó unos momentos ensimismado en sus pensamientos. Desde la cama, Denise podía ver las oscuras ojeras bajo sus párpados. Parecía agotado, como si su único deseo fuera acurrucarse en la cama.

—Bueno…, de todas formas, muchas gracias. Sin usted, Kyle probablemente no estaría aquí.

—De nada. Me encantan los finales felices, y estoy contento de que haya sido así en este caso.

Tras despedirse, el sargento Huddle atravesó el umbral. Después de que cerrara la puerta a su espalda, Denise alzó la vista hacia el techo, sin realmente verlo.

¿Taylor McAden? ¿Judy McAden?

No se lo podía creer, qué coincidencia. Pero, claro, todo lo que había sucedido la noche previa parecía responder a una serie de coincidencias. La tormenta, el ciervo, el cinturón de seguridad sobre su regazo, pero no por encima del hombro (nunca lo había hecho antes, y no lo volvería a hacer nunca más, de eso estaba segura), Kyle saliendo del coche y alejándose mientras ella estaba inconsciente y no podía detenerlo…, todo.

Incluso los McAden.

Judy había ido al hospital para darle su apoyo, y su hijo había encontrado el coche accidentado. Ella conocía a su madre desde hacía mucho tiempo y él acabó por encontrar a Kyle.

¿Coincidencia? ¿Destino?

¿Algo más?

Más tarde, ese mismo día, con la ayuda de una enfermera y del listín telefónico de la localidad, Denise escribió dos notas personales, una para Carl y otra para Judy, y luego una nota general (dirigida al parque de bomberos), para darles las gracias a todos los que habían intervenido en la búsqueda.

Por último, le escribió una nota a Taylor McAden. Mientras lo hacía no pudo evitar sentir curiosidad por él.

Capítulo 10

*T*res días después del accidente y del éxito en la búsqueda de Kyle, Taylor franqueó el arco de piedra gris que marcaba la entrada del Cypress Park Cemetery, el cementerio más antiguo de Edenton. Sabía exactamente adónde se dirigía, así que tomó un atajo entre las lápidas que estaban a la intemperie. Algunas eran tan antiguas que la lluvia había pulido durante dos siglos la superficie hasta borrar casi por completo los epitafios. Taylor podía recordar las veces que se había detenido frente a alguna de ellas en un intento de descifrar el texto, pero no tardó en darse cuenta de que eso era totalmente imposible.

Aquel día, sin embargo, ni siquiera las miró mientras avanzaba con paso firme bajo el cielo encapotado, y solo se detuvo cuando llegó a los pies de un imponente sauce. Allí, en el flanco oeste del cementerio, el monumento funerario que había ido a visitar se erigía unos treinta centímetros por encima del suelo. Salvo por la altura, se trataba de un bloque de granito sin ninguna característica en particular, con un escueto epitafio en la cara superior.

La hierba estaba muy crecida a ambos lados, pero, aparte de eso, el espacio mostraba un aspecto pulcro. Justo delante de la lápida, en una pequeña maceta encajada en el suelo, sobresalía un ramo de claveles marchitos. Taylor no tuvo que contarlos para saber cuántos había, ni tampoco se preguntó quién los había dejado allí.

Once claveles, uno por cada año de matrimonio. Su madre los llevaba siempre en mayo, en su aniversario de bodas, tal como había hecho durante los últimos veintisiete años. A lo largo de todo ese tiempo, ella nunca le había dicho a Taylor que pasaba por el cementerio a depositarlas, y él jamás había mencionado que lo sabía. Le parecía bien que ella continuara con su secreto, ya que eso le permitía mantener a salvo el suyo.

A diferencia de su madre, Taylor no visitaba la tumba en el aniversario de sus padres. Aquel era el día reservado para Judy, el día en que ellos habían dejado constancia de su amor delante de familiares y amigos. Taylor iba al cementerio en el mes de junio, el aniversario de la muerte de su padre, un día que jamás olvidaría.

Como de costumbre, iba vestido con unos pantalones vaqueros y una vieja camisa de manga corta. Había aprovechado el descanso a la hora de comer para ir directamente al cementerio desde la casa que estaba rehabilitando; la camisa se le pegaba al pecho y a la espalda, por el sudor. Nadie le había preguntado adónde iba, y él no se había molestado en dar explicaciones. Después de todo, era una cuestión que solo le incumbía a él.

Taylor se inclinó y empezó a arrancar las hierbas más espigadas a ambos lados de la lápida, doblándolas en la palma de la mano para conseguir agarrarlas mejor, antes de cortarlas a determinada altura para que quedaran al mismo nivel que el resto. Se tomó su tiempo. Mientras nivelaba los cuatro costados, su mente se fue aclarando. Cuando terminó, pasó el dedo por encima de la superficie pulida de granito. Las palabras eran simples:

Mason Thomas McAden
Buen padre y amante esposo
1936-1972

Año tras año, visita tras visita, Taylor se iba haciendo mayor. En esos momentos tenía la misma edad que su padre cuando este había fallecido. El chaval asustadizo de antaño se había transformado en un hombre hecho y derecho. El recuerdo del aspecto de su padre, sin embargo, se truncó abruptamente aquel día aciago. Por más que lo intentaba, no podía imaginar qué aspecto tendría su padre de haber estado todavía vivo. En su mente, siempre tendría treinta y seis años. Nunca más joven, nunca más viejo; la memoria selectiva era inquebrantable, así como la foto, por supuesto.

NICHOLAS SPARKS

Taylor entornó los ojos, a la espera de que la imagen cobrara vida en su mente. No necesitaba llevar la foto encima para saber exactamente qué aspecto tenía su padre. La instantánea descansaba en la repisa de la chimenea del comedor. Taylor la había visto todos los días, durante los últimos veintisiete años.

La foto había sido tomada una semana antes del accidente, en una cálida mañana de junio. En la imagen, su padre bajaba del porche de su casa, con una caña de pescar en la mano, de camino hacia el río Chowan. Aunque Taylor no aparecía en la foto, recordaba que estaba justo detrás de su padre, todavía dentro de casa, recogiendo sus señuelos, revolviendo el cajón en busca de todo lo que necesitaba. Su madre se había escondido detrás de la furgoneta. Cuando llamó a su padre, Mason se dio la vuelta e, inesperadamente, ella tomó la instantánea. El carrete estaba en la tienda de revelado, y por eso no quedó destruido con el resto de las fotos. Judy no pasó a buscar las fotografías reveladas hasta después del funeral, y lloró al ver aquella en particular. Luego se la guardó en el monedero.

Para los demás no suponía nada especial —su padre caminando plácidamente, con el cabello despeinado y una mancha en la camisa que llevaba puesta aquel día—, pero para Taylor había inmortalizado la esencia básica de su padre. Era casi palpable, ese espíritu irrefrenable que lo definía, y esa era la razón por la que aquella imagen le provocó una impresión tan profunda a su madre. Era su expresión, el brillo en sus ojos, la pose vivaz e intensamente alerta.

Al cabo de un mes de su muerte, Taylor la sacó del monedero de su madre y se quedó dormido abrazándola. Cuando, más tarde, ella entró en su cuarto, vio que Taylor sostenía entre sus manitas la foto, con los dedos ligeramente doblados alrededor de la imagen, manchada de lágrimas. Al día siguiente, ella buscó el negativo y pidió una copia. Taylor pegó cuatro palos de helado en un trozo de cristal inservible y montó la foto. En todos aquellos años, nunca se le había pasado por la cabeza cambiar el marco.

Treinta y seis años.

Su padre parecía tan joven en la fotografía, con la cara enjuta y juvenil; en sus ojos y en su frente apenas se dibujaban las primeras arrugas finas que nunca cambiarían ni se volverían más profundas. ¿Por qué, pues, su padre parecía mucho más maduro que Taylor se sentía a esa misma edad? Su padre parecía tan… sabio, tan seguro de sí mismo, tan valiente… A los ojos de su hijo de nueve años, era un hombre de proporciones míticas, alguien que comprendía la vida y podía explicar prácticamente el sentido de todo. ¿Era acaso porque había vivido de una forma más intensa? ¿Su vida se había definido por experiencias más profundas, más excepcionales? ¿O aquella impresión era simplemente el resultado de los sentimientos de un chiquillo hacia su padre, sobre todo porque la fotografía inmortalizaba el último momento que habían estado juntos?

Taylor no lo sabía, y era consciente de que nunca lo averiguaría. Las respuestas habían quedado enterradas muchos años atrás.

A duras penas recordaba las semanas que siguieron a la muerte de su padre. Aquellos días se habían fundido extrañamente en una serie de recuerdos fragmentados: el funeral, la estancia en casa de sus abuelos al otro lado del pueblo, el soportar todas aquellas angustiosas pesadillas por las noches. Era verano. La escuela estaba cerrada por vacaciones, y Taylor se pasaba la mayor parte del tiempo fuera de casa, intentando borrar aquel trauma. Su madre vistió de luto riguroso durante dos meses. Transcurrido ese periodo, se desprendió de las prendas negras y los dos se fueron a vivir a una casa nueva, un sitio más pequeño, y, aunque a los nueve años los niños muestran escasa comprensión sobre la muerte, Taylor sabía exactamente lo que su madre intentaba decirle.

«Ahora estamos los dos solos. Tenemos que seguir adelante.»

Tras aquel nefasto verano, Taylor retomó sus estudios. Sacaba unas notas decentes, aunque nada espectaculares; progresaba de forma constante y aprobaba todos los cursos. Algunos de sus compañeros lo describían como alguien más que tenaz, y en cierto modo tenían razón. Con el cuidado y la fortaleza de su madre, sus años de adolescencia fueron como los de la mayoría de los chicos que vivían en aquella zona del país. Durante los años en el instituto, Taylor iba de acampada y en barca siempre que podía, y también jugaba al fútbol, al baloncesto y al béisbol. Sin embargo, en muchos aspectos, sus compañeros lo consideraban un chico solitario. Mitch era, y siempre había sido, su único amigo de verdad. En verano salían juntos a cazar y a pescar, los dos solos. De repente, desaparecían durante una semana: a veces iban tan lejos como hasta Georgia. Pese a que en la actualidad Mitch estaba casado, seguían disfrutando de esas escapadas siempre que podían.

Después de graduarse en el instituto, Taylor prefirió ponerse a trabajar en vez de ir a la universidad. Decidió aprender el oficio de carpintero; fue aprendiz de un hombre que era alcohólico, un tipo amargado cuya esposa lo había abandonado y al que le preocupaba más el dinero que ganaba que la calidad del trabajo. Tras un violento enfrentamiento que casi acabó a puñetazos, Taylor dejó el empleo y empezó a estudiar para sacarse la licencia de contratista.

Para mantenerse trabajaba en la mina de yeso, cerca de Little Washington; ir allí le provocaba ataques de tos prácticamente todas las noches, pero a los veinticuatro años había ahorrado lo suficiente como para abrir su propio negocio. Ningún proyecto era demasiado pequeño, y a menudo lanzaba ofertas para levantar su empresa y forjarse una reputación. A los veintiocho años había estado al borde de la bancarrota un par de veces, pero siguió adelante con tesón hasta que al final el negocio empezó a ser productivo. A lo largo de los últimos ocho años, había consolidado la empresa: podía vivir decentemente con lo que ganaba. No era como para hacerse rico —vivía en una casa pequeña y su furgoneta tenía ya seis años—, pero le permitía llevar la vida sencilla que tanto anhelaba.

Una vida que incluía la labor de voluntario en el parque de bomberos.

Su madre había intentado por todos los medios quitarle la idea de la cabeza. Era la única cuestión en la que Taylor había actuado deliberadamente en contra de su voluntad.

Por supuesto, ella también quería ser abuela, y de vez en cuando le soltaba algún comentario al respecto. Taylor solía hacer caso omiso e intentaba cambiar de tema. No había estado nunca a punto de casarse y dudaba que lo hiciera. El matrimonio no constituía un proyecto en su vida, aunque en el pasado había mantenido dos relaciones formales. La primera fue a los veintipocos años, cuando empezó a salir con Valerie. Ella acababa de romper una relación desastrosa (su novio había dejado preñada a otra chica) cuando se conocieron. Y ella se refugió en Taylor en ese momento tan complicado.

Valerie era dos años mayor que él, inteligente, y durante un tiempo la relación fue viento en popa. Pero ella ansiaba un compromiso sentimental más serio. Taylor le había dicho con absoluta honestidad que quizá nunca estaría preparado, lo que acabó por constituir un constante foco de tensión sin respuestas claras. Con el tiempo acabaron por distanciarse, hasta que al final ella se marchó del pueblo. Lo último que supo de Valerie fue que se había casado con un abogado y que vivía en Charlotte.

Después salió con Lori. A diferencia de Valerie, era más joven que Taylor y había ido a vivir a Edenton para trabajar en una sucursal bancaria. Era agente de préstamos y le tocaba trabajar largas jornadas; todavía no había tenido la oportunidad de entablar amistad con nadie en el pueblo cuando Taylor entró en el banco para solicitar una hipoteca. Él se ofreció a presentarle a gente, y ella aceptó encantada. Al cabo de poco, salían juntos. Lori tenía una inocencia infantil que seducía a Taylor y a la vez despertaba su instinto protector, pero, al final, ella también le pidió más de lo que Taylor estaba dispuesto a dar.

Cortaron al poco tiempo. Al final, Lori acabó por casarse con el hijo del alcalde; tenía tres hijos y conducía un monovolumen. Desde que Taylor se enteró de que ella se había prometido, apenas habían intercambiado más que unos escuetos cumplidos.

A los treinta años, Taylor había salido con casi todas las mujeres solteras de Edenton. Y a los treinta y seis años, ya casi no quedaba ninguna mujer soltera en el pueblo. La esposa de Mitch, Melissa, había intentado organizarle varias citas, pero ninguna había dado resultado. La verdad era que Taylor no mostraba ningún interés. Tanto Valerie como Lori aducían que había algo inaccesible en él, un aspecto de sí mismo que ninguna de ellas era capaz de entender por completo. Y aunque Taylor sabía que no iban desencaminadas, sus intentos por hablar con él sobre su actitud distante no consiguieron cambiar nada.

Cuando acabó de arrancar la hierba de alrededor de la lápida, se puso de pie. Las rodillas crujieron levemente y notó el dolor por la posición en cuclillas durante tanto rato. Antes de marcharse rezó una corta oración por su padre y después se inclinó para tocar la losa una vez más.

—Lo siento, papá —susurró—. Lo siento tanto…

Y

Mitch Johnson estaba apoyado en la furgoneta de Taylor cuando este salió del cementerio. Su amigo tenía un par de latas de cerveza en una mano (las cuatro restantes del pack de seis se las había bebido la noche anterior). De un tirón separó una de la arandela de plástico y se la lanzó a Taylor mientras este se le acercaba. Él la cazó al vuelo, sorprendido al ver a su amigo, con los pensamientos aún anclados en el pasado.

—Pensaba que estabas fuera del pueblo, en la boda —comentó Taylor.

—Lo estaba, pero regresamos anoche.

—¿Qué haces aquí?

—He pensado que seguramente necesitarías una cerveza —contestó Mitch.

Era más alto y más delgado que Taylor: medía casi metro noventa y pesaba unos setenta y dos kilos. Estaba prácticamente calvo —se le había empezado a caer el cabello cuando apenas tenía veinte años— y llevaba unas gafas con montura de acero, que le conferían una apariencia de contable o ingeniero. En realidad, trabajaba en la ferretería de su padre, y en el pueblo todo el mundo lo tenía por un manitas. Podía reparar cualquier máquina, desde una cortadora de césped hasta una excavadora, y siempre llevaba los dedos manchados de grasa. A diferencia de Taylor, había cursado estudios superiores en la Universidad del Este de Carolina, donde se había licenciado en Empresariales. Antes de regresar a Edenton había conocido a una licenciada en Psicología de Rocky Mount que se llamaba Melissa Kindle.

Llevaban doce años casados y tenían cuatro hijos, todos varones. Taylor había sido el padrino de la boda y también del primogénito. A veces, por la forma en que hablaba de su familia, Taylor sospechaba que Mitch quería a Melissa más que cuando habían recorrido el pasillo hasta el altar.

Al igual que él, Mitch también era voluntario en el cuerpo de bomberos de Edenton. Ante la insistencia de Taylor, los dos habían recibido la formación necesaria para integrarse en el equipo. Aunque Mitch lo hacía más por deber que por vocación, era la clase de compañero que Taylor siempre deseaba tener a su lado cuando recibían una llamada de emergencia. Él solía tentar el peligro, en cambio Mitch siempre se mostraba cauto, por lo que los dos se compensaban mutuamente cuando la situación se ponía fea.

—¿Tan predecible soy?

—¡Por Dios, Taylor, te conozco mejor que a mi propia esposa! Él esbozó una mueca de fastidio y se apoyó en la furgoneta.

—¿Qué tal está Melissa?

—En buena forma. Su hermana la ha sacado de quicio en la boda, pero de vuelta a casa ya ha recuperado la normalidad. Ahora solo soy yo y los cuatro chicos los que la sacamos de quicio. —El tono de Mitch se suavizó imperceptiblemente—. ¿Y tú? ¿Qué tal lo llevas?

Taylor se encogió de hombros sin apartar la vista de los ojos de Mitch.

—Estoy bien.

Mitch no insistió. Sabía que Taylor no añadiría nada más. Su padre era uno de los pocos temas sobre el que nunca hablaban. Tiró de la anilla para abrir la lata, y Taylor hizo lo mismo antes de volver a apoyarse en la furgoneta, al lado de su amigo. Mitch sacó un pañuelo enorme del bolsillo trasero y se secó el sudor de la frente.

—He oído que tuviste una noche ajetreada en la ciénaga, mientras yo estaba fuera del pueblo.

—Sí, fue una noche larga.

—Ojalá hubiera estado allí.

—Nos habrías sido muy útil, te lo aseguro. ¡Menudo temporal!

—Ya, pero, si hubiera estado allí, no habría sucedido todo ese drama. Yo habría ido directamente a los miradores de patos, de buenas a primeras. No entiendo cómo es posible que necesitarais varias horas para daros cuenta.

Taylor sonrió por la burla de su amigo, antes de tomar un trago de cerveza y mirar de nuevo a Mitch.

—¿Melissa todavía quiere que lo dejes?

Mitch se guardó el pañuelo en el bolsillo y asintió.

—Ya sabes, con los niños y todo lo demás… No quiere que me pase nada.

—¿Y tú qué opinas?

Mitch se tomó un momento antes de contestar.

—Antes pensaba que lo de voluntario sería para toda la vida, pero ya no estoy tan seguro.

—¿Así que lo estás reconsiderando? —preguntó Taylor.

Mitch tomó un buen trago de cerveza antes de contestar.

—Sí, supongo que sí.

—Te necesitamos —alegó Taylor con el semblante serio.

Mitch soltó una sonora carcajada.

—¡Pareces un reclutador del Ejército!

—Pero es verdad.

Mitch sacudió la cabeza.

—No, no es verdad. Ahora hay un montón de voluntarios, y una lista de personas que pueden reemplazarme en cualquier momento.

—No sabrían cómo actuar.

—Nosotros tampoco lo sabíamos al principio. —Mitch hizo una pausa, ejerciendo presión con los dedos en la lata de cerveza, con el semblante pensativo—. ¿Sabes?, no solo es por Melissa, también es por mí. Llevo muchos años de voluntario, y supongo que ya no significa lo mismo que antes. No soy como tú: no siento la necesidad de seguir haciéndolo. Me gustaría disponer de tiempo para estar con los chicos y no tener que estar siempre disponible ante cualquier llamada de urgencia. Me gustaría poder cenar con mi esposa tranquilamente, con la sensación de que ya he acabado la jornada por ese día.

—Parece que ya has tomado una decisión.

Mitch no detectó la decepción en el tono de su amigo, y se tomó un segundo antes de asentir con la cabeza.

—Sí, la verdad es que sí. Quiero decir, seguiré hasta finales de año, pero luego lo dejaré. Quería que fueras el primero en saberlo.

Taylor no respondió. Tras un momento, Mitch ladeó la cabeza y miró a su amigo con carita inocente.

—Pero ese no es el motivo por el que estoy aquí. He venido a ofrecerte mi apoyo, y no a hablar sobre eso.

Taylor parecía perdido en sus pensamientos.

—Ya te lo he dicho, estoy bien.

—¿Quieres que vayamos a algún sitio y nos tomemos unas cervezas?

—No, he de volver al trabajo. Estamos en la recta final de la rehabilitación de la casa de Skip Hudson.

—¿Seguro?

—Sí.

—De acuerdo. Entonces, ¿qué tal si quedamos para cenar la semana próxima? ¿Cuándo estemos ya en pleno rendimiento de nuevo?

—¿Bistecs a la plancha?

—¡Pues claro! —contestó Mitch, como si no se le ocurriera ninguna otra posibilidad.

—Si es así, me apunto. —Taylor achicó los ojos y miró a Mitch con desconfianza—. Melissa no traerá a otra amiga, ¿no?

Mitch se echó a reír.

—No, pero puedo pedirle que busque a alguien, si eso es lo que quieres.

—No, gracias. Después de Claire, no creo que me fíe de su gusto.

—¡Anda ya! ¡Claire no estaba mal!

—Tú no te pasaste toda la noche escuchando su verborrea. Era como uno de esos conejitos de las pilas Duracell: no podía estarse quieta y callada ni tan solo un minuto.

—Estaba nerviosa.

—Era una pesada.

—Le diré a Melissa lo que has dicho.

—¡Ni se te ocurra!

—Solo estaba bromeando. Ya sabes que no lo haría. Bueno…, ¿qué tal el miércoles? ¿Te va bien?

—Sí, perfecto.

—Entonces quedamos así.

Mitch hizo un gesto de asentimiento y se apartó de la furgoneta al tiempo que buscaba las llaves en el bolsillo. Después de arrugar la lata hasta reducirla a una pequeña bola, la lanzó sobre la batea de la furgoneta de Taylor. La lata repiqueteó contra la superficie de metal.

—Gracias —dijo Taylor.

—De nada.

—Me refiero a que hayas venido hoy.

—Ya sabía a qué te referías.

Capítulo 11

Sentada en la cocina, Denise Holton decidió que la vida era como un puñado de estiércol.

Usado como abono, era fertilizante. Efectivo y barato, aportaba nutrientes al suelo y ayudaba a que las plantas se desarrollaran en todo su esplendor. Pero cuando no se usaba como fertilizante —en un pastizal, por ejemplo—, cuando se pisaba sin querer, el estiércol no era nada más que porquería.

Una semana antes, cuando ella y Kyle se habían reunido en el hospital, había experimentado una inmensa emoción, un sentimiento vigorizante (el estiércol que fortalece las plantas). En ese momento, lo único que le importaba era Kyle, y al verlo sano y salvo todo le había parecido perfecto. Su vida, por decirlo de algún modo, había sido fertilizada.

Después de una semana, sin embargo, todo parecía distinto. La realidad tras la tragedia del accidente ya había quedado atrás, y la sensación balsámica, fertilizante, había desaparecido. Denise estaba sentada frente a la mesa de formica en su pequeña cocina, revisando la montaña de papeles que tenía delante, intentando entender lo que decían. El seguro médico cubría la hospitalización, pero no el resto de los costes. Su coche podía ser viejo, pero le prestaba un gran servicio. Ahora lo habían declarado siniestro total. Su jefe, Ray, con su buen corazón, le había dicho que se tomara unos días antes de volver a trabajar, y ya habían transcurrido ocho días sin ganar ni un solo penique. Las facturas normales (teléfono, electricidad, agua, gas) llegarían dentro de menos de una semana, y, para colmo, estaba mirando sin pestañear la factura de la grúa, el servicio que habían llamado para sacar su coche de la cuneta.

Aquella semana, la vida de Denise era una porquería.

Evidentemente, su vida no sería tan horrible si fuera millonaria. En ese caso, tales avatares no serían nada más que pequeños inconvenientes. No le costaba nada imaginar a alguna mujer adinerada lamentándose por «la molestia» de tener que ocuparse de tales cuestiones. Pero con apenas trescientos dólares en el banco, no se trataba de una simple molestia, sino de un problemón con mayúsculas.

Con lo que le quedaba en la cuenta bancaria no podría hacer frente a las facturas habituales, y encima esperar que le quedara algo para comprar comida. No tendrían más remedio que alimentarse a base de cereales, de eso no le cabía la menor duda, y aún tenía suerte de que Ray los dejara comer gratis en el restaurante. Podría utilizar la tarjeta de crédito para pagar el resto de los gastos del hospital, que ascendían a quinientos dólares.

Por suerte había llamado a Rhonda —otra camarera que trabajaba en el Eights— y había convenido que ayudaría a Denise a ir y volver del trabajo. En cuanto a la factura por el servicio de la grúa, afortunadamente le habían ofrecido compensar el pago con el valor estimado del vehículo. Setenta y cinco dólares por los restos del coche y tema zanjado.

¿El resultado final? Una factura adicional de crédito todos los meses, y de nuevo tendría que empezar a desplazarse por el pueblo en bicicleta. Incluso peor, dependería de una compañera del trabajo para ir y volver del restaurante. Para tratarse de una chica con un título universitario, no era una vida de la que pudiera sentirse muy orgullosa.

¡Menuda porquería!

Si tuviera una botella de vino, la habría abierto. En esos momentos, no le iría nada mal una válvula de escape. Pero ni siquiera podía permitirse el lujo de comprar una botella de vino.

¡Setenta y cinco pavos por el coche!

Aunque era un precio justo, en cierto modo no le parecía correcto. ¡Ni siquiera vería ese dinero!

Después de firmar las facturas, las metió en los sobres y usó los últimos sellos que le quedaban. Tendría que dejarse caer por la oficina de correos a por más. Había escrito una nota a modo de recordatorio en la libreta junto al teléfono, antes de acordarse de que, a partir de entonces, «dejarse caer por un sitio» adquiría un nuevo sentido completamente distinto. Si la situación no fuera tan patética, se habría reído de todo aquel galimatías sin sentido.

¿Ir a todas partes en bicicleta? ¡Que no le pasara nada!

En un intento de ser positiva, se dijo a sí misma que, por lo menos, se pondría en buena forma física. Dentro de tan solo unos meses quizá incluso agradeciera el ejercicio extra. «¡Menudas piernas! ¡Pero si parecen de acero! ¿Cómo lo has logrado?», imaginó que le diría la gente. Y ella contestaría orgullosa: «Estoy así porque voy siempre en bicicleta».

Se le escapó una sonrisita. A los veintinueve años, su tema de conversación sería que siempre iba en bicicleta.

¡Para echarse a llorar!

Denise se puso seria, consciente de que su última ocurrencia era simplemente una reacción al estrés. Salió de la cocina para echarle un vistazo a Kyle. El pequeño dormía plácidamente. Después de ajustar la colcha y de darle un beso rápido en la mejilla, salió al porche trasero y se sentó en la mecedora, preguntándose de nuevo si había tomado la decisión correcta al instalarse en el pueblo. Aunque sabía que era imposible, deseó haberse quedado en Atlanta. Habría sido positivo tener a alguien con quien hablar de vez en cuando. Pensó que podría llamar a alguna amiga por teléfono, pero aquel mes no podía ser, y de ningún modo pensaba hacer una llamada a cobro revertido. Pese a que probablemente a sus amigas no les importaría, no se sentía cómoda con la idea.

Sin embargo, necesitaba hablar con alguien. Pero ¿con quién?

Aparte de Rhonda, del restaurante (que tenía veinte años y estaba soltera), y de Judy McAden, no conocía a nadie en el pueblo. Una cosa era perder a su madre unos años antes, pero otra cosa diferente era haber perdido el contacto con toda la gente que conocía. Tampoco ayudaba el hecho de darse cuenta de que eso había sido por su culpa. Había elegido mudarse a otro pueblo, abandonar su trabajo para dedicarse en cuerpo y alma a su hijo. Vivir de aquella manera suponía simplificar al máximo las cosas —y era también una necesidad—, pero a veces no podía evitar pensar que estaba dejando pasar otras oportunidades en su vida sin siquiera ser consciente de que existían.

Su soledad, sin embargo, no podía achacarse únicamente al cambio de domicilio. Si lo miraba con cierta perspectiva, sabía que las cosas habían empezado a cambiar incluso cuando estaba en Atlanta. La mayoría de sus amigas se habían casado y tenían hijos. Algunas habían seguido solteras. No obstante, ninguna tenía ya nada en común con ella. Sus amigas casadas disfrutaban pasando el rato con otras parejas casadas; las que continuaban solteras seguían disfrutando de la misma clase de vida que habían llevado mientras estudiaban en la universidad. Denise no encajaba ni en un mundo ni en el otro. Incluso con las que tenían hijos… Bueno, resultaba muy duro escuchar lo bien que les iba a sus pequeños. ¿Y hablarles de su hijo? Sí, ellas le mostraban su apoyo, pero nunca llegarían a entender de verdad lo que suponía vivir con Kyle.

Además, estaba, por supuesto, la cuestión de los hombres. Brett (el bueno de Brett) era el último hombre con el que había salido, y en realidad ni siquiera había sido una cita. Un revolcón, quizá, pero no una cita. Aunque… ¡Menudo revolcón! Veinte minutos y… ¡zas! Su vida había cambiado radicalmente. ¿Qué habría pasado si no lo hubiera conocido? Innegablemente, Kyle no estaría allí, pero… ¿qué? Quizá se habría casado, tal vez hubiera tenido un par de hijos, tal vez viviría en la típica casita con una valla de maderos blancos alrededor del jardín, conduciría un Volvo o un monovolumen, y se pasaría todas las vacaciones en Disney World. Sonaba bien, sin lugar a dudas, como una existencia mucho más fácil, pero, en realidad, ¿su vida habría sido mejor?

Kyle, su dulce Kyle. Simplemente con pensar en él ya se le dibujaba una sonrisa en los labios.

«No, mi vida no sería mejor», decidió al final. Kyle era el único punto luminoso en su vida, sin duda. Era curioso: Kyle la sacaba de sus casillas, pero, al mismo tiempo, ¡hacía que lo quisiera precisamente por eso!

Denise suspiró, entró en la casa y fue a su habitación. Se desvistió en el cuarto de baño y se plantó delante del espejo. Los moratones en la mejilla todavía eran visibles, aunque mucho menos. El corte en la frente se había cerrado con unos cuantos puntos de sutura; pese a que se le vería la cicatriz de por vida, estaba justo donde empezaba el cuero cabelludo, por lo que no sería tan obvia.

Aparte de eso, se sentía satisfecha con su aspecto. Debido a que el dinero era una constante fuente de preocupación, nunca tenía galletas ni patatas fritas en casa, y dado que Kyle no comía carne, ella apenas la probaba. Estaba más delgada que antes de que naciera el niño (¡incluso estaba más delgada que cuando estudiaba en la universidad!). Sin proponérselo, había adelgazado siete kilos. Si tuviera tiempo, escribiría un libro y lo titularía *Estrés y pobreza: la mejor manera de perder peso rápidamente.* Casi seguro que vendería un millón de copias y que podría vivir de rentas.

Volvió a sonreír.

«Sí, claro.»

Tal y como Judy había dicho en el hospital, Denise se parecía a su madre. Tenía el mismo cabello oscuro y ondulado, y los mismos ojos castaños; además, eran más o menos de la misma estatura. Como su madre, los años le sentaban bien (unas pocas patas de gallo en las comisuras de los ojos, pero, salvo eso, tenía la piel tersa y suave). En conjunto, no estaba nada mal; al revés, su impresión era que tenía muy buen aspecto.

Por lo menos algo iba bien.

Decidida a terminar con aquella inspección, Denise se puso el pijama, programó el ventilador a poca velocidad, se arrastró hasta meterse debajo de las sábanas y apagó la luz. El runrún del ventilador era rítmico. Se quedó dormida al cabo de unos minutos.

Con las primeras luces del alba filtrándose a través de la ventana, Kyle anadeó hasta la habitación de Denise y se metió en su cama, listo para empezar el día.

—*Epierta, yelo, epierta* —susurró.

Denise se giró hacia el otro lado con un suave lamento; el pequeño pasó por encima de ella e intentó abrirle los párpados con los deditos. Aunque no lo logró, el acto le pareció divertidísimo, y empezó a reír con una risa contagiosa.

—*Abe o ojoz, yelo* —seguía insistiendo.

A pesar de lo temprano de la hora, Denise no pudo evitar echarse también a reír.

Para alegrarle todavía más la mañana, Judy llamó un poco después de las nueve con la intención de confirmar si seguía en pie la visita. Después de charlar un rato, quedaron en que ella pasaría a verlos al día siguiente por la tarde. Estupendo. Denise colgó el teléfono, pensando en su estado de ánimo la noche anterior y en cómo una buena noche de descanso podía cambiar por completo las cosas.

Achacó su humor al síndrome premenstrual.

Un poco más tarde, después del desayuno, Denise preparó las bicicletas. La de Kyle estaba lista, pero la suya estaba llena de telarañas y tuvo que dedicar un rato a adecentarla. Las ruedas en ambas bicicletas estaban un poco deshinchadas, pero pensó que aguantarían el viaje hasta el pueblo.

Denise ayudó a Kyle a ponerse el casco. A continuación salieron en dirección al pueblo bajo un cielo azul sin una sola nube. Kyle iba delante. El mes de diciembre anterior, ella había dedicado un día a correr por el amplio aparcamiento de un complejo de pisos en Atlanta, agarrando la bicicleta de Kyle por el asiento hasta que él aprendió a mantener el equilibrio. El pequeño necesitó varias horas y media docena de caídas, pero al final demostró un instinto natural para montar. Kyle siempre había destacado en las habilidades motoras, lo que no dejaba de sorprender a los médicos cuando le hacían pruebas. Denise había llegado a la conclusión de que era un niño con numerosas contradicciones.

Por supuesto, como cualquier otro chaval de cuatro años, no era capaz de concentrarse en mucho más que en mantener el equilibrio e intentar divertirse. Para él, montar en bicicleta era toda una aventura (especialmente cuando mamá también lo hacía), y conducía con un abandono temerario. Aunque apenas había tráfico, Denise no podía parar de gritar órdenes. «¡No te alejes de mamá! ¡Frena! ¡No te metas en la carretera! ¡Frena! ¡Apártate, cielo, que viene un coche! ¡Frena! ¡Cuidado con ese agujero! ¡Frena! ¡No vayas tan rápido! ¡Frena!»

La única orden que Kyle realmente comprendía era «frena». Cuando se lo decía, el niño apretaba los frenos, ponía los pies en el suelo y acto seguido se daba la vuelta hacia ella con una sonrisa de oreja a oreja, como si quisiera decir: «Esto es la mar de divertido, ¿por qué estás tan tensa?».

Denise tenía los nervios deshechos cuando llegaron a la oficina de correos.

En ese momento tuvo la certeza de que ir a todas partes en

bicicleta no sería una buena idea, así que decidió pedirle a Ray trabajar, de momento, un par de turnos extras a la semana. Quería pagar la factura pendiente del hospital, ahorrar hasta el último penique, y quizás dentro de un par de meses pudiera comprarse un coche.

¿Dentro de un par de meses? ¡Probablemente a esas alturas ya habría perdido la chaveta!

De pie en la cola (siempre había cola en la oficina de correos), Denise se secó las gotitas de sudor de la frente y esperó que no le fallara el desodorante. Esa era otra cuestión que no había considerado al salir de casa aquella mañana. Ir en bicicleta no era un simple inconveniente, sino que suponía un esfuerzo, especialmente para alguien que llevaba tanto tiempo desentrenada. Sentía las piernas cansadas, sabía que a la mañana siguiente le dolería el trasero, y podía notar cómo le caía el sudor por el pecho y por la espalda. Intentó mantener la distancia entre ella y las demás personas que hacían cola, para no ofenderlas. Por suerte, nadie pareció darse cuenta de su estado.

Al cabo de un minuto, estaba delante del mostrador. Recibió los sellos, los guardó en el bolso y volvió a salir al exterior. Ella y Kyle se montaron en las bicicletas y se dirigieron hacia el centro para hacer la compra.

Edenton era una pequeña localidad, pero desde una perspectiva histórica, el pueblo era una verdadera joya. Había casas construidas a principios de 1880, y en los últimos treinta años casi todas habían sido restauradas para lucir su originario esplendor. Las calles estaban festoneadas de robles centenarios, que proyectaban su magnífica sombra y ofrecían una agradable protección del sol.

Aunque en Edenton había un supermercado, estaba en la otra punta del pueblo, así que Denise decidió ir a Merchants, una tienda que honraba al pueblo con su presencia desde 1940.

El establecimiento era anticuado en todos los sentidos imaginables, aunque con una oferta de productos espectacular. Allí vendían de todo, desde comida hasta cebo de pesca, e incluso piezas de recambio para vehículos. Tenían una sección de alquiler de vídeos, y al fondo había un pequeño asador donde podían prepararte cualquier cosa al momento. Para acabar de completar la escena, en la entrada había cuatro mecedoras y un banco que los parroquianos ocupaban todas las mañanas para tomar café.

El establecimiento en sí era pequeño (un poco más de cien metros cuadrados) y Denise siempre se maravillaba de la cantidad de productos diversos que cabían en aquellas estanterías. Llenó una pequeña cesta de plástico con las pocas cosas que necesitaba —leche, copos de avena, queso, huevos, pan, plátanos, cereales Cheerios, macarrones, galletitas saladas Ritz, y caramelos (para las prácticas con Kyle)— y se dirigió hacia el mostrador para pagar. El precio total era inferior al que había esperado, lo cual era una buena noticia. Eso sí, a diferencia del supermercado, la tienda no ofrecía bolsas de plástico para guardar la compra. En vez de eso, el propietario —un hombre con cejas pobladas y con un pelo blanco impecablemente peinado— lo guardó todo en dos bolsas de papel de estraza.

Y eso, por supuesto, suponía un contratiempo que ella no había tenido en cuenta.

Denise habría preferido bolsas de plástico; de ese modo las habría podido colgar del manillar, pero ¿bolsas de papel? ¿Cómo iba a llevar la compra a casa? Dos brazos, dos bolsas y el manillar de la bicicleta. No, no, para nada, las cuentas no salían, especialmente teniendo en cuenta que además debía vigilar a Kyle.

Miró a su hijo, todavía ponderando el problema, y vio que el pequeño permanecía con la vista clavada en la puerta de cristal de la entrada, hacia la calle, con una expresión extraña en la cara.

—¿Qué pasa, cielo?

Kyle contestó, aunque ella no entendió lo que le intentaba decir. Le había parecido oír «omero». Denise dejó la compra sobre el mostrador y se inclinó hacia su hijo mientras él volvía a decir lo mismo. Observó sus labios con atención, pues a veces esa técnica la ayudaba a comprender mejor lo que decía.

—¿Qué has dicho? ¿«Omero»?

Kyle asintió y repitió:

—¡*Omero*!

Esta vez, señaló hacia la puerta. Denise miró en la dirección indicada. Kyle se dirigió hacia la puerta con resolución, y de repente ella comprendió lo que quería decir.

No decía «omero», aunque se parecía. Decía «bombero».

Taylor McAden estaba de pie fuera de la tienda, manteniendo

la puerta parcialmente abierta mientras hablaba con alguien que quedaba fuera de la vista de Denise, junto a la pared de la fachada principal. Ella lo vio asentir con la cabeza y despedirse de su interlocutor con la mano mientras volvía a reír, luego abrió la puerta un poco más. Mientras Taylor concluía su conversación, Kyle corrió hacia él. El chico entró en la tienda sin prestar atención a lo que tenía delante. Casi derribó a Kyle antes de agarrar al pequeño rápidamente cuando este perdió el equilibrio.

—¡Huy! ¡Lo siento! ¡No te había visto! —dijo.

Retrocedió un paso casi sin querer, antes de parpadear visiblemente confuso. Entonces esbozó una amplia sonrisa al reconocer a Kyle y se arrodilló hasta quedar a la misma altura que el niño.

—¡Vaya! ¡Hola, muchachote! ¿Cómo estás?

—¡*Hoa, Teo!* —exclamó el pequeño con alegría.

Sin decir nada más, Kyle rodeó a Taylor con sus brazos, tal como había hecho aquella noche en el mirador de patos. Taylor —inseguro al principio— se relajó y también abrazó al pequeño, con un semblante satisfecho y sorprendido al mismo tiempo.

Denise contempló la escena boquiabierta, con un mano en los labios. Después de un largo momento, Kyle retiró los brazos, y Taylor se apartó un poco. Los ojos del niño expresaban una alegría loca, como si acabara de reconocer a un viejo amigo al que hacía mucho tiempo que no veía.

—¡*Omero! ¡É tenontó!* —dijo Kyle con entusiasmo.

Taylor ladeó la cabeza.

—¿Qué has dicho?

Denise decidió intervenir y avanzó hacia ellos, todavía sin dar crédito a lo que acababa de ver. Incluso después de pasar un año con la logopeda, Kyle solo la había abrazado si se lo pedía su madre. A diferencia de la escena que acababa de presenciar, nunca había sido una reacción voluntaria. No estaba exactamente segura de cómo interpretar la extraordinaria nueva muestra de afecto de Kyle.

Ver a su hijo abrazar a un desconocido —aunque se tratara de una buena persona— le despertó unos sentimientos contradictorios. Le gustaba lo que acababa de ver, pero le parecía peligroso. Había sido una escena muy dulce, pero no debería convertirse en un hábito. Al mismo tiempo, había algo acerca de la forma reconfortante en que Taylor había reaccionado con Kyle —y viceversa— que parecía alejar de la escena cualquier matiz negativo. En eso estaba pensando cuando se acercó a ellos y contestó por su hijo.

—Lo que intenta decirte es que tú lo encontraste —explicó.

Taylor alzó la vista, vio a Denise por primera vez desde el accidente y, por un momento, no pudo apartar los ojos de ella. Pese a que ya la había visto antes, ella parecía… más atractiva de cómo la recordaba. Cierto, la pobre estaba destrozada aquella noche, pero, de todos modos, no se le había ocurrido pensar qué aspecto tendría en circunstancias normales. No era que ofreciera un aspecto glamuroso ni elegante, sino que irradiaba una belleza natural, una mujer que sabía que era atractiva pero que no se pasaba todo el día pensando en ello.

—¡Zí! ¡É tenontó! —repitió Kyle, irrumpiendo en los pensamientos de Taylor. El pequeño asintió con énfasis, y Taylor se alegró de verlo de nuevo. Se preguntó si Denise podía leerle el pensamiento.

—Así es, yo te encontré —contestó con una mano relajada todavía apoyada en el hombro de Kyle—. Pero tú, muchachote, fuiste muy valiente.

Denise miraba a Taylor sin pestañear mientras este hablaba con Kyle. A pesar del calor, Taylor llevaba pantalones vaqueros y un par de botas Red Wing, cubiertas por una fina capa de barro seco y totalmente ajadas, como si llevara meses usándolas todos los días. La fina capa estaba agrietada y descascarada. Su camisa blanca de manga corta revelaba unos brazos bronceados y fornidos, los brazos de una persona que realizaba trabajo físico durante todo el día. Cuando se puso de pie, Denise pensó que era más alto de lo que recordaba.

—Por poco tiro a tu hijo. Lo siento, no lo había visto. —Se quedó callado, como si no supiera qué más decir.

Denise detectó una inesperada timidez.

—Ya he visto lo que ha pasado. No ha sido culpa tuya. Él se te ha echado encima. —Sonrió—. Por cierto, soy Denise Holton. Ya sé que nos habíamos conocido antes, pero tengo un recuerdo difuso de casi todo lo que pasó aquella noche.

Ella le tendió la mano y Taylor se la estrechó. Denise notó las callosidades en su palma.

—Taylor McAden —se presentó él—. Recibí tu nota. Gracias.

—¡*Omero!* —volvió a exclamar Kyle, esta vez alzando más la voz.

El pequeño entrelazó las manos, retorciéndolas de una forma compulsiva, un movimiento que hacía siempre que estaba entusiasmado.

—¡*Gan omero!* —Kyle puso todo el énfasis en la palabra «gran».

Taylor frunció el ceño y alargó los brazos, luego agarró a Kyle por el casco y lo zarandeó con ternura, casi como lo haría un hermano. La cabecita de Kyle se movió al ritmo del zarandeo.

—¿De verdad crees que soy un gran bombero?

Kyle asintió.

—¡*Gan omero!*

Si Taylor se dio cuenta de que Kyle no había comprendido lo que le acababa de decir, no lo demostró. En vez de eso, Taylor le guiñó el ojo en una simpática muestra de atención.

Denise carraspeó un tanto nerviosa.

—No había tenido la oportunidad de darte las gracias en persona por lo que hiciste aquella noche.

Taylor se encogió de hombros. Algunos habrían reaccionado con arrogancia ante tal comentario, como si supieran que habían hecho algo excepcional. En cambio, él se mostraba indiferente, como si no hubiera vuelto a pensar en su proeza desde aquella noche.

—Ah, olvídalo; tu nota fue más que suficiente —contestó.

Por un momento, ninguno de los dos dijo nada. Kyle, mientras tanto —como si le aburriera la conversación— se alejó hacia el pasillo donde estaban los caramelos. Los dos lo observaron atentamente. El pequeño se detuvo en mitad del pasillo, con los ojos fijos en los envoltorios de vivos colores.

—Tiene buen aspecto —comentó Taylor al final, rompiendo el silencio—. Me refiero a Kyle. Después de todo lo que pasó, me preguntaba qué tal estaría.

Los ojos de Denise siguieron los de Taylor.

—Sí, parece que está bien. El tiempo lo dirá, supongo, pero, de momento, no estoy preocupada por él. El médico dijo que estaba totalmente recuperado.

—¿Y tú qué tal? —le preguntó él.

Denise contestó automáticamente, sin pensar en la respuesta.

—Como siempre.

—Me refería a tus heridas. Tenías bastante mal aspecto cuando te vi.

—Ah, bueno, supongo que en ese sentido también estoy bien.

—¿Solo bien?

Denise suavizó su expresión.

—Más que bien. Aún tengo algunas magulladuras, pero, dejando de lado las pequeñas molestias, estoy bien. Podría haber sido peor.

—Me alegra oírlo. También estaba preocupado por ti.

Había algo en su forma de hablar, tan sosegada, que empujó a Denise a observarlo con atención. Aunque no fuera el hombre más apuesto que había visto, tenía un no sé qué que le llamaba la atención: una cordialidad innata, quizás, a pesar de su gran altura; una atención intensa, aunque no amenazante, en su mirada firme. Aunque ella sabía que era imposible, era casi como si él comprendiera cuán difícil había sido su vida en los últimos años. Denise desvió la vista hacia la mano izquierda de Taylor y se fijó en que no llevaba anillo de casado.

Apartó la vista deprisa, azorada, preguntándose qué mosca le había picado para sentir el impulso de querer saber si estaba casado. ¿Qué importaba si lo estaba o no? Kyle seguía concentrado en el estante que tenía delante, a punto de abrir una bolsa de Lacasitos. Denise se dio cuenta de lo que se proponía.

—¡Kyle, no! —Dio un paso rápido hacia él, luego giró la cara hacia Taylor—. Perdona, pero es que estaba a punto de hacer algo que no…

Taylor retrocedió un paso.

—Tranquila, no pasa nada.

Mientras ella se apartaba, Taylor no pudo evitar mirarla. Su adorable cara, casi misteriosa, resaltaba aún más con los pómulos marcados y aquellos ojos exóticos; llevaba el pelo largo y negro atado en una cola de caballo que le llegaba hasta los omóplatos, y los pantalones cortos y la blusa realzaban más su proporcionada figura…

—Kyle, deja eso. Ya he comprado tus caramelos.

Antes de que ella pudiera pillarlo mirándola, Taylor sacudió la cabeza y desvió la vista, preguntándose de nuevo cómo era posible que la noche del accidente no se hubiera fijado en lo guapa que era. Al cabo de un momento, Denise estaba de nuevo delante de él, con Kyle a su lado. La expresión del pequeño era de desánimo porque lo habían pillado con las manos en la masa.

—Lo siento. Él sabe que no debe hacerlo —se disculpó ella.

—Seguro que lo sabe, pero los niños siempre ponen a prueba los límites.

—Parece como si hablaras por experiencia.

Taylor esbozó una sonrisita de niño travieso.

—No, la verdad es que no. Solo es por mi propia experiencia… personal. No tengo hijos.

Hubo una pausa incómoda antes de que Taylor volviera a hablar.

—Supongo que has venido al pueblo para hacer recados, ¿no? —Un comentario anodino, Taylor lo sabía, pero por alguna razón no quería dejarla marchar.

Denise se pasó la mano por la cola de caballo revuelta.

—Sí, necesitaba algunas cosas. Casi no queda nada en la despensa. No sé si me entiendes. ¿Y tú?

—He entrado a comprar unos refrescos para los chicos.

—¿Del parque de bomberos?

—No, allí solo soy voluntario. Los chicos que trabajan para mí. Soy contratista. Rehabilito casas y otras cosas por el estilo.

Denise se quedó desconcertada por unos momentos.

—¿Eres voluntario? Pensé que eso había pasado a la historia hace más de veinte años.

—Aquí no. De hecho, supongo que sigue habiendo voluntarios en casi todos los pueblos pequeños. Por regla general, no hay tanto trabajo como para disponer de un equipo de bomberos a jornada completa, así que dependen de personas como yo en casos de emergencia.

—No lo sabía. —Aquella revelación hizo que valorara aún más lo que había hecho, si es que eso era posible.

Kyle miró a su madre con atención.

—*Tene ambe.*

—¿Tienes hambre, cielo?

—Sí.

—Ahora nos iremos a casa. Tan pronto como lleguemos, te prepararé un bocadillo con queso fundido. ¿Te gusta la idea?

El pequeño asintió.

—*Zí, e uzta.*

Sin embargo, Denise no se movió, o, por lo menos, no se movió lo bastante rápido para Kyle. En vez de eso, volvió a mirar a Taylor. El niño alzó el brazo y tiró de los pantalones cortos de su madre. Ella bajó las manos automáticamente para detenerlo.

—*¿Amoz?* —insistió Kyle.

—Sí, ya nos vamos, cielo.

Las manos de Kyle se enzarzaron en una pequeña batalla con las de su madre mientras ella intentaba zafarse de sus deditos y él intentaba volver a aferrarse al dobladillo de los pantalones. Al final lo agarró por la mano para que se estuviera quieto.

Taylor reprimió una carcajada en medio de un carraspeo forzado.

—Bueno, será mejor que no te entretenga. Hay un niño en fase de crecimiento que tiene hambre.

—Sí, eso parece.

Denise le dedicó a Taylor la típica mueca de cansancio que esbozan todas las madres del mundo y sintió una extraña sensación de alivio cuando se dio cuenta de que a él no parecía importarle que Kyle estuviera portándose mal.

—Me alegro de haberte visto de nuevo —añadió ella.

Aunque le sonó al clásico comentario trivial, como parte del rutinario «Hola, ¿qué tal? Me alegro de verte», Denise esperaba que él se diera cuenta de que lo decía en serio.

—Yo también —respondió Taylor. Agarró a Kyle por el casco y volvió a zarandearlo—. Y a ti también, muchachote.

Kyle se despidió con su manita libre.

—*¡Adió, Teo!* —dijo Kyle, eufórico.

—¡Adiós, muchachote!

Taylor sonrió antes de dirigirse hacia las neveras situadas a lo largo de la pared, en busca de los refrescos que había ido a buscar.

Denise se dio la vuelta hacia el mostrador, suspirando para sí. El dueño estaba concentrado en la revista de caza y pesca *Field and Stream*, moviendo los labios sutilmente mientras leía el artículo. Cuando ella dio un paso hacia él, Kyle volvió a hablar.

—*Tene ambe.*

—Ya sé que tienes hambre. Pronto nos iremos, ¿de acuerdo?

Al ver que Denise se acercaba de nuevo al mostrador, el dueño dejó la revista a un lado y le preguntó si necesitaba alguna cosa más o si solo quería recoger la compra.

Ella señaló hacia las bolsas.

—¿Le importa si dejo estas bolsas aquí unos minutos? Necesito comprar bolsas con asas para poder colgarlas en el manillar de la bicicleta.

A pesar de que ya estaba al otro lado de la tienda, sacando un pack de seis latas de Coca-Cola de la nevera, Taylor pudo oír la conversación.

—Hemos venido en bicicleta —continuó Denise—, y no creo que podamos llevar todo esto a casa. No tardaré más de unos minutos en volver a recoger la compra, ¿de acuerdo?

Desde la pared del fondo, la voz de Denise se amortiguó, y Taylor oyó que el propietario de la tienda contestaba:

—Tranquila, le guardaré las bolsas aquí, detrás del mostrador.

Con los refrescos en la mano, Taylor enfiló hacia la puerta. Denise estaba empujando a Kyle por la espalda con suavidad para que saliera de la tienda. Taylor dio un par de pasos, pensando en lo que acababa de oír, y acto seguido decidió intervenir sin pensarlo dos veces.

—Espera, Denise…

Ella se dio la vuelta y se detuvo mientras Taylor se acercaba.

—¿Son vuestras las bicicletas aparcadas ahí fuera?

Ella asintió.

—Sí, ¿por qué?

—No he podido evitar oír tu conversación con el dueño de la tienda y…, bueno… —Hizo una pausa; Denise permaneció inmóvil, ante aquella profunda mirada azul—. Si quieres, puedo llevarte la compra a casa. Precisamente me dirijo hacia allí. Para mí no será ningún inconveniente dejarte las bolsas en la puerta.

Mientras él hablaba, señalaba hacia la furgoneta aparcada a unos pasos.

—Oh, no, gracias, pero…

—¿Estás segura? Me va de camino. Solo serán dos minutos como máximo.

Aunque ella sabía que él intentaba ser cortés, con la típica amabilidad de las personas que se han criado en los pueblos pequeños, no estaba segura de si debía aceptar.

Él alzó las manos, como si detectara su indecisión, con una sonrisita burlona en la cara.

—No te robaré nada, te lo prometo.

Kyle dio un paso hacia la puerta, y ella le colocó la mano sobre el hombro para detenerlo.

—No se trata de eso…

Pero, entonces, ¿de qué se trataba? ¿Llevaba tanto tiempo sola que ya ni siquiera era capaz de aceptar la amabilidad de otras personas? ¿O era que él ya había hecho más que suficiente por ella?

«¡No seas tonta! ¡Ni que te estuviera pidiendo que te casaras con él!»

Denise tragó saliva, pensando en el trayecto hasta la otra punta del pueblo para luego volver a la pequeña tienda, meter toda la compra en bolsas de plástico y llevarlo todo a casa.

—¿Seguro que te va de camino?

Taylor sintió como si hubiera logrado una pequeña victoria.

—De verdad, no tendré que desviarme. Solo deja que pague estos refrescos y te ayudaré a llevar la compra hasta la furgoneta.

Él enfiló hacia el mostrador y depositó el pack de seis latas junto a la caja registradora.

—¿Cómo sabes dónde vivo? —preguntó ella.

Taylor la miró por encima del hombro.

—Es un pueblo pequeño; sé dónde vive todo el mundo.

Unas horas después, al atardecer, Melissa, Mitch y Taylor estaban en el jardín de la parte trasera, con los bistecs y los perritos calientes chisporroteando sobre las brasas. Los primeros vestigios del verano se prolongaban casi como en un sueño. Era un atardecer sereno, con el aire saturado de humedad y calor. El sol se desplazaba muy bajo en el cielo, justo por encima de las copas estacionarias de los cornejos. No corría ni una gota de aire. No se movía ni una hoja.

Mientras Mitch permanecía de pie, con las pinzas en la mano, Taylor acunaba una cerveza, la tercera de la noche. Notaba una leve sensación de mareo y seguía bebiendo al ritmo adecuado para mantenerse en el mismo estado agradable. Después de ponerlos al día acerca de los hechos más recientes —incluida la búsqueda en la ciénaga—, mencionó que había vuelto a ver a Denise en la tienda y que le había llevado la compra a casa.

—Parece que les va bien —comentó, aplastando un mosquito que se acababa de posar en su pierna.

Pese a que lo dijo con toda la inocencia del mundo, Melissa lo miró con interés, con excesiva atención. Después se inclinó hacia delante en su silla.

—Así que te gusta, ¿eh? —sentenció ella, sin ocultar su curiosidad.

Antes de que Taylor tuviera siquiera la opción de protestar, Mitch se entrometió en la conversación.

—¿Qué ha dicho? ¿Que le gusta?

—Yo no he dicho tal cosa —se apresuró a contestar él.

—¡Ni falta que hace! Lo he leído en tu cara; además, no le habrías llevado la compra si no te gustara. —Melissa se volvió hacia su marido—. Sí, le gusta.

—Eres tú quien habla por mí.

Melissa sonrió irónicamente.

—Dime, ¿es guapa?

—¿Qué clase de pregunta es esa?

Melissa volvió a darse la vuelta hacia su marido.

—Sí, también le parece guapa.

Mitch asintió, convencido.

—Ya me había parecido que estabas muy callado, cuando has llegado… Bueno, ¿qué piensas hacer a continuación? ¿La invitarás a cenar?

Taylor miraba a uno y luego al otro, preguntándose cómo era posible que la conversación hubiera tomado tales derroteros.

—Ni lo había pensado.

—Pues deberías hacerlo. Necesitas salir de casa de vez en cuando.

—Pero si estoy todo el día fuera…

—Ya sabes a qué me refiero. —Mitch le guiñó el ojo, disfrutando de la incomodidad de su amigo.

Melissa se arrellanó en la silla.

—Mitch tiene razón, y lo sabes. Los años pasan, y te estás haciendo viejo.

Taylor sacudió la cabeza.

—¡Vaya! Muchas gracias. La próxima vez que necesite que alguien me levante el ánimo, ya sé adónde he de ir.

Melissa rio, divertida.

—Ya sabes que lo digo en broma.

—¿Es esa tu forma de disculparte?

—Solo si con ello cambias de idea y la invitas a cenar.

Los ojos de Melissa desprendían un brillo travieso y, a pesar de sí mismo, Taylor no pudo contener la risa. Melissa tenía treinta y cuatro años, pero su aspecto —y su forma de comportarse— correspondía al de una chica diez años más joven. Rubia y menuda, siempre tenía una palabra afable en los labios, era leal a sus amigos y nunca parecía guardar rencor por nada. Aunque sus hijos se pelearan, el perro hubiera destrozado la alfombrilla, el coche no arrancara…, no importaba. Al cabo de un par de minutos, ella ya volvía a estar de excelente humor. En más de una ocasión, Taylor le había dicho a Mitch que era un hombre afortunado. Su amigo siempre le respondía lo mismo: «Lo sé».

Taylor tomó otro trago de cerveza.

—¿Se puede saber a qué viene tanto interés? —inquirió.

—A que te queremos —contestó Melissa cariñosamente, como si eso lo explicara todo.

«Todavía no entiende por qué sigo solo», pensó Taylor.

—De acuerdo —dijo al final—. Lo pensaré.

—Con eso basta —respondió Melissa, sin poder ocultar su entusiasmo.

Capítulo 12

El día después de coincidir con Taylor en Merchants, Denise dedicó la mañana a practicar con Kyle. El accidente no parecía haber influido en su aprendizaje (ni negativa ni positivamente), aunque, con la llegada del verano, el pequeño parecía rendir más si eran capaces de terminar antes del mediodía. Después hacía tanto calor en la casa que ninguno de los dos podían concentrarse.

Un rato antes, justo después de desayunar, había llamado a Ray y le había pedido si podía hacer un par de turnos extras, de momento. Por suerte, él había accedido. A partir del día siguiente, trabajaría todas las noches, excepto la del domingo, en lugar de solo sus cuatro turnos habituales. Como de costumbre, iría al local hacia las siete y trabajaría hasta medianoche. Aunque entrar un poco más tarde suponía ganar menos propinas, pues perdería una buena porción de la hora punta del primer turno de la cena, su conciencia no le permitía dejar a Kyle en la habitación trasera durante una hora extra, totalmente solo, mientras el pequeño todavía estaba despierto. Si llegaba más tarde, Denise podría acostarlo directamente en la cama: Kyle se quedaría dormido en cuestión de minutos.

De repente, se puso a pensar de nuevo en Taylor McAden; no había dejado de hacerlo desde que se habían visto en la tienda el día anterior. Tal y como él le había prometido, Denise encontró la compra en el porche, a la sombra que proyectaba el alero. Ella no había tardado más de diez o quince minutos en llegar a casa, así que la leche y los huevos todavía estaban fríos, y los puso en la nevera inmediatamente, antes de que se estropearan.

Después de cargar las bolsas en la furgoneta, Taylor se había ofrecido a subir las bicicletas en la batea y a llevarlos también a ellos dos hasta casa, pero Denise había dicho que no. No tanto por Taylor, sino por Kyle, que ya estaba montando en la bicicleta (sabía que estaba deseando volver a montar con su madre). Denise no quería aguarle la fiesta, especialmente teniendo en cuenta que aquel paseo se convertiría en una rutina habitual y que lo último que quería era que Kyle esperara volver a casa en furgoneta cada vez que fueran al pueblo.

Sin embargo, en parte le habría gustado aceptar el ofrecimiento de Taylor. No era tan ingenua como para no darse cuenta de que él la encontraba atractiva: su forma de mirarla no dejaba lugar a dudas. Pese a ello, su actitud no la incomodaba del mismo modo que a veces le pasaba con el escrutinio de ciertos hombres. En los ojos de Taylor no veía el típico brillo hambriento, un brillo que implicaba que todo se resolvería con un buen revolcón; tampoco sus ojos se habían desviado hacia abajo mientras ella hablaba (otro inconveniente habitual). Resultaba imposible tomarse a un hombre en serio mientras este te miraba descaradamente los pechos.

No, había algo distinto en su forma de mirarla. En cierto modo se mostraba más atento, menos amenazador, y por más que Denise intentara descartar la idea, no podía evitar sentirse no solo adulada, sino también encantada con aquel trato.

Por supuesto, ella sabía que podía ser el método de Taylor, su forma de encandilar a las mujeres, una pauta perfeccionada a base de años de experiencia. A algunos hombres se les daba bien esa táctica; había conocido a más de uno así: al hablar con ellos había tenido la impresión de que cada matiz de su personalidad apuntaba a que eran diferentes, más honestos.

Denise no era tan inexperta como para no haber conocido a bastantes hombres de esa calaña, y normalmente se disparaba una pequeña señal de alarma en su interior. Pero, o bien Taylor era el mejor actor del mundo, o bien sí que era realmente diferente, porque esta vez la alarma no se había activado.

Así que… ¿buen actor o simplemente diferente?

De los numerosos consejos que le había dado su madre,

había uno que siempre recordaba cuando evaluaba a los demás: «En la vida conocerás a personas que dicen las palabras adecuadas en el momento adecuado. Pero, al final, lo que realmente cuenta son sus acciones. Lo que cuenta son las acciones, y no las palabras».

Denise se dijo a sí misma que quizás esa fuera la razón por la que había entablado conversación con Taylor. Él ya había demostrado que podía realizar hazañas, pero no había sido simplemente el espectacular rescate de Kyle lo que le había despertado el... «interés» por él, si de eso se trataba. Incluso los rufianes podían actuar de forma correcta algunas veces. No, eran los pequeños detalles que él había tenido con ella y con Kyle en la tienda, el modo en que se había ofrecido a ayudarla sin esperar nada a cambio, su interés sincero por Kyle y por cómo se encontraba ella después del accidente, su forma de tratar a su hijo...

Sí, especialmente eso.

Pese a que Denise no quería admitirlo, a lo largo de los últimos años había llegado a juzgar a la gente por el modo en que trataba a su hijo. Recordaba las listas mentales que elaboraba sobre los amigos que se mostraban atentos con Kyle y los que no. «Se ha sentado en el suelo y ha jugado con él; es una buena persona.» «Apenas le ha hecho caso; es una mala persona.» La lista de «malas personas» superaba con creces la de «buenas personas».

Pero acababa de conocer a un tipo que, por una razón que desconocía, había establecido un vínculo con su hijo, y no podía dejar de pensar en ello. Tampoco podía olvidar la reacción de Kyle con él: «*Hoa, Teo...*».

Aunque Taylor no entendía todo lo que Kyle había dicho —se necesitaba cierto tiempo para cogerle el tranquillo a su pronunciación— había seguido hablando con él como si lo comprendiera. Le había guiñado el ojo, lo había zarandeado juguetonamente agarrándolo por el casco, lo había abrazado, lo había mirado a los ojos mientras hablaba, se había despedido personalmente de él...

Pequeños detalles, pero que para ella eran más que importantes.

«Acciones.»

Taylor había tratado a Kyle como si fuera un niño normal.

Y

Todavía estaba pensando en Taylor cuando Judy subió en el coche por el camino sin asfaltar y aparcó a la sombra de un imponente magnolio. Denise, que estaba acabando de fregar los platos, la vio y la saludó justo antes de echar un último vistazo a la cocina. «No está perfecta, pero está limpia», pensó mientras se dirigía hacia la puerta para recibir a Judy.

Después de los típicos preliminares —preguntarse mutuamente qué tal estaban y todo eso—, Denise y Judy se acomodaron en el porche para no perder a Kyle de vista. El pequeño estaba jugando con sus camiones cerca de la valla, haciéndolos correr por unas carreteras imaginarias. Justo antes de que Judy llegara, Denise lo había embadurnado de crema solar y de espray contra mosquitos, y las lociones actuaban como un pegamento cuando él jugaba sentado en el suelo. Sus pantalones cortos y su camiseta habían adquirido un tono marrón terroso de rayas, y parecía que no se hubiera lavado la cara en una semana, lo que a Denise le hizo pensar en los hijos de las clases trabajadoras de las áreas rurales, los que Steinbeck había descrito en *Las uvas de la ira*.

En la pequeña mesita de madera que había adquirido en un mercadillo por tres dólares (¡otra de las excelentes adquisiciones que Denise había conseguido a precio de ganga!) descansaban dos vasos de té frío. Lo había preparado por la mañana al estilo del sur: de la marca Luzianne, con mucho azúcar, añadido cuando el té todavía estaba caliente, para que se disolviera por completo, y luego lo había enfriado en la nevera, con hielo. Judy tomó un sorbo de su vaso, sin apartar la vista de Kyle.

—Tu madre también solía ensuciarse mucho —comentó Judy.

—¿Mi madre?

Judy desvió un momento la vista hacia Denise, con el semblante divertido.

—¿Por qué te sorprendes? Tu madre no era nada femenina cuando era joven.

Denise cogió su vaso.

—¿Estás segura de que estamos hablando de la misma persona? —preguntó—. Mi madre era incapaz de salir a buscar el periódico por la mañana si no llevaba puesto el maquillaje.

—Bueno, eso fue a partir de que empezara a fijarse en los chicos; entonces tu madre cambió de hábitos. Encarnó el espíritu del viejo sur, con sus guantes blancos y sus perfectos modales en la mesa, prácticamente de la noche a la mañana. Pero no te dejes engañar por esa imagen; antes había sido una verdadera Huckleberry Finn.

—Me tomas el pelo, ¿verdad?

—No, hablo en serio. Tu madre cazaba ranas, renegaba como un pescador que acabara de perder la red, incluso se peleaba con los chicos para demostrarles su talante. Y era una buena luchadora, para que lo sepas. Recuerdo una vez en que, mientras un niño intentaba decidir si era correcto sacudir a una chica, ella le atizó un buen puñetazo en la nariz. Los padres del chico llamaron incluso al *sheriff*. Aquel pobre niño estaba tan avergonzado que no volvió a ir a clase durante una semana, pero nunca más volvió a meterse con tu madre. Era una jovencita de armas tomar.

Judy parpadeó varias veces, mientras su mente deambulaba entre el presente y el pasado. Denise permaneció callada, a la espera de que continuara.

—Recuerdo que solíamos bajar hasta el río en busca de moras. Tu madre ni siquiera llevaba zapatos en medio de aquellos arbustos espinosos. Tenía los pies más curtidos que jamás haya visto. Se pasaba todo el verano descalza, salvo cuando tenía que ir a misa. En septiembre llevaba los pies tan sucios que su madre no podía quitarle las manchas a menos que usara un estropajo de aluminio. Cuando empezaba de nuevo el curso escolar, tu madre siempre faltaba los primeros dos días. Nunca supe si era por el estropajo de aluminio o simplemente porque no estaba acostumbrada a llevar zapatos.

Denise rio con incredulidad. Desconocía por completo aquella faceta de su madre. Judy continuó.

—Yo vivía un poco más abajo, en esta misma calle. ¿Sabes dónde viven los Boyle? ¿La casa blanca con las contraventanas verdes y el enorme granero rojo en la parte trasera?

Denise asintió. Pasaba por delante cada vez que iba al pueblo.

—Pues allí vivía yo de pequeña. Tu madre y yo éramos las únicas dos niñas en el vecindario, así que acabamos por hacer casi todas las cosas juntas. También teníamos la misma edad, así que estudiábamos las mismas materias. Corrían los años cuarenta, y en aquella época todos los niños estudiábamos en la misma clase hasta octavo, pero la maestra intentaba agruparnos por edades. Tu madre y yo nos sentamos juntas en la escuela durante todos aquellos años. Probablemente fue la mejor amiga que jamás haya tenido.

Con la vista fija en los árboles lejanos, Judy parecía perdida en plena nostalgia.

—¿Por qué no seguisteis en contacto, después de que ella se marchara a vivir fuera del pueblo? —Se interesó Denise—. Quiero decir que…

Hizo una pausa, preguntándose cómo formular la pregunta que realmente quería hacer. Judy la miró de soslayo.

—¿Quieres decir por qué, si éramos tan buenas amigas, ella no te habló de mí?

Denise asintió, y Judy se quedó un momento pensativa.

—Supongo que básicamente fue porque se marchó del pueblo. Me costó mucho tiempo comprender que la distancia puede echarlo a perder todo, incluso las mejores intenciones.

—¡Qué pena!

—No, la verdad es que no. Supongo que depende de cómo lo interpretes. Para mí…, bueno, simplemente aporta una riqueza que de otro modo no obtendrías. La gente viene y se va, aparece y desaparece de tu vida, como los personajes de uno de tus libros favoritos. Cuando al final cierras la tapa, los personajes te han contado su historia y tú empiezas de nuevo con otro libro, con nuevos personajes y aventuras. Entonces lo acabas y empiezas otro, y no el que ya has leído.

Denise necesitó un momento para contestar, ya que, de repente, se había acordado de los amigos que había dejado atrás en Atlanta.

—Algo muy filosófico —apuntó finalmente.

—No soy más que una anciana. ¿Qué esperabas?

Denise dejó el vaso de té encima de la mesa y, con aire ausente, se secó la humedad del vaso frío en los pantalones cortos.

—¿Así que nunca volviste a hablar con ella, después de que se marchara del pueblo?

—Estuvimos en contacto unos años, pero en esa época tu madre estaba enamorada. Cuando una mujer se enamora, no piensa en nada más. Por eso se marchó de Edenton. Un chico que se llamaba Michael Cunningham… ¿Alguna vez te habló de él?

Denise sacudió la cabeza, fascinada.

—No me sorprende. Michael no era un tipo muy recomendable; no era justo la clase de chico que a una le guste recordar, si no es absolutamente necesario. No gozaba de buena reputación, no sé si me entiendes, pero muchas chicas lo encontraban atractivo. Supongo que lo veían como un tipo apasionante y peligroso. La misma vieja historia que siempre se repite, incluso en la actualidad. Pues bien, tu madre lo siguió hasta Atlanta justo después de acabar los estudios.

—Pero ella me dijo que se había ido a vivir a Atlanta para ir a la universidad.

—Bueno, quizá fuera una idea que le rondaba por la cabeza, pero la verdadera razón fue Michael. Él ejercía cierta influencia sobre ella, eso seguro. Michael también fue la razón por la que ella ya no regresó nunca más al pueblo, ni tan solo de visita.

—¿Por qué?

—Bueno, sus padres (tus abuelos) no pudieron perdonarle que se hubiera escapado de ese modo. Sabían cómo era Michael, y le dijeron que, si no regresaba de inmediato, no hacía falta que volviera nunca más. Tus abuelos pertenecían a la vieja escuela (tercos como mulas), y tu madre era igual. Eran como dos toros, mirándose fijamente entre sí, desafiantes. Pero ninguna de las dos partes cedió, ni siquiera cuando tu madre reemplazó a Michael por otro hombre.

—¿Mi padre?

Judy sacudió la cabeza.

—No…, otro hombre. Tu padre apareció mucho tiempo después de que yo ya hubiera perdido el contacto con ella.

—¿Así que no llegaste a conocerlo?

—No, pero recuerdo que tus abuelos asistieron a la boda y se sintieron un poco heridos de que tu madre no me hubiera invitado. De todos modos, tampoco habría ido. Por entonces ya estaba casada, y como la mayoría de las parejas jóvenes, a mi marido y a mí nos costaba hacer frente a tantos gastos, y con nuestro hijo recién nacido…, bueno, el hecho es que me habría resultado imposible ir a la boda.

—Lo lamento, de verdad.

Judy dejó el vaso de té encima de la mesa.

—No hay nada que lamentar. No fuiste tú, y, en cierto modo, tampoco fue tu madre (o, por lo menos, la persona que yo había conocido antaño). Tu padre provenía de una familia muy respetable de Atlanta. En esos momentos de su vida, creo que tu madre estaba un poco avergonzada de sus orígenes. No digo que a tu padre le importara, ya que se casó con ella, pero recuerdo que tus abuelos no comentaron apenas nada acerca de la boda. Creo que ellos también se sentían un poco avergonzados, aunque no deberían haberlo estado. Eran dos personas fantásticas, pero creo que sabían que ya no encajaban en el mundo de su hija, incluso después de que tu padre falleciera.

—Eso es terrible.

—Es triste, pero, tal como he dicho, el sentimiento era mutuo. Tus abuelos eran tercos, igual que tu madre. Poco a poco, sus vidas tomaron caminos diferentes.

—Sabía que mi madre no tenía mucha relación con sus padres, pero nunca me contó nada de esto.

—Supongo que era de esperar. Pero, por favor, no le eches la culpa a tu madre. Yo no lo hago. Era una persona tan llena de vitalidad, tan apasionada… Era fantástico tenerla cerca. Y tenía un gran corazón, de verdad. Era la persona más dulce que jamás haya conocido.

Judy se volvió hacia Denise y observó sus rasgos.

—Te pareces mucho a ella.

Denise intentó asimilar aquella nueva información sobre su madre mientras Judy tomaba otro sorbo de té. A continuación, como si fuera consciente de que había hablado más de la cuenta, Judy agregó:

—Pero fíjate en mí, evocando recuerdos como una pobre vieja senil. Debes de pensar que me falta un tornillo, que estaría mejor en una residencia de ancianos. ¿Qué tal si cambiamos de tema y hablamos de ti?

—¿De mí? No hay mucho que contar.

—Entonces, ¿por qué no empiezas por lo más obvio? ¿Por qué te instalaste en Edenton?

Denise observó a Kyle, que estaba jugando con sus camiones, preguntándose qué debía de estar pensando.

—Por un par de motivos.

Judy se inclinó hacia delante y susurró con ademán conspiratorio:

—¿Problemas con los hombres? ¿Algún psicópata acosador, de esos que aparecen en los programas televisivos de los más buscados del país?

Denise rio, divertida.

—No, nada tan espectacular. —Se calló y arrugó la frente, pensativa.

—Si es demasiado personal, no tienes que contármelo. De todos modos, no es asunto mío.

Denise sacudió la cabeza.

—No me importa hablar de ello… Solo es que… me resulta duro, y no sé por dónde empezar.

Judy permaneció en silencio. Denise suspiró e intentó ordenar sus pensamientos.

—Supongo que básicamente fue por Kyle. Creo que ya te comenté que tiene problemas de lenguaje, ¿verdad?

Judy asintió.

—¿Te conté el motivo?

—No.

Denise miró a Kyle.

—Bueno, ahora los médicos dicen que sufre un trastorno del procesamiento auditivo; concretamente, un retraso en el lenguaje expresivo y receptivo. A grandes rasgos, eso quiere decir que, por algún motivo (nadie sabe por qué), le cuesta hablar y comprender lo que le dicen. Supongo que la analogía más adecuada es como si sufriera dislexia, pero en vez de tener problemas para procesar señales visuales, el trastorno está relacionado con el acto de procesar sonidos. Por algún motivo, parece que mezcla los sonidos. Es como estar oyendo chino y, de repente, alemán. Nadie sabe si se debe a que hay un problema de conexión entre el oído y el cerebro, o si el trastorno es únicamente cerebral. Desde el principio, los médicos no han sabido cómo diagnosticarlo y…, bueno…

Denise se pasó la mano con un gesto liviano por el pelo y volvió a mirar a Judy.

—¿Estás segura de que quieres oírlo? Es una historia bastante larga.

Judy se inclinó hacia delante y le dio una palmadita en la rodilla.

—Solo si te sientes cómoda contándomela.

De repente, al ver la expresión sincera de Judy, Denise se acordó de su madre. Curiosamente, se sentía bien hablando con ella acerca de aquella cuestión, y solo vaciló un momento antes de proseguir.

—Al principio, los médicos pensaban que era sordo. Me pasé semanas llevando a Kyle a audiólogos y otorrinolaringólogos, ya sabes, especialistas de oído, nariz y garganta, antes de que llegaran a la conclusión de que Kyle podía oír. Entonces pensaron que era autista. El diagnóstico duró más o menos un año (probablemente, el más estresante de mi vida). Después me dijeron que se trataba de un TGD, un trastorno generalizado del desarrollo, que es como una especie de autismo, aunque menos grave. Ese diagnóstico también duró unos meses, hasta que, tras más pruebas, dijeron que creían que se trataba de un TDA (trastorno de déficit de atención). No fue hasta hace nueve meses cuando, finalmente, se pusieron de acuerdo en el diagnóstico.

—Debe de haber sido muy duro para ti…

—¡Ni te lo puedes imaginar! Los médicos te dicen algo espantoso sobre tu hijo, y tú atraviesas todas las fases: incredulidad, rabia, pena y, por último, aceptación. Aprendes todo lo que puedes acerca del tema, investigas, lees y hablas con todo el mundo… Entonces, justo cuando estás preparada para enfrentarte a todo y seguir adelante, los médicos cambian de opinión y hay que volver a empezar el mismo proceso desde el principio.

—¿Dónde estaba el padre durante todo este calvario?

Denise se encogió de hombros, con una expresión casi de culpa en el rostro.

—El padre no estaba cerca. Basta con decir que no fue un embarazo deseado. Kyle fue un imprevisto… No sé si me entiendes.

Denise volvió a hacer una pausa, y las dos observaron a Kyle en silencio. Judy no parecía ni sorprendida ni escandalizada por la noticia, ni tampoco por su expresión parecía estar juzgándola. Denise carraspeó, incómoda.

—Cuando nació Kyle, tomé una excedencia en la escuela donde trabajaba de maestra. Mi madre había muerto, y yo quería pasar el primer año de vida de mi bebé con él. Pero después empezó la pesadilla y no pude reincorporarme al trabajo. Me pasaba el día llevando a Kyle de un médico a otro, a diferentes hospitales, para que lo examinaran un sinfín de terapeutas hasta que finalmente encontré unas sesiones de terapia que podíamos realizar en casa. Con tanto trajín no tenía tiempo para buscarme un trabajo a jornada completa. Practicar con Kyle ya supone un trabajo a jornada completa. Había heredado esta casa, pero no podía venderla, y al final me quedé sin dinero.

Denise miró a Judy, con semblante arrepentido.

—Así que supongo que la respuesta más corta a tu pregunta es que tuve que instalarme aquí por necesidad, para poder seguir ocupándome de Kyle.

Cuando terminó, Judy la miró fijamente unos instantes antes de volver a darle una palmadita en la rodilla.

—Perdona por mi expresión, pero eres una supermamá. No hay mucha gente dispuesta a realizar tales sacrificios.

Denise contempló a su hijo, que jugaba en el jardín.

—Solo quiero lo mejor para él.

—Por lo que me has dicho, parece que lo estás logrando, porque sí que ha progresado. —Judy hizo una pausa para que Denise asimilara sus palabras antes de recostarse en la silla y continuar—: A veces, cuando ibas a la biblioteca a usar el ordenador, yo observaba a Kyle, y nunca se me ocurrió pensar que tuviera ningún problema. Parecía como cualquier otro niño, excepto que quizá se comportaba de forma más educada.

—Pero sigue con los trastornos de lenguaje.

—Lo mismo les pasaba a Einstein y a Teller y, fíjate, al final se convirtieron en los científicos más importantes de la historia.

—¿Cómo sabes que sufrían trastornos de lenguaje?

Aunque Denise también lo sabía (lo había leído prácticamente todo sobre el tema), se sorprendió (y la impresionó) que Judy también supiera aquello.

—¡Oh, te sorprendería la cantidad de información que he ido recopilando a lo largo de los años! En ese sentido soy como una esponja; no me preguntes por qué.

—Deberías ir a uno de esos programas de la tele sobre cultura general…, a *Jeopardy*, por ejemplo.

—Lo haría, pero ese presentador, Alex Trebek, es tan mono que probablemente perdería el mundo de vista tan pronto como él dijera «hola». Me quedaría embobada, mirándolo sin pestañear, buscando el modo de lograr que me besara, como lo que Richard Dawson hizo en *Family Feud*, ese otro programa de la tele.

—¿Qué pensaría tu esposo, si supiera lo que acabas de decir?

—Estoy segura de que no le importaría. —Su voz adoptó un matiz más serio—. Falleció hace muchos años.

—Lo siento, no lo sabía… —empezó a disculparse Denise.

—No pasa nada.

En el repentino silencio, Denise entrelazó las manos con cierta tensión.

—Así que…, ¿nunca te volviste a casar?

Judy sacudió la cabeza.

—No, simplemente no tuve tiempo para encontrar a otro hombre. Taylor ocupaba todas mis horas; no me quedaba tiempo para nada más.

—¡Vaya! ¡No sé por qué, pero eso me suena de algo! Me parece que todo lo que hago es ocuparme de Kyle y trabajar en el Eights.

—¿Trabajas en el Eights? ¿Con Ray Toler?

—Así es. Conseguí el trabajo cuando me instalé en el pueblo.

—¿Te ha hablado de sus hijos?

—Solo unas doscientas veces, más o menos —bromeó Denise.

A partir de ese momento, la conversación derivó de forma natural hacia el trabajo de Denise y a los innumerables proyectos que mantenían a Judy ocupada todas las horas del día. Denise no tenía una conversación como aquella desde hacía tiempo. Se sintió relajada. Media hora más tarde, Kyle se cansó de jugar con sus camiones y los guardó debajo del porche (Judy se fijó en que lo hizo sin que Denise le ordenara hacerlo) antes de acercarse a su madre. Tenía la cara encarnada por el calor y el flequillo pegado a la frente.

—¿*Uedo ones on ezo?*

—¿Macarrones con queso?

—*Zí.*

—Claro, cielo. Ahora mismo te preparo un buen plato.

Denise y Judy se levantaron y fueron a la cocina. Kyle las siguió, dejando, a su paso, huellas de tierra en el suelo. Se dirigió hacia la mesa y se sentó mientras Denise abría un armario.

—¿Te apetece comer algo, Judy? Puedo preparar un par de bocadillos, si quieres.

Judy echó un vistazo al reloj.

—Me encantaría, pero no puedo. Tengo una reunión sobre el festival del próximo fin de semana. Todavía quedan algunos detalles por ultimar.

Denise estaba llenando una olla con agua caliente y miró por encima del hombro.

—¿Un festival?

—Sí, este fin de semana. Es una fiesta que organizamos todos los años, para celebrar la llegada del verano. Espero verte por allí.

Denise puso la olla sobre el fuego, que se iluminó cuando encendió el gas.

—No había planeado ir.

—¿Por qué no?

—Bueno, básicamente porque ni sabía que había un festival.

—Realmente no estás en órbita, chica.

—Ni que lo digas.

—Deberías ir. A Kyle le encantará. Hay comida y talleres de manualidades, concursos, atracciones… Seguro que hay algo que os gusta.

Denise no pudo evitar pensar en el precio de todas aquellas actividades.

—No sé si podremos ir. El sábado por la noche trabajo —alegó al final, buscando una excusa.

—Oh, no tienes que quedarte hasta tarde. Puedes pasarte un rato durante el día. Es realmente divertido. Además, si quieres, podría presentarte a gente de tu edad.

Denise no contestó de inmediato. Judy detectó su vacilación.

—Solo piénsalo, ¿de acuerdo?

Judy agarró el bolso de la encimera. Denise echó un vistazo al agua —que todavía no hervía— y la acompañó hasta la puerta. Las dos volvieron a salir al porche.

Denise se pasó la mano por el cabello, apartándose unos mechones rebeldes que le caían sobre la cara.

—Gracias por la visita. Me ha encantado tener una conversación adulta…, para variar.

—Lo he pasado muy bien —dijo Judy, al tiempo que se inclinaba hacia Denise para darle un abrazo—. Gracias por invitarme.

Cuando se dio la vuelta para marcharse, Denise cayó en la cuenta de que había olvidado mencionar algo.

—¡Ah! Se me olvidaba comentarte que ayer vi a Taylor en la tienda.

—Lo sé. Hablé con él anoche.

Tras un instante de incómodo silencio, Judy se ajustó la correa del bolso sobre el hombro.

—¿Qué tal si repetimos este encuentro de vez en cuando?

—Me encantaría.

Denise la observó mientras bajaba los peldaños del porche y se dirigía hacia el coche. Antes de subir al vehículo, Judy se dio la vuelta.

—Por cierto, Taylor estará este fin de semana en el festival con el resto de sus compañeros del cuerpo de bomberos —dijo—. Su equipo de sóftbol juega a las tres.

A Denise solo se le ocurrió contestar con un «¡Ah!».

—Solo te digo que, si te apetece ir, él estará allí.

Acto seguido, Judy abrió la puerta del coche. Denise se quedó de pie en el porche y se despidió con la mano mientras la mujer entraba en el vehículo y arrancaba el motor, con las comisuras de la boca ligeramente curvadas hacia arriba.

Capítulo 13

—¡ $\mathcal{Q}$ ué alegría veros! ¡No sabía si al final vendríais! —los saludó Judy, contenta.

Era sábado por la tarde, pasadas las tres, cuando Denise y Kyle avanzaron entre las gradas hacia Judy, pisando a algunos espectadores sin querer.

No les había costado averiguar dónde se celebraba el partido de sóftbol, pues era el único espacio del parque vallado y con gradas. Mientras aparcaban las bicicletas, Denise avistó a Judy sentada en las gradas. Ella también los vio y los saludó con la mano mientras Denise agarraba a Kyle para no perderlo de vista, procurando mantener el equilibrio mientras subía hacia los asientos superiores.

—¡Hola, Judy! ¡Pues sí, al final hemos venido! ¡No sabía que Edenton tuviera tantos habitantes! Nos ha costado bastante abrirnos paso entre la multitud.

Las calles del centro del pueblo estaban cerradas al tráfico, abarrotadas de gente. Habían engalanado la calle principal con pequeñas banderas; los tenderetes se alineaban en ambas aceras; los transeúntes examinaban los productos artesanales y entraban y salían de las tiendas, con sus compras más recientes colgadas del brazo. Cerca de Cook's Drugstore habían montado una zona infantil, donde los más pequeños podían elaborar sus propias manualidades con pegamento, piñas, fieltro, espuma de poliuretano, globos y otros materiales que la gente había donado. En la plaza central, la feria estaba en plena ebullición. Denise se fijó en las largas colas para subir en cualquier atracción.

Denise y Kyle se habían tomado su tiempo, atravesando el pueblo a pie, empujando las bicicletas y disfrutando de la efervescencia del festival. En la otra punta del pueblo, el parque rebosaba vida con tenderetes de comida y actividades lúdicas. Había un concurso de barbacoas en una zona que quedaba a la sombra cerca de la carretera, y la familia Shriner supervisaba una gran parrilla de pescado en un rincón no muy lejano. Otras muchas familias habían llevado su propia comida y preparaban perritos calientes y hamburguesas en pequeñas barbacoas para familiares y amigos.

Judy se apartó a un lado para dejarles sitio, y Kyle se apretujó entre ellas dos, inclinándose hacia Judy casi coquetamente y riendo como si la situación le pareciera de lo más cómico. Cuando estuvo cómodo, sacó uno de los aviones de juguete que había llevado consigo. Denise había insistido en que se guardara un par de juguetes en los bolsillos antes de salir de casa. No albergaba la esperanza de poder explicarle en qué consistía el juego, y quería que tuviera algo con que entretenerse.

—Viene gente de todo el condado —explicó Judy—. Es una de las pocas ocasiones en que todo el mundo espera ver a viejos amigos que no ha visto desde hace tiempo, y es una buena forma de ponerse al día.

—Sí, eso parece.

Judy le hizo cosquillas a Kyle en las costillas.

—Hola, Kyle, ¿cómo estás?

Con una expresión seria, el pequeño hundió la barbilla en el pecho antes de mostrarle el juguete.

—*Aioneta* —dijo, entusiasmado, asegurándose de que Judy pudiera ver su juguete.

Pese a que Denise sabía que era su forma de intentar comunicarse a un nivel que él comprendía —algo que hacía a menudo—, ella lo animó a contestar correctamente. Le dio unos golpecitos en el hombro y dijo:

—Kyle, di: «Estoy bien, gracias».

—*Ztoi bin, aziaz* —repitió moviendo la cabeza hacia delante y hacia atrás al ritmo de las sílabas. Luego se concentró en su juguete.

Denise lo rodeó con el brazo y señaló con la cabeza hacia el terreno de juego.

—¿A qué equipo hay que apoyar?

—A cualquiera de los dos. Taylor está en la tercera base del equipo rojo, que son los Voluntarios de Chowan, los del cuerpo de bomberos. El equipo azul, que son los Ejecutores de Chowan, está compuesto por miembros de la policía local y el *sheriff*. Todos los años juegan para recaudar fondos. El equipo que pierde ha de donar quinientos dólares a la biblioteca.

—¿De quién fue la idea? —preguntó Denise, aunque ya sabía la respuesta.

—Mía, por supuesto.

—Por consiguiente, la biblioteca siempre sale ganando, ¿eh?

—Así es —contestó Judy—, pero la cuestión es que los chicos se lo toman muy en serio. Hay un montón de egos sobre el terreno de juego. Ya sabes cómo son los hombres.

—¿Cómo va el marcador?

—Cuatro a dos, a favor de los bomberos.

Denise vio a Taylor, agachado en la posición adecuada, golpeándose el guante con la otra mano, preparado. El lanzador envió una pelota increíblemente alta, y el bateador la mandó directamente al centro del campo. El corredor de la tercera base llegó a la meta sin problemas, con lo que redujo a un punto la diferencia en el marcador.

—¿Ha sido Carl Huddle quien ha bateado?

—Sí, Carl es uno de los mejores jugadores. Él y Taylor jugaban juntos en el instituto.

Durante la siguiente hora, Denise y Judy se dedicaron a ver el partido, a charlar sobre Edenton y a animar a los dos equipos. El partido se jugaba a siete entradas, y era más emocionante de lo que Denise había esperado (no perdían tantas pelotas como habría pensado). Taylor logró sacar a los corredores un par de veces, pero el protagonismo del juego era para los bateadores, y la ventaja en el marcador iba de un equipo al otro con cada entrada. Prácticamente todos los jugadores conseguían mandar la pelota al otro lado del terreno, lo que obligaba a los corredores exteriores a realizar largas carreras.

Denise se fijó en que estos últimos eran bastante más jóvenes —y sudaban mucho más— que los que estaban dentro del campo.

Kyle, sin embargo, se aburrió a la primera entrada, y se puso a jugar por las gradas, subiendo y saltando, corriendo de un lado a otro. Con tanta gente alrededor, Denise se ponía nerviosa cada dos por tres, y se levantó varias veces para ver dónde estaba.

Cada vez que se ponía de pie, Taylor no podía evitar que los ojos se le fueran en aquella dirección. Un poco antes la había visto llegar con Kyle, agarrando al pequeño de la mano y caminando despacio al tiempo que examinaba las gradas, sin darse cuenta de que los hombres giraban la cabeza al verla pasar. Taylor sí había visto las miradas de admiración: con aquella camisa blanca metida dentro de los pantalones cortos negros, las piernas largas rematadas por unas sandalias también negras, a juego con los pantalones, y el pelo oscuro suelto, ondeando graciosamente por encima de los hombros.

Por alguna razón que no llegaba a entender, sintió envidia de que fuera su madre —y no él— quien estuviera sentado con ella.

Su presencia lo distraía, y no solo porque seguía pensando en lo que Melissa le había dicho. Ella estaba sentada cerca de la primera base, y él estaba en la tercera, por lo que le resultaba imposible no verla sentada en las gradas. Sin embargo, no podía dejar de mirar en aquella dirección, como si quisiera asegurarse de que ella aún seguía allí.

Se regañaba a sí mismo cada vez que lo hacía (¿por qué le importaba tanto?), pero, al cabo de un momento, ya volvía a hacerlo. En una ocasión se la quedó mirando tanto rato que ella lo saludó.

Taylor le devolvió el saludo con una tensa sonrisa e inmediatamente se dio la vuelta, preguntándose por qué diantre se sentía tan torpe como un adolescente.

—Así que es ella, ¿eh? —se interesó Mitch cuando se sentaron en el banquillo.

—¿Quién?

—Denise, la que está sentada con tu madre.

—No me había dado cuenta —dijo Taylor, mientras jugueteaba con el bate con aire ausente, procurando no mostrar interés.

—Tenías razón —dijo Mitch.

—¿En qué?

—Es guapa.

—Yo no dije eso; fue Melissa quien lo dijo.

—Ah, vale —dijo Mitch.

Taylor se concentró en el partido. Mitch siguió su mirada.

—Oye, pero, entonces, ¿por qué la mirabas con tanta atención? —le preguntó al cabo de un rato.

—Yo no la estaba mirando.

—Ah, vale —repitió Mitch, asintiendo con la cabeza.

Ni siquiera intentó ocultar su sonrisita socarrona.

En la séptima entrada, los Voluntarios perdían por catorce a doce. Taylor esperaba su turno para batear. Kyle había dejado de corretear por las gradas y estaba de pie cerca de la valla cuando vio a Taylor realizando unos ejercicios de calentamiento.

—¡*Hoa, Teo!* —exclamó el pequeño con alegría, tal como había hecho en Merchants.

Taylor se dio la vuelta al oír su voz y se acercó a la valla.

—¡Hola, Kyle! ¡Me alegro de verte! ¿Cómo estás?

—¡*E omero!* —dijo Kyle, señalándolo con el dedo.

—Sí, señor, soy el bombero. ¿Te estás divirtiendo viendo el partido?

En vez de contestar, Kyle alzó el avión para que Taylor lo viera.

—Pero ¿qué tienes ahí, muchachote?

—¡*Aión!*

—Es verdad. Es un avión, y muy bonito.

—*Zi edes, oma.*

Kyle se lo pasó a través de la valla, y Taylor vaciló antes de aceptarlo. Lo examinó mientras el niño no le quitaba el ojo de encima, visiblemente orgulloso. Por encima del hombro, Taylor oyó que lo llamaban para que regresara al campo de juego.

—Gracias por enseñarme tu avión. ¿Quieres que te lo devuelva?

—*Zi edes, oma* —repitió el pequeño.

Taylor se debatió un momento antes de decidirse.

—De acuerdo, lo acepto. Será mi amuleto de la buena suerte.

Fíjate, me lo guardo en el bolsillo, ¿vale? —Se aseguró de que Kyle viera cómo se lo guardaba.

El niño se frotó las manos enérgicamente.

—¿Te parece bien? —preguntó Taylor.

Kyle no contestó, pero pareció aceptar la decisión.

Taylor esperó unos segundos para asegurarse, hasta que al final se alejó corriendo hacia el campo.

Denise asintió, satisfecha, sin apartar la vista de Kyle. Tanto ella como Judy habían presenciado aquella escena.

—Creo que a Kyle le gusta Taylor —comentó Denise.

—Sí, y me parece que el sentimiento es mutuo —contestó Judy.

En el segundo lanzamiento, Taylor envió la pelota a la derecha del campo —era zurdo— y arrancó a correr hacia la primera base mientras otros dos jugadores comenzaban también la carrera. La pelota tocó el suelo y rebotó tres veces antes de que el jugador del equipo adversario pudiera agarrarla; después perdió el equilibrio cuando la lanzó. Taylor decidió correr hacia la segunda base, esforzándose al máximo, preguntándose si debía intentar completar la carrera. Pero al final se impuso su buen juicio, y la pelota alcanzó el perímetro interior justo cuando Taylor llegaba a salvo a la tercera base. Acababan de anotarse dos puntos, el partido estaba empatado. Taylor completó la carrera cuando el siguiente jugador bateó. De camino al banquillo, le devolvió a Kyle el avión, con una amplia sonrisa en la cara.

—Ya te dije que me traería buena suerte, muchachote. Es un buen avión.

—¡Zí, aión ueno!

Habría sido la forma perfecta de acabar el partido, pero lamentablemente no fue así. Al final de la séptima entrada, los Ejecutores se anotaron la victoria, cuando Carl Huddle falló en su bateo.

Después del partido, Denise y Judy bajaron de las gradas, como el resto de la gente, para disfrutar de la comida y la cerveza que servían en el parque. Judy señaló hacia el sitio donde iban a sentarse.

—Ya llego tarde —explicó—. Se suponía que tenía que ayudar a montar las mesas. ¿Te parece bien si me reúno contigo allí?

—Por supuesto; solo tardaré un par de minutos. Antes he de ir a buscar a Kyle.

El niño todavía estaba cerca de la valla, mirando cómo Taylor recogía su material deportivo en el banquillo. Cuando Denise se acercó, el pequeño no se dio la vuelta, ni siquiera después de que ella lo llamara por su nombre. Tuvo que darle unos golpecitos en el hombro para captar su atención.

—Vamos, Kyle —dijo Denise.

—No —contestó él, sacudiendo enérgicamente la cabeza.

—Ya se ha acabado el partido.

Kyle alzó la vista hacia ella, con una expresión preocupada en la cara.

—*No, no cabado.*

—¿Quieres que juguemos un rato?

—*¡No, no cabado!* —repitió él, frunciendo el ceño y alzando más la voz.

Denise sabía exactamente lo que significaba aquella reacción: era una de las formas que tenía Kyle de demostrar su frustración por no poder comunicarse como quería. También era el primer paso hacia lo que solía acabar en un berrinche monumental. Y cuando Kyle se ponía a gritar, no había quien lo calmara.

Por supuesto, todos los niños pillaban pataletas de vez en cuando. Denise no esperaba que su hijo fuera perfecto. Pero es que Kyle a veces se enfadaba porque no podía expresarse debidamente y no lo entendían. Entonces se enfadaba mucho con su madre, que se sentía frustrada porque él no podía decir lo que quería. En esos momentos, ambos se sentían completamente superados por la situación, impotentes.

No obstante, aún había algo peor: lo que podía llegar a sentir. Denise sabía que su hijo tenía un problema serio, y aunque era consciente de que no era culpa de Kyle, si la rabieta se prolongaba demasiado, podía acabar por gritar a su hijo, por más irracional que pareciese. «¿Tanto cuesta articular unas simples palabras? ¿Por qué no puedes hacerlo? ¿Por qué no puedes ser como los demás niños? ¿Por qué no puedes ser normal, por el amor de Dios?»

Después, cuando todo se calmaba, se sentía fatal. ¿Cómo era posible, si quería tanto a su hijo, que le dijera tales cosas? ¿Cómo podía incluso llegar a pensarlas? Después de una de esas peleas, jamás conseguía dormir; se quedaba horas contemplando el techo, pues se sentía la peor madre del mundo.

Denise no quería montar un numerito allí, delante de todo el mundo. Procuró calmarse, jurándose a sí misma que no levantaría la voz.

«Muy bien, tranquilízate. Kyle lo está haciendo lo mejor que puede...»

—Él no ha acabado —dijo Denise, repitiendo la frase de Kyle.

—Zí.

Denise lo agarró por los brazos con suavidad, anticipándose a lo que podía pasar a continuación. Quería que Kyle no perdiera los nervios.

—¿Qué es lo que él no ha acabado, Kyle?

—No... —El monosílabo emergió con un gemido. El niño soltó un sonido bronco de frustración.

Era evidente que estaba al borde de tener una rabieta.

Denise volvió a intentarlo, con mensajes que sabía que él entendía.

—¿Quieres ir a casa?

—No.

—¿Estás cansado?

—No.

—¿Tienes hambre?

—No.

—Kyle...

—¡No! —explotó él, sacudiendo la cabeza enérgicamente e interrumpiéndola. Estaba enfadado. Las mejillas se le estaban poniendo rojas.

—¿Qué es lo que él no ha acabado? —preguntó ella con tanta paciencia como le fue posible.

—É no...

—¿Él no, qué? —repitió Denise.

Kyle sacudió la cabeza con frustración, buscando las palabras.

—É no... Kai —soltó al final.

Denise estaba totalmente desconcertada.

—Tú no eres Kyle.

135

—Zí.

—Tu no eres Kyle —repitió ella, esta vez en tono afirmativo. Denise había aprendido que la repetición era un factor importante: un recurso que utilizaba para averiguar si los dos estaban hablando de lo mismo.

—Zí.

Denise pensó en la respuesta, intentando comprender a qué se refería, antes de volver a concentrarse.

—¿Cómo te llamas? ¿Te llamas Kyle?

Kyle sacudió la cabeza.

—É no... Kai. ¡E muaote!

Denise volvió a esforzarse, intentando entender lo que decía.

—¿Muchachote? —aventuró ella.

Kyle asintió triunfalmente y sonrió; de repente, su rabia desapareció con la misma rapidez con la que había llegado.

—¡E muaote! —volvió a decir el pequeño, mientras Denise lo miraba sin pestañear.

Muchachote.

¡Por Dios! ¿Hasta cuándo iba a durar esa tortura?

En ese momento, Taylor se acercó a ellos, con la bolsa de deporte colgada del hombro.

—Hola, Denise. ¿Qué tal, cómo estás? —Se quitó la gorra y se secó la frente con el reverso de la mano.

Denise se dio la vuelta hacia él, todavía desconcertada.

—No estoy segura —contestó.

Los tres enfilaron hacia el parque. Denise le contó a Taylor el último altercado con Kyle. Cuando terminó, este le dio unas palmaditas a Kyle en la espalda.

—Así que muchachote, ¿eh?

—Zí. ¡E muaote! —contestó Kyle con orgullo.

—No le des cuerda —replicó Denise con gesto compungido.

Por lo visto, a Taylor le parecía que la situación era muy graciosa; no se molestaba en ocultarlo. Por su parte, Kyle estaba observando a Taylor con los ojos bien abiertos, como si tuviera ante sí a una de las siete maravillas del mundo.

—Pero es que es un muchachote —alegó Taylor, en defensa de Kyle—. ¿A que sí?

El pequeño asintió, encantado de tener a alguien de su parte. Taylor abrió la cremallera de la bolsa de deporte y hurgó en su interior antes de sacar una vieja pelota de béisbol. Se la pasó a Kyle.

—¿Te gusta el béisbol? —le preguntó.

—*E ua peota* —contestó Kyle.

—No es solo una pelota. Es una pelota de béisbol —lo corrigió Taylor con el semblante serio.

Kyle consideró su respuesta.

—*Zí, e ua peota e eibo* —susurró.

El pequeño sostenía la pelota en su manita mientras la estudiaba, como si buscara un secreto que solo él pudiera descubrir. A continuación, desvió la vista hacia un tobogán que había a lo lejos. Y, de repente, pareció que ese tobogán era lo único que había en el mundo.

—*É tere orré* —anunció Kyle, mirando a su madre con entusiasmo al tiempo que señalaba adonde quería ir.

—Di: «Quiero correr».

—*Tere orre* —repitió en voz baja.

—De acuerdo, ve, pero no te alejes mucho —indicó ella.

Kyle salió disparado hacia la zona infantil, como un saco de energía incontrolada. Por suerte, la zona estaba justo al lado de las mesas donde ellos iban a sentarse. Judy había elegido aquel espacio precisamente por ese motivo, ya que casi todo el mundo iba a la feria acompañado de sus hijos. Denise y Taylor observaron a Kyle mientras corría.

—Es un chaval encantador —comentó Taylor con una sonrisa.

—Gracias, es un buen chico.

—Eso de muchachote no supondrá ningún serio inconveniente, ¿verdad?

—No creo. Ya pasó por una fase en la que quería ser Godzilla, hace un par de meses. Solo respondía si se le llamaba por ese nombre.

—¿Godzilla?

—Sí, ahora parece divertido, pero, en aquel momento… Recuerdo que estábamos en la tienda un día y lo perdí de vista. Iba de pasillo en pasillo llamando a Godzilla. ¡Ni te imaginas cómo me miraba la gente! Cuando Kyle apareció al final, una señora me observó como si yo fuera una extraterrestre. Seguramente se preguntaba qué clase de madre llama a su hijo Godzilla.

Taylor rio.

—¡Qué bueno!

—Sí, ya... —Denise esbozó una mueca, entre satisfecha y exasperada.

De repente, los ojos de ambos se encontraron. Por unos instantes, ninguno de los dos apartó la vista. Después reanudaron la marcha en silencio, como otra pareja de jóvenes más en el parque.

Taylor siguió observándola con disimulo.

Denise estaba radiante bajo el cálido sol de junio. Taylor se fijó en que sus ojos eran de color jade, exóticos y misteriosos. Ella era más baja que él —quizás un metro setenta, calculó— y se movía con la agilidad de la gente que se siente a gusto y cómoda en el mundo. Más que eso, él podía percibir lo inteligente que era, por la paciencia que tenía con su hijo y, sobre todo, por lo mucho que lo quería. Para Taylor eso era realmente lo que contaba.

Pensó que Melissa no se había equivocado.

—Has jugado muy bien —apuntó Denise al cabo de un rato, interrumpiendo sus pensamientos.

—Ya, pero no hemos ganado.

—Bueno, pero has jugado bien. Eso es lo que cuenta, ¿no?

—Sí, pero no hemos ganado.

—Una respuesta muy propia de un hombre. Espero que Kyle no me salga así.

—No podrá evitarlo. Lo llevamos en los genes.

Ella se rio. Dieron un par de pasos en silencio.

—¿Por qué te hiciste voluntario del cuerpo de bomberos? —se interesó.

Aquella pregunta le hizo pensar de inmediato en su padre. Taylor tragó saliva e intentó librarse de aquel pensamiento.

—Era algo que quería hacer desde pequeño —contestó.

Aunque ella detectó un pequeño cambio en su tono, la expresión de Taylor parecía neutral, con la mirada perdida entre el gentío.

—¿Cómo funciona? Me refiero a eso de ser voluntario. ¿Te llaman cuando hay una emergencia?

Él se encogió de hombros, aliviado por algún motivo.

—Más o menos.

—¿Así fue cómo encontraste mi coche aquella noche? ¿Alguien dio el aviso?

Taylor sacudió la cabeza.

—No, eso fue por pura casualidad. Desde el parque de bomberos habían llamado a todos los voluntarios por la tormenta: habían caído varios postes eléctricos en las carreteras, y yo los estaba iluminando con bengalas para que los conductores pudieran frenar a tiempo. De repente, me crucé con tu coche y me detuve para ver qué pasaba.

—Y ahí estaba yo.

Taylor se detuvo y la miró fijamente, con sus ojos tan azules como el cielo.

—Y ahí estabas tú.

En las mesas había suficiente comida como para abastecer a un regimiento, lo que equivalía al número de personas que paseaban por la zona.

A un lado, junto a las parrillas donde se estaban asando las hamburguesas y las salchichas, Denise vio cuatro enormes contenedores llenos de hielo y cervezas. Taylor lanzó la bolsa de deporte a un lado, sobre una pila, junto con las otras, se dirigió a uno de los contenedores y sacó una cerveza para él. Todavía inclinado hacia delante, alzó una lata de Coors Light.

—¿Te apetece una?

—Sí, si hay bastantes, sí.

—Hay un montón. Si acabamos con todo lo que hay en estas neveras, habrá que rezar para que esta noche no pase nada en el pueblo, porque nadie será de mucha ayuda.

Taylor le pasó la lata, y ella la abrió. Denise nunca había bebido demasiado, ni siquiera cuando era más joven, antes de tener a Kyle, pero la cerveza resultaba de lo más refrescante en un día tan caluroso.

Taylor tomó un buen trago justo cuando Judy los avistó. Su madre depositó una pila de bandejas de papel en el centro de una de las mesas y acto seguido salió a su encuentro.

—Siento que tu equipo haya perdido, pero me debes quinientos pavos —dijo en tono burlón al tiempo que estrujaba cariñosamente su brazo.

—Gracias por el apoyo moral.

Judy rio.

—Bah, ya sabes que bromeo. —Volvió a estrujarle el brazo tiernamente antes de centrar la atención en Denise.

—Bueno, ya que estás aquí, ¿quieres que te presente a algunas personas?

—Por supuesto, pero antes será mejor que vaya a echar un vistazo a Kyle.

—Kyle está bien. Lo he visto hace un momento, cuando ha llegado corriendo. Está jugando en el tobogán.

Como un radar, Denise localizó a su hijo al instante. Estaba jugando, pero parecía acalorado. Podía ver su cara sonrojada, incluso a distancia.

—Creo que será mejor que le lleve algo de beber. Está sudando.

—Por supuesto. ¿Qué le gusta? Hay Coca-Cola, Sprite, cerveza sin alcohol…

—Sprite.

Por el rabillo del ojo, Taylor vio a Melissa y a Kim, la esposa de Carl Huddle, que estaba embarazada. Se acercaron a saludar. Melissa lucía la misma expresión triunfal de la noche en que habían estado cenando juntos. Sin duda, lo había visto caminando con Denise.

—Ya se lo llevaré yo —se ofreció Taylor precipitadamente, para no tener que ver cómo se regodeaba Melissa—. Creo que hay alguien que quiere saludaros.

—¿Estás seguro? —preguntó Denise.

—Totalmente seguro —contestó él—. ¿Quieres que le lleve una lata, o se lo sirvo en un vaso de plástico?

—Mejor en un vaso.

Taylor tomó otro trago de cerveza mientras se dirigía hacia la mesa para prepararle a Kyle la bebida, esquivando a Melissa y a Kim por tan solo unos segundos.

Judy les presentó a Denise. Después de departir animadamente durante unos minutos, las tres se dedicaron a presentarle más gente.

Aunque Denise normalmente no se sentía cómoda cuando le presentaban a alguien, en aquella ocasión no fue tan difícil como había imaginado. Aquella situación informal (con los chiquillos correteando de un lado para otro, todo el mundo vestido con ropa cómoda, riendo y gastando bromas) le permitió relajarse. Se sentía como en medio de una reunión en la que todo el mundo era bienvenido.

A lo largo de la siguiente media hora, Denise conoció a una docena de personas. Como Judy le había dicho, casi todos tenían hijos. Denise oía un nombre tras otro —primero el de los adultos y luego el de sus hijos—, por lo que le resultaba imposible recordarlos todos, aunque mostró mayor interés por aquellos que parecían de su misma edad.

A renglón seguido, sirvieron la comida para los niños. Después de retirar los perritos calientes de las parrillas, los chavales llegaron corriendo a las mesas desde todos los confines del parque.

Kyle, por supuesto, no corrió hacia la mesa con el resto de los niños, pero, curiosamente, Denise tampoco vio a Taylor. No lo había visto desde que se había alejado hacia la zona infantil. Echó una mirada a su alrededor, preguntándose si habría escurrido el bulto sin que nadie se diera cuenta. No lo vio.

Miró de nuevo hacia la zona infantil, y entonces los vio a los dos, uno frente al otro, separados por tan solo unos metros de distancia. Cuando Denise se dio cuenta de lo que estaban haciendo, el corazón se le subió a la garganta.

No daba crédito a lo que veía. Cerró los ojos durante unos segundos, paralizada, luego volvió a abrirlos.

Taylor le estaba lanzando suavemente la pelota de béisbol a Kyle. El niño permanecía con los brazos extendidos, con los antebrazos juntos. El pequeño no movió ni un músculo cuando la pelota surcó el aire; pero como por arte de magia, la pelota cayó directamente en sus manitas. Denise los miraba extasiada.

Taylor McAden estaba jugando a la pelota con su hijo.

El último tiro de Kyle se desvió —al igual que muchos otros anteriores— y Taylor se contorsionó en un intento de agarrar la pelota, que finalmente cayó sobre la hierba cortada. Al darse la vuelta para recogerla, vio que Denise se acercaba.

—¡Hola! —la saludó con naturalidad mientras recogía la pelota—. Estábamos jugando un ratito.

—¿Os habéis pasado todo el rato entrenando? —preguntó ella, sin ocultar su asombro.

Kyle nunca antes había querido jugar con una pelota. Lo había intentado en numerosas ocasiones, pero jamás había mostrado el más mínimo interés. Y Denise no solo estaba sorprendida por cómo actuaba Kyle, sino también por la actitud de Taylor. Era la primera vez que alguien dedicaba tiempo a enseñarle a Kyle algo nuevo, algo que hacían los demás niños.

Taylor estaba jugando con Kyle. Nadie jugaba con él.

El chico asintió:

—Así es. Por lo visto, le gusta.

En ese momento, Kyle la vio y la saludó.

—¡*Hoa, mami!* —gritó.

—¿Te estás divirtiendo, cielo? —preguntó ella.

—¡*É anza eota!* —contestó entusiasmado.

Denise no pudo evitar sonreír.

—Ya lo veo. Y la lanzas muy bien.

—¡*É anza!* —repitió Kyle, para indicarle que estaba de acuerdo con ella.

Taylor se echó la gorra hacia atrás.

—¡Está fuerte, el chaval! —exclamó, como para explicar por qué no había podido detener el tiro de Kyle.

Denise lo miraba sin parpadear.

—¿Cómo lo has conseguido?

—¿El qué? ¿Que se interese por el juego? —Taylor se encogió de hombros, claramente inconsciente de su logro—. La verdad es que ha sido idea suya; ha sido él quien me ha lanzado la pelota. ¡Casi me da en la cabeza! Así que se la he devuelto y le he dado unos consejos sobre cómo ha de lanzarla. Aprende con rapidez.

—¡*Anza!* —pidió Kyle con impaciencia, con los brazos nuevamente extendidos.

Taylor miró a Denise para ver si le parecía bien que continuaran.

—Adelante —cedió Denise—. Me encantará volverlo a ver.

Taylor se colocó a poco más de un metro de Kyle.

—¿Estás listo? —preguntó Taylor.

Kyle, con carita de concentración, no contestó. Denise entrelazó las manos con nerviosismo.

—¡Allá va! —gritó Taylor, y la lanzó.

La pelota golpeó a Kyle en la muñeca y rebotó contra su pecho antes de caer al suelo. Kyle la recogió inmediatamente, apuntó y lanzó la pelota. Esta vez afinó el tiro y Taylor pudo agarrarla sin moverse.

—¡Buen tiro! —lo felicitó Taylor.

Continuaron pasándose la pelota unas cuantas veces más hasta que Denise intervino.

—¿Qué tal un descanso? —sugirió ella.

—Solo si Kyle quiere —respondió Taylor.

—Oh, seguro que él continuaría. Cuando descubre algo que le gusta, no quiere parar.

—Ya me había dado cuenta.

Denise llamó a Kyle:

—¡Muy bien, cielo! La última, ¿vale?

Kyle sabía lo que eso significaba, y miró la pelota con gran atención antes de lanzarla. El tiro se desvió hacia la derecha, y Taylor no fue capaz de agarrarla. La bola fue a parar cerca de los pies de Denise. Ella la recogió justo cuando Kyle se disponía a ir hacia ella.

—¿Ya está? ¿Ninguna pataleta? —preguntó Taylor, impresionado por el buen comportamiento de Kyle.

—No, no suele enfadarse en estos casos.

Cuando Kyle llegó a su lado, ella lo alzó en volandas y lo abrazó.

—¡Qué bien que te guste jugar a la pelota!

—Zí —contestó el niño, contento.

—¿Te gustaría jugar en el tobogán? —preguntó ella.

Kyle asintió, y su madre volvió a dejarlo en el suelo. Luego, él dio media vuelta y salió disparado hacia el tobogán.

Cuando se quedaron solos, Denise miró a Taylor a los ojos.

—Te agradezco mucho lo que has hecho, pero no tenías que quedarte todo el rato con él.

—Ya lo sé, pero quería hacerlo. Me divierte.

Ella sonrió, agradecida, pensando que nunca había oído a nadie hablar así de su hijo.

—La comida está lista, por si quieres picar algo —sugirió ella.

—No tengo hambre, pero me gustaría acabarme la cerveza, si no te importa.

Taylor y Denise se dirigieron hacia el banco situado junto a la zona infantil, donde él había dejado la lata. La cogió y tomó un buen trago. Por el ángulo de inclinación, ella dedujo que todavía estaba prácticamente llena. Denise podía ver las gotas de sudor que resbalaban por su mejilla. Su pelo negro sobresalía por debajo de la gorra, rizándose levemente, y la camiseta se le aferraba al pecho. Era evidente que Kyle le había dado guerra.

—¿Quieres que nos sentemos? —propuso él.

—Vale.

Entre tanto, el niño había desviado la atención del tobogán a la estructura de barras para trepar. El pequeño se encaramó, alargó los brazos tanto como pudo, se colgó de una de las barras y empezó a cruzar la estructura sin tocar el suelo.

—¡*Mia, mami!* —gritó eufórico.

Denise se giró hacia su hijo y vio cómo saltaba de las barras al suelo, a una distancia de más de un metro, y caía de rodillas. Se levantó rápidamente y se sacudió la tierra de las rodillas, con una amplia sonrisa en la cara.

—Ten cuidado, ¿de acuerdo? —gritó ella.

—¡*É atado!* —respondió Kyle.

—Sí, has saltado.

—¡*É atado!* —repitió.

Mientras Denise ponía toda su atención en su hijo, Taylor podía ver cómo su pecho subía y bajaba con cada nueva respiración. Observó que cruzaba una pierna por encima de la otra. Por alguna razón, el movimiento le pareció increíblemente sensual.

Cuando ella se volvió hacia él, Taylor se aseguró de mantener la conversación en un plano seguro.

—¿Has tenido oportunidad de conocer a todo el mundo? —se interesó él.

—Creo que sí —contestó ella—. Parecen muy simpáticos.

—Lo son. Los conozco prácticamente a todos desde niño.

—También me gusta tu madre. Se ha comportado como una verdadera amiga.

—Es una mujer adorable.

Durante los siguientes minutos, continuaron mirando a Kyle mientras el pequeño realizaba el circuito, montándose en todas las instalaciones del parque. Se deslizaba, trepaba, saltaba, se arrastraba… Parecía como si hubiera almacenado unas inagotables existencias de energía para una ocasión como aquella. A pesar del calor y de la humedad, no se cansaba ni un momento.

—Creo que ahora sí que me apetecería comer una hamburguesa —sugirió Taylor—. Supongo que tú ya habrás comido algo, ¿no?

Denise echó un vistazo a su reloj.

—La verdad es que no, pero no podemos quedarnos. Esta noche he de trabajar.

—¿Ya te vas?

—Dentro de unos minutos. Son casi las cinco, y todavía tengo que darle la cena a Kyle y prepararme para ir a trabajar.

—Kyle puede comer aquí; hay un montón de comida.

—A Kyle no le gustan ni los perritos calientes ni las patatas fritas. Es un poco quisquilloso a la hora de comer.

Taylor asintió. Durante un largo momento, pareció perdido en sus propios pensamientos.

—¿Puedo llevarte a casa? —preguntó al final.

—Hemos venido en bicicleta.

Taylor asintió.

—Lo sé.

Tan pronto como lo dijo, Denise supo que aquel podía ser un momento especial para los dos. No era necesario que la llevara en coche, y él lo sabía; se había ofrecido a pesar de que sus amigos y la comida estaban esperándolo a tan solo unos pasos. Era obvio que quería que ella dijera que sí; la expresión de su cara no dejaba lugar a dudas. A diferencia del día en que se ofreció para llevarle la compra a casa, Denise sabía que su ofrecimiento no era una mera cuestión de cortesía. Era consciente de que allí podía nacer algo entre ellos.

Habría sido fácil decir que no. Su vida ya era bastante complicada. ¿Necesitaba añadir más novedades a su día a día? Su mente le decía que no disponía del tiempo necesario, que no sería una idea acertada, que apenas lo conocía. Aquellos pensamientos fluían a gran velocidad, uno tras otro, perfectamente lógicos. Sin embargo, a pesar de ello, se sorprendió a sí misma cuando respondió con un «Me encantaría».

Su respuesta también pareció pillar por sorpresa a Taylor, que tomó otro sorbo de cerveza y asintió con la cabeza, sin decir nada. Fue entonces cuando Denise reconoció la misma timidez que ya había detectado en Merchants. En ese momento, reconoció algo que se había estado negando a sí misma todo el tiempo.

No había ido al festival para ver a Judy ni para conocer a gente nueva.

Había ido para ver a Taylor McAden.

Mitch y Melissa observaron cómo Taylor y Denise se marchaban juntos. Mitch se inclinó hacia su esposa y le susurró al oído, para que los demás no oyeran su comentario:

—¿Qué te ha parecido?

—Es simpática —comentó Melissa—. Pero no depende de ella. Ya sabes cómo es Taylor. Lo que pase a partir de ahora entre ellos dependerá de él.

—¿Crees que acabarán juntos?

—Conoces a Taylor mejor que yo. ¿Tú qué opinas?

Mitch se encogió de hombros.

—No estoy seguro.

—Sí que lo estás. Sabes que Taylor puede ser encantador cuando se enamora de alguien. Solo espero que esta vez no le haga daño.

—Él es tu amigo, Melissa. Ni siquiera conoces a Denise.

—Lo sé. Por eso siempre acabo disculpándolo.

Capítulo 14

—¡*Amión monstuo!* —exclamó Kyle.

Se refería al coche de Taylor, un Dodge cuatro por cuatro, negro y con unas ruedas muy anchas. Llevaba dos faros montados en una barra sobre el techo, un torno de remolque sujeto al parachoques frontal, un armero para escopetas montado detrás de los asientos, y una caja de herramientas plateada en la batea.

A diferencia de otros Dodge que Denise había visto, aquel no era una pieza de coleccionista. La pintura había perdido todo su brillo, con visibles arañazos por todos lados. En el panel lateral tenía una abolladura, cerca de la puerta del conductor. Le faltaba uno de los espejos retrovisores, y en su lugar había un agujero oxidado por los bordes; además, toda la mitad inferior del vehículo estaba recubierta por una gruesa capa de barro.

Kyle se retorció las manos enérgicamente, emocionado.

—¡*Amión monstuo!* —repitió.

—¿Te gusta? —preguntó Taylor.

—¡*Zí!* —asintió con entusiasmo.

Taylor cargó las bicicletas en la batea, luego abrió la puerta para que subieran. Dado que el vehículo era alto, tuvo que ayudar a Kyle a subir. Luego le tocó el turno a Denise, y Taylor la rozó sin querer mientras le indicaba dónde agarrarse para subir.

Arrancó y se dirigieron hacia las afueras del pueblo, con Kyle sentado entre ellos dos. Como si entendiera que Denise quería estar sola con sus pensamientos, Taylor no dijo nada, decisión que ella agradeció. Alguna gente se sentía incómoda con el silencio; lo consideraban un vacío que necesariamente había que llenar, pero Taylor no era de ese tipo de gente. Se mostraba satisfecho con la simple acción de conducir.

Transcurrieron varios minutos. Denise siguió sumida en sus pensamientos, observando los pinos que iban dejando atrás, uno tras otro, todavía sin creer que estuviera en la furgoneta con él. De soslayo, podía verlo concentrado en la carretera. Tal como había percibido al principio, Taylor no era el típico hombre apuesto. Si se hubiera cruzado con él por la calle en Atlanta, ni se habría dado la vuelta para mirarlo una segunda vez. Carecía del aspecto agraciado que tenían algunos hombres, pero había algo en él que le parecía irresistiblemente atractivo.

Tenía la cara bronceada y delgada; el sol la había curtido con finas arrugas en las mejillas y en las comisuras de los ojos. Era delgado de cintura, y tenía los hombros fornidos, como si llevara años cargando pesos. Sus brazos eran musculosos, como si hubiera clavado miles de clavos, lo que sin lugar a dudas era cierto. Era casi como si su trabajo de contratista hubiera moldeado su cuerpo.

Denise se preguntó si había estado casado. Ni él ni Judy lo habían mencionado, pero eso no significaba nada. A menudo la gente se mostraba reacia a hablar de los errores cometidos en el pasado. Ella, por ejemplo, no sacaba Brett a colación a menos que fuera estrictamente necesario. Sin embargo, había algo en él que le hacía sospechar que jamás había estado casado. En la barbacoa, Denise se había fijado en que parecía ser el único soltero del grupo.

Más arriba estaba Charity Road. Taylor aminoró la marcha, tomó la curva y después volvió a acelerar. Ya casi habían llegado.

Al cabo de un minuto, entró en el camino sin asfaltar y fue frenando hasta que al final la furgoneta se detuvo por completo. Pisó el embrague y dejó el vehículo en punto muerto. Denise se volvió hacia él y lo miró con curiosidad.

—Oye, muchachote, ¿quieres conducir mi furgoneta? —dijo Taylor.

Pasó solo un momento antes de que Kyle se diera la vuelta para mirarlo.

—¡Vamos! ¡Te dejo conducir! —lo invitó Taylor, haciendo como si moviera el volante con las manos.

Kyle vaciló. Taylor repitió el gesto. El niño se desplazó un poco hacia él antes de que Taylor lo invitara a sentarse en su regazo. Colocó las manos del crío en la parte superior del volante mientras mantenía sus propias manos lo bastante cerca como para intervenir en caso necesario.

—¿Estás listo?

Kyle no contestó, pero Taylor soltó lentamente el embrague y la furgoneta empezó a desplazarse hacia delante, despacio.

—¡Muy bien, muchachote, vamos allá!

Un poco inseguro, Kyle agarró el volante mientras el vehículo empezaba a ascender por el sendero. El pequeño abrió los ojos como un par de naranjas cuando se dio cuenta de que realmente era él quien guiaba el vehículo. De repente, giró el volante hacia la izquierda. La furgoneta respondió y pisó la hierba, botando ligeramente, en dirección hacia la valla, antes de que Kyle girara el volante hacia el otro lado con un movimiento brusco. El vehículo se desvió hacia la derecha.

Avanzaban a menos de diez kilómetros por hora, pero Kyle esbozó una amplia sonrisa y se volvió hacia su madre, con una expresión de «mira lo que hago» en la cara. El pequeño rio encantado antes de volver a girar el volante.

—¡É conuze! —exclamó.

La furgoneta avanzó hacia la casa trazando unas enormes eses, esquivando los árboles (gracias a los ligeros pero necesarios ajustes de Taylor durante el proceso). Cuando Kyle rio a mandíbula batiente por segunda vez, Taylor le guiñó el ojo a Denise.

—Mi padre me dejaba hacerlo cuando yo era pequeño. He pensado que a Kyle también le gustaría.

Kyle, con la ayuda de las palabras (y de las manos) de Taylor, condujo la furgoneta hasta la sombra del magnolio, antes de detenerse por completo. Tras abrir la puerta del conductor, Taylor alzó a Kyle y lo bajó al suelo. El niño se tambaleó un momento antes de recuperar el equilibrio y enfilar hacia la casa.

Mientras lo observaban, ninguno de los dos dijo nada. Al cabo de un rato, Taylor apartó la vista y carraspeó.

—Será mejor que baje las bicicletas —dijo, y acto seguido saltó fuera del vehículo.

Mientras se desplazaba hacia la parte trasera de la furgoneta y abría el portón abatible, Denise permaneció sentada, sin moverse. Estaba un poco aturdida. Nuevamente, Taylor la había vuelto a sorprender. En una misma tarde, había hecho algo especial para Kyle —y no una, sino dos veces—, algo que en las vidas de otros niños se consideraba normal. La primera vez, Denise se había quedado completamente asombrada; la segunda, sin embargo, la había conmovido de una forma que jamás habría esperado. Como madre, hacía todo lo que podía (amar y proteger a Kyle), pero no podía hacer que otra gente lo aceptara. Sin embargo, era obvio que Taylor sí lo hacía. Al pensar en ello, Denise sintió que se le cerraba la garganta.

A sus cuatro años y medio, Kyle había hecho por fin un amigo.

Sintió un golpe seco y notó que la furgoneta se ladeaba ligeramente cuando Taylor se encaramó a la batea. Denise procuró recuperar la compostura antes de abrir la puerta y salir del vehículo.

Taylor bajó las bicicletas y después saltó del vehículo con gran agilidad. Denise, que todavía se sentía un poco emocionada, echó un vistazo a Kyle y lo vio de pie junto a la puerta. Con el sol que entraba en diagonal entre los árboles situados a su espalda, la cara de Taylor parecía oculta por las sombras.

—Gracias por traernos —dijo ella.

—Ha sido un placer —contestó él.

De pie, tan cerca el uno del otro, Denise evocó las imágenes de Taylor jugando a la pelota con su hijo o permitiendo que Kyle condujera la furgoneta. Tuvo claro que quería saber más de Taylor McAden. Deseaba pasar más tiempo con él, quería conocer a la persona que se había mostrado tan sensible con su hijo. Y, sobre todo, quería que él experimentara los mismos deseos que ella.

Denise se dio cuenta de que empezaba a sonrojarse cuando se llevó la mano a la frente para protegerse los ojos del sol.

—Todavía me queda un poco de tiempo antes de que tenga que prepararme para ir a trabajar —apuntó ella, dejándose llevar por los instintos—. ¿Te apetece entrar y tomar un té?

Taylor se ajustó la gorra en la cabeza.

—Me encantaría, si no es molestia.

Empujaron las bicicletas hasta la parte trasera de la casa y las dejaron en el porche. A continuación, entraron, empujando la vieja puerta con la pintura ajada y desportillada. La temperatura en el interior apenas era unos grados más baja que en el exterior. Denise dejó la puerta abierta para que circulara el aire. Kyle entró tras ellos.

—Ahora mismo preparo el té —dijo ella, intentando ocultar su repentino nerviosismo.

Sacó la jarra de té de la nevera y añadió unos cubitos en los vasos que sacó de un armario. Le ofreció uno a Taylor y dejó el suyo sobre la encimera, consciente de lo cerca que estaban el uno del otro. Se volvió hacia Kyle, esperando que Taylor no se diera cuenta de sus sentimientos.

—¿Quieres beber algo, cielo?

Kyle asintió.

—*É tere aua.*

Agradecida porque algo la sacara de sus pensamientos, llenó un vaso y se lo ofreció a su hijo.

—¿Estás listo para el baño? Has sudado mucho.

—*Zí* —contestó él, que luego bebió del pequeño vaso de plástico y derramó sin querer parte del agua sobre su camiseta.

—¿Verdad que no te importa esperar un minuto, mientras le preparo el baño? —preguntó ella, desviando la mirada hacia Taylor.

—No, por supuesto que no.

Denise salió de la cocina con Kyle. Al cabo de unos momentos, Taylor oyó el agua del grifo, que se mezclaba con las distantes notas de su voz.

Taylor se apoyó en la encimera y contempló la cocina con ojo de contratista. Sabía que la casa había estado desocupada durante, como mínimo, un par de años antes de que Denise se instalara. A pesar de los esfuerzos que ella había hecho, la cocina mostraba cierto abandono. El suelo estaba levemente deformado, y el linóleo se había vuelto amarillento con el paso de los años. Tres de las puertas de los armarios colgaban medio torcidas, y en la pila de porcelana se veían marcas de óxido alrededor del grifo, provocadas por una pequeña pero constante fuga de agua. La nevera era la que había de origen, sin duda; le recordaba a la que tenían en su casa cuando era pequeño. Hacía muchos años que no veía ese modelo.

Pese a ello, era obvio que Denise había hecho todo lo posible para acondicionar el espacio. A simple vista, todo estaba limpio. Ni un solo plato sucio a la vista. En la encimera no había restos de suciedad. Había un paño correctamente plegado junto a la pila. Al lado del teléfono vio un montoncito de correo ordenado.

Junto a la puerta trasera había una pequeña mesa de madera en la que descansaban una serie de libros de texto apresados entre dos pequeñas macetas, cada una con un pequeño geranio. Movido por la curiosidad, se acercó a la mesa para leer los títulos. Todos tenían que ver con el desarrollo infantil. En la estantería inferior había una gruesa carpeta azul, con una etiqueta con el nombre de Kyle.

El grifo del agua se cerró en el cuarto de baño y Denise regresó a la cocina. Era consciente de que había transcurrido bastante tiempo desde la última vez que había estado a solas con un hombre. Aquello le provocaba un sentimiento extraño, ya que le recordaba cómo era su vida muchos años atrás, antes de que su mundo cambiara radicalmente.

Taylor estaba examinando los títulos cuando ella cogió su vaso y se le acercó.

—Interesante lectura —apuntó él.

—A veces. —Denise pensó que su propia voz sonaba diferente, aunque Taylor no pareció darse cuenta.

—¿Kyle?

Ella asintió. Taylor señaló las carpetas.

—¿Qué contienen?

—Anotaciones. Cuando practico con Kyle, anoto lo que es capaz de decir, cómo lo dice, qué es lo que le cuesta más… y cosas por el estilo. De ese modo, puedo seguir su progreso.

—Parece mucho trabajo.

—Lo es. —Ella hizo una pausa—. ¿Quieres que nos sentemos?

Tomaron asiento junto a la mesa de la cocina. Aunque él no preguntó, Denise le explicó cuál era el problema de Kyle (según lo que ella sabía), tal y como había hecho con Judy. Taylor escuchó sin interrumpir hasta que ella acabó.

—¿Así que practicas con él todos los días? —preguntó.

—No, no todos los días. Los domingos descansamos.

—¿Por qué le cuesta hablar y entender lo que le dicen?

—Esa es la pregunta del millón —contestó ella—. Nadie sabe realmente la respuesta.

Él asintió al tiempo que examinaba la estantería.

—¿Y qué dicen los libros al respecto?

—No mucho. Hablan sobre retrasos del lenguaje en los niños, pero normalmente solo tratan un aspecto de un trastorno más grande, como el autismo, por ejemplo. Recomiendan terapia, pero no especifican cuál es la mejor. Simplemente aconsejan seguir un determinado programa, y existen diferentes teorías acerca de cuál resulta más conveniente.

—¿Y los médicos?

—Ellos son los que escriben los libros.

Taylor clavó la vista en su vaso, pensando en su relación con Kyle, luego volvió a alzar los ojos.

—¿Sabes?, tampoco es que hable tan mal —dijo con absoluta sinceridad—. Yo entiendo lo que dice, y creo que él también me entiende.

Denise rascó suavemente una de las grietas de la mesa con una uña, pensando que aquel era un comentario entrañable, aunque no fuera del todo cierto.

—Ha mejorado mucho en el último año.

Taylor se inclinó hacia delante en la silla.

—No lo digo para quedar bien; hablo en serio. Mientras jugábamos con la pelota, él me pedía que se la lanzara, y cuando él la agarraba al vuelo, gritaba: «Bien hecho».

Tres palabras: «Lanza, bien, hecho».

Denise podría haber replicado, con razón, que aquello no era gran cosa, si uno lo pensaba detenidamente. Pero Taylor estaba siendo amable. Además, en ese momento no quería ponerse a discutir sobre las limitadas habilidades lingüísticas de Kyle. Quería interesarse por el hombre que tenía sentado frente a ella. Asintió con la cabeza, procurando ordenar sus pensamientos.

—Creo que tiene mucho que ver contigo, no solo con Kyle. Eres muy paciente con él. No como la mayoría de la gente. Me recuerdas a algunos compañeros maestros con los que trabajé hace años.

—¿Eras maestra?

—Sí, lo fui durante tres años, hasta que nació Kyle.

—¿Te gustaba?

—Me encantaba. Era maestra de segundo de primaria. Los niños están en una edad interesantísima. Respetan a sus maestros y todavía se muestran con ganas de aprender. Sabes que puedes influir positivamente en sus vidas.

Taylor tomó otro sorbo, observándola con atención por encima del borde del vaso. Sentado en la cocina, en el entorno de Denise, observando sus expresiones mientras hablaba del pasado, pensó que parecía más relajada, menos distante que antes. Por otro lado, estaba claro que no estaba acostumbrada a hablar de su vida.

—¿Piensas volver a dar clases?

—Algún día. Quizá dentro de unos años. Ya veremos qué nos depara el futuro.

Denise se sentó con la espalda más erguida antes de proseguir.

—¿Y tú? Dijiste que eres contratista, ¿no?

—Así es, desde hace doce años.

—¿Construyes casas?

—Antes me dedicaba a eso, pero ahora prefiero rehabilitarlas. Cuando empecé, era la clase de trabajo que nadie quería hacer. Me gusta. Para mí supone un mayor reto que construir algo nuevo. Has de trabajar con lo que ya existe, y nada es tan fácil como pensabas de antemano. Además, la mayoría de la gente cuenta con un presupuesto, y es todo un desafío intentar distribuir correctamente esa cantidad de dinero.

—¿Crees que podrías hacer algo con esta casa?

—Podría dejártela como nueva si quisieras. Depende de cuánto estés dispuesta a invertir.

—De hecho, tengo un montón de billetes que me queman en el bolsillo y no sé qué hacer con ellos —bromeó ella.

Taylor se llevó la mano a la barbilla al tiempo que su rostro adoptaba un semblante serio.

—Veamos… Quizá tendríamos que eliminar estas encimeras tan anticuadas y la nevera prehistórica —dijo, y ambos se echaron a reír—. ¿Te gusta trabajar en el Eights? —le preguntó él.

—No está mal. Es lo que ahora necesito.

—¿Cómo está Ray?

—En plena forma. Deja que Kyle duerma en el cuarto trasero mientras yo trabajo. Eso supone una enorme ventaja.

—¿Te ha hablado de sus hijos?

Denise enarcó una ceja levemente.

—Tu madre me hizo la misma pregunta.

—Bueno, es que cuando vives mucho tiempo en un sitio, descubres que todo el mundo lo sabe todo de todo el mundo. Por eso la gente acaba por hacer las mismas preguntas. Es un pueblo pequeño.

—Imposible pasar desapercibido, ¿eh?

—Imposible.

—¿Y si me encierro en mí misma?

—Entonces la gente dirá que eres poco sociable. Pero no es tan terrible, cuando te acostumbras. La mayoría no son mezquinos, solo curiosos. Mientras no te comportes de un modo inmoral o ilegal, no les importa lo que hagas. Además, tampoco se meterán en tu vida. Lo que pasa es que a veces hablan por hablar, porque lo cierto es que en el pueblo no hay mucho más que hacer.

—¿A ti qué es lo que te gusta hacer? En tu tiempo libre, quiero decir.

—Mi trabajo y la actividad en el cuerpo de bomberos me mantienen casi siempre ocupado. Eso sí, si puedo escaparme un rato, me gusta salir a cazar.

—Una afición nada popular entre algunos de mis amigos en Atlanta.

—¿Qué puedo decir? ¡Solo soy el típico granjero brutote del sur!

Nuevamente, Denise se sorprendió de lo diferente que era en comparación con los hombres con los que había salido. No solo en lo obvio —lo que hacía y su aspecto—, sino también porque parecía satisfecho respecto al mundo que se había forjado para sí mismo. No anhelaba ni fama ni gloria. Su sueño no era ganar millones de dólares, ni tenía la cabeza llena de planes para el futuro. En cierto modo, Taylor parecía un hombre de otra época, cuando el mundo no parecía tan complicado, cuando lo que importaba de verdad eran las cosas sencillas.

Entonces Kyle la llamó desde el cuarto de baño. Denise se dio la vuelta al oír su voz. Al echar un vistazo al reloj, pensó que Rhonda pasaría a recogerla dentro de media hora y que todavía no estaba lista.

Taylor sabía lo que ella estaba pensando, y apuró el té de su vaso.

—Será mejor que me vaya.

Kyle volvió a llamar a su madre.

—¡Un momentito, cielo! —le contestó.

Luego se volvió hacia Taylor y le preguntó:

—¿Vas a volver a la feria?

Taylor asintió.

—Probablemente se estén preguntando dónde me he metido.

Ella le dirigió una sonrisa de complicidad.

—¿Crees que estarán cuchicheando sobre nosotros?

—Probablemente.

—Supongo que tendré que irme acostumbrando.

—No te preocupes. Ya me encargaré de dejarles claro que no significa nada.

Denise le lanzó una significativa mirada. Sintió una leve opresión en el vientre, una emoción repentina e inesperada. Antes de que pudiera controlar el impulso, las palabras ya se habían escapado de su boca.

—Para mí sí que ha significado algo.

Taylor pareció estudiarla en silencio. Denise sintió que la vergüenza se apoderaba de ella y que el rubor le subía por el cuello y las mejillas. Él desvió la vista, hacia la cocina, luego hacia el suelo, antes de volver a mirarla a la cara.

—¿Mañana por la noche trabajas? —preguntó al final.

—No —contestó ella sin apenas aliento.

Taylor aspiró hondo. Por Dios, ¡qué guapa era!

—¿Puedo invitaros a ti y a Kyle a la feria, mañana? Estoy seguro de que a Kyle le encantará montar en las atracciones.

A pesar de que había esperado aquella invitación, sintió un gran alivio al oír su propuesta.

—Me encantaría —contestó, intentando parecer tranquila.

Más tarde, aquella misma noche, incapaz de conciliar el sueño, Taylor le daba vueltas a que lo que había empezado como un día normal y corriente había acabado de una forma totalmente inesperada. No comprendía cómo había sucedido; su historia con Denise era como una bola de nieve que se había ido haciendo grande sin que él pudiera controlarla.

No podía negar que era atractiva e inteligente, pero ya antes había conocido a mujeres atractivas e inteligentes. Sin embargo, había algo en ella, algo en la relación que había nacido entre los dos, que le provocaba cierta desazón, y eso que estaba acostumbrado a mantener sus sentimientos bajo control. Estar con ella era… cómodo, a falta de que se le ocurriera una palabra mejor.

Al tiempo que le daba la vuelta a la almohada y luego la aplanaba, se dijo que aquello no tenía sentido. Apenas sabía nada de ella. No habían hablado más que un par de veces. De hecho, en su vida, solo la había visto en esas ocasiones. Probablemente Denise no era tal como la imaginaba.

Además, tampoco quería iniciar una relación seria. Ya había pasado por ese trance antes.

Se zafó de la manta, exasperado.

¿Por qué diantre se había ofrecido a llevarla a casa en coche? ¿Por qué la había invitado a salir al día siguiente?

Y lo más importante: ¿por qué le inquietaba responder a esas preguntas?

Capítulo 15

*P*or suerte, el domingo refrescó un poco. El cielo había amanecido parcialmente nublado, evitando que el sol atacara con toda su fuerza. La brisa de la tarde se había levantado justo cuando Taylor aparcó frente a la casa de Denise. Un poco antes de las seis su furgoneta ascendió por el camino de tierra, botando sobre los baches y levantando una nube de polvo y gravilla.

Denise salió al porche, ataviada con unos pantalones vaqueros descoloridos y una camisa de manga corta, justo en el momento en que él se apeaba del vehículo.

Esperaba que no se le notara el nerviosismo. Era su primera cita en lo que se le antojaba como una eternidad. Cierto, Kyle estaría con ellos, y técnicamente no era una cita formal… Pero, de todos modos, para ella era como si lo fuera. Se había pasado casi una hora pensando qué ponerse hasta que al final había tomado una decisión, pero incluso después no se había sentido totalmente segura. Al ver a Taylor, que también iba con vaqueros, respiró aliviada.

—Hola, espero no haberme retrasado —dijo él.

—No, llegas justo a tiempo.

Taylor se rascó la mejilla, distraído.

—¿Dónde está Kyle?

—En casa. Voy a buscarlo.

Apenas tardó un minuto en volver a salir. Mientras cerraba la puerta con llave, Kyle arrancó a correr.

—*¡Hoa, Teo!* —exclamó el pequeño.

Taylor mantuvo la puerta abierta y ayudó a Kyle a subir, tal como había hecho el día anterior.

—¿Qué tal, Kyle? ¿Preparado para ir a la feria?

—¡*Amión monstuo!* —exclamó el niño, feliz.

Inmediatamente después de trepar hasta el asiento, se colocó de nuevo al volante, intentando sin éxito moverlo de un lado al otro.

Mientras se acercaba a la furgoneta, Denise oyó que Kyle imitaba el sonido de un motor.

—Se ha pasado todo el día hablando de tu coche —explicó ella—. Esta mañana, ha encontrado una caja de cerillas que le recordaba a tu furgoneta y se ha pasado el rato jugando con ella.

—¿Y su avión?

—¡Oh! Eso era ayer, cosa del pasado. Hoy toca la furgoneta.

Taylor hizo un gesto hacia la cabina.

—¿Debería dejar que conduzca otra vez?

—No creo que Kyle te dé la oportunidad de decir que no.

Mientras Taylor dejaba espacio para que ella se subiera, Denise notó el aroma de su colonia. Nada sofisticado, probablemente una colonia comprada en la tienda del pueblo, pero ella agradeció el detalle. Kyle se apartó para dejar espacio a Taylor, y tan pronto como este se hubo acomodado en el asiento, el pequeño se le sentó encima.

Denise se encogió de hombros, con una expresión de «Ya te lo había advertido». Taylor arrancó el motor, entre risas.

—¡Muy bien, muchachote, vamos allá!

Volvieron a trazar las eses, despacio, dando botes de vez en cuando sobre la hierba y sorteando los árboles hasta que al final llegaron a la carretera. Inmediatamente, Kyle saltó del regazo de Taylor hasta el asiento, con cara de satisfacción. Taylor agarró el volante y condujo hacia el pueblo.

El trayecto hasta la feria duró solo unos minutos. Taylor estaba ocupado mostrándole a Kyle diferentes partes de la furgoneta: el radiotransmisor, la radio, los interruptores en el salpicadero. Estaba claro que él no entendía lo que le decía, pero no parecía querer darse por vencido.

Denise se dio cuenta de que Taylor hablaba más despacio que el día anterior. Además, usaba palabras más simples. No estaba segura de si se debía a la conversación que habían mantenido en la cocina o a que se le había contagiado la cadencia de ella. Fuera como fuera, se lo agradeció.

Se adentraron en el pueblo y giraron por una de las calles laterales en busca de un sitio donde aparcar. Pese a que era la última noche del festival, no había tanta gente como la víspera. Encontraron un espacio cerca de la carretera principal. Mientras caminaban hacia la feria, Denise se fijó en que los tenderetes a lo largo de las aceras estaban bastante descuidados y que los vendedores ambulantes parecían cansados, como con ganas de irse a casa. Algunos de ellos habían empezado ya a desmontar la estructura.

La feria, en cambio, estaba muy concurrida, sobre todo por niños acompañados de sus padres, a la espera de disfrutar de las últimas dos horas de entretenimiento antes de que la feria cerrara sus puertas. Al día siguiente, desmantelarían todas las atracciones y se irían al siguiente pueblo.

—¿Qué te apetece hacer? —preguntó Denise.

Kyle, inmediatamente, señaló hacia el columpio mecánico: una atracción con docenas de columpios de metal que giraban en círculos, primero hacia delante y luego hacia atrás. Cada niño tenía su propia silla (con una cadena de seguridad); los pequeños chillaban de miedo y de placer. Kyle observó cómo daba vueltas sin parar, extasiado.

—*É u umpio* —dijo.

—¿Quieres montarte en el columpio? —le preguntó Denise.

—¡*Umpio!* —contestó, asintiendo con la cabeza.

—Di: «Quiero montarme en el columpio» —le pidió ella.

—*Tero arme ene umpio* —susurró Kyle.

—De acuerdo.

Denise vio la taquilla. Tenía unos cuantos dólares que había conseguido con las propinas la noche anterior y se dispuso a buscar el monedero dentro del bolso. Taylor vio lo que hacía y alzó las manos para detenerla.

—Invito yo, ¿recuerdas?

—Pero Kyle…

—Le he invitado a venir.

Taylor compró los billetes y se pusieron a la cola. La atracción paró y se vació. Entregó los billetes al encargado, que parecía recién salido de una taberna de los bajos fondos: las manos negras de grasa, los brazos cubiertos de tatuajes y sin uno de los dientes frontales. El tipo rasgó las entradas antes de echarlas en una caja de madera cerrada con un candado.

—¿Es una atracción segura? —se interesó Denise.

—Ayer pasó la inspección —contestó el individuo automáticamente.

Sin lugar a dudas, era la misma respuesta que daba a todos los padres que se lo preguntaban. Su respuesta no consiguió calmar la ansiedad de Denise. Algunas secciones de la estructura metálica tenían el aspecto de estar ensambladas con grapas.

Con los nervios a flor de piel, Denise condujo a Kyle hasta una de las sillas. Lo alzó en volandas y lo sentó. Luego colocó la cadena de seguridad y se cercioró de que quedaba bien cerrada. Taylor la esperó al otro lado de la valla.

—*E u umpio* —repitió el niño, cuando estuvo listo para empezar.

—Sí, es un columpio. —Denise colocó ambas manos en la cadena—. Sujétate aquí y no te sueltes, ¿entendido?

Como única respuesta, Kyle rio, entusiasmado.

—Sujétate fuerte —insistió ella, esta vez con el semblante más serio.

Kyle se aferró a la cadena.

Denise regresó al lado de Taylor y rezó para que Kyle le hiciera caso. Un minuto más tarde, la atracción se puso en marcha. Poco a poco fue ganando velocidad. A la segunda vuelta, los columpios empezaron a balancearse, movidos por la inercia. Denise no apartaba ni un segundo los ojos de Kyle, mientras el pequeño se divertía con el balanceo. Era imposible no oírlo reír, con aquellas carcajadas contagiosas. Cada vez que volvía a pasar por delante de ellos, ella veía que sus manitas seguían en el sitio donde debían estar. Respiró aliviada.

—Pareces sorprendida —comentó Taylor, inclinándose hacia ella para que su voz fuera audible por encima del bullicio de la atracción.

—Así es. Es la primera vez que Kyle monta en una atracción como esta.

—¿Nunca lo habían llevado a una feria?

—No pensaba que estuviera listo para montar en esta clase de atracciones.

—¿Por su problema a la hora de hablar?

161

—En parte. —Denise miró a Taylor de reojo—. Hay un sinfín de aspectos de Kyle que ni siquiera yo puedo entender.

Ella vaciló ante la mirada seria de Taylor. De repente, sintió la necesidad de que aquel hombre comprendiera a su hijo, que entendiera lo que habían supuesto los últimos cuatro años. Y, sobre todo, quería que la comprendiera a ella.

—Quiero decir… —dijo, despacio—. Imagina un mundo en el que no hay explicaciones, donde se debe aprender todo a través del método de experimentar y equivocarte. Para mí, así es el mundo de Kyle. La gente a veces piensa que el lenguaje solo sirve para conversar, pero para los niños es mucho más que eso. Es su forma de familiarizarse con el mundo; es cómo aprenden que los quemadores de la cocina están calientes, sin tener que tocarlos para comprender la lección; es cómo saben que cruzar la calle es peligroso, sin la necesidad de que un coche los atropelle para entenderlo. Sin la habilidad de entender el lenguaje, ¿cómo puedo enseñarle tales cosas? Si Kyle no puede comprender el concepto de peligro, ¿cómo puedo mantenerlo a salvo? Cuando se perdió en la ciénaga aquella noche… Bueno, tú mismo dijiste que no parecía asustado cuando lo encontraste.

Denise hizo una pausa, y lo miró, seria.

—A mí no me extrañó, en absoluto. Nunca había ido con él a una ciénaga; nunca le había enseñado serpientes; nunca le había enseñado qué podría suceder si quedaba atrapado en un sitio y no podía salir. Como no le había enseñado tales conceptos, él no tenía los suficientes conocimientos para asustarse. Por supuesto, si ahondamos un poco más en esa cuestión y consideramos cualquier posible peligro y el hecho de que he de enseñarle literalmente lo que significa, en vez de poder decírselo simplemente, a veces tengo la impresión de estar nadando en medio de un inmenso océano. ¡Ni te imaginas cuántos peligros hemos sorteado por los pelos! Porque ha trepado hasta un sitio demasiado alto y ha querido saltar; porque va en bicicleta por la carretera sin miedo a los coches; porque se pierde; porque se acerca a perros que gruñen… Cada día hay una nueva situación de peligro.

Denise entornó los ojos un momento, como si reviviera cada una de esas experiencias.

—Pero, lo creas o no, eso solo constituye una pequeña parte de mis preocupaciones. La mayor parte del tiempo, me preocupo por cuestiones obvias, como, por ejemplo, si será capaz de hablar de forma normal, si podrá ir a una escuela normal, si hará amigos, si la gente lo aceptará…, si tendré que pasarme toda la vida enseñándole a comunicarse… Todo eso es lo que no me deja dormir por las noches.

Denise hizo una pausa. Las palabras parecían emerger sin tanta premura, cada sílaba parecía teñida de dolor.

—No quiero que pienses que me arrepiento de haber tenido a Kyle, porque no es verdad. Le quiero con toda mi alma. Siempre le querré. Pero…

Ella clavó la vista en las sillas giratorias, con la mirada vacía.

—No es exactamente la experiencia que había imaginado, me refiero a la experiencia de criar a tu propio hijo.

—No imaginaba que fuera tan duro —murmuró Taylor.

Denise no contestó, como si estuviera perdida en sus pensamientos. Al cabo de unos momentos, suspiró y volvió a mirarlo a los ojos.

—Lo siento. No debería haberte contado tales cosas.

—Al revés: me alegro de que lo hayas hecho.

Como si sospechara que se había excedido al contarle unos pensamientos tan íntimos, Denise le ofreció una sonrisa arrepentida.

—Probablemente te parecerá un drama, por la forma en que me he expresado, ¿no?

—No —mintió él.

Bajo la luz tamizada del atardecer, Denise había adoptado una apariencia radiante. Alargó la mano para tocarle el brazo. Taylor notó su tacto suave y cálido.

—No se te da muy bien mentir, ¿sabes? Deberías decir siempre la verdad. Sé que te lo he contado de una forma muy dramática, pero simplemente es la faceta oscura de mi vida. No te he contado las cosas buenas.

Taylor enarcó una ceja levemente.

—¡Ah! Pero ¿es que hay cosas buenas, también? —preguntó.

Denise soltó una carcajada.

—La próxima vez que necesite desahogarme, recuérdame que no me pase, ¿de acuerdo?

Aunque ella intentó hablar en un tono informal, su voz traicionó la ansiedad que sentía. Inmediatamente, Taylor sospechó que era la primera persona a quien le había confiado su angustia. No era el momento más oportuno para bromear.

La música del tiovivo tocó a su fin; los columpios dieron tres vueltas más antes de detenerse por completo. Kyle gritó desde su silla, con la misma expresión emocionada en su carita.

—¡*Umpiooo!* —gorjeó, flexionando las piernas hacia delante y hacia atrás.

—¿Quieres volver a montar? —gritó Denise.

—¡*Zí!* —respondió al tiempo que asentía enérgicamente con la cabeza.

No había mucha gente en la cola, por lo que el encargado hizo un gesto para indicar que Kyle podía permanecer en la silla. Taylor le entregó los billetes y regresó junto a Denise.

Cuando la atracción volvió a ponerse en marcha, Denise observaba a Kyle atentamente.

—Creo que le gusta —dijo con cierto orgullo.

—Sí, estoy de acuerdo.

Él se inclinó hacia delante y apoyó los codos en la barandilla, todavía arrepentido por su intento de ser chistoso.

—Háblame de las cosas buenas —le pidió con suavidad.

La atracción dio un par de vueltas. Ella saludaba a Kyle cada vez que pasaba por delante de ellos.

—¿De verdad te interesa saberlo? —preguntó.

—Sí.

Denise vaciló. ¿Qué estaba haciendo? ¿Confiando en un hombre al que apenas conocía, poniendo voz a sentimientos que nunca antes había expresado? De repente, se sintió insegura, como una roca tambaleándose en el borde de un precipicio. Sin embargo, sin saber por qué, quería acabar lo que había empezado.

Carraspeó, nerviosa.

—De acuerdo, las cosas buenas… —Miró a Taylor de reojo y luego apartó la vista rápidamente—. Kyle está progresando. A veces no lo parece, y quizá los demás no se den cuenta, pero está progresando, sin prisa pero sin pausa. El año pasado, su vocabulario estaba compuesto únicamente por quince o veinte palabras. Este año ha superado las cien, y a veces pone tres o cuatro palabras juntas en una misma frase. Además, es capaz de expresar sus deseos. Me dice cuándo tiene hambre, cuándo está cansado, qué quiere comer… Todo eso es nuevo para él. Y lo ha logrado en tan solo pocos meses.

Denise respiró hondo, sintiendo sus emociones a flor de piel.

—No sé si lo entiendes, pero Kyle practica con gran tesón todos los días. Mientras otros niños de su edad juegan en el parque, él permanece sentado en su silla, con la vista fija en los libros con ilustraciones, intentando descubrir y entender el mundo. Necesita horas para aprender conceptos que otros niños quizás aprendan en cuestión de minutos.

Hizo una pausa y se volvió hacia Taylor, con una mirada casi desafiante.

—Kyle es constante… No deja de intentarlo, día tras día, palabra tras palabra, concepto tras concepto. Y no protesta ni lloriquea, simplemente lo hace. Si vieras cómo se esfuerza por comprender, cómo intenta que la gente esté contenta, cómo anhela que la gente lo acepte… En cambio solo recibe… chascos…

Al notar el nudo en la garganta, Denise carraspeó nerviosa e intentó no perder la compostura.

—¡No sabes cómo ha progresado! Hace poco que lo conoces, pero si supieras cómo había empezado y cuántos obstáculos ha superado, te sentirías muy orgulloso de él…

A pesar de sus esfuerzos, las lágrimas empezaron a inundar sus ojos.

—Y tú eres consciente, igual que yo, de que Kyle tiene más corazón que cualquier otro niño que hayas conocido. Es un niño maravilloso, el hijo que cualquier madre querría tener. A pesar de todo, es lo más grande que me ha pasado. Eso es lo bueno que tengo en mi vida.

Tantos años con esas palabras apresadas en su interior, tantos años queriendo expresar esos sentimientos a alguien… Tantos años, tantos sentimientos…, buenos, malos. ¡Qué alivio poder por fin desahogarse! De repente, se sintió confortada y deseó con toda su alma que Taylor fuera capaz de comprenderla.

Incapaz de responder, él intentó dominar el nudo que se le había formado en la garganta. Al verla hablar de su hijo, expresar abiertamente sus temores y su amor, el siguiente movimiento fue casi instintivo. Sin una palabra, le estrechó la mano cariñosamente. El sentimiento era extraño, un placer olvidado. Ella no intentó apartar la mano.

Con su mano libre, Denise se secó una lágrima que resbalaba por su mejilla. Parecía agotada, aunque, al mismo tiempo, desafiante y hermosa.

—Ha sido lo más bonito que he oído en mi vida —dijo él.

Cuando Kyle quiso montar una tercera vez, Taylor tuvo que soltarle la mano a Denise para separarse de ella y entregar los billetes correspondientes. Cuando regresó, el momento mágico había pasado. Ella estaba inclinada sobre la barandilla, apoyada en ambos codos, por lo que prefirió no forzar la situación.

Sin embargo, solo con estar junto a ella podía notar la misma sensación persistente de su tacto sobre su piel.

Pasaron otra hora en la feria. Montaron en la noria (los tres se encaramaron en el asiento oscilante y subieron hasta el punto más alto, donde Taylor señaló algunos de los lugares más destacados de la localidad) y en el pulpo, una atracción que daba vueltas muy deprisa, subiendo, bajando y girando sin parar. A Kyle le gustó tanto que insistió en repetirlo una y otra vez.

Cuando ya había transcurrido una hora aproximadamente, se dirigieron hacia la zona donde estaban las casetas con juegos de azar. Si pinchabas tres globos con tres dardos, ganabas un premio; si disparabas a dos cestas, ganabas otro premio diferente. Los vendedores ambulantes intentaban atraer a los transeúntes gritando atractivas propuestas sin parar, pero Taylor pasó por delante de todos ellos sin detenerse, hasta que llegó a la caseta de tiro al blanco. Usó los primeros perdigones para familiarizarse con el ángulo de mira de la escopeta, luego empezó a acertar en la diana. Consiguió dar en el blanco quince veces. A medida que seguía jugando, los premios que canjeaba eran cada vez más importantes. Cuando terminó, había ganado un panda gigante que casi tenía la misma estatura que Kyle. El vendedor se lo entregó a regañadientes.

Denise disfrutó con cada minuto. Resultaba gratificante comprobar que Kyle probaba nuevas actividades y disfrutaba de ellas. Además, dar un paseo por la feria suponía una alternativa agradable a su mundo rutinario. En ciertos momentos, Denise llegó incluso a sentirse como otra persona, alguien que no conocía. A medida que las sombras de las últimas horas de la tarde se extendían por la feria, las luces empezaron a iluminar las atracciones. Cuando el cielo se oscureció aún más, la energía de las multitudes pareció intensificarse, como si todos supieran que al día siguiente ya no podrían repetir la experiencia.

Todo era perfecto, tal y como Denise apenas se había atrevido a soñar.

En cierto modo, a decir verdad, era casi mejor que eso.

De vuelta en casa, Denise le preparó un vaso de leche y llevó a Kyle a su habitación. Colocó el panda gigante en una esquina para que él pudiera verlo y lo ayudó a ponerse el pijama. Después de rezar con él, le dio el vaso de leche.

Kyle apenas podía mantener los ojos abiertos.

Cuando terminó de contarle un cuento, Kyle ya dormía a pierna suelta.

Denise salió de la habitación y dejó la puerta entreabierta.

Taylor la esperaba en la cocina, con sus largas piernas extendidas por debajo de la mesa.

—Se le han acabado las pilas por hoy —anunció ella.

—¡Qué rápido se ha dormido!

—Ha sido un gran día para él. No suele quedarse despierto hasta tan tarde.

La pequeña cocina estaba iluminada por una sola bombilla que colgaba del techo. La otra se había fundido una semana antes. De repente, Denise se arrepintió de no haberla cambiado. El espacio parecía demasiado lúgubre, quizás demasiado íntimo.

—¿Te apetece beber algo?

—Tomaría una cerveza.

—Mi selección es limitada.

—¿Qué me ofreces, pues?

—Té frío.

—¿Y?

Denise se encogió de hombros antes de añadir:

—¿Agua?

Taylor esbozó una sonrisa.

—Prefiero té, gracias.

Ella sirvió dos vasos y le pasó uno a él. Hubiera podido ofrecerle algo más fuerte. A ella le habría venido de maravilla, para intentar relajarse.

—Aquí dentro hace calor, ¿quieres que salgamos fuera? —propuso ella procurando mantener un tono de voz sosegado.

—De acuerdo.

Salieron al porche y se sentaron en las mecedoras. Denise se quedó cerca de la puerta, atenta a si Kyle se despertaba.

—Esto está mejor —admitió Taylor después de acomodarse.

—¿Qué quieres decir?

—Esto, sentarnos aquí fuera. Me siento como en un episodio de *Los Walton*.

Denise rio, notando que su nerviosismo empezaba a disiparse.

—¿No te gusta sentarte en el porche por la noche?

—Sí, pero casi nunca lo hago. Es una de esas cosas para las que parece que nunca encuentre el momento.

—¿Un típico granjero brutote del sur como tú no se sienta en el porche? —dijo ella—. Suponía que los tipos como tú os sentabais todas las noches en el porche con un banjo, para entonar una canción tras otra, con un perro tendido a los pies.

—¿Con mis amigotes, una jarra de alcohol casero y una escupidera?

Ella rio, divertida.

—Efectivamente.

Taylor sacudió la cabeza.

—Si no supiera que también eres sureña, pensaría que me estabas insultando.

—¡Si soy de Atlanta!

—Por esta vez te perdono. —Él notó que la comisura de sus labios se curvaba para formar una sonrisa—. ¿Qué es lo que más echas de menos de la gran ciudad?

—Casi nada. Supongo que si fuera un poco más joven y no tuviera a Kyle, me volvería loca en este lugar. Pero ya no necesito grandes superficies comerciales, ni restaurantes de moda, ni museos. Antes creía que todas esas cosas eran importantes, pero tampoco habrían sido una opción en estos últimos años, aunque viviera en Atlanta.

—¿Echas de menos a tus amigos?

—A veces. Intentamos no perder el contacto. Cartas, llamadas telefónicas…, cosas por el estilo. ¿Y tú? ¿Jamás has sentido ganas de coger los bártulos y marcharte del pueblo?

—No. Aquí soy feliz. Además, mi madre está aquí. Me sentiría fatal si la dejara sola.

Denise asintió.

—No sé si me habría mudado aquí si mi madre todavía estuviera viva… No, no creo.

De repente, Taylor se puso a pensar en su padre.

—Has sufrido unos golpes muy duros en la vida —dijo.

—Sí, a veces creo que demasiados.

—Pero sigues adelante.

—¡Qué remedio! Tengo a una personita que depende de mí.

Su conversación se vio interrumpida por un crujido entre los arbustos, seguido por algo parecido a un maullido. Dos mapaches emergieron del bosque y cruzaron corriendo el espacio iluminado por la luz del porche. Denise se puso de pie para contemplarlos. Taylor se unió a ella junto a la barandilla y achicó los ojos en un intento de ver mejor en la oscuridad. Los mapaches se detuvieron solo un instante, se dieron la vuelta y vieron a las dos personas en el porche, luego continuaron su recorrido por la hierba antes de desaparecer de la vista.

—Vienen casi todos los días. Creo que escarban el suelo en busca de comida.

—Probablemente. O bien eso, o bien buscan en los contenedores de basura.

Denise asintió para indicar que estaba de acuerdo.

—Cuando me instalé aquí, primero pensé que era algún perro el que escarbaba el suelo. Entonces, una noche, pillé a esos dos en plena acción. Al principio no sabía qué clase de animales eran.

—¿Nunca antes habías visto un mapache?

—Por supuesto que sí, pero no en mitad de la noche, ni hurgando en el contenedor de la basura, ni mucho menos en mi propio porche. Mi piso en Atlanta no ofrecía esa clase de encuentros con la fauna salvaje. Arañas, sí; alimañas, no.

—Pareces el personaje de ese cuento infantil en el que un ratón de ciudad se monta en la camioneta equivocada y acaba viviendo en plena campiña.

—Créeme, a veces me siento así.

La brisa le mecía suavemente el cabello. Por un momento, Taylor se volvió a quedar fascinado por su belleza.

—¿Cómo era tu vida anterior? Me refiero a eso de crecer en Atlanta.

—Probablemente bastante similar a la tuya.

—¿Qué quieres decir? —preguntó él con curiosidad.

Ella lo miró a los ojos y pronunció las palabras despacio, como si fueran una revelación:

—Tanto tú como yo somos hijos únicos, criados por madres viudas, y las dos habían crecido en Edenton.

Taylor se sobresaltó.

—Ya sabes de qué va, ¿no? —continuó Denise—. Te sientes un poco diferente porque el resto de los niños tienen un padre y una madre, aunque estén divorciados. Es como criarte sabiendo que te estás perdiendo algo importante que el resto de tus amigos poseen, pero no sabes exactamente de qué se trata. Recuerdo que oía a mis amigas hablar de que sus padres no las dejaban salir hasta muy tarde o que no aprobaban a sus novios. Eso me enfurecía, porque parecía que no se daban cuenta de lo que tenían. ¿Sabes a qué me refiero?

Taylor asintió. Era cierto: tenían muchas cosas en común.

—Pero, aparte de eso, mi existencia era bastante típica. Vivía con mi madre, estudiaba en una escuela católica, salía de compras con mis amigas, asistía a los bailes de graduación, y cada vez que me salía un granito me preocupaba por si ya no gustaría a la gente.

—¿Y a eso lo llamas una infancia y juventud típicas?

—Lo es, si eres una chica.

—Nunca me preocupé por nada parecido.

Ella lo miró de soslayo.

—Tú no te criaste con mi madre.

—No, pero, no te creas, Judy ha suavizado su carácter con el paso de los años. Cuando yo era joven, era más severa.

—Me comentó que siempre andabas metido en líos.

—Ya, y supongo que tú eras Doña Perfecta.

—Lo intentaba —contraatacó ella en un tono jocoso.

—Pero ¿no lo eras?

—No. Sin embargo, es obvio que a mí se me daba mejor torear a mi madre.

Taylor se echó a reír.

—Me alegro de oírlo. Si hay algo que no soporto es la perfección.

—Especialmente cuando es otro el que es perfecto, ¿no?

—Así es.

La conversación se apagó durante unos instantes antes de que Taylor volviera a hablar.

—¿Te molesta si te hago una pregunta indiscreta? —dijo sin parecer estar muy seguro.

—Depende de la pregunta —contestó ella, intentando no ponerse tensa.

Taylor desvió la vista hacia el cercado de la propiedad, como si de nuevo buscara la pareja de mapaches.

—¿Dónde está el padre de Kyle? —preguntó al cabo de unos momentos.

Denise ya suponía que esa iba a ser la pregunta indiscreta.

—No lo sé. La verdad es que no le conocía. No fue un embarazo esperado.

—¿Sabe que Kyle existe?

—Le llamé por teléfono cuando me enteré de que estaba embarazada. Él me dijo sin rodeos que no quería saber nada de él.

—¿Alguna vez ha visto a Kyle?

—No.

Taylor frunció el ceño.

—¿Cómo es posible que no sienta interés por su propio hijo?

Denise se encogió de hombros.

—No lo sé.

—¿Te gustaría que él estuviera con vosotros?

—¡Oh, no, por Dios, no! —se apresuró a contestar—. Él no. Quiero decir, me habría gustado que Kyle tuviera un padre, pero no alguien como él. Además, para que Kyle tuviera un padre (el tipo correcto, quiero decir, y no solo alguien a quien él llame papá), él también tendría que ser mi marido.

Taylor asintió en actitud comprensiva.

—Y ahora le toca a usted, señor McAden —lo animó Denise al tiempo que se daba la vuelta hacia él para mirarlo—. Yo te lo he contado todo sobre mí, pero tú no me has dicho nada, así que adelante.

—Ya lo sabes casi todo.

—No me lo has contado todo.

—Sabes que soy contratista.

—Y yo camarera.

—Y ya sabías que soy voluntario en el cuerpo de bomberos.

—Lo sabía desde la primera vez que te vi. Eso no cuenta.

—Pero es que no hay mucho más que contar —protestó él, alzando las manos en actitud frustrada—. ¿Qué quieres saber?

—¿Puedo preguntarte lo que quiera?

—Adelante.

—De acuerdo. —Denise se quedó un momento pensativa, luego lo miró a los ojos y dijo suavemente—: Háblame de tu padre.

Aquello lo cogió por sorpresa. No era la pregunta que había esperado, y se puso un poco tenso al tiempo que pensaba que no quería contestar. Podría haber puesto cualquier excusa, un par de frases carentes de sentido, pero por un momento no dijo nada.

El atardecer estaba plagado de sonidos. Ranas e insectos, el susurro de las hojas. La luna se elevaba por encima de las copas de los árboles. De vez en cuando, algún murciélago pasaba por delante de aquella luz blanquecina. Denise se inclinó hacia él para oír su respuesta.

—Mi padre murió cuando yo tenía nueve años —empezó a decir Taylor.

Denise lo observó con atención. Él hablaba despacio, como si organizara sus pensamientos. Podía ver, en cada línea de su rostro, cómo se resistía a hablar.

—Pero él era más que mi padre. También era mi mejor amigo. —Vaciló antes de continuar—. Sé que parecerá extraño…, quiero decir, que yo solo era un niño y él era un hombre adulto, pero es verdad, era mi mejor amigo. Éramos inseparables. Tan pronto como el reloj marcaba las cinco de la tarde, yo salía disparado de casa y me sentaba en el porche, a la espera de ver aparecer su camioneta subiendo por la carretera. Trabajaba en el aserradero, y yo corría para saltar a sus brazos tan pronto como abría la puerta del coche. Era un hombre muy fuerte, físicamente; incluso cuando crecí, nunca me dijo que no saltara. Lo rodeaba con mis brazos y respiraba hondo. Su trabajo era muy duro, e incluso en invierno podía oler el sudor y el serrín en su ropa. Me llamaba «muchachote».

Denise asintió.

—Mi madre siempre esperaba dentro mientras él me preguntaba qué había hecho aquel día o qué tal me había ido en la escuela. Y yo hablaba tan rápido, intentando decir tantas cosas antes de entrar en casa de nuevo… Sin embargo, por más cansado que estuviera y por más ganas que tuviera de ver a mi madre, nunca me metía prisa. Dejaba que yo le contara todo lo que quería contarle. Solo cuando, por fin, yo cerraba la boca, él volvía a dejarme de nuevo en el suelo. A continuación, agarraba su fiambrera, me daba la mano y entrábamos juntos.

Taylor respiró hondo, procurando recordar solo los buenos momentos.

—Los fines de semana, solíamos ir a pescar. Ni siquiera recuerdo qué edad tenía cuando empecé a ir con él; probablemente era más pequeño que Kyle. Nos subíamos a la barca y nos sentábamos juntos durante horas. A veces me contaba historias (su repertorio nunca se acababa) y contestaba a todas mis preguntas de la mejor manera que podía. Mi padre nunca acabó los estudios en el instituto, pero, aun así, se le daba muy bien aclararme cualquier duda. Y si yo le preguntaba algo que él no sabía, me lo decía sin reparo. No era la clase de persona que siempre quiere tener razón.

Denise sintió el deseo de estrujarle el brazo para reconfortarle, pero se contuvo. Parecía perdido en su pasado, con la barbilla apoyada en el pecho.

—Nunca lo vi enfadado, jamás le oí alzar la voz a nadie. Cuando yo me portaba mal, él se limitaba a decir: «Ya basta, hijo», y yo paraba, porque sabía que lo estaba decepcionando. Ya sé que probablemente suene raro, pero supongo que no quería fallarle.

Cuando terminó, Taylor respiró hondo.

—Por lo visto era un hombre maravilloso —apuntó Denise, consciente de que estaban hablando de una cuestión muy importante para él, aunque desconociera hasta qué punto.

—Lo era.

La firmeza de su voz dejó claro que el tema quedaba zanjado, aunque Denise sospechaba que había mucho más que contar. Se quedaron callados un buen rato, escuchando la música de los grillos.

—¿Cuántos años tenías cuando murió tu padre? —preguntó él al cabo, rompiendo el silencio.

—Cuatro.

—¿Lo recuerdas tal y como yo recuerdo a mi padre?

—No, la verdad es que no; al menos, no del mismo modo. Solo recuerdo imágenes: cuando me leía algún cuento, el cosquilleo de su bigote cuando me daba un beso de buenas noches… Siempre me ponía contenta cuando él estaba en casa. Incluso ahora, no pasa ni un día sin que desee poder dar vuelta atrás a las manecillas del reloj y cambiar lo que sucedió.

Tan pronto como lo dijo, Taylor se volvió hacia ella, sorprendido: acababa de dar en el blanco. Con solo unas pocas palabras, había descrito lo que había intentado explicarles a Valerie y a Lori. Ellas lo habían escuchado con atención, pero no habían llegado a comprenderlo por completo. No podían. Ninguna de ellas se había despertado un día con la terrible certeza de haber olvidado el timbre de voz de su padre; ninguna de ellas había conservado una foto para no sucumbir al olvido; ninguna de ellas sentía la necesidad de cuidar una pequeña losa de granito a la sombra de un sauce.

Lo único que sabía era que finalmente había oído a alguien expresar en voz alta sus propios sentimientos. Por segunda vez aquel día, le buscó la mano.

Se quedaron con los dedos entrelazados, en silencio, como si tuvieran miedo de romper el sortilegio al hablar. Unas nubes perezosas, plateadas bajo la luz de la luna, engalanaban el cielo, dispersas.

Denise contempló el juego de sombras que se extendían por los rasgos de Taylor. Se sintió un poco más relajada. En su mandíbula descubrió una pequeña cicatriz que no había visto antes; tenía otra justo debajo del dedo anular, en la mano entrelazada con la suya. Era como una pequeña quemadura que se había curado mucho tiempo atrás.

Taylor no parecía darse cuenta del escrutinio al que ella lo estaba sometiendo. Permanecía con la vista perdida en el horizonte.

El aire era más fresco. La brisa del mar había dado paso a una sorda quietud. Denise tomó un sorbo de té. Se oía el zumbido de los mosquitos alrededor de la luz del porche. Un búho ululó en medio de la oscuridad; las cigarras chirriaban en los árboles. El atardecer tocaba a su fin. Denise podía notarlo. Ya casi era de noche.

Él apuró el vaso; los cubitos de hielo chocaron entre sí antes de que depositara el vaso en la barandilla.

—Será mejor que me vaya. Mañana he de levantarme temprano.

—Sí, me imagino —dijo ella.

Sin embargo, Taylor permaneció inmóvil unos instantes más, sin decir nada. Por alguna razón, no podía librarse de su imagen cuando se había desahogado y le había contado los temores acerca de su hijo: su expresión desafiante, la intensa emoción a medida que las palabras fluían sin freno. Su madre también se había preocupado por él, pero ¿se podía comparar a lo que Denise tenía que soportar cada día?

Sabía que no era lo mismo.

Era emocionante comprobar que los temores de Denise solo habían conseguido que el amor que sentía por su hijo fuera aún más grande. Y presenciar un amor tan incondicional, tan puro ante tales adversidades... era algo tan bonito... Pero había algo más, algo más profundo. Sentía que compartían muchas cosas.

«Incluso ahora, no pasa ni un día sin que desee poder dar vuelta atrás a las manecillas del reloj y cambiar lo que sucedió.»

¿Cómo lo había sabido?

El cabello de Denise, de color de ébano, que al atardecer brillaba aún más, parecía envolverla en un aura de misterio.

Al final Taylor se apartó de la barandilla.

—Eres una buena madre —dijo sin soltarle la mano—. Aunque resulte duro, aunque no sea lo que habías esperado, no puedo evitar pensar que todo tiene una razón de ser. Kyle necesitaba a alguien como tú.

Ella asintió.

Como a regañadientes, él le dio la espalda a la barandilla, a los pinos y a los robles, a sus propios sentimientos. El suelo del porche crujió bajo sus pies.

Denise alzó la vista para mirarlo a los ojos.

Él casi la besó en aquel instante. Bajo la tenue luz amarilla del porche, los ojos de Denise parecían brillar con una intensidad oculta. Pese a sentirse tentado, no estaba seguro de si ella quería que él la besara. Así pues, en el último momento se apartó. Aquella tarde había sido la mejor desde hacía mucho tiempo. No quería echarla a perder.

Retrocedió un paso para dejarle más espacio a Denise.

—Lo he pasado estupendamente —dijo él.

—Yo también —contestó ella.

Al final le soltó la mano, sintiendo su ausencia tan pronto como los dedos de Denise se apartaron de los suyos. Quería decirle que ella tenía algo especial, algo único e increíble, algo que él había estado buscando en el pasado y que pensaba que nunca encontraría. Quería decirle todas esas cosas, pero se dio cuenta de que no podía.

Taylor volvió a sonreír, con indolencia. Luego se dio la vuelta y enfiló hacia los peldaños bajo la sesgada luz de la luna, hacia la oscuridad de su vehículo.

De pie en el porche, ella le dijo adiós con la mano una última vez mientras Taylor conducía hacia la carretera, hasta que las luces traseras apenas fueron visibles. Oyó que detenía el coche para dejar paso a otro vehículo que se acercaba por la carretera y pasaba de largo. La furgoneta de Taylor giró en dirección al pueblo.

Denise fue a su habitación y se sentó en la cama. En la mesita de noche descansaba una pequeña lámpara de lectura, una foto de Kyle de bebé y un vaso de agua medio vacío que había olvidado llevar a la cocina por la mañana. Suspiró y abrió el cajón. En el pasado quizás había contenido revistas y libros, pero ahora estaba vacío, excepto por un pequeño frasco de perfume que le había dado su madre unos meses antes de su muerte. Un regalo de cumpleaños bellamente presentado, envuelto en un papel dorado y con un lazo. Denise había usado la mitad del frasco durante las primeras semanas después de que su madre se lo regalara; pero desde que había muerto, no lo había vuelto a usar. Lo guardaba como un recuerdo de ella, y ahora se daba cuenta del tiempo que hacía que no se ponía ni una gota de perfume. Incluso aquella noche había olvidado ponérselo.

Ella era una madre. Por encima de cualquier otra cosa, en aquella etapa de su vida, esa era la palabra que la definía. Sin embargo, por más que quisiera negarlo, sabía que también era una mujer. Después de tantos años de mantener las emociones enterradas, notaba cómo volvían a emerger.

Sentada en su habitación, contemplando el perfume, la invadió una sensación de zozobra. Había algo en su interior que quería que la desearan, que cuidaran de ella y la protegieran, que la escucharan y la aceptaran sin prejuicios. Que la amaran.

Con los brazos cruzados, apagó la luz de su cuarto y recorrió el pasillo. Kyle dormía plácidamente. En la calidez de la habitación infantil, el pequeño había apartado las mantas a un lado y dormía destapado. Encima de la mesita, un luminoso oso de plástico llenaba el cuarto con su música, la misma melodía que repetía una y otra vez. Había sido el fiel compañero nocturno de Kyle desde que era bebé. Denise apagó la música y se acercó a la cama para cubrirlo con la sábana que había quedado apresada entre las mantas. El niño se dio la vuelta hacia el otro lado mientras ella lo cubría. Luego lo besó en la mejilla, aquella piel suave y tersa, y salió de la habitación sin hacer ruido.

La cocina estaba en silencio. Fuera podía oír el canto estival de los grillos. Miró por la ventana. Bajo la luz de la luna, los árboles resplandecían plateados, con las hojas inmóviles, como esculpidas. El cielo estaba atestado de estrellas que se extendían hasta el infinito. Denise las contempló sonriente mientras pensaba en Taylor McAden.

Capítulo 16

$\mathcal{D}$os días después, al anochecer, Taylor se hallaba sentado en la cocina, concentrado en una pila de papeles del trabajo, cuando recibió una llamada.

Un accidente en el puente entre un camión cisterna que transportaba gasolina y un coche.

Tras coger las llaves de la furgoneta, atravesó la puerta sin perder ni un segundo; al cabo de cinco minutos fue uno de los primeros en llegar al lugar del accidente. Podía oír las sirenas del coche de bomberos ululando a lo lejos.

Mientras detenía la furgoneta, Taylor se preguntó si sus compañeros llegarían a tiempo. Se apeó sin cerrar la puerta y echó un vistazo a su alrededor. Había varios coches parados en los dos sentidos de la marcha, a ambos lados del puente. Los conductores habían salido de sus coches y miraban sobrecogidos aquella horrible escena.

La cisterna del camión había impactado contra la parte trasera del Honda, destrozándola por completo, antes de chocar contra la barrera protectora que delimitaba el puente. En medio del accidente, el conductor había dado un golpe de volante y los frenos se habían bloqueado. El camión había derrapado y había ocupado los dos carriles de la carretera, lo que cortó la circulación en ambos sentidos. El coche, que había quedado empotrado debajo de la cabina, colgaba del puente sobre sus ruedas reventadas como un trampolín en una piscina, balanceándose peligrosamente en una posición inclinada. Tenía el techo medio arrancado, como si se tratara de una lata abierta parcialmente por el choque contra uno de los cables que sostenía el puente. Lo único que evitaba que el Honda cayera al río que corría unos veinticinco metros más abajo era el peso de la cabina del camión, aunque la cabina no parecía nada estable.

El motor echaba mucho humo y derramaba un líquido viscoso sobre el capó del Honda que estaba apresado debajo de la pesada carrocería.

Cuando Mitch vio a Taylor, se le acercó corriendo para ponerlo al corriente de todo lo que sabía. Había que ponerse cuanto antes manos a la obra.

—El conductor del camión está ileso, pero todavía hay alguien dentro del coche. Un hombre o una mujer. Todavía no lo sabemos. Quienquiera que sea está inconsciente.

—¿Y qué hay del contenido de la cisterna?

—Tres cuartos llena.

Motor humeante, líquido que se derramaba sobre el coche…

—Si esa cabina explota, ¿la cisterna también lo hará?

—Según el conductor, no debería hacerlo, si el revestimiento interior no se ha dañado durante el accidente. No he visto ninguna fuga, pero no puedo estar seguro.

Taylor miró a su alrededor, notando el subidón de adrenalina.

—Hay que dispersar a toda esa gente.

—Lo sé, pero todos los vehículos están pegados, parachoques contra parachoques. Yo he llegado hace tan solo un par de minutos, por lo que no he podido hacer nada.

Dos coches de bomberos llegaron en ese preciso momento —el camión cisterna y el que llevaba la escalera extensible— con las luces rojas intermitentes encendidas. Siete hombres saltaron al suelo antes de que los vehículos se detuvieran por completo. Protegidos con los trajes ignífugos, echaron un vistazo a la situación, empezaron a gritar órdenes y fueron en busca de las mangueras. Dado que Mitch y Taylor habían ido directamente al lugar del accidente sin pasar antes por el parque de bomberos, tuvieron que demorarse unos instantes para ponerse los trajes que les habían traído sus compañeros. Se los pusieron encima de la ropa que llevaban, con la facilidad adquirida a base de mucha práctica.

Carl Huddle estaba junto a dos agentes de policía procedentes de Edenton. Tras una rápida consulta, centraron toda su atención en los vehículos sobre el puente. Sacaron un megáfono y ordenaron a los conductores que subieran de nuevo a sus coches y despejaran la zona. Los otros dos agentes —en Edenton había un agente por coche— se separaron en direcciones opuestas, para dirigir el tráfico que había quedado interrumpido en ambos carriles de la carretera. El coche situado al final de la fila recibió la primera orden:

—Dé media vuelta y despeje el carril. Ha habido un grave accidente en el puente.

—¿A qué distancia?

—A un kilómetro.

El conductor vaciló, como si intentara decidir si era realmente necesario.

—¡Vamos, muévase! —gritó el agente.

Taylor no estaba seguro de si un kilómetro era suficiente para crear un cordón de seguridad, pero sabía que necesitarían bastante tiempo para conseguir que todos los vehículos se alejaran a una distancia prudencial.

Mientras tanto, salía mucho más humo del camión cisterna.

Los bomberos solían conectar las mangueras a la boca de incendios más cercana para obtener el agua necesaria. En el puente, sin embargo, no había ninguna boca de incendios. Por consiguiente, tendrían que abastecerse únicamente de la cuba de agua de uno de los coches de bomberos. Bastaría para la cabina del camión, pero no habría suficiente para controlar el fuego si explotaba la cisterna.

Controlar el fuego iba a ser una labor de lo más complicada. Aun así, el objetivo principal era rescatar de allí a la persona que había quedado atrapada.

Pero ¿cómo llegarían hasta el pasajero? Todos empezaron a proponer ideas, mientras se preparaban para lo inevitable.

¿Encaramarse a la cabina para sacarla? ¿Usar una escalera para llegar hasta ella? ¿Echar un cable y deslizarse por él?

Fuera cual fuese la solución que adoptaran, el problema seguía siendo el mismo: todos tenían miedo de aplicar un peso extra sobre el coche siniestrado. Era un milagro que todavía no se hubiera precipitado al vacío. Moverlo o añadir peso podía hacer que se despeñara. Cuando un chorro de agua salió propulsado de la manguera hacia la cabina, todo el mundo se dio cuenta de que los temores estaban más que justificados.

El chorro manó con violencia en dirección al motor de la cabina del camión, luego cayó en cascada sobre el Honda, inundándolo por la ventana trasera destrozada a casi dos mil litros por minuto. Por el efecto de la gravedad, el agua se desplazó hacia delante, hacia el motor. Al cabo de tan solo unos segundos, el agua surgió por la parrilla delantera. El morro del vehículo se inclinó levemente, levantando la cabina del camión, antes de volver a recuperar su posición inicial.

Los bomberos que manejaban la manguera vieron el movimiento basculante del coche siniestrado y sin perder ni un segundo desviaron el chorro hacia un lado, antes de cerrar la llave.

Todos se habían puesto lívidos del susto.

El agua seguía cayendo por la parte delantera del vehículo. Ningún movimiento por parte del pasajero atrapado en su interior.

—¡Usemos la escalera extensible! —urgió Taylor—. Hay que extenderla por encima del coche y luego usar el cable para sacarla de ahí.

El coche continuaba balanceándose por su propia inercia.

—¡Es posible que no soporte el peso de dos personas! —exclamó Joe.

Como bombero al mando, era el único empleado a tiempo completo del parque de bomberos. Su trabajo era el de conducir uno de los camiones. Siempre era quien infundía calma en los momentos críticos.

Era obvio que tenía razón. Teniendo en cuenta el ángulo de inclinación y la relativa estrechez del puente, la escalera extensible no podría acercarse hasta una distancia ideal. Desde el lugar donde estaba aparcado el coche de bomberos, tendrían que extender la escalera por encima del vehículo siniestrado hacia el lado donde se hallaba el pasajero: como mínimo, unos siete metros en voladizo. No era mucho si la escalera estaba en un ángulo conveniente, pero, como sería necesario colocarla casi horizontalmente sobre el río, no sería muy seguro.

De haber sido un coche de bomberos de última generación, probablemente eso no habría supuesto un problema. Pero el coche de Edenton era uno de los modelos más antiguos que seguía operativo en el estado. Lo habían adquirido porque el edificio más alto en el pueblo solo tenía tres plantas. No habían diseñado la escalera para ser empleada en situaciones como aquella.

—¿Qué alternativa nos queda? Subiré y antes de que os deis cuenta habré rescatado al conductor —aseveró Taylor.

Joe ya esperaba que Taylor se ofreciera como voluntario para la misión. Doce años antes, durante el segundo año de Taylor en el cuerpo de bomberos, Joe le había preguntado por qué siempre era el primero en prestarse voluntario en las misiones más arriesgadas. Pese a que los riesgos constituían una parte del trabajo, los riesgos innecesarios eran otra cosa. Se había fijado en Taylor porque siempre parecía querer ponerse a prueba, y él no deseaba ese perfil de voluntario en su equipo. No era cuestión de que no se fiara de que Taylor pudiera hacerlo, sino de que no quería arriesgar su propia vida para salvar a alguien que tentaba la suerte de forma innecesaria.

Pero Taylor le ofreció una explicación de lo más simple:

—Mi padre murió cuando yo tenía nueve años. Sé lo que supone para un niño crecer solo. No quiero que eso le pase a nadie más.

Tampoco era que el resto del equipo no se jugara la vida. En el cuerpo de bomberos todos aceptaban aquellos riesgos como algo inherente al trabajo. Sabían lo que podía suceder. En numerosas ocasiones, Joe había declinado la oferta de Taylor.

Pero esa vez...

—De acuerdo —aceptó al final—. ¡Adelante, Taylor!

Como el cable y la escalera estaban mal colocados, fue necesario dar marcha atrás para que el coche de bomberos quedara situado en el terraplén de hierba; de ese modo, podrían alcanzar una posición mejor. Cuando el vehículo estuvo fuera del puente, el bombero que lo conducía tuvo que maniobrar hacia delante y hacia atrás tres veces antes de poder dar marcha atrás hacia el vehículo siniestrado. Tardaron siete minutos en colocar el coche de bomberos en la posición adecuada.

En ese tiempo, el motor del camión no había dejado de echar humo. Las pequeñas llamas ya eran visibles en la zona inferior, unas llamas que empezaban a calcinar la parte trasera del Honda y que parecían estar espantosamente cerca del depósito de gasolina. Pese a ello, no era posible recurrir a la manguera, y tampoco podían acercarse lo suficiente con los extintores para controlar la situación.

Los minutos pasaban de un modo inexorable. Lo único que podían hacer los allí presentes era observar.

Mientras el coche de bomberos maniobraba para colocarse en la posición adecuada, Taylor agarró la cuerda que necesitaba y se la ató a su propio arnés con un gancho. Cuando el coche de bomberos estuvo en su sitio, se encaramó y ató el otro extremo de la cuerda a la escalera, a unos tres peldaños de la punta. También soltaron un cable desde la parte trasera del vehículo, que deslizaron a lo largo de la escalera. En el extremo del cable había un gancho con un arnés de seguridad acolchado. Cuando Taylor colocara el arnés de seguridad alrededor del cuerpo del pasajero, recogerían lentamente el cable para izarlo y sacarlo del coche.

La escalera empezó a extenderse y Taylor se tumbó boca abajo, con todos los sentidos alerta.

«Mantén el equilibrio…, tan lejos del extremo de la escalera como sea posible…, cuando llegue el momento, baja con rapidez pero con cuidado…, no toques el coche…»

Sin embargo, el pasajero ocupaba la mayor parte de sus pensamientos. ¿Estaba atrapado entre el asiento y el salpicadero? ¿Podría moverlo sin riesgo de causarle lesiones? ¿Sería posible sacarlo sin que el coche se precipitara al vacío?

La escalera continuaba extendiéndose despacio; ya estaba cerca del coche. Todavía faltaban unos cuatro metros. Taylor notó que la escalera se movía de forma inestable, crujiendo debajo de él, como un viejo granero en un vendaval.

Tres metros. Estaba lo bastante cerca como para estirar el brazo y tocar la parte delantera del camión.

Dos metros.

Podía notar el calor de las pequeñas llamas. Podía ver cómo lamían la carcasa del techo destrozado del coche. Mientras la escalera seguía extendiéndose, esta empezó a bascular levemente.

Un metro. Taylor estaba encima del coche…, acercándose al parabrisas delantero.

De repente, la escalera se detuvo con un chirrido. Todavía tendido boca abajo, Taylor miró por encima del hombro para averiguar qué pasaba: por las expresiones de los demás bomberos, supo que la escalera estaba extendida al máximo. Eso significaba que a partir de ahí era él quien debería desplazarse hasta alcanzar el objetivo.

La escalera vibró precariamente cuando Taylor soltó la cuerda que llevaba sujeta al arnés. Agarró el otro arnés para el pasajero y empezó a avanzar despacio hacia la punta de la escalera, aproximándose a los tres últimos peldaños. Los necesitaba para colocarse sobre el parabrisas y descender para llegar hasta el pasajero.

A pesar del caos a su alrededor, mientras se deslizaba hacia la punta de la escalera, se quedó fascinado por la impresionante belleza del atardecer. Como en un sueño, el cielo nocturno se había abierto ante sus ojos. Las estrellas, la luna, las nubes algodonosas que descollaban en el cielo oscuro. A unos veinticinco metros por debajo de él, el agua era del color del carbón, tan negra como la noche, si bien conseguía captar la luz de las estrellas. Podía oírse respirar mientras avanzaba lentamente; podía notar los fuertes latidos de su corazón. Debajo de él, la escalera cimbreaba y temblaba con cada nuevo movimiento.

Se deslizó hacia delante como un soldado sobre la hierba, aferrándose a los fríos peldaños de metal. Detrás de él, el último de los coches daba marcha atrás para alejarse del puente. En el silencio letal, Taylor podía oír las llamas chisporroteando debajo del camión. De repente, el coche debajo de él empezó a inclinarse hacia delante.

El morro se hundió ligeramente, primero unos centímetros, luego otros más, antes de oscilar nuevamente hasta volver a recuperar la posición inicial. No había el menor soplo de viento. En la milésima de segundo que Taylor detectó el movimiento, oyó un pequeño gemido, un sonido amortiguado y casi imposible de descifrar.

—¡No se mueva! —gritó Taylor instintivamente.

El gemido adquirió más fuerza, y el Honda empezó a balancearse peligrosamente.

—¡No se mueva! —gritó Taylor otra vez.

Su voz, llena de desesperación, era el único sonido en la oscuridad. A su alrededor reinaba una sorda quietud. Un murciélago pasó por delante de él, aleteando en el cielo nocturno.

Volvió a oír el gemido, el coche se inclinó hacia delante, con el morro hundiéndose hacia el río antes de volver a recuperar la posición inicial.

Taylor actuó con premura. Ató la cuerda al último peldaño con un nudo tan seguro como el que haría cualquier marinero experto. Pasó las piernas por delante, se metió entre los peldaños con toda la agilidad y lentitud posible, sujeto por el arnés. La escalera se balanceó como un columpio, chirriando y crujiendo, como si fuera a partirse en dos. Taylor se colocó tan erguido como pudo, como si estuviera montado en un trapecio. Agarrando la cuerda con una mano, alargó la otra hacia abajo, hacia el pasajero, probando gradualmente la resistencia de la escalera. Se metió por el agujero del parabrisas hasta agarrarse al salpicadero y vio que todavía le faltaba un trecho para llegar a la persona que intentaba salvar.

Era un hombre de unos veinte o treinta años, más o menos de la misma corpulencia que él. Con movimientos incoherentes y bruscos —probablemente por su estado semiinconsciente—, estaba provocando que el vehículo basculara de forma peligrosa. Taylor se dio cuenta de que sus sacudidas eran un arma de doble filo. Significaba que probablemente podría sacarlo del coche sin riesgo a causarle una lesión vertebral, pero a su vez implicaba que sus movimientos podían inclinar el coche.

Con la mente a mil por hora, alargó el brazo por encima, hacia la escalera, agarró el arnés de seguridad y tiró de él. Con el repentino meneo, la escalera basculó arriba y abajo como canicas botando sobre el suelo. El cable se tensó.

—¡Más cable! —gritó.

Al cabo de un momento, notó que se aflojaba la tensión en el arnés. Empezó a descender. Cuando estuvo en la posición correcta, les gritó que pararan. Desenganchó el arnés por uno de los extremos para poder colocarlo alrededor del cuerpo del accidentado, acto seguido se contorsionó hacia el coche, pero vio con frustración que todavía no alcanzaba a llegar hasta el hombre. Apenas le faltaba un metro.

—¿Puede oírme? —gritó Taylor ya dentro del coche—. ¡Si puede comprender lo que digo, conteste!

Oyó nuevamente un gemido. Aunque el pasajero se movió, era obvio que estaba medio inconsciente.

De repente, las llamas debajo del camión se avivaron.

Con los dientes apretados, Taylor se aferró a la cuerda por el extremo, luego volvió a alargar el otro brazo hacia el pasajero. Un poco más cerca, esta vez —casi había llegado al borde del salpicadero—, pero el hombre seguía fuera de su alcance.

—¿Puedes sacarlo de ahí? —gritó Joe desde el puente.

Taylor analizó la situación. La parte delantera del coche parecía intacta. El hombre, que no llevaba puesto el cinturón de seguridad, permanecía parcialmente tumbado en el asiento, con la mitad inferior del cuerpo en el suelo, atrapado debajo del volante, aunque parecía que podría sacarlo a través de la amplia hendidura del techo. Taylor se llevó la mano a un lado de la boca, para que sus compañeros oyeran mejor sus palabras:

—¡Creo que sí! ¡El cristal del parabrisas está roto! ¡Casi no hay techo! Hay espacio para sacarlo, y no veo nada que lo inmovilice.

—¿Puedes llegar hasta él?

—¡Todavía no! —gritó de nuevo—. Estoy cerca, pero no puedo colocarle el arnés alrededor de la cintura. ¡Está medio inconsciente!

—¡Date prisa! ¡No tenemos mucho tiempo! —gritó Joe, nervioso—. ¡Desde aquí parece que el fuego en el motor se está avivando peligrosamente!

Pero eso Taylor ya lo sabía. El camión irradiaba un calor extremo. Podía oír unos extraños chasquidos provenientes de su interior. El sudor le caía por la frente.

Se aferró mejor a la cuerda y volvió a extender el brazo. Las puntas de los dedos rozaron el brazo del hombre a través del hueco del parabrisas. La escalera oscilaba peligrosamente, e intentó estirarse un poco más con cada nuevo balanceo. Apenas le faltaban unos centímetros.

De repente, como en una pesadilla, oyó un estruendo: el motor del camión explotó en medio de grandes llamaradas, que se alzaron en el cielo hacia Taylor. Él se cubrió la cara instintivamente hasta que las llamas perdieron su intensidad y volvieron a descender hacia el camión.

—¿Estás bien? —gritó Joe, asustado.

—¡Sí! ¡Estoy bien!

No había tiempo que perder; ni un segundo para hacer planes.

Se agarró al cable y lo atrajo hacia sí. Tensó los dedos de los pies al máximo y manipuló rápidamente el gancho que sostenía el arnés hasta colocarlo debajo de la bota. Luego, apoyando todo el peso de su cuerpo en ella, se propulsó hacia delante y desabrochó su propio arnés de la cuerda.

Aferrado al cable para no caer, con solo un pequeño punto de apoyo en el centro de la bota, deslizó las manos por el cable hasta quedar casi en cuclillas, hasta situarse lo bastante cerca como para llegar al pasajero. Soltó una mano del cable y agarró el arnés de seguridad. Tenía que pasarlo alrededor del pecho del accidentado, por debajo de sus brazos.

La escalera se balanceaba peligrosamente. Las llamas ya alcanzaban el techo del Honda, a escasos centímetros de su cabeza. El sudor le empañaba los ojos, nublándole la visión. El subidón de adrenalina era espectacular…

—¡Despierte! —gritó con la voz ronca a causa del pánico y de la frustración—. ¡Ayúdeme, por el amor de Dios!

El pasajero volvió a gimotear al tiempo que abría los ojos desmesuradamente. No era suficiente.

Rodeado por las llamas, Taylor agarró al hombre por el brazo con una rabia incontenible.

—¡Ayúdeme, maldita sea! —le gritó.

El hombre despertó por fin, movido por un instinto de supervivencia, y alzó levemente la cabeza.

—¡Pase el arnés por debajo del brazo!

El tipo no parecía entender la orden, pero el nuevo ángulo de su cuerpo le daba una oportunidad. Inmediatamente, Taylor alargó un extremo del arnés hacia el brazo del hombre (el que tenía extendido sobre el asiento) y lo deslizó por debajo.

Ya tenía uno.

Entre tanto, Taylor no dejaba de gritar, cada vez más desesperado.

—¡Vamos! ¡Despierte! ¡No tenemos tiempo!

Las llamas iban ganando terreno. La escalera oscilaba peligrosamente.

De nuevo, el hombre movió la cabeza, pero no lo bastante. Su otro brazo parecía estar atrapado entre el cuerpo y el volante. Sin preocuparse por lo que podía pasar a continuación, Taylor se propulsó hacia delante. Con el impulso logró balancearse. La escalera cedió un poco, igual que el coche. El morro empezó a apuntar hacia el río.

Por suerte, el impulso fue suficiente. Esta vez, el tipo abrió los ojos y empezó a forcejear entre el volante y el asiento. El coche basculaba fuera de control. Sin apenas fuerza, el pasajero logró liberar el otro brazo. Lo alzó levemente mientras intentaba trepar hasta el asiento. Taylor le colocó el arnés de seguridad alrededor del pecho. Con la mano sudorosa aferrada al cable, sujetó la punta suelta del arnés al gancho, completando el círculo. Después lo tensó con fuerza.

—¡Lo sacaremos de aquí, pero tenemos que darnos prisa!

El hombre simplemente dejó caer la cabeza hacia atrás y volvió a quedar en un estado de inconsciencia, pero Taylor podía ver que por fin había posibilidades de salir bien parado de aquella situación.

—¡Subidlo! —gritó—. ¡Ya está sujeto con el arnés!

Se aferró con fuerza al cable hasta quedar en posición vertical. Los bomberos empezaron a recoger lentamente el cable, con cuidado de no provocar ninguna sacudida por miedo a la tensión que ello podría añadir al movimiento oscilante de la escalera.

El cable se tensó. La escalera empezó a chirriar estrepitosamente. En lugar de izar al pasajero, la escalera parecía inclinarse hacia el suelo.

Cada vez más…

—¡Mierda!

Taylor vio que la escalera estaba a punto de doblarse, pero entonces empezaron a subir, despacio, centímetro a centímetro.

De repente, como en una espantosa pesadilla, el cable se trabó y la escalera empezó de nuevo a descender. Taylor supo al instante que la escalera no soportaría el peso de los dos cuerpos.

—¡Parad! —gritó—. ¡La escalera está a punto de ceder!

Tenía que soltarse del cable y de la escalera. Tras confirmar por última vez que el hombre estaba seguro, se aferró a los peldaños que tenía sobre la cabeza. Entonces, con cuidado, apartó el pie del gancho y sus piernas quedaron colgando sobre el vacío. Rezó para que el movimiento de más no partiera la escalera en dos.

Decidió recorrer la escalera hasta la punta, agarrándose a los peldaños, como un niño en una de esas estructuras de barras de parque infantil. Un peldaño…, dos… tres…, cuatro. Ya no tenía el coche debajo, pero todavía podía notar cómo la escalera se doblaba hacia el suelo.

Mientras se desplazaba agarrado a los peldaños, las llamas se avivaron de forma pavorosa. Parecían extenderse con una intensidad letal hacia el depósito de gasolina. Taylor había visto motores incendiados en numerosas ocasiones. Sabía que aquel estaba a punto de explotar.

Miró hacia el puente. Como a cámara lenta, vio a los bomberos, a sus amigos, que le hacían gestos frenéticamente con los brazos, gritándole que se diera prisa, que se pusiera a salvo antes de que el camión explotara. Pero él sabía que, de ningún modo, podía volver al coche siniestrado a tiempo y sacar al pasajero ileso.

—¡Izadlo! —gritó afónico—. ¡Subidlo ya!

Suspendido a gran altura, Taylor se soltó de los peldaños. Al cabo de un instante, planeaba libremente en el aire del atardecer.

El río estaba unos veinticinco metros por debajo.

—¡Eso ha sido la mayor estupidez que he visto en mi vida! —le dijo Mitch con el semblante muy serio.

Habían pasado quince minutos. Estaban sentados a orillas del río Chowan.

—Hablo en serio. Y eso que he visto muchas estupideces en la vida, pero lo que has hecho se lleva la palma.

—Lo hemos salvado, ¿no? —se excusó Taylor.

Estaba empapado y había perdido una bota mientras nadaba a contracorriente. Después del subidón de adrenalina, su cuerpo se había relajado hasta caer en una especie de profundo sopor. Notaba como si llevara varios días sin dormir. Sus músculos le parecían de goma y las manos le temblaban de una forma incontrolable. Por suerte, sus compañeros se estaban ocupando del accidente en el puente, ya que él no habría tenido fuerzas para ayudar. Aunque el motor había explotado, el recubrimiento de la cisterna había resistido y habían podido controlar el fuego con relativa facilidad.

—No tenías que soltarte. Podrías haber regresado al coche.

Incluso mientras lo decía, Mitch no estaba seguro de si eso era verdad. Justo después de que Taylor se soltara, los bomberos salieron de su estado de conmoción y empezaron a recoger el cable rápidamente. Sin el peso de Taylor, la escalera ofrecía suficiente resistencia a la tracción para permitir que pudieran izar al pasajero a través del hueco del parabrisas. Tal como Taylor había predicho, lo sacaron sin un rasguño. Cuando estuvo fuera del coche, apartaron la escalera, lejos del accidente, haciéndola rotar hacia el puente. Justo cuando estuvo encima del puente, el motor del camión estalló, lanzando violentas llamaradas blancas y amarillas en todas direcciones. El coche se soltó y siguió a Taylor hacia el río. Este había tenido el suficiente juicio después de caer al agua como para nadar hasta resguardarse debajo del puente, previendo lo que pasaría con el coche. Tal como había supuesto, el automóvil cayó cerca, muy cerca de él.

Tras caer al agua, la presión lo succionó hacia el fondo durante varios segundos. Taylor dio vueltas sin control, como un trapo en una lavadora, pero finalmente fue capaz de oponer resistencia y subir a la superficie, donde soltó el escaso aire que le quedaba en los pulmones de una bocanada.

Cuando emergió a la superficie la primera vez, gritó que estaba bien. Después de que el coche se hundiera en el agua y que él evitara ser succionado por segunda vez por el remolino que se formó a causa del enorme peso del coche, volvió a gritar que estaba bien. Pero cuando al final nadó hacia la orilla, se sentía mareado y con ganas de vomitar. La tensión de la última media hora comenzaba a pasarle factura. Fue entonces cuando empezaron a temblarle las manos.

Joe no sabía si quedarse lívido por el salto o sentirse aliviado porque todo hubiera salido bien. El pasajero mostraba síntomas de recuperación, y Joe envió a Mitch río abajo a hablar con Taylor.

Lo encontró sentado en el légamo, con las piernas recogidas; las manos y la cabeza apoyadas en las rodillas. Se sentó a su lado, pero Taylor ni se movió.

—No deberías haber saltado —lo reprendió Mitch.

Taylor levantó la cabeza lentamente e intentó secarse el agua de la cara.

—No tenía alternativa —se excusó sin apenas fuerzas.

—Ya, pero era peligroso, sobre todo por el coche que ha caído al agua detrás de ti. Podría haberte aplastado.

«Lo sé», pensó.

—Por eso he nadado para resguardarme bajo el puente —contestó.

—Pero ¿y si hubiera caído antes? ¿Y si el motor hubiera estallado veinte segundos antes? ¿Y si te hubieras golpeado con una roca en el río? ¡Por el amor de Dios!

¿Y si…?

«Entonces estaría muerto», pensó.

Taylor sacudió la cabeza, aturdido. Sabía que tendría que contestar de nuevo a esas preguntas cuando Joe lo interrogara.

—No sabía qué otra cosa podía hacer —se defendió.

Mitch lo estudió con cara de preocupación, al escuchar la angustia en la voz de su amigo. No era la primera vez que veía a alguien en tal estado, la apariencia devastada de quien se sabe afortunado de estar vivo. Se fijó en las manos temblorosas de su Taylor y se inclinó hacia él para darle unas palmadas en la espalda.

—Me alegro de que no te haya pasado nada.

Taylor asintió, demasiado cansado para hablar.

Capítulo 17

$\mathcal{U}$n poco más tarde, aquella noche, cuando la situación en el puente estuvo totalmente controlada, Taylor se subió a la furgoneta para irse a casa. Tal como esperaba, Joe le hizo las mismas preguntas que Mitch, incluso más. Se dedicó a analizar con él cada decisión que había tomado y por qué, repasando todas las cuestiones dos o tres veces.

Taylor jamás lo había visto tan enfadado, pero hizo todo lo que pudo para convencerlo de que no había actuado de forma temeraria.

—Mira, yo no quería saltar; pero, de no haberlo hecho, ninguno de los dos habría sobrevivido.

Joe no replicó nada.

Ya no le temblaban las manos. Ya estaba más tranquilo, aunque, eso sí, se sentía agotado. Todavía estaba tenso cuando atravesó las silenciosas carreteras rurales.

Unos minutos más tarde, subió los resquebrajados peldaños de cemento del pequeño lugar que denominaba hogar. En su salida precipitada unas horas antes, había dejado las luces encendidas. Al entrar, la casa le resultó acogedora. Sobre la mesa todavía estaban esparcidos los papeles del trabajo; había dejado la calculadora encendida. El hielo en el vaso de agua se había derretido.

En el comedor podía oír el televisor encendido, como un rumor de fondo. Ya no estaban dando el partido de béisbol, sino que ahora emitían las noticias locales.

Dejó las llaves en la estantería y se quitó la camisa mientras atravesaba la cocina de camino hacia el pequeño cuarto donde estaba la lavadora y la secadora. Abrió la tapa y echó la camisa a lavar. Se quitó los zapatos y con una suave patada los envió contra la pared. Los pantalones, los calcetines y los calzoncillos acabaron por hacer compañía a la camisa; a continuación, puso el detergente. Después de encender la lavadora, agarró una toalla doblada que descansaba encima de la secadora y enfiló hacia el cuarto de baño, donde tomó una rápida ducha caliente que le ayudó a desprenderse del agua sucia en la piel. Después se pasó el cepillo por el cabello, rápidamente; por último, apagó todas las luces antes de meterse en la cama.

Apenas tenía fuerzas para apagar las luces. Quería dormir, lo necesitaba, pero, pese al cansancio, supo que no conseguiría conciliar el sueño.

Empezó a evocar las imágenes de las últimas horas; casi como en una película, algunas a cámara rápida; otras, en cambio, a cámara lenta, pero en cada caso las imágenes eran diferentes de lo que en realidad había sucedido. Las suyas no eran las imágenes del éxito, sino más bien las de las pesadillas.

Secuencia tras secuencia, Taylor veía que todo salía mal, sin poderlo remediar.

Se vio a sí mismo intentando llegar hasta la víctima, oyó el crujido y sintió un pavoroso escalofrío cuando la escalera se partió en dos, enviándolos a ambos a una muerte segura.

Vio horrorizado cómo la víctima intentaba aferrarse a su mano, con la cara desencajada por el terror, justo cuando el coche se inclinaba sobre el puente y Taylor era incapaz de hacer nada por evitarlo.

Notó cómo su mano sudorosa resbalaba del cable durante el descenso, hacia los postes de soporte del puente, hacia la muerte.

Mientras sujetaba el gancho en el arnés, oyó un tictac extraño inmediatamente antes de que el motor del camión explotara y la piel le saltara a tiras, abrasada. Oyó sus propios gemidos desgarradores mientras perdía la vida.

Luego llegó la pesadilla recurrente de su infancia…

Taylor abrió los ojos de golpe. Le temblaban nuevamente las manos y notaba la garganta reseca. Resollando, notó otro subidón de adrenalina, aunque esta vez la tensión le provocó un intenso dolor muscular.

Volvió la cabeza hacia el reloj para ver la hora. Las luminosas cifras rojas digitales indicaban que eran casi las once y media.

Consciente de que no conseguiría dormir, encendió la luz de la mesita y empezó a vestirse.

No alcanzaba a entender por qué iba a hacer lo que iba a hacer; lo único que sabía era que necesitaba hablar.

No con Mitch ni con Melissa. Ni siquiera con su madre.

Necesitaba hablar con Denise.

El aparcamiento en el Eights estaba prácticamente vacío cuando llegó, con un único coche en una punta. Taylor aparcó la furgoneta en el espacio más cercano a la puerta y echó un vistazo al reloj. El restaurante cerraría dentro de diez minutos.

Empujó la puerta de madera y oyó el tintineo de una campanita que anunciaba su entrada. El lugar estaba igual que siempre, con su larga barra a lo largo de la pared, al fondo, donde la mayoría de los camioneros se sentaban durante las primeras horas de la mañana. El centro de la sala estaba ocupado por una docena de mesas cuadradas debajo de un ventilador de techo cuyas aspas estaban en movimiento. A ambos lados de la puerta, debajo de las ventanas, había tres reservados, con unos desgastados asientos tapizados en escay rojo. A pesar de que era bastante tarde, el aire olía a panceta frita.

Al otro lado de la barra vio a Ray, limpiando la plancha. Ray se dio la vuelta al oír el chirrido de la puerta y reconoció a Taylor tan pronto como este atravesó el umbral. Alzó el brazo para saludarlo, con un grasiento paño de cocina en la mano.

—¿Qué tal, Taylor? ¡Cuánto tiempo sin verte! ¿Quieres cenar?

—¡Ah! ¡Hola, Ray! —Miró a un lado y luego al otro—. No, no tengo hambre.

Ray sacudió la cabeza, sonriendo para sí.

—Lo suponía —dijo en un tono burlón—. Denise no tardará en salir. Está recogiendo la cocina. ¿Has venido para preguntarle si puedes acompañarla a casa?

Como Taylor no contestó directamente, a Ray se le iluminaron los ojos.

—¿Acaso creías que eras el primero que pasa por aquí para

brindarse a llevarla a casa, con esos ojitos de cachorro perdido que ponéis todos? Cada semana pasan uno o dos, con la misma expresión que tú tienes ahora, en busca de lo mismo. Camioneros, ciclistas, incluso tipos casados. —Rio, divertido—. Esa chica tiene algo, ¿verdad? Es tan bella como una flor. Pero no te preocupes, que todavía no le ha dicho que sí a ninguno de ellos.

—Yo no…, yo no pensaba… —tartamudeó Taylor, que, de repente, no sabía qué decir.

—¡Bah! ¡No disimules! —Le guiñó el ojo en un gesto de complicidad, luego bajó el tono—. Pero ya te lo he dicho, no te preocupes. Tengo la impresión de que contigo aceptará. Le diré que estás aquí.

Taylor no reaccionó. Se quedó mirando a Ray mientras este desaparecía de su vista. Casi inmediatamente, Denise salió de la cocina, empujando una puerta oscilante.

—¡Taylor! —exclamó, visiblemente sorprendida.

—Hola —la saludó él con timidez.

—¿Qué haces aquí? —Se acercó, sonriendo con curiosidad.

—Quería verte —contestó él en voz baja, sin saber qué otra cosa decir.

Mientras ella se le acercaba, Taylor la contempló. Llevaba un delantal blanco, manchado de restos de comida, sobre un vestido amarillo. El vestido, de manga corta y con el cuello en forma de uve, estaba abotonado hasta arriba de todo; la falda le llegaba justo por debajo de las rodillas. Calzaba unas zapatillas deportivas blancas que parecían cómodas, idóneas para soportar muchas horas de pie. Llevaba el pelo recogido en una cola de caballo, y le brillaba la cara por el sudor y la grasa que parecía flotar en el aire.

Estaba preciosa.

Denise se dio cuenta de la mirada de admiración, pero, al acercarse, detectó algo más en sus ojos, algo que no había visto antes.

—¿Estás bien? —le preguntó—. Parece como si acabaras de ver un fantasma.

—No lo sé —balbuceó él, casi para sí.

Ella lo miró a los ojos, preocupada. Luego desvió la mirada por encima del hombro.

—Ray, ¿te importa si me tomo un pequeño descanso?

Su jefe continuó limpiando la plancha, como si ni siquiera hubiera reparado en la presencia de Taylor.

—Tómate todo el tiempo que necesites, princesa. De todos modos, ya casi he acabado de limpiar la barra.

Ella se volvió de nuevo hacia Taylor.

—¿Quieres sentarte?

Era exactamente la razón por la que había ido hasta allí, pero los comentarios de Ray lo habían descolocado. En lo único que podía pensar era en los hombres que iban al restaurante para verla.

—Quizá no debería haber venido —balbuceó.

Pero Denise, como si supiera exactamente lo que tenía que hacer, sonrió, comprensiva.

—Me alegro de que lo hayas hecho —dijo con voz susurrante—. ¿Qué ha pasado?

Taylor se quedó callado frente a ella, mientras las imágenes volvían a su mente. El leve aroma del champú de Denise, su deseo de abrazarla y contarle todo lo que había sucedido aquella noche, las pesadillas que no le permitían conciliar el sueño, su anhelo de que ella lo escuchara...

Los hombres que iban al restaurante para verla...

Pese a todo, aquel pensamiento había logrado borrar las imágenes de la tragedia de aquella noche. Sabía que no tenía motivos para estar celoso; Ray le había dicho que ella siempre rechazaba las proposiciones de los otros hombres; además, él tampoco había establecido una relación seria con ella. Sin embargo, el pensamiento se apoderó de él. ¿Quiénes eran esos tipos? ¿Por qué querían acompañarla a su casa? Tenía ganas de preguntárselo, aunque sabía que no era asunto suyo.

—Será mejor que me vaya —resopló, sacudiendo la cabeza—. No debería estar aquí. Todavía estás trabajando.

—No —objetó ella, esta vez más seria, consciente de que él estaba angustiado por algún motivo—. Ha pasado algo esta noche, ¿verdad?

—Quería hablar contigo —se limitó a contestar él.

—¿Sobre qué?

Denise lo miraba fijamente, sin pestañear, con aquellos ojos tan bellos. ¡Por Dios! ¡Qué atractiva era! Taylor tragó saliva, mientras mil pensamientos cruzaban su mente.

—Ha habido un accidente en el puente —soltó abruptamente.

Denise asintió, todavía sin saber adónde quería ir a parar Taylor.

—Lo sé. Apenas hemos tenido clientes esta noche porque el puente estaba cerrado. ¿Estabas allí?

Taylor asintió.

—He oído que ha sido terrible, ¿no?

Taylor volvió a asentir.

Ella alargó la mano y le apretó el brazo con suavidad.

—Espera un momento, ¿de acuerdo? Deja que eche un vistazo para ver qué queda por hacer antes de cerrar el local.

Ella apartó la mano de su brazo y fue a la cocina. Taylor se quedó en el restaurante, solo con sus pensamientos durante un minuto, hasta que Denise regresó.

Él se quedó un tanto sorprendido cuando ella pasó por delante de él hacia la puerta, donde le dio la vuelta al cartel «Abierto». El Eights estaba cerrado.

—La cocina está casi lista —explicó ella—. Solo me quedan cuatro cosas por hacer y habré acabado mi turno por hoy. ¿Por qué no me esperas aquí? Podemos hablar en mi casa.

Taylor llevó a Kyle hasta la furgoneta, con la cabecita apoyada en su hombro. Una vez dentro, el pequeño se acurrucó inmediatamente junto a Denise, sin despertarse durante el trayecto.

Al llegar a casa, recogió al niño del regazo de Denise y lo llevó dentro, a su habitación. Lo dejó en la cama, y Denise se apresuró a cubrirlo con la sábana. De camino hacia la puerta, ella pulsó el botón del osito de plástico luminoso, y la música empezó a sonar. Los dos abandonaron el cuarto y ella dejó la puerta parcialmente abierta.

En el comedor, Denise encendió una de las lámparas mientras Taylor se sentaba en el sofá. Tras vacilar unos instantes, ella se sentó en una silla separada que formaba un ángulo recto con el sofá.

Ninguno de los dos había dicho nada durante el trayecto a casa, por temor a despertar a Kyle. Sin embargo, ahora que estaban ahí sentados, Denise fue directamente al grano.

—¿Qué ha pasado en el puente, esta noche?

Taylor se lo contó todo: el rescate, lo que Mitch y Joe le habían dicho, y las imágenes que lo habían atormentado después. Ella le escuchó en silencio, sin dejar de mirarlo fijamente. Cuando terminó, ella se inclinó hacia delante.

—¿Has podido salvarlo?

—Bueno, yo no, entre todos —la rectificó Taylor, para dejar claras las cosas.

—Pero ¿cuántos os habéis encaramado a la escalera? ¿Cuántos os habéis tenido que soltar porque la escalera no soportaba tanto peso?

Taylor no contestó. Denise se levantó de la silla y se sentó junto a él en el sofá.

—Eres un héroe —le dijo, con una tierna sonrisa en los labios—, igual que lo fuiste cuando Kyle se perdió.

—No, no soy un héroe —replicó él, y las imágenes de la tragedia volvieron a invadir su mente.

—Sí que lo eres.

Denise tomó su mano. Durante los siguientes veinte minutos, se dedicaron a hablar sobre trivialidades, saltando de un tema a otro. Al final, Taylor le preguntó acerca de los hombres que querían acompañarla a casa. Ella se echó a reír y esbozó una mueca de fastidio. Eso formaba parte del trabajo, agregó.

—Cuanto más afable soy, más propinas recibo. Pero supongo que algunos hombres interpretan mi simpatía de forma equivocada.

El simple cambio de conversación tuvo un efecto balsámico. Denise intentó distraerle para que no pensara en el accidente. De niña, cuando tenía pesadillas, su madre solía hacer lo mismo: le hablaba de otro tema, de cualquier cosa, hasta que al final ella conseguía relajarse.

Por lo visto, la técnica también funcionaba con Taylor. Poco a poco, él fue hablando menos y contestando más despacio. Cerraba y abría los ojos, y los volvía a cerrar. Su respiración adquirió un ritmo más pausado a medida que la tensión del día empezó a pasarle factura.

Denise no le soltó la mano. Lo contempló mientras se quedaba dormido. Después se levantó del sofá y fue a buscar una manta en su habitación. Cuando lo empujó con suavidad para que se tumbara, Taylor no ofreció resistencia y ella lo cubrió con la manta.

Medio dormido, él farfulló algo acerca de que tenía que irse.

—Duérmete —le susurró ella mientras apagaba la luz.

Denise se fue a su cuarto, se quitó la ropa de trabajo y se puso el pijama. Se soltó la cola de caballo, se cepilló los dientes y se limpió la cara para eliminar la grasa. A continuación, se metió en la cama y cerró los ojos.

Su último pensamiento antes de que el sueño la venciera fue que Taylor McAden estaba durmiendo en su comedor.

—¡Hoa, Teo! —exclamó Kyle con alegría.

Taylor abrió los ojos e instintivamente los achicó ante el resplandor de la luz del sol que se filtraba por la ventana del comedor. Se restregó los ojos con las palmas de las manos y vio a Kyle de pie junto a él, con su carita muy cerca. El pelo del pequeño, aplastado y despeinado, apuntaba en varias direcciones.

Taylor necesitó unos segundos para ubicarse. Cuando Kyle se apartó, sonriendo, Taylor se sentó. Se pasó ambas manos por el cabello y después echó un vistazo al reloj. Era un poco más de las seis de la mañana. El resto de la casa estaba en silencio.

—Buenos días, Kyle, ¿cómo estás?

—É umiendo

—¿Dónde está tu madre?

—É nel zofá.

Taylor irguió más la espalda, notando el entumecimiento en todas las articulaciones. Le dolía el hombro, como siempre cuando se despertaba.

—Tienes razón, estaba durmiendo en el sofá.

Taylor se desperezó y bostezó.

—Buenos días —oyó a su espalda.

Por encima del hombro, vio a Denise, que salía de su habitación, con un pijama largo de color rosa y calcetines. Taylor se puso de pie atropelladamente.

—Buenos días, supongo que anoche me quedé dormido.

—Estabas muy cansado.

—Lo siento.

—No pasa nada —contestó ella.

Kyle se había alejado hasta un rincón del comedor y se había sentado para jugar con sus juguetes. Denise se le acercó y se inclinó para darle un beso en la frente.

—Buenos días, cielo.

—*Unoz íaz* —contestó el pequeño.

—¿Tienes hambre?

—No.

—¿Te apetece un yogur?

—No.

—¿Quieres jugar con tus cosas?

Kyle asintió, y Denise centró su atención en Taylor.

—¿Y tú? ¿Tienes hambre?

—No quiero darte trabajo en la cocina.

—Iba a ofrecerte unos Cheerios —respondió ella, arrancándole una sonrisa a Taylor—. ¿Has dormido bien? —le preguntó mientras se recolocaba la camisa del pijama.

—Como un lirón. Gracias por tu paciencia anoche.

Ella se encogió de hombros y contestó:

—¿Para qué están los amigos?

Luego desvió los ojos hacia la luz matutina. Su melena larga y despeinada le acariciaba los hombros.

Sintiéndose un tanto avergonzado, Taylor agarró la manta y empezó a doblarla, con afán de hacer algo. Se sentía fuera de lugar en aquella casa, a esa hora tan temprana.

Denise se le acercó e insistió:

—¿Seguro que no quieres quedarte a desayunar? Me queda media caja.

Taylor vaciló.

—¿Y leche? —preguntó al final.

—No, en esta casa tomamos los cereales con agua —dijo con el semblante serio.

Él la miró fijamente, preguntándose si hablaba en serio o si bromeaba. Denise se echó a reír, con un deje de melancolía.

—¡Claro que tenemos leche, bobo!

—¿Bobo?

—Lo digo cariñosamente. Eso quiere decir que me gustas —contestó ella, guiñándole el ojo.

Aquellas palabras le resultaron de lo más estimulante.

—En ese caso, será un placer quedarme a desayunar.

ϒ

—¿Qué has de hacer hoy? —se interesó Taylor.

Habían terminado de desayunar. Denise lo acompañó hasta la puerta. Él todavía tenía que pasar por su casa para cambiarse antes de ir al trabajo.

—Lo mismo de siempre. Practicar con Kyle unas horas, y luego… no lo sé. Depende de lo que él quiera hacer: jugar en el patio, montar en bicicleta…, lo que sea. Más tarde, por la noche, ir a trabajar.

—¿A servir de nuevo a esos hombres lascivos?

—Hay que pagar las facturas, ¿sabías? —contraatacó con altivez—. Además, no me molestan tanto. El que vino anoche fue bastante agradable; incluso dejé que durmiera en mi casa.

—Un tipo encantador, ¿eh?

—No te creas, pero es que era tan patético que no tuve coraje para rechazarlo.

—¡Vaya por Dios!

Ella se inclinó hacia él y le dio un golpecito en el hombro.

—Ya sabes que bromeo.

—Eso espero.

En el cielo no había ni una sola nube. El sol empezaba a asomar por el este, por encima de los árboles, cuando salieron al porche.

—Oye, de verdad, sobre anoche… Gracias por todo.

—Ya me habías dado las gracias, ¿recuerdas?

—Lo sé, pero quería volver a hacerlo —dijo Taylor sin vacilar.

Se quedaron juntos sin hablar hasta que Denise retrocedió un paso. Clavó los ojos en el suelo y luego volvió a mirarlo, ladeó la cabeza levemente a la vez que acercaba la cara a la de Taylor. Pudo ver la sorpresa en los ojos de él cuando lo besó suavemente en los labios.

No fue más que un beso efímero, pero él se quedó pasmado, mirándola sin parpadear, saboreando aquella maravillosa sensación.

—Me alegro de que fueras tú quien me llevara a casa —dijo.

Incluso con el pijama y la melena despeinada, rayaba la perfección.

Capítulo 18

Más tarde, aquel mismo día, a petición de Taylor, Denise le enseñó el diario acerca de los progresos de Kyle.

Sentada en la cocina junto a él, fue pasando las páginas, comentando de vez en cuando alguna de las entradas. Cada página contenía los objetivos que se había marcado, así como palabras y frases específicas, con su pronunciación, así como las conclusiones.

—¿Lo ves? Es simplemente una recopilación de lo que hacemos, nada más.

Taylor pasó las páginas hacia atrás hasta llegar a la primera. Arriba de todo había escrita una sola palabra: «Gato». Debajo, hacia la mitad de la página y llenando la otra cara, Denise había descrito aquel primer día que había practicado con él.

—¿Te importa si lo leo? —preguntó él, señalando la página.

Ella asintió y Taylor leyó despacio, asimilando cada palabra. Cuando terminó, la miró a los ojos.

—¿Cuatro horas?

—Sí.

—¿Solo para decir «gato»?

—De hecho, Kyle no la pronunció bien, ni siquiera al final. Pero se acercó lo bastante como para que pudiera ser comprensible.

—¿Cómo conseguiste que lo dijera?

—Practicando sin parar hasta que lo consiguió.

—Pero ¿cómo sabías que iba a conseguirlo?

—La verdad es que no lo sabía; por lo menos, no al principio.

Había leído un montón de diferentes enfoques sobre cómo practicar con niños como Kyle. Había estudiado diferentes metodologías que estaban probando en varias universidades, sabía en qué consistía la logopedia, pero ningún programa me parecía adecuado para Kyle. Quiero decir, algunas de las nociones tenían sentido, por supuesto, pero parecía que describían a otro tipo de niños. Sin embargo, encontré dos libros, *Niños con retraso en el habla*, de Thomas Sowell, y *Déjame escuchar tu voz*, de Catherine Maurice, que se acercaban bastante. El libro de Sowell fue el primero que me dio a entender que no estaba sola en esta cuestión, que hay muchos niños con problemas de lenguaje, aunque a simple vista parezcan completamente normales. Del libro de Maurice saqué la idea sobre cómo enseñar a Kyle, aunque su obra trate más que nada sobre el autismo.

—¿Cómo lo haces?

—Sigo un programa de modificación de conducta, uno originalmente diseñado en la Universidad de California. Tuvieron mucho éxito con niños autistas mediante el método de premiar la buena conducta y censurar la mala. Modifiqué el programa y lo adapté a Kyle, ya que el único problema que él presenta, en el fondo, es a la hora de hablar. Básicamente, cuando dice lo que le pido que diga, le doy un caramelo. Si no lo dice, no hay caramelo. Si ni siquiera lo intenta o si se pone terco, lo regaño. Para enseñarle a decir «gato», le mostré una foto de un gato y repetí la palabra una y otra vez. Empecé por darle un caramelo cada vez que emitía un sonido; después solo le daba un caramelo si pronunciaba el sonido correctamente, aunque solo fuera parte de la palabra. Al final, no le di más caramelos hasta que pronunció la palabra entera.

—¿Y fueron necesarias cuatro horas?

Denise asintió.

—Cuatro larguísimas horas. Kyle lloró y pataleó; intentaba levantarse de la silla, lanzaba alaridos como si lo estuvieran martirizando cruelmente. Si alguien nos oyó aquel día, probablemente pensó que lo estaba torturando. Repetí la palabra quinientas o seiscientas veces, seguro. La repetía una y otra vez, hasta que los dos estuvimos al límite. Fue terrible, una experiencia realmente horrorosa para los dos, y nunca pensé que veríamos el final.

Ella se inclinó un poco más hacia él.

—Cuando al final pronunció la palabra, de repente se acabó la terrible tortura: toda la frustración, la rabia y el miedo que ambos estábamos experimentando. Recuerdo que me emocioné mucho. No te puedes llegar a imaginar hasta qué punto. Rompí a llorar, y le hice repetir la palabra, por lo menos, una docena de veces antes de creer realmente que lo había conseguido. Fue la primera vez que tuve la certeza de que Kyle podía aprender. Lo había conseguido, yo sola, sin ayuda. Me es imposible describir lo que eso significó para mí, después de todas las cosas que los médicos habían dicho de Kyle.

Denise sacudió la cabeza, risueña, recordando aquel día.

—Y después seguimos probando con nuevas palabras, una al día, hasta que Kyle lo lograba. Llegó un momento en que él podía decir el nombre de todos los árboles y de todas las flores que hay cerca de casa, de todas las marcas de coches, de todas las clases de aviones… Su vocabulario era extensísimo, pero, sin embargo, todavía no mostraba la habilidad de comprender que el lenguaje tenía una utilidad. Así que empezamos con combinaciones de dos palabras, como «coche azul» o «árbol grande», y creo que esa técnica sirvió para que él entendiera lo que yo intentaba enseñarle, que las palabras son la forma en que la gente se comunica. Después de varios meses, podía repetir casi todo lo que yo decía, así que empecé a intentar enseñarle a formular preguntas.

—¿Te costó mucho?

—Seguimos en ello. Cuesta más que enseñarle palabras, porque ahora tiene que intentar interpretar el cambio al tono interrogativo, luego comprender qué se le pide y, por último, contestar correctamente. Las tres partes del ejercicio son muy difíciles para él. Eso es lo que hemos estado practicando en los últimos meses. Al principio, las preguntas presentaban una nueva serie de retos en sí mismas, porque Kyle quería simplemente repetir lo que yo le decía. Le mostraba la foto de un gato y le decía: «¿Qué es esto?». Y Kyle respondía: «¿Qué es esto?». Entonces yo le decía: «No, di: "Es un gato"». Y Kyle contestaba: «No, di es un gato». Al final, empecé a susurrar la pregunta y a decir la respuesta en un tono más alto, con la esperanza de que él distinguiera la diferencia. Pero, durante mucho tiempo, él susurraba la pregunta imitándome, y luego decía la respuesta en un tono más alto, repitiendo mis palabras y mi entonación con exactitud. Pasaron bastantes semanas antes de que fuera capaz de decir solo la respuesta. Por supuesto, cada vez que lo hacía bien, le recompensaba.

Taylor asintió. Empezaba a darse cuenta de lo difícil que debía de haber sido el proceso.

—Tienes la paciencia de un santo —apuntó.

—No siempre.

—Pero practicar todos los días…

—He de hacerlo. Además, fíjate en su progreso.

Taylor hojeó la libreta hasta el final. Las notas de Denise acerca de cada sesión abarcaban tres y cuatro páginas, cuando había comenzado con apenas una palabra.

—Ha progresado mucho.

—Así es. Todavía le queda un montón por aprender. Se le dan bien las preguntas que empiezan con «qué» y «cómo». Todavía no es capaz de mantener una conversación. Suele limitarse a contestar con una sola frase. También muestra dificultad para asimilar preguntas. Él sabe lo que quiero decir cuando digo: «¿Dónde está tu juguete?». Sin embargo, si le pregunto: «¿Dónde has puesto tu juguete?», se me queda mirando, desconcertado. Esa clase de situaciones son el motivo por el que sigo escribiendo el diario. Cuando Kyle tiene un mal día (y los tiene a menudo), lo reviso y me recuerdo a mí misma todos los retos que ha superado. Un día, cuando su progreso sea espectacular, le entregaré la libreta. Quiero que la lea, para que sepa lo mucho que le quiero.

—Él ya lo sabe.

—Lo sé. Pero algún día también quiero oírle decir que él me quiere a mí.

—¿Acaso no lo hace ya? ¿Cuando le das un beso de buenas noches?

—No —contestó ella—, nunca me lo ha dicho.

—¿Has intentado enseñarle esa frase?

—No.

—¿Por qué?

—Porque el día que me lo diga quiero que me sorprenda, que sea algo que sale de él.

A lo largo de la siguiente semana y media, Taylor empezó a pasar cada vez más tiempo en casa de Denise. Siempre se dejaba caer por la tarde, cuando sabía que ella había acabado de practicar con Kyle. A veces se quedaba una hora; otras un poco más. Durante un par de tardes se dedicó a jugar a la pelota con Kyle mientras Denise los miraba desde el porche; en la tercera tarde le enseñó a golpear la pelota con un pequeño bate y un *tee* que Taylor había usado de pequeño. Una y otra vez, Taylor recogía la pelota y la colocaba en el *tee* para animar a Kyle a volverlo a intentar. Cuando el crío se cansó, Taylor tenía la camisa empapada de sudor. Denise le dio un beso por segunda vez, después de ofrecerle un vaso de agua.

El domingo, una semana después de la feria, Taylor los llevó en coche hasta Kitty Hawk, donde pasaron el día en la playa. Taylor señaló el lugar donde Orville y Wilbur Wright llevaron a cabo su histórico vuelo en 1903, y leyeron los detalles en un monumento erigido en honor a los dos hermanos.

En la playa dieron buena cuenta de la comida que habían llevado en una cesta y luego dieron un largo paseo a lo largo de la orilla, mientras los charranes revoloteaban sobre sus cabezas. Hacia el final de la tarde, Denise y Taylor construyeron castillos de arena; Kyle se lo pasó en grande destrozándolos. Recién erigidos, los pisoteaba sin piedad, rugiendo como Godzilla.

De vuelta a casa, se detuvieron en una tienda junto a la carretera y le compraron a un granjero unas mazorcas de maíz. Mientras Kyle comía macarrones con queso, Taylor disfrutó de su primera cena en casa de Denise. El sol y el viento en la playa habían dejado a Kyle exhausto, por lo que el pequeño se durmió inmediatamente después de cenar. Taylor y Denise se quedaron charlando en la cocina hasta casi medianoche. En el umbral, volvieron a besarse. Taylor la estrechó entre sus brazos.

Pocos días después, le prestó a Denise su furgoneta para que bajara al pueblo a hacer algunas compras. Cuando ella regresó, él había reparado las puertas de los armarios de la cocina.

—Espero que no te importe —dijo, preguntándose si se había excedido al tomar aquella decisión.

—¡Por supuesto que no! —exclamó ella, entrelazando las manos, contenta—. Pero ¿podrías hacer algo con ese grifo que no para de gotear?

Al cabo de media hora, el grifo funcionaba correctamente.

Cuando estaban solos, Taylor se quedaba prendado de su belleza y gracia. Pero también había veces en las que podía ver en sus facciones la huella de los sacrificios que había hecho por su hijo. Era una expresión de absoluto cansancio, como la de un soldado después de un largo combate en el campo de batalla. Sentía tal admiración por ella que era hasta incapaz de expresarlo en palabras.

Denise parecía ser de las pocas supervivientes de su especie; un contraste crudo con aquellas personas llenas de ambición que ansiaban estar al día en todo, siempre dando guerra, en busca de satisfacción personal y de saciar su autoestima. Taylor consideraba que había demasiada gente que creía que esas cosas solo se podían obtener con el trabajo, no con la dedicación a los hijos. Muchas personas creían que tener hijos no implicaba la responsabilidad de educarlos. Cuando le habló de todo aquello, Denise simplemente desvió la vista hacia la ventana.

—Yo también pensaba lo mismo.

El miércoles de la semana siguiente, Taylor invitó a Denise y a Kyle a su casa. En muchos aspectos, se parecía a la de ella. También era una vieja casa erigida en medio de un gran terreno. La de Taylor, sin embargo, había sido rehabilitada a lo largo de los años, tanto antes como después de que él comprara la propiedad. A Kyle le encantó el cobertizo de herramientas en la parte trasera, y después de señalar hacia el «tractor» (de hecho, era una cortadora de césped), Taylor lo montó en ella y le dio una vuelta por la explanada sin acoplar las cuchillas. Tal como había hecho cuando había conducido la furgoneta, el pequeño lo pasó fenomenal zigzagueando por la explanada.

Al verlos juntos, Denise se dio cuenta de que su impresión inicial de que Taylor era tímido no era exacta. Sin embargo, resultaba evidente que era una persona reservada. Aunque le había hablado de su trabajo y de su actividad en el parque de bomberos, nunca decía nada de su padre, más allá de lo que le había contado aquella primera noche.

Taylor tampoco le había comentado nada acerca de las mujeres que había conocido en su vida, ni siquiera de pasada. No es que a Denise le importara, pero aquel silencio la tenía un poco confundida.

Sin embargo, tenía que admitir que se sentía atraída por él. Taylor había aparecido en su vida cuando ella menos lo esperaba, de la forma más increíble posible. Y se había convertido en algo más que un amigo.

Por las noches, tumbada bajo el ventilador con grandes aspas, no podía evitar rogar para que todo aquello fuera real y no un sueño.

—¿Cuánto falta? —preguntó ella.

Taylor la había sorprendido al llevarle una anticuada máquina de hacer helados, junto con todos los ingredientes necesarios. Él estaba dándole a la manivela, con la cara sudada, batiendo la nata para que espesara lentamente.

—Cinco minutos, quizá diez. ¿Por qué? ¿Tienes hambre?

—Nunca había hecho helado casero antes.

—¿Quieres compartir la autoría? ¿Qué tal si me reemplazas un rato dándole a la manivela?

Denise alzó las manos.

—No, gracias. Es más divertido ver cómo lo haces tú.

Taylor esbozó una mueca de fastidio, luego continuó dándole a la manivela con unos exagerados aspavientos, como si le costara mucho. Ella rio, divertida. Al cabo de unos minutos, Taylor se secó la frente con el reverso de la mano.

—¿Tienes planes para el sábado por la noche?

Denise ya sabía que él le iba a hacer esa pregunta.

—No.

—¿Quieres que salgamos a cenar?

Denise se encogió de hombros.

—Me parece bien, pero ya sabes cómo es Kyle. En la mayoría de los restaurantes no prueba bocado.

Taylor tragó saliva, sin dejar de darle a la manivela. La miró directamente a los ojos:

—Quiero decir que… ¿puedo invitarte solo a ti, esta vez sin Kyle? Mi madre me ha asegurado que estará encantada de hacer de canguro.

Denise vaciló.

—No sé si él se sentirá cómodo con ella. No la conoce mucho.

—¿Qué tal si paso a buscarte cuando ya esté dormido? Puedes acostarlo, arroparlo, y no nos marcharemos hasta que estés segura de que está bien.

Ella se quedó pensativa, incapaz de ocultar lo encantada que estaba.

—Lo has planeado todo, ¿verdad?

—No quería que tuvieras la oportunidad de decir que no.

Denise sonrió, inclinándose hacia él hasta que su cara quedó a tan solo unos centímetros de la de Taylor.

—En tal caso, acepto encantada.

Judy llegó a las siete y media, pocos minutos después de que Denise hubiera acostado a Kyle. Lo había mantenido ocupado durante todo el día, con la esperanza de que se durmiera enseguida. Habían ido al pueblo en bicicleta y se habían detenido en el parque infantil, y luego habían jugado un rato más en casa. Hacía un calor pegajoso, esa clase de día que exprime la energía a cualquiera. Kyle empezó a bostezar justo antes de cenar. Después de bañarlo y ponerle el pijama, Denise le leyó tres cuentos en su habitación mientras Kyle se bebía un vaso de leche, sin apenas fuerza para mantener los ojos abiertos. Después de correr las cortinas (fuera todavía había luz natural), Denise cerró la puerta. Kyle se había quedado dormido como un bendito.

Se duchó y se depiló las piernas. Luego, envuelta en una toalla, se plantó delante del armario, intentando decidir qué ponerse. Taylor le había dicho que irían al Fontana, un restaurante muy tranquilo situado en el casco antiguo. Cuando ella le preguntó qué ropa debía ponerse, él le dijo que no se preocupara, cosa que no la ayudó en absoluto.

Al final se decidió por un sencillo vestido corto y negro que le parecía apropiado para casi cualquier ocasión. Hacía años que no lo sacaba del armario; todavía estaba cubierto por una funda de plástico de una tintorería de Atlanta. No recordaba la última vez que lo había utilizado, pero, después de ponérselo, se alegró de que aún le quedara bien. Después se calzó unos zapatos con poco tacón. Pensó si debía ponerse medias negras o no; desestimó rápidamente la idea. Era una noche demasiado cálida para llevar medias. Además, ¿acaso alguien se ponía medias negras en Edenton, si no era para ir a un funeral?

Después de secarse y dar forma a su peinado, se aplicó un poco de maquillaje, luego sacó el perfume del cajón de la mesita de noche. Se echó unas gotas en el cuello y en el pelo. Por último, añadió un toque en las muñecas antes de frotarlas entre sí. En el cajón superior guardaba un pequeño joyero del que extrajo un par de pendientes de aro.

De pie frente al espejo del cuarto de baño, estudió su imagen, satisfecha con el resultado. Ni mucho ni poco; la medida justa. Fue entonces cuando oyó que Judy llamaba a la puerta. Taylor llegó al cabo de un par de minutos.

El Fontana llevaba abierto unos doce años. Lo regentaba una pareja suiza de mediana edad originaria de Berna, que se había instalado en Edenton procedente de Nueva Orleans, en busca de una vida más sencilla. En el proceso, sin embargo, también habían aportado un toque de elegancia al pueblo. Con su tenue iluminación, el local ofrecía un servicio de primera, por lo que era popular entre las parejas que celebraban aniversarios y compromisos. Su reputación quedó establecida cuando el *Southern Living* le dedicó un artículo entero.

Taylor y Denise se sentaron a una pequeña mesa en un rincón. Él acunaba entre sus manos un Scotch con soda, mientras ella daba sorbos a una copa de vino blanco.

—¿Habías venido antes aquí a cenar? —le preguntó Denise mientras echaba un vistazo al menú.

—Varias veces, pero ahora hacía tiempo que no.

Denise hojeó las páginas. No estaba acostumbrada a disponer de tantas opciones, después de tantos años preparándose ella misma la comida y la cena.

—¿Qué me recomiendas?

—Cualquier cosa, de verdad. Las costillas de cordero son la especialidad de la casa, pero también se han hecho famosos por sus bistecs y por el marisco.

—No me ayudas a elegir.

—Pero es verdad. Pidas lo que pidas, no te decepcionarán.

Denise estudió la lista de entrantes, jugueteando con un mechón de pelo. Taylor la contempló fascinado y divertido al mismo tiempo.

—¿Te he dicho que esta noche estás muy guapa? —preguntó.

—Solo dos veces —contestó ella, haciéndose la interesante—, pero no te contengas, a mí no me importa.

—¿De veras?

—No cuando me lo dice un tipo tan molón como tú.

—¿Molón?

Ella le guiñó el ojo.

—Te lo digo con el mismo afecto que cuando te llamé bobo.

En la cena que les sirvieron no faltó ni un solo detalle. La comida estaba deliciosa, y el ambiente era innegablemente romántico. Después de los postres, Taylor alargó el brazo por encima de la mesa para tomarle la mano, y ya no se la soltó.

Durante la velada hablaron de sus vidas. Taylor le refirió a Denise algunas de sus intervenciones como bombero y algunos de los incendios más peligrosos que había ayudado a extinguir; también habló de Mitch y de Melissa, los dos amigos que siempre habían estado a su lado. Denise compartió anécdotas de sus años de estudiante y le describió los dos primeros años de maestra en la escuela, así como su sensación de no estar en absoluto preparada cuando pisó un aula por primera vez.

Ambos tenían la impresión de que aquella noche marcaba el inicio de su vida como pareja. También fue la primera vez que conversaron sin mencionar el nombre de Kyle ni una sola vez.

Tras la cena, al salir a la calle vacía, Denise notó el aspecto tan diferente que tenía el casco antiguo del pueblo por la noche: era como un lugar perdido en el tiempo. Aparte del restaurante donde habían cenado y un bar en la esquina, el resto de los establecimientos estaban cerrados. Deambularon por las aceras agrietadas por el paso de los años y pasaron por delante de una tienda de antigüedades y de una galería de arte.

Todo estaba en el más absoluto silencio. Ninguno de los dos sentía la necesidad de hablar. Al cabo de un par de minutos, llegaron al puerto, donde Denise admiró las embarcaciones amarradas al pantalán. Las había de todos los tamaños, nuevas y viejas, desde veleros de madera hasta lanchas motoras. Algunas estaban iluminadas desde dentro, pero el único sonido audible era el embate del agua contra el dique.

Apoyado en la barandilla del muelle, Taylor carraspeó y le tomó la mano.

—¿Sabías que Edenton fue uno de los primeros puertos del sur? Pese a que en esa época esto no era más que una aldea, los barcos que transportaban mercancías solían atracar aquí, o bien para vender sus productos, o bien para repostar. ¿Ves esa barandilla en la parte más alta, junto al paseo?

Señaló hacia algunas de las casas más antiguas a lo largo del puerto. Denise asintió.

—En la época colonial, navegar era una actividad peligrosa, y las esposas salían a esperar a que regresaran los barcos de sus maridos y entraran en el puerto. Sin embargo, fueron tantos los marineros que no regresaron que el lugar acabó por ser conocido como «el paseo de las Viudas». Aquí, en Edenton, los barcos no entraban directamente en el puerto, por más larga que hubiera sido la travesía. Las mujeres que esperaban oteaban el horizonte, en busca de sus esposos cuando la embarcación anclaba en la bahía.

—¿Por qué anclaban en la bahía?

—Hace tiempo había un árbol, un enorme ciprés solitario, que servía de punto de referencia a los navíos. Al verlo, sabían que habían llegado a Edenton. Sobre todo si nunca antes habían estado en la aldea. No había ningún otro árbol parecido en toda la costa Este. Normalmente, los cipreses crecen cerca de la orilla (o a escasos metros de ella), pero este estaba a unos ciento cincuenta metros dentro del mar. Era como un monumento, pues parecía completamente fuera de lugar. La cuestión es que se convirtió en una costumbre que los barcos anclaran junto al árbol antes de entrar en el puerto. Los miembros de la tripulación subían a un bote, remaban hasta el árbol y depositaban una botella de ron junto a su tronco, en señal de agradecimiento por haber regresado al puerto sanos y salvos. Cada vez que un barco abandonaba el puerto, la tripulación se detenía junto al árbol; entonces, algunos de sus miembros bebían un buen trago de ron con la esperanza de gozar de una travesía próspera, nada azarosa. Por eso lo llaman el «Árbol de los Tragos».

—¿De veras?

—Sí. En el pueblo hay un montón de leyendas sobre barcos que no siguieron la tradición de detenerse a tomar el trago de ron y que después se perdieron en alta mar. Se consideraba que daba mala suerte. Solo los insensatos desatendían tal costumbre. Había marineros que menospreciaban la tradición bajo su propia responsabilidad.

—¿Y si no quedaba ron cuando un barco zarpaba? ¿Cambiaban de opinión y regresaban al puerto?

—Según la leyenda, eso nunca sucedió. —Taylor desvió la vista hacia el agua. Cuando volvió a hablar, su tono había cambiado levemente—: Recuerdo que mi padre me contó esta historia de pequeño. Me trajo aquí y me la contó.

Denise sonrió.

—¿Conoces más leyendas sobre Edenton?

—Unas cuantas.

—¿Alguna sobre fantasmas?

—Por supuesto. Todas las localidades antiguas en Carolina del Norte tienen historias de fantasmas. En Halloween, mis amigos y yo, cuando regresábamos de ir de puerta en puerta pidiendo caramelos, nos sentábamos en corro junto a mi padre y él nos contaba la historia de Brownrigg Mill. Es sobre una bruja. Tiene todos los ingredientes para aterrorizar a los niños: aldeanos supersticiosos, maleficios, muertes misteriosas, incluso un gato con tres patas. Cuando mi padre acababa el relato, todos estábamos tan asustados que no queríamos irnos a dormir. Nadie narraba esas historias como él.

Denise reflexionó sobre cómo debía de ser la vida en una pequeña localidad plagada de historias antiguas. Qué diferente había sido su vida en Atlanta.

—Tu infancia debió de ser fantástica.

—Sí. Si quieres, podría hacer lo mismo con Kyle.

—Dudo mucho que entienda lo que le dices.

—Quizá le pueda contar la leyenda sobre el monstruoso camión encantado del condado de Chowan.

—¡Anda ya! ¡No existe tal cosa!

—Lo sé, pero siempre podría inventarme una historia así.

Denise le apretó la mano cariñosamente.

—¿Cómo es que no has tenido hijos? —se interesó.

—No soy mujer.

—Ya sabes a qué me refiero —lo reprendió ella, al tiempo que le daba un golpecito en el hombro—. Serías un buen padre.

—No lo sé. La cuestión es que no los he tenido.

—¿Te habría gustado tener hijos?

—¿Por qué no?

—Pues deberías tenerlos.

—Ahora hablas como mi madre.

—Ya sabes lo que suele decirse: «Dos genios siempre llegan a la misma conclusión».

—Si tú lo dices…

—Exactamente, yo lo digo.

Abandonaron el puerto y enfilaron de nuevo hacia el casco antiguo. Denise se quedó sorprendida por el modo tan radical en que su mundo había cambiado en las últimas semanas. De repente, se dio cuenta de que ese gran cambio se debía al hombre que estaba a su lado.

Sin embargo, ni una sola vez, a pesar de todo lo que él había hecho por ella, Taylor la había presionado para obtener algo a cambio, algo para lo que quizás ella aún no estaba preparada. Había sido Denise quien lo había besado la primera vez, y fue ella quien también tomó la iniciativa la segunda. Incluso cuando se quedó hasta tarde en su casa después de aquel día en la playa, se marchó cuando consideró que había llegado la hora de irse.

La mayoría de los hombres no habrían actuado así. Lo sabía perfectamente. En cuanto surgía la oportunidad, tomaban la iniciativa. Eso era justo lo que había sucedido con el padre de Kyle. Pero Taylor era diferente. Parecía satisfecho con conocerla primero, escuchar sus problemas, reparar las puertas colgantes de los armarios y preparar helado casero en el porche. En todos los sentidos, se había comportado como un verdadero caballero.

Pero como nunca la había presionado, ella empezó a desearlo con una intensidad que la sorprendió. Se preguntaba cómo sería la experiencia, cuando por fin él la tomara entre sus brazos, o qué sentiría cuando acariciara su piel y con sus dedos trazara las líneas de su cuerpo. Cuando pensaba en eso, Denise notaba una incómoda tensión en el vientre, y apretaba la mano de Kyle.

De camino hacia la furgoneta, pasaron por delante de un establecimiento que tenía la cristalera abierta. En las letras pegadas al cristal se podía leer: «Bar Trina». Aparte del Fontana, era el único establecimiento abierto en el casco antiguo. Denise asomó la cabeza por la puerta y vio a tres parejas que, sentadas a unas mesitas redondas, departían tranquilamente. En la máquina de discos situada en un rincón vibraban las notas de una canción *country*; al llegar a los últimos acordes de la melodía, el tono nasal del cantante descendió hasta enmudecer. Se produjo un corto silencio antes de que empezara a sonar el siguiente tema: *Unchained Melody*. Denise se quedó quieta cuando reconoció la canción y le cogió la mano a Taylor, emocionada.

—Me encanta esta canción —comentó.

—¿Quieres que entremos?

Ella se debatió mientras disfrutaba de la melodía.

—Podemos bailar, si quieres —añadió él.

—No, me da vergüenza, con toda esa gente mirando —le respondió tras un segundo—. De todos modos, tampoco hay suficiente espacio para bailar.

No había tráfico en la calle y las aceras estaban desiertas. Desde lo alto de una farola, una única bombilla centelleaba levemente, iluminando la esquina. Junto con los acordes de la música que salía del bar, les llegaba el rumor amortiguado de las conversaciones. Denise dio un paso y se apartó de la puerta abierta. Todavía podía oír la música a su espalda, sonando suavemente, cuando Taylor se detuvo de golpe. Ella alzó la vista y lo miró con curiosidad.

Sin una palabra, él deslizó un brazo alrededor de su cintura y la atrajo hacia sí. Con una sonrisa encantadora, le tomó la mano y se la llevó hasta los labios para besarla, luego la bajó hasta la posición adecuada. Denise comprendió lo que se proponía hacer, aunque todavía sin creerlo, y dio un paso torpe antes de empezar a seguir su ritmo.

Los dos se movieron con cierta rigidez unos momentos, pero la música envolvente a sus espaldas disipó la incomodidad. Tras un par de vueltas, Denise entornó los ojos y se apoyó en él. El brazo de Taylor ascendió por su espalda. Denise pudo oír su respiración mientras daban vueltas despacio, al son de la música. Ya no importaba si alguien los miraba. Salvo el tacto de Taylor y la sensación de calidez de su cuerpo, pegado al suyo, nada más importaba. Bailaron y bailaron, abrazados tiernamente bajo el centelleo de la luz de una farola en aquella pequeña localidad de Edenton.

Capítulo 19

Cuando regresaron, Judy estaba leyendo una novela en el comedor. Les dijo que Kyle ni se había movido durante el rato que habían estado fuera.

—¿Lo habéis pasado bien? —les preguntó, fijándose en las mejillas sonrosadas de Denise.

—Sí, muy bien —contestó ella—. Gracias por cuidar de Kyle.

—Ha sido un placer —respondió la mujer sin vacilar, al tiempo que se colgaba el bolso en el hombro y se preparaba para marcharse.

Denise entró a echar un vistazo a Kyle mientras Taylor acompañaba a Judy hasta el coche. Apenas abrió la boca mientras caminaban. Su madre esperó que eso significara que su hijo se sentía tan prendado de Denise como aquella chica parecía estarlo de él.

Taylor estaba en el comedor, agachado frente a una pequeña nevera portátil que había bajado de la furgoneta, cuando Denise salió de la habitación de Kyle. Estaba tan concentrado en lo que hacía que no la oyó cerrar la puerta del cuarto de su hijo. Ella lo observó en silencio, mientras él abría la tapa de la nevera, sacaba dos copas y las dejaba sobre la mesilla situada frente al sofá. A continuación, volvió a hundir la mano dentro del contenedor y sacó una botella de champán.

Tras arrancar la fina lámina de aluminio de la parte superior, desenroscó el alambre que sujetaba el corcho, y abrió la botella con un simple movimiento. Acto seguido, la colocó sobre la mesa, junto a las copas, volvió a meter la mano en la nevera y sacó un plato de fresas envuelto cuidadosamente con celofán. Las desenvolvió y puso el plato sobre la mesa; luego apartó la nevera a un lado. Tras recostarse en el sofá para tener una mejor perspectiva, sonrió satisfecho. Se frotó las manos en los pantalones para secarse la humedad y desvió la vista hacia el pasillo.

Al ver a Denise allí de pie, se quedó helado, con una expresión avergonzada en la cara. Sonrió con timidez y se puso de pie.

—Pensé que sería una buena sorpresa —se disculpó.

Ella examinó la mesa y luego volvió a mirar a Taylor, antes de respirar hondo; ni había sido consciente de que había estado conteniendo el aliento.

—Y lo es —convino ella.

—No sabía si te gustaba el vino o el champán, así que me he arriesgado.

Taylor la miraba fijamente.

—Estoy segura de que estará delicioso —murmuró ella—. Hace años que no tomo champán.

Él agarró la botella.

—¿Te sirvo una copa?

—Sí, por favor.

Taylor sirvió dos copas mientras Denise se aproximaba a la mesa. De repente, se sintió un poco incómoda. Él le pasó una copa sin decir nada, y ella se lo quedó mirando fijamente, preguntándose cuánto tiempo había dedicado a planear todo aquello.

—¡Espera un momento! —exclamó Denise de golpe, sabiendo exactamente qué era lo que faltaba.

Taylor la miró mientras ella dejaba la copa en la mesilla y se alejaba con paso presto hacia la cocina. La oyó remover en un armario, y luego la vio salir con dos pequeñas velas y una caja de cerillas. Las colocó en la mesa junto al champán y las fresas. Luego las encendió. Tan pronto como apagó la lámpara, la habitación se transformó. Las sombras danzaban en la pared cuando ella volvió a tomar su copa.

A la luz de las velas, estaba más hermosa que nunca.

—A tu salud —brindó él mientras hacían entrechocar las copas.

Denise tomó un sorbo. Las burbujas le provocaron cosquillas en la nariz, pero estaba delicioso.

Él señaló hacia el sofá. Se sentaron el uno junto al otro; ella pasó una pierna por encima del muslo de Taylor. Al otro lado de la ventana, la luz de la luna se filtraba a través de las nubes, lo que les daba un aspecto plateado. Taylor tomó otro sorbo de champán sin apartar los ojos de Denise.

—¿En qué piensas? —le preguntó ella.

Taylor desvió unos instantes la vista antes de volver a mirarla.

—Estaba pensando qué habría sucedido si no hubieras sufrido el accidente aquella noche.

—Todavía tendría mi coche —replicó ella.

Taylor rio antes de volver a ponerse serio.

—Pero ¿crees que yo estaría aquí, de no haber sucedido?

Denise consideró la pregunta.

—No lo sé —contestó al final—. Me gustaría creer que sí. Mi madre pensaba que las parejas estaban predestinadas a encontrarse. Es una idea romántica que tienen muchas jóvenes. Supongo que, en parte, yo sigo creyendo en ello.

Taylor asintió.

—Mi madre solía decir lo mismo. Creo que es una de las razones por las que nunca volvió a casarse. Sabía que nadie podría reemplazar a mi padre. No creo que se le pasara por la cabeza volver a salir con alguien.

—¿De veras?

—Al menos, esa ha sido siempre mi impresión.

—Estoy segura de que te equivocas. Tu madre es un ser humano, y todos necesitamos compañía.

Tan pronto como lo dijo, Denise se dio cuenta de que estaba hablando tanto de sí misma como de Judy. Taylor, sin embargo, no pareció caer en la cuenta.

—No la conoces tan bien como yo —contestó él con una sonrisa.

—Quizá, pero recuerda que mi madre pasó por las mismas circunstancias que la tuya. A pesar de que siempre lloró la muerte de mi padre, sé que sentía el deseo de que alguien la amara.

—¿Salió con alguien?

Denise asintió al tiempo que tomaba un sorbo de champán. La tenue luz teñía su cara de sombras.

—Después de un par de años. Salió con dos hombres en serio. Hubo momentos en los que pensé que no tardaría en tener un padrastro, pero ninguna de las dos relaciones llegó a buen puerto.

—¿Y eso te molestó? Me refiero a que saliera con otros hombres.

—No, en absoluto. Yo quería que mi madre fuera feliz.

Taylor enarcó una ceja antes de apurar las últimas gotas de champán de su copa.

—No sé si yo habría reaccionado de una forma tan madura como tú.

—Quizá no. Pero tu madre aún es joven. Quizá llegue un día en que eso suceda.

Taylor bajó la copa hasta su regazo, pensando que nunca antes había considerado esa posibilidad.

—¿Y tú, pensabas que algún día te casarías? —preguntó él.

—Por supuesto —contestó ella con ironía—. Lo tenía todo calculado: graduarme a los veintidós años, a los veinticinco estar ya casada, mi primer hijo a los treinta. Era un plan perfecto, salvo que nada salió de la forma esperada.

—Pareces decepcionada.

—Pues durante mucho tiempo me sentí así, no lo niego —admitió ella—. Quiero decir, mi madre siempre tenía esa visión de cómo sería mi vida y nunca perdía la ocasión de recordármelo. Y no lo hacía con maldad, lo sé. Ella quería que yo aprendiera de sus errores, y yo estaba deseosa de hacerlo. Pero cuando falleció…, no lo sé. Supongo que durante una época olvidé todo lo que ella me había enseñado.

Se detuvo, pensativa.

—¿Lo dices porque te quedaste embarazada? —preguntó él, con cuidado.

Denise sacudió la cabeza.

—No, no porque me quedara embarazada, aunque también, claro. Pero cuando ella murió, me sentí como… liberada. Sentí un gran alivio al pensar que ella ya no me estaría vigilando constantemente, evaluando cualquier aspecto de mi vida. Y era verdad, ella ya no estaba a mi lado, y yo me aproveché de ello. No fue hasta más tarde cuando me di cuenta de que mi madre no me daba esos consejos para manipularme, sino que lo hacía por mi propio bien, para que pudiera cumplir todos mis sueños.

—Todos cometemos errores…

Denise alzó una mano para acallarlo.

—No lo digo porque sienta pena por mí misma. Ya te he dicho que ya no me siento decepcionada. Ahora, cuando pienso en mi madre, sé que ella estaría orgullosa de las decisiones que he tomado en los últimos cinco años.

Vaciló y respiró hondo antes de agregar:

—Creo que también le gustarías.

—¿Porque me ocupo de Kyle?

—No —contestó ella—. Le gustarías porque me has hecho más feliz en las últimas dos semanas de lo que lo he sido en los últimos cinco años.

Taylor la miró sin parpadear, abrumado por la emoción de sus palabras. Denise era tan honesta, tan vulnerable, tan increíblemente hermosa…

A la luz de las velas, sentados el uno tan cerca del otro, ella lo miró directamente a los ojos, misteriosos, apasionados. Fue en ese momento cuando Taylor McAden se enamoró de Denise Holton.

Tantos años preguntándose exactamente qué se sentía al estar enamorado, tantos años de soledad, lo habían conducido hasta aquel lugar, hasta aquel preciso instante. Se inclinó hacia ella y le tomó la mano, sintiendo la suavidad de su piel, la ternura que se despertaba en su interior.

Al notar la caricia en la mejilla, Denise entornó los ojos, deseando mantener para siempre aquel momento en su memoria. Intuitivamente comprendió el significado de la caricia de Taylor, las palabras que él no había pronunciado. No porque hubiera llegado a un punto en que lo conociera tan bien. Lo sabía porque ella se había enamorado de él exactamente en ese mismo instante.

Ya entrada la noche, la luz de la luna bañaba la habitación de Denise, confiriendo una tonalidad plateada al espacio. Taylor yacía tumbado en la cama. Denise tenía la cabeza apoyada en su pecho. Ella había encendido la radio, y las leves notas de jazz amortiguaban sus susurros.

Denise alzó la cabeza de su pecho, maravillándose de la belleza desnuda de su cuerpo viril, viendo al hombre al que amaba y a la vez la huella del chico joven al que nunca había llegado a conocer. Con un placer liviano, evocó la imagen de sus cuerpos entrelazados con pasión, sus propios gemidos mientras hacían el amor, y cómo ella había hundido la cara en su cuello para sofocar los gritos de placer. Y lo había hecho consciente de que era tanto lo que necesitaba como lo que deseaba. Había entornado los ojos y se había entregado a él sin reserva.

Cuando Taylor la pilló mirándolo, se puso de lado y le recorrió la mejilla con los dedos, con una sonrisa dibujada en los labios y una mirada concentrada bajo la tamizada luz gris. Ella acercó más la mejilla a los dedos de Taylor y él abrió la mano.

Permanecieron tumbados en silencio mientras los números digitales del reloj parpadeaban con cadencia. Al cabo, Taylor se levantó. Se puso los calzoncillos y fue a la cocina en busca de dos vasos de agua. Cuando regresó, vio la silueta de Denise cubierta parcialmente por las sábanas. Dio un sorbo de agua antes de depositar los dos vasos en la mesita de noche. Cuando la besó entre los pechos, ella notó sobre la piel lo fría que estaba su lengua.

—Eres perfecta —susurró él.

Denise le pasó un brazo alrededor del cuello y deslizó la mano por su espalda. La noche era perfecta. Sintió el peso silencioso de su pasión.

—No es verdad, pero gracias. Por todo.

Taylor se sentó en la cama, con la espalda apoyada en el cabecero. Denise se incorporó para sentarse y quedar a su altura. Él la envolvió con un brazo.

Y, en aquella posición, se quedaron dormidos.

Capítulo 20

*C*uando se despertó, a la mañana siguiente, Denise estaba sola. La colcha en el lado de Taylor estaba apartada, y no había ni rastro de su ropa. Echó un vistazo al reloj y vio que faltaba poco para las siete. Desconcertada, se levantó de la cama, se cubrió con una bata corta de seda y exploró la casa rápidamente antes de mirar por la ventana.

La furgoneta de Taylor no estaba allí.

Con el ceño fruncido, regresó a la habitación para examinar la mesita de noche: ninguna nota. Ni tampoco en la cocina.

Kyle, que la había oído trastear por la casa, salió anadeando de su cuarto, medio dormido, mientras ella sopesaba la situación. Se dejó caer pesadamente en el sofá del comedor.

—*Oa, mami* —musitó, con los ojos entrecerrados.

Justo cuando ella le contestó, oyó la furgoneta de Taylor, que ascendía por la cuesta. Un minuto más tarde, Taylor empujaba la puerta de entrada, con una bolsa de la compra en los brazos. Entró muy despacito, como si no quisiera hacer ruido para no despertarlos.

—¡Ah, hola! —los saludó en voz baja tan pronto como los vio—. Pensaba que todavía estaríais dormidos.

—¡*Hoa, Teo!* —exclamó Kyle, despertándose de golpe.

Denise se anudó la bata.

—¿Adónde has ido?

—¡Ah! A la tienda.

—¿A estas horas?

Taylor cerró la puerta detrás de él y atravesó el comedor.

—Abren a las seis.

—¿Por qué estás hablando en ese tono bajito?

—No lo sé. —Se rio, y recuperó el tono normal—. Siento haberme ido esta mañana sin avisar, pero me rugía el estómago.

Ella lo interrogó con la mirada.

—Así que, ya que estaba despierto, he decidido que os prepararía a los dos un desayuno de verdad. Huevos, panceta frita, tortitas… Lo normal.

Denise sonrió.

—¿No te gustan mis cereales?

—Me encantan tus cereales. Pero hoy es un día especial.

—¿Por qué es un día especial?

Él miró de reojo a Kyle, que en ese momento estaba centrado en los juguetes amontonados en un rincón. Judy los había ordenado por la noche, y él hacía lo que podía por corregir ese error. Era evidente que estaba ocupado en sus cosas, pero Taylor simplemente enarcó las cejas.

—¿Lleva algo puesto debajo de esa bata, señorita Holton? —susurró, con una mirada llena de deseo.

—¿Te gustaría saberlo? —bromeó ella.

Taylor dejó la bolsa de la comida en la mesita rinconera, la rodeó con sus brazos y deslizó la mano por su espalda hasta llegar a su trasero. Denise se puso tensa por un instante, desviando la vista hacia Kyle.

—Creo que ya lo he averiguado —dijo él, como si estuviera conspirando.

—Estate quieto —lo regañó Denise, con la cara muy seria, aunque en realidad no quería que él parara—. Kyle está aquí.

Taylor asintió y se apartó al tiempo que le guiñaba el ojo. El niño no había apartado la atención de sus juguetes.

—Bueno, hoy es un día especial por razones obvias —dijo él, informal, mientras recogía la bolsa de nuevo—. Pero, además, después de que os prepare un desayuno exquisito, me gustaría llevaros a Kyle y a ti a la playa.

—Pero tengo que practicar con Kyle. Además, luego he de ir al restaurante esta noche.

De camino a la cocina, Taylor se detuvo un instante, se inclinó hacia ella y le susurró al oído, como para hacerla partícipe de un secreto:

—Lo sé. Yo también debería ir a casa de Mitch esta mañana para ayudarle a arreglar el tejado, pero, por un día, estoy dispuesto a hacer novillos, si tú también te saltas las normas.

—Pero me he tomado la mañana libre en la ferretería. No puedes dejarme plantado ahora. Ya lo he sacado todo del garaje —protestó Mitch.

Vestido con pantalones vaqueros y una vieja camiseta, llevaba ya rato esperando a Taylor cuando oyó el teléfono.

—Pues vuelve a meterlo todo en el garaje —dijo Taylor en un tono desenfadado—. Ya te lo he dicho, no podré ir a tu casa.

Mientras hablaba, le daba la vuelta a la panceta chisporroteante con un tenedor en la sartén. El aroma llenaba la casa. Denise estaba a su lado, todavía con la bata corta, llenando de café molido el filtro de la cafetera. Cada vez que la miraba, Taylor deseaba que Kyle desapareciera durante una hora. Apenas conseguía concentrarse en la conversación con su amigo.

—Pero… ¿y si llueve?

—Me habías dicho que todavía no hay goteras. Por eso no lo hemos arreglado antes, ¿recuerdas?

—¿Para cuatro o seis tazas? —preguntó Denise.

Taylor alzó la barbilla para apartar la boca del teléfono y contestó:

—Para ocho. Me encanta el café.

—¿Con quién hablas? —preguntó Mitch. De repente, entendió lo que pasaba—. Un momento… ¿Estás con Denise?

Taylor la miró con orgullo.

—No es un tema de tu incumbencia, pero sí.

—¿Has pasado la noche con ella?

—¿Qué clase de pregunta es esa?

Denise sonrió, sabiendo exactamente lo que Mitch decía al otro lado de la línea.

—Menudo sinvergüenza…

—Bueno, sobre la cuestión de tu tejado —dijo Taylor alzando la voz, en un intento por desviar la conversación.

—¡Ah, no te preocupes por eso! —le cortó su amigo, de repente mucho más amable—. ¡Que pases un buen día con ella! Ya era hora de que encontraras a alguien…

—Adiós, Mitch —lo interrumpió Taylor.

Sacudiendo la cabeza, colgó el teléfono, aunque su amigo seguía hablando.

Denise sacó un huevo de la bolsa de la compra.

—¿Revuelto? —preguntó.

Él sonrió como un chiquillo travieso.

—Con ese aspecto tan *sexy*, ¿cómo quieres que no esté revuelto?

Ella esbozó una mueca divertida.

—¡Qué bobo!

Dos horas más tarde, estaban sentados sobre una manta en la playa, cerca de Nags Head. Taylor le aplicaba crema solar a Denise en la espalda; Kyle estaba jugando con una pala de plástico cerca de ellos, cavando un agujero a un lado y haciendo un montoncito con la arena extraída al otro lado. Ninguno de los dos tenían ni idea de qué pensaba el pequeño mientras lo hacía, pero parecía estar divirtiéndose.

Denise se acordó nuevamente de la noche anterior, cuando notó las caricias de Taylor en la espalda.

—¿Puedo hacerte una pregunta?

—Adelante.

—Anoche…, después de que…, bueno, de que hiciéramos… —Hizo una pausa.

—¿Después de que bailáramos el tango horizontal? —replicó Taylor.

Ella le propinó un codazo.

—¿No podrías ser un poco más romántico? —protestó.

Él se echó a reír.

Denise sacudió la cabeza, incapaz de contener la risa, antes de proseguir.

—Como decía —continuó, recuperando la compostura—, después, te quedaste muy callado, como si estuvieras… triste…, o algo parecido.

Taylor asintió, con la vista fija en el horizonte. Denise esperó a que él dijera algo, pero no lo hizo.

Contemplando las olas que rompían en la orilla, ella reunió el coraje suficiente para insistir.

—¿Fue porque te arrepentías de lo que había pasado?

—No, de ningún modo —contestó él, despacio, al tiempo que volvía a aplicarle crema solar en la espalda.

—Entonces, ¿qué te pasó?

Sin contestar directamente, Taylor siguió su mirada, perdido en el recorrido de las olas.

—¿Recuerdas cuando eras pequeña y llegaba la Navidad? ¿No te pasaba que a veces la ilusión previa por los regalos era superior a la que sentías cuando al final los abrías?

—Sí.

—Eso es lo que me pasó. Había soñado tanto con ese momento contigo… —Taylor se detuvo, para intentar averiguar cómo podía expresar mejor sus pensamientos.

—¿Así que las expectativas eran superiores a lo que pasó anoche? —le preguntó ella, desconcertada.

—No —se apresuró a contestar él—. No me has entendido. Quería decir todo lo contrario. Anoche fue… maravilloso; tú fuiste maravillosa. Todo fue tan perfecto… Supongo que me entristece pensar que ya no habrá otra primera vez contigo.

Volvió a quedarse callado. Denise reflexionó acerca de sus palabras, y al ver la repentina melancolía en su mirada, decidió no insistir en el tema. Se recostó contra él, reconfortada por la alentadora calidez de aquellos brazos que la rodeaban. Permanecieron así sentados mucho rato, cada uno perdido en sus propios pensamientos.

Más tarde, al mediodía, cuando el sol inició su marcha a través del cielo, recogieron las cosas, dispuestos a volver a casa. Taylor llevaba la manta, las toallas y la cesta de la comida. Kyle caminaba delante de ellos, con el cuerpo rebozado de arena, con el cubo y la pala, correteando entre las últimas dunas de arena fina. A lo largo del sendero, un manto de flores naranjas y amarillas brillaba en todo su esplendor, con unos colores espectaculares. Denise se inclinó y tomó una flor, luego se la acercó a la nariz.

—En esta zona las llamamos la flor de Jobell —explicó Taylor, mientras la contemplaba.

Ella se la entregó. Taylor la señaló con un dedo acusador y cara de fingido reproche.

—¿Sabías que va contra la ley cortar flores en las dunas? Para tu información, esta flor de belleza singular nos ayuda a protegernos de los huracanes.

—¿Piensas denunciarme?

Taylor sacudió la cabeza.

—No, pero pienso obligarte a escuchar la leyenda sobre el origen de su nombre.

Ella se apartó el cabello, que el viento agitaba alrededor de su cara.

—¿Otra historia como la del Árbol de los Tragos?

—Más o menos. Aunque es un poco más romántica.

Denise dio un paso para acercarse más a él.

—De acuerdo, háblame de esa flor.

Taylor la retorció entre sus dedos, y los pétalos parecieron unirse hasta formar un solo pétalo.

—La flor de Jobell recibe su nombre por Joe Bell, un hombre que vivió en esta isla hace mucho tiempo. Parece ser que Joe estaba enamorado de una mujer, pero ella se casó con otro. Con el corazón roto, él se instaló en los Outer Banks, con la intención de llevar una vida solitaria. En la primera mañana en su nueva casa, sin embargo, vio a una mujer que caminaba a lo largo de la playa, con un aspecto terriblemente triste y desolado. Todos los días, a la misma hora, la veía, hasta que al final decidió conocerla. Sin embargo, cuando ella vio que él se acercaba, dio media vuelta y se marchó corriendo. Él pensó que la había asustado y que ya no volvería a verla, pero a la mañana siguiente ella volvió a pasear por la playa. En aquella segunda ocasión, cuando él salió a su encuentro, ella no huyó. Joe se quedó sorprendido de su impresionante belleza. Se pasaron todo el día hablando, y lo mismo pasó al día siguiente, hasta que al final se enamoraron. Sorprendentemente, al mismo tiempo que él se enamoraba, unas bellas florecillas empezaron a crecer justo detrás de su casa, unas flores que jamás se habían visto antes en esta zona. A medida que su amor por ella crecía, las flores continuaron expandiéndose por las dunas, y al final del verano constituían un bello mar de color. Fue allí donde Joe se arrodilló y le pidió que se casara con él. Cuando ella dijo que sí, Joe cortó una docena de flores y se las entregó, pero, curiosamente, ella retrocedió y se negó a aceptarlas. Más tarde, el día de su boda, ella explicó la razón: «Esta flor encarna el símbolo viviente de nuestro amor; si muere, nuestro amor también morirá». Joe se sintió aterrorizado ante tal idea (por alguna razón, sabía que era verdad), así que empezó a plantar y a sembrar esas florecillas a lo largo del tramo de la playa donde se habían conocido, y luego siguió expandiéndolas por toda la barrera de islas de Carolina del Norte, como un testimonio del gran amor que sentía por su esposa. Todos los años, cuando florecían con aquel impresionante estallido de color, el amor de la pareja se volvía aún más grande.

Cuando terminó, Taylor se inclinó, arrancó un ramillete y se lo entregó a Denise.

—Me gusta esa historia —apuntó ella.

—A mí también.

—Pero ¿no acabas de infringir la ley tú también?

—Por supuesto. Pero supongo que, de este modo, los dos hemos establecido un lazo de unión.

—¿Como la confianza, por ejemplo?

—Eso también —dijo, y la besó en la mejilla.

Aquella noche, Taylor la llevó en coche hasta el trabajo, pero Kyle no se quedó con ella. En vez de eso, él se ofreció a cuidar del crío.

—Nos divertiremos. Jugaremos un rato con la pelota, miraremos una peli y comeremos palomitas.

Después de vacilar un poco, Denise terminó por acceder. Taylor la dejó en la puerta del restaurante justo antes de las siete. Mientras la furgoneta se alejaba, Taylor le guiñó el ojo a Kyle.

—Muy bien, muchachote. Primero pasaremos por mi casa. Si vamos a mirar una película, necesitaremos un aparato de vídeo.

—¡É conuze! —respondió Kyle vigorosamente, y Taylor rio, acostumbrado ya a la forma de comunicación del pequeño.

—Además tenemos que hacer otra parada, ¿de acuerdo?

Kyle se limitó a asentir de nuevo, aparentemente aliviado de no tener que ir al restaurante. Taylor cogió el móvil e hizo una llamada, esperando que a la persona que iba a encontrar al otro lado de la línea no le importara hacerle un favor.

Υ

A medianoche, Taylor montó a Kyle en la furgoneta y fue a recoger a Denise. El niño solo se despertó un momento cuando su madre subió al auto, luego se acurrucó sobre su regazo, tal como solía hacer. Quince minutos más tarde, todos estaban acostados; Kyle en su habitación, y Denise y Taylor en la otra.

—He estado pensando acerca de lo que me has dicho —apuntó ella mientras se quitaba el vestido amarillo.

Taylor notó que perdía la concentración cuando la prenda cayó al suelo.

—¿Qué es lo que he dicho?

—Eso acerca de sentirte triste porque ya no habría otra primera vez.

—¿Y?

Con el sujetador y las bragas como únicas prendas, ella se le acercó y le hizo carantoñas.

—Estaba pensando que, si conseguimos que esta vez sea incluso mejor que la primera, recuperarás la ilusión.

Taylor notó la calidez del cuerpo de ella contra el suyo.

—¿Cómo lo sabes?

—Bueno, creo que si cada vez es mejor que la anterior, siempre esperarás la próxima con impaciencia.

Taylor la estrechó entre sus brazos, al tiempo que lo invadía el deseo.

—¿Crees que funcionará?

—No tengo ni idea —dijo ella, mientras le desabrochaba la camisa—, pero me encantará descubrirlo.

Taylor salió sigilosamente de la habitación de Denise antes de que amaneciera, tal como había hecho el día anterior, aunque esta vez se detuvo en el sofá. No quería que Kyle los viera durmiendo juntos, así que se quedó adormilado otro par de horas hasta que Denise y el crío salieron medio dormidos de sus respectivas habitaciones. Eran casi las ocho de la mañana. Hacía mucho tiempo que Kyle no dormía hasta tan tarde.

Al ver el aspecto del comedor, Denise comprendió por qué. Era obvio que Kyle se había quedado levantado hasta muy tarde. El televisor estaba enfocado hacia un ángulo extraño, el vídeo estaba en el suelo, a su lado, con los cables extendidos en todas direcciones, como serpientes. Sobre la mesita rinconera vio dos tazas medio vacías y tres latas de Sprite. Había palomitas esparcidas por el suelo y el sofá; una bolsa de Lacasitos sobresalía arrugada entre los cojines sobre la silla. Encima del televisor había dos películas, *Los rescatadores* y *El rey león*, con las fundas abiertas y las cintas encima.

Denise puso las manos en jarras, perpleja ante aquel desorden.

—Anoche no me fijé en el tinglado que habíais montado los dos. Por lo visto, lo pasasteis en grande, ¿no?

Taylor se sentó en el sofá y se frotó los ojos.

—Sí, lo pasamos muy bien.

—Eso parece —refunfuñó ella.

—Pero ¿has visto la obra de arte que hicimos?

—¿Te refieres a algo más, aparte de esparcir palomitas por todos mis muebles?

Taylor se echó a reír.

—¡Ven, te lo enseñaremos! No te preocupes; yo limpiaré todo esto en un pispás.

Se levantó del sofá y alargó los brazos por encima de la cabeza.

—Tú también, Kyle. ¡Vamos a enseñar a tu mamá lo que hicimos anoche!

Para sorpresa de Denise, Kyle pareció comprender lo que le había dicho, y obedientemente lo siguió hasta la puerta trasera. Taylor los invitó a salir al porche y señaló hacia el jardín, a ambos lados de la puerta.

Cuando Denise vio lo que le aguardaba, se quedó sin habla.

A lo largo del patio, había un montón de flores de Jobell plantadas.

—¿Tú has hecho esto? —preguntó ella.

—Con la ayuda de Kyle —respondió con un toque de orgullo en la voz, al ver la expresión en la cara de Denise.

—¡Mmmm…! ¡Qué bien! —comentó Denise en voz baja.

Eran más de las doce de la noche, bastante rato después de que Denise hubiera acabado otro de sus turnos en el Eights. Durante la semana anterior, ella y Taylor se habían visto casi todos los días. El Cuatro de Julio, los había llevado en su vieja lancha motora, que había restaurado. Más tarde, se divirtieron tirando petardos; Kyle se lo pasó en grande. Merendaron a orillas del río Chowan y buscaron almejas en la playa. Para Denise, era la clase de interludio que nunca podría haberse permitido imaginar, más dulce que cualquier sueño.

Aquella noche, como tantas recientes, ella yacía tumbada en la cama, desnuda, con Taylor a su lado. Él le estaba aplicando una loción de aceite, y la sensación del masaje sobre su cuerpo resbaladizo era increíblemente sensual.

—Tienes un tacto tan sedoso… —susurró Taylor.

—No podemos seguir así —protestó ella.

Él le frotó los músculos en la parte baja de la espalda, aplicando una ligera presión, luego relajó las manos.

—¿Cómo?

—Me refiero a quedarnos despiertos hasta tan tarde todas las noches. Me está matando.

—Pues para ser una moribunda, tienes muy buen aspecto.

—No he dormido más de cuatro horas seguidas desde el fin de semana pasado.

—Eso es porque no puedes mantener tus manos alejadas de mí.

Con los ojos casi cerrados, Denise notó que se le curvaban las comisuras de los labios en una tierna sonrisa. Taylor se inclinó hacia ella y la besó en la espalda, entre los omóplatos.

—¿Quieres que me vaya, para que puedas descansar? —sugirió al tiempo que sus manos retomaban el masaje sobre los hombros.

—Todavía no —protestó ella—. Primero acaba el masaje.

—¡Ah! ¿Así que ahora me utilizas?

—Si no te importa…

—No, en absoluto.

—¿Qué tal con Denise? —preguntó Mitch—. Melissa me pidió que no te dejara marchar hasta que me hubieras contado todos los detalles.

Aquel lunes había ido a su casa para reparar, por fin, el tejado. Era un día extremadamente caluroso; los dos se habían quitado las camisetas y manejaban las palancas para arrancar uno a uno los clavos de las tablas torcidas. Taylor agarró el gran pañuelo que le colgaba del bolsillo trasero y se secó el sudor de la cara.

—¡Ah! No hay mucho que contar.

Mitch esperaba más información, pero Taylor no añadió nada más.

—¿Eso es todo? ¿Así que no hay mucho que contar?

—¿Qué quieres que te diga?

—Lo de costumbre: empieza por divagar y yo te interrumpiré cuando quiera que me expliques algo con más detalle.

Taylor miró a un lado y al otro, como si quisiera asegurarse de que no había nadie cerca.

—¿Sabes guardar un secreto?

—Por supuesto.

Taylor se inclinó un poco más hacia su amigo.

—Me alegro, porque yo también —dijo al tiempo que le guiñaba el ojo.

Mitch estalló en una sonora carcajada.

—Así que no piensas contarme nada, ¿eh?

—No sabía que fuera obligatorio explicarte los pormenores —protestó, haciéndose el indignado—. Supongo que pensaba que es un tema que solo me incumbe a mí.

Mitch sacudió la cabeza.

—Mira, puedes usar ese pretexto con los demás, pero estoy seguro de que, antes o después, me lo contarás, y espero que no tardes.

Taylor observó a su amigo con una sonrisita socarrona.

—Eso crees, ¿eh?

Mitch empezó a arrancar un clavo de una tabla.

—No lo creo, sino que estoy seguro. Además, ya te he dicho que Melissa no te dejará marchar de aquí hasta que lo hagas. Te lo advierto, tiene muy buena puntería con la sartén: cuando se enfada, nunca falla.

Taylor rio.

—Bueno, pues dile que nuestra relación va viento en popa.

Mitch agarró una tabla podrida con las manos, que llevaba protegidas por unos guantes, y ejerció presión hasta que la partió por la mitad. La lanzó al suelo y se ensañó con la otra mitad.

—¿Y?

—¿Y qué?

—¿Eres feliz, con ella?

Taylor se tomó un momento antes de contestar.

—Sí, soy feliz. —Buscó las palabras adecuadas mientras seguía ejerciendo presión con la palanca—. No había conocido a nadie como Denise.

Mitch asió la jarra llena de agua fría y tomó un sorbo, esperando a que Taylor continuara.

—Quiero decir, lo tiene todo. Es guapa, inteligente, encantadora, me hace reír… Y deberías verla con su hijo. Kyle es un chico fantástico, pero tiene problemas con el lenguaje. Ella practica todos los días con él, con tanta paciencia y dedicación, con tanta ternura… Es realmente conmovedor, te lo aseguro.

Taylor arrancó un clavo y lo lanzó al otro lado.

—Parece una mujer excepcional —repuso Mitch, admirado.

—Lo es.

De repente, su amigo se le acercó, lo agarró por el hombro y lo zarandeó.

—Entonces, no lo entiendo, ¿qué hace una chica así con un tipo como tú? —bromeó.

En lugar de reírse, Taylor se encogió de hombros.

—No tengo ni idea.

Mitch dejó la jarra de agua en el suelo.

—¿Puedo darte un consejo?

—Me lo darás igualmente…

—Tienes razón. En estas cuestiones, soy como una asesora terapéutica.

Taylor ajustó la posición de los pies en el tejado, frente a otra tabla.

—Dispara.

Visiblemente tenso, previendo la reacción de Taylor, Mitch dijo:

—Bueno, si esa chica es todo lo que dices que es y eres feliz con ella, esta vez no lo eches a perder.

Taylor se quedó quieto.

—¿Por qué dices eso?

—Ya sabes cómo reaccionas en estos casos. ¿Te acuerdas de Valerie y de Lori? Si no te acuerdas, yo sí, no te preocupes. Sales con ellas, derrochas encanto por los cuatro costados, te pasas todo el tiempo a su lado, consigues que se enamoren de ti y, entonces…, ¡zas!, cortas con ellas.

—No sabes de qué hablas.

Mitch observó cómo a su amigo se le tensaba la mandíbula inferior y sus labios se fruncían hasta formar una línea fina.

—¿Ah, no? Entonces explícame en qué me equivoco.

Taylor consideró el desafío de Mitch de mala gana.

—Eran diferentes a Denise. Yo era diferente. He cambiado —admitió despacio.

Mitch alzó las manos para indicarle que no continuara.

—No tienes que convencerme a mí. Tal como se suele decir, no disparen al mensajero. Solo lo digo porque luego no quiero verte destrozado.

Taylor sacudió la cabeza. Durante unos minutos trabajaron en silencio, hasta que Taylor no pudo contenerse y estalló:

—Eres como un grano en el culo, ¿lo sabías?

Mitch tomó un par de clavos.

—Sí, lo sé. Melissa también me lo dice, así que no me lo tomo como una ofensa. Soy así. ¡Qué le vamos a hacer!

—¿Habéis terminado con el tejado?

Taylor asintió. Tenía una cerveza en el regazo, y la acunaba despacio. Faltaban un par de horas para que Denise empezara su turno de trabajo. Estaban sentados en los peldaños del porche mientras Kyle jugaba con sus camiones, en el patio. A pesar de todos los esfuerzos, no podía evitar pensar en las palabras de Mitch. Su amigo no iba desencaminado, y lo sabía, pero le habría gustado que no hubiera sacado el tema a colación. Tenía mala conciencia al respecto.

—Sí —contestó—, hemos acabado.

—¿Ha sido más duro de lo que esperabas? —se interesó Denise.

—No, la verdad es que no. ¿Por qué lo dices?

—Porque pareces estar en otro sitio.

—Lo siento. Supongo que estoy un poco cansado.

Denise lo escrutó con curiosidad.

—¿Estás seguro de que no hay nada más?

Taylor se llevó la cerveza a los labios y tomó un sorbo.

—Supongo.

—¿Supones?

Él dejó la lata en los peldaños.

—Bueno, Mitch me ha dicho unas cosas y…

—¿Qué cosas?

—Cosas —contestó Taylor, sin ganas de extenderse en detalles.

Denise leyó la preocupación en sus ojos.

—¿Cómo qué?

Taylor lanzó un bufido, preguntándose si contestar o no, hasta que al final añadió:

—Me ha dicho que, si voy en serio contigo, esta vez no lo eche todo a perder.

Aquello la pilló por sorpresa. ¿Por qué Mitch había tenido la necesidad de soltarle tal cosa?

—¿Y tú qué le has dicho?

Taylor sacudió la cabeza.

—Le he dicho que no sabe de qué habla.

—Bueno… —vaciló ella—. ¿Lo sabe?

—No, claro que no.

—Entonces, ¿por qué estás preocupado?

—Porque me molesta que piense eso de mí. No sabe nada de ti, de nosotros. Y no sabe lo que siento por ti; de eso no me cabe la menor duda.

Ella volvió a mirarlo sin pestañear, achicando los ojos para resguardarse de los últimos rayos del sol.

—¿Qué es lo que sientes?

Él le tomó la mano.

—¿No lo sabes? ¿Acaso no es obvio?

Capítulo 21

$\mathcal{E}$l verano se ensañó con toda su furia a mediados de julio. La temperatura superó la media del último siglo. Hacia finales de mes, el huracán Belle atacó la costa de Carolina del Norte cerca del cabo Hatteras, antes de adentrarse en el mar; a principios de agosto, sucedió lo mismo con el Dalila. A mediados de ese mismo mes, las tierras se resintieron por la sequía; y a finales, las cosechas se estaban echando a perder por culpa de aquel calor extremo.

Septiembre llegó acompañado de un frente frío impropio para la época, algo que no había sucedido en los últimos veinte años. Todo el mundo tuvo que sacar los pantalones vaqueros del fondo del armario, así como chaquetas no muy gruesas para las primeras horas del día. Una semana después, llegó otra ola de calor y la gente volvió a guardar los vaqueros, con la esperanza de no tener que utilizarlos durante los siguientes dos meses.

A lo largo del verano, la relación entre Taylor y Denise se afianzó. Asentados en una rutina, pasaban casi todas las tardes juntos —para escapar del calor, los trabajadores de Taylor empezaban temprano por la mañana y acababan a las dos de la tarde—, y él siguió llevando a Denise al trabajo y luego pasando a buscarla al terminar su turno en el restaurante siempre que podía. De vez en cuando cenaban en casa de Judy; en ocasiones ella iba a casa de Denise a cuidar de Kyle, para que la pareja pudiera estar un rato a solas.

Durante aquellos tres meses, Denise se fue sintiendo cada vez más a gusto en Edenton. Taylor, por supuesto, la mantenía ocupada; le hacía de guía y exploraban los alrededores del pueblo, salían en barca o iban a la playa. Denise acabó por conocer Edenton por lo que era: un lugar con su propio ritmo, una cultura que giraba en torno a la familia y en ir a misa todos los domingos, volcada en la pesca y en la labranza de tierras fértiles, un lugar donde el concepto «hogar» todavía tenía sentido.

De pie en la cocina de su casa, Denise contempló a Taylor mientras este sostenía una taza de café. Se preguntó si lo vería con los mismos ojos en un futuro lejano, cuando su cabello se hubiera vuelto gris.

Estaba encantada con todo lo que hacían juntos; en una cálida noche hacia finales de julio, él la llevó a Elizabeth City, a bailar, algo de lo que hacía años que no disfrutaba. Él la animó a dar vueltas por la pista con una sorprendente elegancia, al compás de los acordes graves de una banda de música *country* de la localidad.

Denise se fijó en que las mujeres se sentían instintivamente atraídas por él. De vez en cuando, alguna le sonreía cuando se cruzaba con él en la pista, lo que a Denise le provocaba una desapacible punzada de celos, pese a que Taylor no parecía fijarse en ninguna de ellas. En ningún momento, él apartó el brazo de la parte inferior de su espalda. Aquella noche la miraba como si ella fuera la única persona en el mundo. Más tarde, mientras comían unos bocadillos de queso en la cama, Taylor la atrajo hacia sí cuando oyeron el estallido de un trueno a través de la ventana:

—No se puede pedir nada más en la vida.

Kyle, a su vez, también progresaba gracias a la atención de Taylor. Poco a poco, fue ganando confianza en sí mismo, y empezó a hablar con más frecuencia, aunque la mayor parte de lo que decía no tenía sentido. También dejó de susurrar cuando intentaba unir unas cuantas palabras juntas. A finales de verano, había aprendido a golpear la pelota desde el *tee*, y su habilidad para lanzarla había mejorado de forma espectacular. Taylor montó unas bases improvisadas en el jardín. Hizo todo lo posible para enseñarle las normas del juego, pero el pequeño no mostró ningún interés. Él solo quería divertirse.

Sin embargo, por más idílica que pareciera la situación, había momentos en los que Denise notaba en Taylor una desazón latente, cuyo origen desconocía. Al igual que en su primera noche juntos, a veces Taylor adoptaba aquella mirada perdida, casi distante, después de hacer el amor. La abrazaba y la acariciaba como siempre, pero ella podía notar algo en él que la incomodaba, un sentimiento oscuro y desconocido que le confería a Taylor un aspecto escalofriantemente cansado. A veces la asustaba, aunque cuando amanecía solía regañarse a sí misma por dejar correr la imaginación de aquella manera.

Hacia finales de agosto, Taylor se ausentó del pueblo tres días para participar en la extinción de un tremendo incendio en el bosque Croatan, una situación peligrosa que había empeorado por culpa del abrasador calor de agosto.

A Denise le costó conciliar el sueño durante aquellas tres noches. Preocupada por él, llamó a Judy y estuvieron una hora hablando por teléfono. Denise siguió las noticias sobre el fuego a través del periódico y de la televisión, buscando en vano alguna imagen de Taylor.

Cuando este regresó a Edenton, fue directamente a su casa. Con el permiso de Ray, se tomó la noche libre, pero Taylor estaba exhausto, por lo que se quedó dormido en el sofá tan pronto como el sol se escondió en el horizonte. Ella lo tapó con una manta, pensando que probablemente dormiría hasta la mañana siguiente. Sin embargo, Taylor se despertó en mitad de la noche y fue a su habitación. De nuevo, su estado de agitación era alarmante, pero esta vez sus convulsiones se prolongaron varias horas. Taylor se negaba a hablar de lo que había sucedido. Denise lo estrechó entre sus brazos, preocupada, hasta que por fin logró quedarse dormido de nuevo.

Incluso en sueños, los demonios no le dieron tregua. Se movía sin parar, agitado, y gritaba mientras dormía, pronunciando unas palabras incomprensibles. Denise solo pudo entender el pánico que se desprendía de ellas.

A la mañana siguiente, él se disculpó, avergonzado, pero no le ofreció ninguna explicación. No tenía que hacerlo. De algún modo, ella sabía que lo que lo consumía lentamente no eran solo unas cuantas imágenes del incendio; había algo más, algo más duro, oscuro, que pugnaba por asomar a la superficie.

Su madre le había dicho en una ocasión que había hombres que guardaban grandes secretos en su interior, cosa que acababa siendo un problema para las mujeres que los amaban. Denise comprendió instintivamente lo cierto de aquellas palabras, aunque le costaba conciliar aquella explicación con el amor que sentía por Taylor McAden. Amaba su olor, el tacto de aquellas manos curtidas sobre su piel y las arrugas en las comisuras de sus ojos cada vez que reía. Amaba el modo en que él la miraba cuando ella salía de trabajar, apoyado en la furgoneta en el aparcamiento, con una pierna cruzada por encima de la otra. Amaba todo lo referente a él.

A veces a Denise le daba por soñar en el día en que los dos recorrerían el pasillo hasta el altar. No podía negarlo, aunque también sabía que ninguno de los dos estaba preparado para dar ese paso, todavía. No llevaban tanto tiempo juntos. Si Taylor le pidiera que se casara con él al día siguiente, ella quería creer que haría gala de la suficiente sensatez como para decirle exactamente eso. Pese a todo, en sus momentos de mayor candidez, sabía que la respuesta que le daría sería: «Sí, sí quiero, sí».

Y, claro, esperaba que Taylor sintiera lo mismo.

—Pareces nerviosa —dijo él, estudiando el reflejo de Denise en el espejo.

Taylor estaba de pie en el cuarto de baño, detrás, mientras ella se aplicaba los últimos toques de maquillaje.

—Sí, es que lo estoy.

—Pero si solo se trata de Mitch y Melissa. No tienes por qué estarlo.

Sosteniendo dos pendientes diferentes, uno en cada oreja, se debatió entre el aro dorado y la perla simple.

—Para ti quizá no haya motivos. Los conoces desde hace muchos años. Yo solo los he visto una vez, hace tres meses, y no hablamos demasiado. ¿Y si no les caigo bien?

—No te preocupes; seguro que les caerás bien. —Taylor le estrechó el brazo cariñosamente.

—Pero ¿y si no es así?

—Te repito que les caerás bien, ya lo verás.

Denise apartó los aros y se decantó por las perlas. Se puso una en cada lóbulo.

—Bueno, no estaría tan nerviosa si hubiéramos quedado

con ellos antes. Has tardado un montón de tiempo en presentarme a tus amigos.

Taylor alzó las manos en actitud defensiva.

—Mira, no me eches la culpa de eso, ¿vale? Eres tú la que trabaja seis noches a la semana, y lo siento si deseo estar contigo a solas la única noche que libras.

—Ya, pero…

—Pero ¿qué?

—Empezaba a preguntarme si te daba vergüenza que te vieran conmigo.

—¡No seas ridícula! Te aseguro que era puro egoísmo. Soy muy codicioso, cuando se trata de pasar el rato contigo.

Denise miró por encima del hombro y preguntó:

—¿Es eso un motivo por el que deba preocuparme en el futuro?

Taylor se encogió de hombros y esbozó una sonrisita.

—Depende de si continúas trabajando seis noches a la semana.

Denise suspiró y terminó de ponerse los pendientes.

—Creo que pronto se acabará. Ya he ahorrado suficiente para un coche. Entonces, créeme, le suplicaré a Ray que vuelva a darme mi antiguo horario.

Taylor la rodeó con los brazos por la cintura, contemplándola a través del espejo.

—¿Te había dicho que estás preciosa?

—No cambies de tema.

—Lo sé, pero es que es verdad, estás preciosa.

Después de contemplar el reflejo de ambos en el espejo, Denise se volvió para mirarlo.

—¿Presentable para disfrutar de una barbacoa con tus amigos?

—Estás fantástica —dijo él con absoluta sinceridad—. Y te voy a decir una cosa: aunque no lo estuvieras, ellos te querrían igual.

Treinta minutos más tarde, Taylor, Denise y Kyle se dirigían hacia la puerta cuando Mitch apareció desde la parte trasera de la casa, con una cerveza en la mano.

—¿Qué tal? Me alegro de que hayáis podido venir. El resto de la familia está en la parte de atrás.

Atravesaron la verja y lo siguieron. Pasaron por delante de un par de columpios y de unos parterres con azaleas, antes de llegar al patio trasero donde estaba la mesa.

Melissa estaba sentada en una de las sillas, pendiente de sus cuatro hijos, que no paraban de tirarse y de salir de la piscina; la algarabía de los chiquillos se mezclaba con el rumor constante del tráfico intenso en la carretera cercana. Habían instalado la piscina el verano anterior, después de detectar huellas de los mocasines de sus hijos cerca del muelle sobre el río. «Nada como una serpiente venenosa para quitarle a uno las ganas de zambullirse en la madre naturaleza», solía decir Mitch.

—¡Hola! —los saludó Melissa al tiempo que se ponía de pie—. Gracias por venir.

Taylor le dio a Melissa un fuerte abrazo y luego un beso rápido en la mejilla.

—Os conocéis, ¿verdad? —preguntó él.

—Del festival —se apresuró a contestar Melissa—. Pero eso fue hace mucho tiempo y, además, me parece que te presentaron a un montón de gente ese día, ¿no? ¿Qué tal estás, Denise?

—Bien, gracias —respondió, todavía un poco nerviosa.

Mitch señaló hacia la nevera portátil.

—¿Os apetece una cerveza?

—A mí sí —contestó Taylor—. ¿Quieres una, Denise?

—Sí, gracias.

Mientras Taylor se alejaba en busca de las cervezas, Mitch se instaló también en la mesa y ajustó el parasol. Melissa volvió a acomodarse, y Denise la imitó. Kyle, que llevaba puesto el bañador y una camiseta, permaneció de pie, con timidez, al lado de su madre, con una toalla sobre los hombros. Melissa se inclinó hacia él.

—Hola, Kyle, ¿cómo estás?

El niño no contestó.

—Kyle, di: «Estoy bien, gracias» —le ordenó Denise.

—*Ztoi bin, aziaz.*

Melissa sonrió.

—Me alegro. ¿Quieres bañarte en la piscina con los chicos? Llevan todo el día esperándote.

Kyle miró a Melissa y luego a su madre.

—¿Quieres nadar? —preguntó Denise, reformulando la pregunta.

Kyke asintió, entusiasmado.

—Zí.

—Muy bien. Adelante, pero ten cuidado.

Denise le quitó la toalla de los hombros mientras Kyle se encaminaba hacia la piscina.

—¿Necesita un flotador? —preguntó Melissa.

—No, sabe nadar. De todos modos, nunca lo pierdo de vista.

Kyle llegó a la piscina y bajó por las escaleras hasta que el agua le llegó a las rodillas. Se inclinó hacia delante y chapoteó, como si quisiera comprobar la temperatura del agua; de repente, su cara se iluminó con una amplia sonrisa. Denise y Melissa lo miraron mientras se adentraba hacia la parte más profunda.

—¿Cuántos años tiene?

—Cumplirá cinco dentro de unos meses.

—¡Ah! Igual que Jud. —Melissa señaló hacia la punta de la piscina—. Es ese de ahí, el que está agarrado al borde del trampolín.

Denise lo vio. Llevaba el pelo cortísimo y tenía la misma estatura que Kyle. Los cuatro hijos de Melissa saltaban, chapoteaban, chillaban… En otras palabras: se lo estaban pasando fenomenal.

—¿Los cuatro son tuyos? —preguntó Denise, impresionada.

—Hasta el día de hoy, sí. Ya me dirás si quieres llevarte uno a casa. Puedes quedarte el que quieras.

Denise notó que se relajaba un poco.

—¿Dan guerra?

—Son niños. Les sale la energía incluso por las orejas.

—¿Cuántos años tienen?

—Diez, ocho, seis y cuatro.

—Mi esposa tenía un plan. —Mitch interfirió en la conversación mientras pelaba la etiqueta de la botella—. Cada dos años, cuando celebráramos nuestro aniversario, me dejaría acostarme con ella, tanto si le apetecía como si no.

Melissa esbozó una mueca de disgusto.

—No le hagas caso. No sabe hablar como una persona civilizada.

Taylor regresó con las cervezas y abrió la botella de Denise antes de colocarla delante de ella. La suya ya estaba abierta.

—¿De qué habláis?

—De nuestra vida sexual —contestó Mitch seriamente, y esta vez Melissa le propinó un codazo.

—No te pases, guapo, que tenemos una invitada. ¿Quieres causarle una mala impresión o qué?

Mitch se inclinó hacia Denise.

—No te estoy causando una mala impresión, ¿verdad?

Denise sonrió e inmediatamente decidió que le gustaba aquella pareja.

—No.

—Lo ves, ya te lo había dicho, cariño —dijo Mitch, como si hubiera logrado una pequeña victoria.

—Solo lo dice porque la has puesto en un compromiso. Mira, deja a la pobre chica en paz. Estábamos hablando tranquilamente, manteniendo una conversación totalmente agradable, hasta que te has entrometido.

—Bueno…

—¿Quieres dormir en el sofá esta noche?

Mitch bajó la cabeza en un gesto teatral.

—¿Es eso una amenaza?

Melissa lo traspasó con la mirada.

—Sí, lo es.

Todos se echaron a reír. Mitch se inclinó hacia su esposa y apoyó la cabeza en su hombro.

—Lo siento, cariño —se disculpó, mirándola con ojos de corderito.

—Con eso no me basta —dijo ella, fingiendo soberbia.

—¿Y si después de la cena lavo los platos?

—Esta noche cenaremos con platos de plástico.

—Lo sé; por eso me había ofrecido.

—¿Por qué tú y Taylor no nos dejáis un rato en paz mientras hablamos? Id a limpiar la parrilla, por ejemplo.

—Yo acabo de llegar. ¿Por qué me echas? —protestó Taylor.

—Porque la parrilla está muy sucia.

—¿De veras? —preguntó Mitch.

Melissa agitó la mano como si espantara moscas.

—¡Venga! ¡Dejadnos solas de una vez, para que podamos hablar de nuestras cosas!

Mitch se volvió hacia su amigo.

—Me parece que aquí no nos quieren, Taylor.

—Creo que tienes razón.

Melissa cuchicheó con ademán conspiratorio:

—Estos dos deberían haber trabajado para la NASA. No se les escapa una.

Mitch la miró, boquiabierto.

—Me parece que nos acaba de insultar, Taylor —dijo.

—Creo que tienes razón.

—¿Ves lo que quiero decir? —replicó Melissa, asintiendo con la cabeza—. En la NASA.

—Vamos, Taylor —dijo Mitch, haciéndose el ofendido—. No tenemos por qué aguantar esto. Nosotros somos mejores.

—Perfecto. Id a ser mejores mientras limpiáis la parrilla.

Ambos se levantaron de la mesa y las dejaron a solas. Denise seguía riendo cuando los dos enfilaron hacia la parrilla.

—¿Cuántos años lleváis casados?

—Doce, aunque solo parece que hayan pasado veinte.

Melissa le guiñó el ojo. Denise no pudo evitar preguntarse por qué, de repente, tenía la impresión de que la conocía de toda la vida.

—¿Cómo os conocisteis? —quiso saber Denise.

—En una fiesta en la universidad. La primera vez que lo vi, Mitch estaba haciendo equilibrios con una botella de cerveza en la frente mientras intentaba cruzar la sala. Si lograba cruzarla sin derramar ni una gota, ganaría cincuenta pavos.

—¿Lo consiguió?

—No, acabó empapado de la cabeza a los pies. Pero era obvio que él no se tomaba a sí mismo demasiado en serio. Y teniendo en cuenta los otros chicos con los que yo había salido, supongo que eso era lo que estaba buscando. Empezamos a salir. Un par de años más tarde, nos casamos.

Ella contempló a su marido, con una mirada cargada de afecto.

—Es un buen chico. Creo que lo conservaré.

Υ

—¿Qué tal por Croatan?

Cuando Joe había solicitado voluntarios para ir a extinguir el incendio forestal unas semanas antes, solo Taylor había alzado la mano. Mitch simplemente sacudió la cabeza cuando su amigo le pidió que lo acompañara.

Taylor no sabía que Mitch estaba al corriente de lo que había sucedido. Joe le había confesado que su amigo había estado a punto de morir, cuando el fuego lo acorraló por sorpresa. De no haber sido por un ligero cambio en la dirección del viento, que disipó suficiente humo como para que Taylor pudiera encontrar una vía de escape, habría perdido la vida. Su último escarceo con la muerte no había sorprendido a Mitch en absoluto.

Taylor tomó un sorbo de cerveza y sus ojos se enturbiaron con el recuerdo.

—Bastante espeluznante en algunos momentos. Ya sabes cómo son esos incendios. Pero, por suerte, nadie salió herido.

«Ya, por suerte, otra vez.»

—¿Nada más?

—No —contestó Taylor, intentando minimizar cualquier insinuación de peligro—. Deberías haberte apuntado de voluntario. Nos habría ido de perlas disponer de más ayuda.

Mitch sacudió la cabeza mientras cogía la reja de la parrilla. Empezó a pasar el rascador con brío.

—Ya no estoy para esos trotes, chaval. Me he vuelto demasiado viejo para las emociones fuertes.

—Yo soy mayor que tú, Mitch.

—Ya, tienes más años. Pero yo soy más viejo. Además tengo progenie.

—¿Progenie?

—Una de esas palabrejas que salen en los crucigramas. Significa que tengo hijos.

—Ya sé lo que quiere decir.

—Bueno, entonces seguro que entenderás que no puedo seguir así. Los chicos crecen, y no es justo para Melissa que yo desaparezca tres días de casa así como así. Quiero decir, una cosa es que surja un problema en el pueblo, pero no pienso ir a buscarlos fuera de Edenton. La vida es demasiado corta para arriesgarla innecesariamente.

Taylor agarró un trapo y se lo pasó a Mitch para que limpiara el rascador.

—Estás decidido a dejarlo, ¿verdad?

—Sí. Unos meses más y basta.

—¿No sientes remordimientos?

—Ninguno. —Mitch hizo una pausa antes de proseguir, con el mismo tono—: Quizá tú también deberías considerar la posibilidad de dejarlo.

—No pienso dejarlo, Mitch —replicó él, sin dudar—. No soy como tú. No tengo miedo de lo que pueda suceder.

—Pues deberías tenerlo.

—Esa es tu opinión.

—Quizá —convino Mitch, hablando con calma—. Pero es cierto. Si de verdad te importan Denise y Kyle, deberías empezar a ponerlos en el primer puesto en tu lista de prioridades, del mismo modo que yo hago con mi familia. Lo que hacemos es peligroso, por más precauciones que tomemos. Es un riesgo que no hemos de asumir. Hemos tenido suerte muchísimas veces.

Se quedó en silencio mientras dejaba la rejilla a un lado. Acto seguido, miró a Taylor directamente a los ojos.

—Ya sabes lo que significa criarte sin padre. ¿Querrías lo mismo para Kyle?

Taylor irguió la espalda.

—Joder, Mitch…

Mitch alzó las manos para indicarle que no continuara.

—Mira, no me importa si te enfadas conmigo, pero tenía que decírtelo. Desde aquella noche en el puente, y luego después de lo que ha pasado en Croatan… Sí, sé lo que pasó, y no me da buenas vibraciones. Un héroe muerto sigue estando muerto. —Se aclaró la garganta antes de proseguir—. No lo entiendo. Es como si a lo largo de todos estos años hayas estado poniendo constantemente a prueba al destino, cada vez con más insistencia, como si buscaras algo. A veces me asustas.

—No te preocupes por mí.

Mitch apoyó la mano en el hombro de su amigo.

—Yo siempre me preocupo por ti. Eres como mi hermano.

Υ

—¿De qué crees que estarán hablando esos dos? —preguntó Denise, mientras observaba a Taylor desde la mesa.

Había visto su cambio de actitud, la repentina rigidez. Era como si lo acabaran de provocar.

Melissa también se había fijado.

—¿Mitch y Taylor? Probablemente sobre el cuerpo de bomberos. Mitch piensa abandonar su puesto de voluntario a finales de año. Probablemente le acaba de sugerir a Taylor que haga lo mismo.

—Pero… ¿no le gusta ser bombero?

—No sé si le gusta. Lo hace porque siente que ha de hacerlo.

—¿Por qué?

Melissa miró a Denise con una expresión perpleja.

—Pues… por su padre —contestó.

—¿Su padre? —repitió Denise.

—¿No te lo ha contado? —preguntó Melissa con mucho tacto.

—No. —Denise sacudió la cabeza, de repente temerosa de lo que Melissa le iba a decir—. Solo me dijo que su padre había muerto cuando él era pequeño.

Melissa asintió, con los labios fruncidos.

—¿Qué pasa? —preguntó ella, con cierta ansiedad en la voz.

Melissa suspiró, debatiéndose entre si continuar o no.

—Por favor —le suplicó Denise.

La otra chica desvió la vista. Al cabo de unos segundos, dijo:

—El padre de Taylor murió en un incendio.

Denise notó como si una mano helada le tocara la espalda.

Taylor se había alejado con la rejilla, para enjuagarla con la manguera; a su regreso encontró a su amigo con la mano dentro de la nevera, en busca de otro par de cervezas. Mientras Mitch abría la suya, Taylor se acercó sin decir nada.

—La verdad es que Denise es muy guapa.

Taylor puso la rejilla en la parrilla, sobre el carbón.

—Lo sé.

—Y el pequeño es una monada. Parece un buen chaval.

—Lo sé.

—Se te parece.

—¿Cómo?

—Solo quería ver si me estabas escuchando —arguyó Mitch, sonriendo como un niño travieso—. Pareces un poco abstraído.

Mitch dio un paso para acercarse más a él antes de proseguir:

—Mira, siento lo que te he dicho antes. No quería incomodarte.

—No lo has hecho —mintió Taylor.

Mitch le pasó una cerveza.

—Seguro que sí, pero alguien debe decirte las verdades a la cara.

—¿Y has de ser tú?

—Por supuesto. Soy el único que puede hacerlo.

—No, Mitch, de verdad, no seas tan modesto —le replicó, sarcástico.

Su amigo enarcó las cejas.

—¿Crees que no hablo en serio? ¿Cuántos años hace que nos conocemos? ¿Treinta? Creo que eso me da derecho a hablarte abiertamente de vez en cuando sin preocuparme por si te molesta o no. Y hablaba en serio: no tanto sobre la posibilidad de que abandones el puesto de voluntario (ya sé que no lo harás), sino sobre que deberías ser más cauto en el futuro. ¿Ves esto? —Mitch señaló hacia su incipiente alopecia—. Antes tenía una hermosa mata de pelo, y todavía la tendría si tú no fueras un temerario patológico. Cada vez que cometes una locura, puedo notar cómo se suicidan más pelos en mi cabeza. Saltan al vacío para estrellarse en mis hombros. Si escuchas con atención, a veces puedes oír cómo gritan mientras caen. ¿Sabes lo que significa quedarte calvo? ¿Tener que aplicarte crema solar en la cabeza cuando sales de casa? ¿Descubrir manchas donde antes te hacías la raya? No es una gran ayuda para el ego, te lo aseguro. Así que me debes una.

A pesar de la tensión, Taylor rompió a reír a carcajadas.

—¡Vaya! ¡Y yo que pensaba que eso era hereditario!

—¡Ah, no! Es por ti, chaval.

—Me conmueves.

—Normal. No creas que me ilusiona quedarme calvo por cualquiera, no, señor.

—De acuerdo —suspiró Taylor—. Intentaré ir con más cuidado en el futuro.

—Me alegro. Porque dentro de poco ya no estaré a tu lado para echarte un cable.

—¿Qué tal van esas brasas? —gritó Melissa.

Mitch y Taylor estaban junto a la parrilla, y los niños ya habían empezado a comer. Mitch había preparado los perritos calientes primero, y los cinco estaban alrededor de la mesa. Denise, que había llevado la comida de Kyle de casa (macarrones con queso, galletitas saladas Ritz y uvas), colocó el plato delante de él. Tras pasarse en la piscina un par de horas, el pequeño estaba hambriento.

—¡Otros diez minutos! —gritó Mitch por encima del hombro.

—Yo también quiero macarrones con queso —protestó el hijo más pequeño de Melissa cuando vio que Kyle comía algo diferente que los demás.

—¡Tú te comes tu perrito caliente! —contestó Melissa.

—Pero, mamá...

—¡He dicho que te comas tu perrito caliente! —repitió ella—. Cuando te lo acabes, si todavía tienes hambre, te preparé un plato de macarrones, ¿de acuerdo?

Ella sabía que no tendría hambre, pero su respuesta pareció aplacar al pequeño.

Cuando todo estuvo bajo control, Denise y Melissa se alejaron de la mesa y se sentaron cerca de la piscina. Desde que se había enterado de lo del padre de Taylor, Denise no había dejado de intentar unir todas las piezas del rompecabezas. Melissa pareció saber en qué estaba pensando.

—¿Taylor? —dijo.

Denise sonrió con timidez.

—Sí.

—¿Qué tal va vuestra relación?

—Pensaba que iba bien, pero ahora ya no estoy tan segura.

—¿Porque no te contó lo de su padre? Bueno, te diré un secreto: Taylor no habla de ese tema con nadie, nunca; ni conmigo ni con ninguno de sus compañeros de trabajo ni con sus amigos. Ni siquiera con Mitch.

Denise no sabía qué responder a eso.

—Bueno, eso hace que me sienta mejor. —Hizo una pequeña pausa y frunció el ceño—. Creo.

Melissa dejó a su lado el vaso de té frío. Al igual que Denise, había dejado de beber cerveza después de apurar la segunda botella.

—Cuando se lo propone, es encantador, ¿verdad? Y también es muy mono.

Denise se recostó en la silla.

—Sí, lo es.

—¿Cómo se lleva con Kyle?

—Kyle le adora. Últimamente, está más a gusto con él que conmigo. Taylor es como un niño pequeño, cuando están juntos.

—Siempre se ha llevado muy bien con los niños. Mis hijos también le adoran; le llaman por teléfono para ver si puede venir a jugar.

—¿Y viene?

—A veces, aunque últimamente no. Tú acaparas todo su tiempo.

—Lo siento.

Melissa hizo un gesto con la mano, como para restarle importancia.

—¿Por qué lo sientes? Yo me alegro mucho por él. Y por ti también. Empezaba a dudar de que algún día encontrara pareja. Eres la primera chica que trae a esta casa desde hace muchos años.

—¿Así que ha habido otras?

Melissa sonrió con ironía.

—¿Tampoco te ha hablado de ellas?

—No.

—¡Caramba! Pues, ¿sabes qué?, ¡que me alegro de que hayas venido! —Esbozó una mueca significativa.

Denise se echó a reír.

—Veamos, ¿qué quieres saber?

—¿Cómo eran?

—Muy distintas a ti, de eso no te quepa la menor duda.

—¿En qué?

—Bueno, tú eres mucho más guapa. Y tienes un hijo.

—¿Qué pasó con ellas?

—Lamentablemente, solo puedo decirte que no lo sé. Taylor tampoco habla de ese tema. Lo único que sé es que todo parecía ir bien entre ellos, y que, de repente, ya no salían juntos. Nunca he entendido los motivos.

—¡Vaya! ¡Pues no es nada reconfortante!

—Oh, no digo que te vaya a pasar lo mismo. Le gustas mucho, mucho más que las otras. Puedo verlo por la forma en que te mira.

Denise esperó que Melissa le estuviera diciendo la verdad.

—A veces… —empezó a decir, entonces se calló, como si no supiera exactamente cómo expresar sus pensamientos.

—¿No te da miedo lo que pueda estar pensando, a veces?

Denise miró a Melissa sin pestañear, sorprendida por la agudeza de su observación. Melissa continuó.

—Aunque Mitch y yo llevamos juntos muchos años, no lo sé todo de él. A veces se parece a Taylor, en ese sentido. Pero, al final, lo nuestro funciona porque así lo queremos los dos. Mientras ambos queráis, podréis sortear cualquier problema que surja en vuestra relación.

Un balón de playa atravesó el cielo volando desde la mesa donde estaban sentados los niños y golpeó a Melissa en la cabeza, lo que suscitó una serie de risitas estridentes por parte de los pequeños.

Ella torció el gesto, pero, aparte de esa mueca, no prestó atención al balón que se detuvo cerca de ella.

—Quizá tendrás que irte haciendo a la idea de soportar a cuatro arrapiezos, como nosotros.

—No sé si podría hacerlo.

—¡Por supuesto que podrías! Es fácil. Lo único que tienes que hacer es levantarte temprano, salir a comprar el periódico y disfrutar de la tranquila lectura mientras te tomas unos chupitos de tequila.

Denise rio.

—En serio, ¿alguna vez has pensado en tener más hijos? —se interesó Melissa.

—Pocas veces.

—¿Por Kyle?

Habían hablado un poco sobre su problema.

—No, no se trata solo de eso. No es algo que pueda hacer yo sola.

—Pero si estuvieras casada…

Denise reflexionó unos momentos y sonrió.

—Entonces, probablemente sí.

Melissa asintió complacida.

—¿Crees que Taylor sería un buen padre?

—No me cabe la menor duda.

—Ni a mí tampoco. ¿Habéis hablado del asunto?

—¿De casarnos? No. Él no ha sacado el tema a colación.

—¡Vaya! Bueno, intentaré averiguar qué opina, ¿te parece bien?

—No tienes que hacerlo —protestó Denise al tiempo que se ruborizaba.

—Pero es que quiero hacerlo. Siento tanta curiosidad como tú. No te preocupes, seré discreta. Taylor ni se enterará de lo que me propongo.

—Bueno, Taylor, ¿piensas casarte con esta preciosidad o qué?

A Denise casi se le cayó el tenedor en el plato. Taylor acababa de tomar un trago justo en esos momentos, y se atragantó. Tuvo que toser tres veces seguidas porque la cerveza se le había ido por el otro lado. Con los ojos acuosos, se cubrió la cara con la servilleta.

—¿Cómo has dicho?

Los cuatro estaban cenando: bistecs, patatas con queso fundido por encima, ensalada verde y pan de ajo. Llevaban un rato riendo y bromeando, pasándolo bien, cuando Melissa soltó la pregunta bomba. Denise notó un fuerte ardor en las mejillas.

—Quiero decir, es un bombón, Taylor. Y además, inteligente. ¡Chicas así no se encuentran todos los días!

Aunque era obvio que ella hablaba en broma, Taylor se puso un poco tenso.

—No había pensado en ello —respondió casi a la defensiva.

Melissa se inclinó hacia delante y le dio unas palmaditas en el brazo al tiempo que reía a mandíbula batiente.

—No esperaba una respuesta, Taylor. Solo estaba bromeando. Quería ver tu expresión, eso es todo. Se te han puesto unos ojos…

—Claro, es que me estaba ahogando —contestó Taylor.

Ella se inclinó otra vez hacia él.

—Lo siento. Pero es que no he podido resistirme. Es tan fácil ponerte en evidencia. Eres como este payasete que tengo al lado.

—¿Te refieres a mí, cariño? —intervino Mitch, intentando compensar el evidente malestar de Taylor.

—¿A ver? ¿Quién más te llama «payasete»?

—Aparte de ti (y de mis otras tres esposas, por supuesto), nadie más.

—Bueno, entonces me quedo más tranquila. Si no, puede que me pusiera celosa.

Melissa se inclinó hacia su marido y le dio un besito en la mejilla.

—¿Siempre están así? —le susurró Denise a Taylor. Esperaba que no pensara que había sido ella quien le había sugerido a Melissa lo de aquella pregunta tan indiscreta.

—Sí, desde que los conozco —dijo Taylor, pero era obvio que tenía la mente en otro sitio.

—¡Eh! ¡Vosotros dos! ¡No vale hablar a nuestras espaldas! —los reprendió Melissa; luego se volvió hacia Denise y desvió la conversación a un terreno más seguro—. Bueno, háblame de Atlanta. Nunca he estado allí…

Denise resopló cuando Melissa le dedicó una mirada cómplice, con un guiño tan imperceptible que ni Mitch ni Taylor se dieron cuenta.

Melissa y Denise charlaron animadamente durante una hora. De vez en cuando, Mitch decía algo…, pero Taylor apenas abrió la boca.

—¡A que te pillo! —gritó Mitch mientras perseguía a Jud por el jardín, quien a su vez lanzaba unos chillidos estridentes, de alegría y miedo a la vez.

—¡Casi has llegado a la base! ¡Corre! —lo animó Taylor.

Jud bajó la cabeza y se impulsó hacia delante mientras Mitch aminoraba la marcha detrás de él, dando la causa por perdida. Jud llegó a la base y se reunió con los demás.

Había transcurrido una hora desde la cena. El sol ya se había puesto, y Mitch y Taylor estaban jugando al pilla-pilla con los niños, en el jardín de la parte delantera. Con las manos apoyadas en las caderas y resollando de cansancio, Mitch observó a los cinco niños. Estaban a tan solo unos metros de distancia los unos de los otros.

—¡A que no me pillas, papá! —lo provocó Cameron, con los pulgares en las orejas y agitando las manos.

—¡A que no me pillas a mí, papá! —Will se sumó a la provocación de su hermano.

—¡Sal de la base y verás! —dijo Mitch al tiempo que se inclinaba hacia delante y colocaba las manos sobre las rodillas.

Al detectar su cansancio, Cameron y Will salieron disparados en direcciones opuestas.

—¡Vamos, papá! —gritó Will, eufórico.

—¡Muy bien! ¡Tú lo has querido! —exclamó Mitch, haciendo todo lo posible por estar a la altura del reto.

Se puso a perseguir a Will, pasando por delante de Taylor y de Kyle, que permanecían a salvo en la base.

—¡Vamos, papá, corre! —lo azuzó Will, consciente de que él era más ágil, como para mantenerse a una distancia prudente de su padre.

Durante los siguientes minutos, Mitch trató de alcanzar a sus hijos, uno tras otro, cambiando de dirección cuando era necesario. Kyle, que llevaba un rato observando el juego, finalmente comprendió el funcionamiento y empezó a correr con los demás. Pronto sus chillidos se unieron a los de los cuatro hermanos, mientras Mitch corría como un loco por todo el jardín. Tras uno de los muchos intentos fallidos, pidió a Taylor que lo ayudara.

—Necesito un reemplazo inmediato —dijo, las palabras amortiguadas entre jadeos y resuellos.

Taylor salió disparado hacia un lado, para mantenerse fuera del alcance de su amigo.

—¡Primero tendrás que cazarme, chaval!

Taylor hizo que Mitch sufriera otro minuto más, hasta que al pobre se le puso la cara casi amoratada. Al final corrió hacia el centro del jardín, aminoró la marcha y dejó que Mitch lo pillara. Este volvió a inclinarse hacia delante, intentando recuperar el aliento.

—Son más rápidos de lo que parece —soltó Mitch entre jadeos—, y cambian de dirección como conejos.

—Me parece que te estás haciendo viejo —replicó Taylor—, pero si tienes razón, entonces iré a por ti.

—¡Si crees que me aventuraré a salir de la base, lo llevas claro! Pienso sentarme aquí cómodamente a descansar un ratito.

—¡Vamos! —le gritó Cameron a Taylor, impaciente por reanudar el juego—. ¡A que no me pillas!

Taylor se frotó las manos.

—¡Muy bien! ¡Allá voy!

Taylor dio una zancada hacia los niños, y con un gritito de emoción todos se dispersaron por el jardín. Pero la aguda voz de Kyle destacó por encima de las demás. De repente, Taylor se detuvo en seco.

—¡Amos, papá! —gritó Kyle—. ¡Amos, papá!

«Papá.»

Taylor se quedó mirando a Kyle con la boca abierta, paralizado. Mitch, que había visto la reacción de su amigo, bromeó:

—¡Vaya, vaya! ¿Acaso hay algo que no me has contado, granuja?

Taylor no contestó.

—Te acaba de llamar «papá» —añadió, como si Taylor no lo hubiera oído.

Este apenas prestó atención a su comentario. En su mente solo oía una palabra, que se repetía una y otra vez: «Papá».

Aunque sabía que Kyle se limitaba a imitar a los otros niños —como si el grito de «papá» formara parte del juego—, no pudo evitar pensar de nuevo en la pregunta que le había soltado Melissa un rato antes: «Bueno, Taylor, ¿piensas casarte con esta preciosidad o qué?».

—Aquí la Tierra llamando a Taylor. ¿Me escuchas, gran papá? —dijo Mitch, sin poder contener la risa.

Él se volvió despacio.

—Cierra el pico.

—Como quieras, papá.

Taylor dio un paso hacia los niños al tiempo que decía, más para sí que para su amigo:

—No soy su padre.

Aunque Mitch susurró las siguientes palabras para sí, Taylor las oyó con la misma claridad con que había oído las de Kyle un momento antes.

—Todavía no.

Υ

—¿Os habéis divertido, chicos? —preguntó Melissa cuando los niños atravesaron corriendo el umbral de la puerta principal, tan cansados como para dar por concluida la sesión de juego por aquella noche.

—¡Lo hemos pasado en grande! Aunque papá va cada vez más despacio —contestó Cameron.

—¡Pero qué dices! —exclamó Mitch a la defensiva, mientras entraba detrás de sus hijos—. Lo que pasa es que te he dejado llegar a la base.

—¡Ya!

—Hay unos vasos con zumo en el comedor. No lo dejéis todo perdido, ¿estamos? —informó Melissa mientras los niños pasaban en tropel por su lado.

Mitch se inclinó para besarla, pero ella lo apartó de un manotazo.

—¡Ni se te ocurra acercarte hasta que no te hayas duchado, guarro!

—¿Así me pagas que entretenga a los niños una hora?

—No, esta es mi forma de decirte que apestas como una mofeta.

Mitch se echó a reír y enfiló hacia el patio trasero, en busca de una cerveza.

Taylor entró el último, con Kyle justo delante de él. El pequeño siguió a los otros niños hasta el comedor mientras Denise lo observaba con atención.

—¿Qué tal? —quiso saber ella.

—Bien —contestó Taylor—. Se ha divertido mucho.

Denise lo miró con curiosidad. Parecía molesto por algo.

—¿Estás bien?

Él desvió la vista.

—Sí, estoy bien.

Sin decir nada más, salió afuera para reunirse con Mitch.

Cuando las sombras de la noche empezaron a extenderse, Denise se ofreció voluntaria para ayudar a Melissa en la cocina, a recoger los restos de la cena. Los niños estaban viendo una película en el comedor, tumbados por el suelo, mientras Mitch y Taylor ponían orden en el patio trasero.

Denise enjuagaba los cubiertos antes de meterlos en el lavaplatos. Desde su posición podía ver a los dos hombres fuera, y se quedó observándolos con atención, sin mover las manos debajo del grifo.

—Un penique por tus pensamientos —dijo Melissa.

Denise se sobresaltó. Sacudió la cabeza y reemprendió la tarea de fregar antes de contestar:

—No creo que un penique baste.

Melissa recogió las tazas vacías y las llevó a la pila.

—Oye, siento mucho haberte puesto en evidencia durante la cena.

—Tranquila, no estoy enfadada. Todos estábamos de broma.

—Pero, de todos modos, estás preocupada, ¿verdad?

—No lo sé…, supongo que sí… —Miró a Melissa—. Quizás un poco. Taylor apenas ha dicho nada desde entonces.

—Yo no le daría demasiada importancia. Sé que te quiere. Se le ilumina la mirada cada vez que te mira, incluso después de que yo le tomara el pelo.

Ella observó a Taylor mientras colocaba bien las sillas alrededor de la mesa.

Denise asintió.

—Lo sé.

A pesar de su respuesta, no pudo evitar preguntarse por qué, de repente, aquella explicación no parecía bastarle. Cerró el envase hermético, ejerciendo una leve presión en la tapa.

—¿Mitch te ha dicho si ha pasado algo mientras jugaban con los niños en el jardín?

Melissa la miró con curiosidad.

—No. ¿Por qué?

Denise guardó la ensalada en la nevera.

—Solo por curiosidad.

«Papá.»

«Bueno, Taylor, ¿piensas casarte con esta preciosidad o qué?»

Mientras acunaba la cerveza, aquellas palabras seguían resonando en su cabeza.

Y

—Oye, ¿por qué estás tan taciturno? —le preguntó Mitch mientras llenaba una bolsa de la basura con los restos de la mesa.

Taylor se encogió de hombros.

—Solo estoy un poco preocupado. No es nada.

—¿Por qué?

—Ah, por temas del trabajo. Estaba pensando en todo lo que he de hacer mañana —contestó, diciendo solo la verdad a medias—. Desde que paso tanto tiempo con Denise, he dejado un poco abandonadas mis responsabilidades. Tengo que ponerme al día.

—¿No vas todos los días?

—Sí, pero no siempre me quedo todo el día. Ya sabes lo que pasa: no dedicas las suficientes horas y los problemas empiezan a amontonarse.

—¿Puedo ayudarte? ¿Examinar si han llegado tus pedidos, o algo por el estilo?

Taylor pasaba la mayoría de sus pedidos a la ferretería.

—No, pero gracias. Aunque necesito ponerme las pilas. Una de las cosas que he aprendido es que, cuando algo se tuerce, se tuerce muy deprisa.

Mitch vaciló mientras echaba un vaso de plástico dentro de la bolsa, sintiendo una extraña sensación de *déjà vu*.

La última vez que Taylor había usado esa expresión fue cuando salía con Lori.

Treinta minutos más tarde, Taylor y Denise regresaban en coche a casa, con Kyle entre ellos: una escena que se había repetido docenas de veces. Sin embargo, nunca antes se había respirado en el aire tanta tensión por un motivo que ninguno de los dos pudiera explicar fácilmente. Pero estaba claro. Los mantenía tan en silencio que Kyle se había quedado dormido, acunado por la quietud.

Para Denise, la sensación era realmente rara. Seguía pensando en todo lo que le había contado Melissa, y aquellos comentarios la abrumaban sin parar. No tenía ganas de hablar, y era evidente que Taylor tampoco. Él se había mantenido extrañamente distante, y eso solo intensificaba la confusión que ella sentía. Lo que se suponía que tenía que haber sido una noche desenfadada y tranquila con unos amigos, había derivado en algo más.

Le parecía normal que Taylor casi se atragantara cuando Melissa le había preguntado si tenía planes de boda. Eso le habría pasado a cualquiera, especialmente con la falta de tacto de Melissa, ¿no? En la furgoneta, Denise intentaba convencerse a sí misma, pero cuantas más vueltas le daba, más insegura se sentía.

Tres meses no era mucho tiempo para una persona joven, pero es que ellos ya no eran unos críos. Denise estaba a punto de cumplir los treinta, y Taylor era seis años mayor. Habían tenido tiempo de madurar, de recapacitar sobre quiénes eran y qué querían en la vida. Si él no deseaba una relación seria, ¿a qué venía todo aquel cortejo del último par de meses?

«Lo único que sé es que todo parecía ir bien entre ellos, y que, de repente, ya no salían juntos. Nunca he entendido los motivos.»

A Denise también le preocupaba aquella confidencia. Si Melissa no comprendía qué había sucedido entre Taylor y sus anteriores novias, probablemente Mitch tampoco. ¿Significaba eso que Taylor tampoco?

Y si era así, ¿le iba a pasar lo mismo a ella?

Denise sintió que se le encogía el estómago. Miró a Taylor de reojo, insegura. Taylor la pilló observándolo y se volvió para mirarla, sin ser consciente de los pensamientos de Denise. Al otro lado de la ventanilla del coche, los árboles que flanqueaban la carretera pasaban tan deprisa, oscuros y en masa, que parecían conformar una sola imagen.

—¿Lo has pasado bien esta noche?

—Sí. Tus amigos son muy simpáticos —respondió Denise.

—¿Qué tal con Melissa?

—Muy bien.

—Una cosa que probablemente habrás averiguado esta noche es que siempre dice lo primero que le pasa por la cabeza, sin cortarse ni un pelo, por más ridículo que puede parecer lo que suelta. A veces es mejor no hacerle caso.

Aquello no consiguió tranquilizarla. Kyle farfulló algo incoherente mientras se acomodaba en el asiento. Denise se preguntó por qué las cosas que Taylor no había dicho parecían, de repente, más importantes que las cosas que sí había dicho.

«¿Quién eres, Taylor McAden? ¿Te conozco de verdad? Y lo que es más importante: ¿adónde nos conduce nuestra relación?»

Denise sabía que él no contestaría a ninguna de aquellas preguntas. En lugar de formularlas, suspiró y rezó por ser capaz de hablar con firmeza, sin que se le quebrara la voz.

—Taylor…, ¿por qué no me has contado lo de tu padre? —preguntó ella.

—¿Mi padre? —dijo él, y sus ojos se le abrieron un poco más de la cuenta.

—Melissa me ha dicho que murió en un incendio.

Ella vio que sus manos se tensaban en el volante.

—¿Cómo ha salido el tema? —preguntó él, incómodo.

—No lo sé. Simplemente ha salido.

—¿Ha sido idea de Melissa o tuya?

—¿Y eso qué importa? No recuerdo quién ha sacado el tema.

Taylor no contestó. Sus ojos permanecían fijos en la carretera. Denise esperó antes de darse cuenta de que él no iba a contestar a su pregunta.

—¿Te hiciste bombero por tu padre?

Taylor sacudió la cabeza y resopló con crispación.

—Mira, preferiría no hablar de ello.

—Quizá pueda ayudarte…

—No, no puedes —la cortó—. Además, no es asunto tuyo.

—¿Cómo que no es asunto mío? —respondió Denise, sin dar crédito a lo que acababa de oír—. ¿De qué estás hablando? ¡Yo te quiero, Taylor, y me duele pensar que no confías en mí como para contarme tus problemas!

—No tengo ningún problema. Lo único que pasa es que no me gusta hablar de mi padre.

Podría haber insistido, pero sabía que no iba a conseguir nada.

De nuevo, el silencio se instaló en la furgoneta. Esta vez, sin embargo, el silencio estaba impregnado de miedo, y así continuó durante el resto del trayecto hasta casa.

Después de que Taylor llevara a Kyle a su habitación, esperó en el comedor hasta que Denise le puso el pijama. Cuando salió del cuarto del pequeño, vio que Taylor no se había acomodado en el sofá, sino que seguía de pie cerca de la puerta, como si esperara para despedirse.

—¿No te quedas? —preguntó, sorprendida.

Él sacudió la cabeza.

—No, no puedo. Mañana he de ir a trabajar muy temprano.

Aunque lo dijo sin un ápice de amargura o enfado, sus palabras no ayudaron a que Denise se sintiera menos incómoda. Taylor empezó a juguetear con las llaves de la furgoneta. Ella atravesó el comedor para colocarse a su lado.

—¿Estás seguro?

—Sí, seguro.

Denise le tomó la mano y le preguntó:

—¿Estás enfadado por algo?

Taylor sacudió la cabeza.

—No.

Ella esperó para ver si él añadía algo más, pero no dijo nada.

—De acuerdo. ¿Nos vemos mañana?

Taylor carraspeó antes de contestar.

—Lo intentaré, pero tengo la agenda a tope. No sé si podré pasarme por aquí.

Denise lo escrutó sin pestañear, desconcertada.

—¿Ni siquiera a la hora del almuerzo?

—Lo intentaré, pero no te prometo nada.

Sus ojos se encontraron solo un momento antes de que Taylor desviara la mirada.

—¿Podrás llevarme al Eights mañana por la noche?

Durante un instante, tuvo la impresión de que a Taylor le había molestado aquella pregunta.

¿Eran solo imaginaciones suyas?

—Cuenta conmigo —contestó finalmente.

Después de darle un beso fugaz, Taylor dio media vuelta y enfiló hacia la furgoneta sin mirar atrás.

Capítulo 22

A la mañana siguiente, mientras Denise bebía una taza de café a primera hora, sonó el teléfono. Kyle estaba tumbado en el suelo del comedor, esforzándose por pintar un dibujo lo mejor que podía, aunque le resultaba imposible no salirse de las líneas. Cuando ella contestó, reconoció la voz de Taylor al instante.

—¡Ah, hola! ¡Me alegro de pillarte despierta! —dijo él.

—Ya sabes que siempre me levanto muy temprano —le contestó, al tiempo que le invadía una extraña sensación de alivio por oír su voz—. Anoche te eché de menos.

—Yo también —dijo Taylor—. Debería haberme quedado. No he dormido bien.

—Yo tampoco —admitió Denise—. Me he despertado un montón de veces. Me parecía extraño disponer de toda la manta para mí sola.

—Oye, que yo no te quito la manta, ¿eh? Seguro que estás pensando en otro hombre.

—¿Ah, sí? ¿En quién?

—Quizás uno de esos tipos tan solícitos del restaurante.

—No lo creo. —Se echó a reír—. ¿Qué, llamas porque has cambiado de idea sobre el almuerzo?

—No, hoy no puedo. Me pasaré cuando acabe para llevarte al trabajo, ¿vale?

—¿Quieres que prepare una cena temprano?

—No, no creo que llegue a tiempo, pero gracias de todos modos. Esta tarde he de recibir un pedido de paneles, así que no puedo comprometerme.

Denise se dio la vuelta hacia la otra pared; el cable del teléfono se tensó a su alrededor.

«¿Desde cuándo entregan los pedidos después de las cinco de la tarde?»

Pero no dijo nada de eso.

—Ah, bueno, pues ya te veré esta noche —respondió, jovial.

Entonces hubo una pausa más larga de lo normal.

—De acuerdo —contestó él al fin.

—Kyle se ha pasado toda la tarde preguntando por ti —dijo Denise en un tono informal.

Tal como le había asegurado por teléfono, Taylor la esperaba en la cocina mientras ella recogía el bolso, aunque había llegado con el tiempo justo para llevarla al Eights. Se dieron un beso rápido. Él parecía un poco más distante que de costumbre, si bien se disculpó atribuyendo su estado al estrés en el trabajo.

—¿Ah, sí? ¿Dónde está el muchachote?

—En el jardín de atrás. No creo que te haya oído llegar. Espera un momento, que lo aviso.

Denise abrió la puerta trasera y lo llamó. El pequeño entró corriendo en la casa.

—¡Oa, Teo! —lo saludó, con una amplia sonrisa en la cara.

Sin mirar a Denise, fue directamente hacia Taylor y saltó a sus brazos. Él lo pilló en el aire sin problemas.

—¡Hola, muchachote! ¿Qué tal estás hoy?

Denise no pudo evitar fijarse en el cambio en la actitud de Taylor cuando alzó a Kyle hasta la altura de sus ojos.

—¡Él está *quí*! —gritó Kyle con alegría.

—Lo siento, pero hoy tenía mucho trabajo —se excusó Taylor—. ¿Me has echado de menos, muchachote?

—Sí, te he echado de menos —contestó el pequeño.

Era la primera vez que Kyle contestaba a una nueva pregunta de forma correcta, sin que Denise tuviera que pedirle que lo hiciera. Ambos se quedaron en silencio, estupefactos.

Y, por un segundo, Denise olvidó las preocupaciones de la noche anterior.

Y

De todos modos, si Denise esperaba que la frase de Kyle aliviara su preocupación por Taylor, estaba equivocada.

No es que las cosas se torcieran enseguida. De hecho, en muchos sentidos nada parecía haber cambiado, por lo menos durante la siguiente semana, aproximadamente. Aunque Taylor (seguía alegando que el motivo era el trabajo) había dejado de pasar por su casa por las tardes, la continuó llevando al restaurante, y luego la pasaba a buscar. También hicieron el amor la noche en que Kyle articuló la frase correctamente.

Sin embargo, saltaba a la vista que la relación se iba deteriorando. Nada exagerado, más bien como cuando se desenrolla un ovillo, un retroceso gradual de todo lo que habían establecido durante el verano. Menos tiempo juntos significaba menos posibilidad para carantoñas o para hablar. A Denise le resultaba difícil no prestar atención a las señales de alarma que se habían disparado la noche en que cenaron con Mitch y Melissa.

Incluso una semana y media después de la cena, los comentarios de Melissa seguían inquietándola. ¿Estaría exagerando? En realidad, Taylor no había hecho nada malo. Por eso a Denise le costaba tanto comprender su comportamiento últimamente. Él negaba que estuviera preocupado. Ni siquiera había alzado la voz ni habían discutido.

El domingo, pasaron la tarde junto al río, tal como habían hecho en numerosas ocasiones. Él seguía portándose fantásticamente bien con Kyle. A veces le buscaba la mano a Denise cuando la llevaba en coche al trabajo. A simple vista, todo parecía igual. Lo único que había cambiado era su repentina devoción por el trabajo, que él ya se había preocupado en explicarle. Sin embargo…

Sin embargo, ¿qué?

Sentada en el porche, mientras Kyle jugaba con sus camiones en el jardín, Denise intentó aclarar sus ideas. Tenía suficiente experiencia como para saber algo acerca de cómo funcionaban las relaciones. Sabía que al principio todo era tan intenso como una ola en el océano; esos sentimientos atraían a los amantes sin remedio. Sin embargo, aquello no duraba para siempre. Eso era imposible. Sin embargo, si dos personas estaban hechas la una para la otra, entonces florecía una verdadera forma de amor que podía durar para siempre. Por lo menos, eso era lo que ella pensaba.

Con Taylor, sin embargo, casi parecía como si él hubiera sido arrollado por la ola, sin ser consciente de lo que venía después; entonces, al darse cuenta, se había puesto a nadar contra corriente. No había sido siempre así, pero, últimamente, Denise tenía esa sensación. Le parecía que estaba usando el trabajo como una excusa para evitar entrar en otra fase de su relación.

Por supuesto, si uno se pone quisquilloso, es más que probable que acabe por encontrar problemas, incluso donde no los hay. En el fondo, esperaba que solo fuera eso. Tal vez únicamente se trataba de que Taylor estaba preocupado por el trabajo. Podía ser. Por la noche, cuando pasaba a recogerla por el Eights, parecía cansadísimo, como si de verdad tuviera demasiado trabajo.

Denise procuraba mantenerse tan ocupada como podía, haciendo todo lo posible por no pensar demasiado en lo que pasaba entre ellos. Mientras Taylor parecía estar totalmente entregado a su trabajo, Denise se volcó en las prácticas con Kyle con una energía renovada.

El pequeño hablaba mejor, por lo que empezaron a practicar con frases e ideas más complejas, a la vez que ella le enseñaba otras habilidades asociadas con el aprendizaje escolar. Poco a poco, empezó a enseñarle conceptos básicos. Practicaba con él para mejorar su habilidad para pintar. También trabajaron el concepto de los números, aunque Kyle no pareció entender nada de nada.

Denise limpiaba la casa, trabajaba en el Eights, pagaba las facturas… En pocas palabras, vivía tal como lo había hecho antes de conocer a Taylor. Sin embargo, a pesar de que era una vida a la que estaba acostumbrada, por las tardes no podía evitar mirar por la ventana de la cocina, con la esperanza de ver su furgoneta.

Pero Taylor no solía aparecer.

Aunque no quería pensar en las palabras de Melissa, estas volvieron a resonar en su mente una vez más: «Lo único que sé es que todo parecía ir bien entre ellos, y que, de repente, ya no salían juntos. Nunca he entendido los motivos».

Denise sacudió la cabeza, procurando desechar el pensamiento. Aunque no quería creerlo, cada vez le resultaba más y más difícil no caer en la desesperación. E incidentes como el del día anterior solo servían para reforzar sus dudas.

Había salido con Kyle en bicicleta, con la intención de ir a la obra en la que Taylor trabajaba. Al llegar vio su furgoneta aparcada. Los propietarios de la casa habían decidido rehabilitarla por completo (la cocina, los baños, el comedor). La gran pila de trozos de madera que habían arrancado del interior de la casa era la prueba de que se trataba de un proyecto de gran envergadura.

Cuando Denise asomó la cabeza para saludar, los empleados de Taylor le dijeron que el jefe estaba en la parte de atrás, debajo del árbol, comiendo un bocadillo. Cuando finalmente lo encontró, la miró como si se sintiera culpable, como si lo hubiera pillado haciendo algo malo. Kyle, que no se percató de su expresión, corrió hacia él. Taylor se puso de pie para saludarlos.

—¡Denise!

—¡Hola, Taylor! ¿Cómo estás?

—Bien. —Se secó las manos en los pantalones vaqueros—. Me he tomado un respiro para comer algo.

Denise vio que había comprado el bocadillo en Hardee, lo que significaba que había pasado muy cerca de su casa, ya que la tienda estaba en la otra punta del pueblo.

—Ya lo veo —contestó ella, intentando no mostrar su decepción.

—¿Qué haces aquí?

No era exactamente lo que esperaba oír.

Denise intentó relajar los músculos de la cara y sonrió.

—Solo quería pasar a saludar.

Tras un par de minutos, Taylor los llevó al interior de la casa y les describió el proyecto de rehabilitación, casi como si estuviera hablando con un par de extraños. En el fondo, ella sospechaba que era su forma de evitar la pregunta obvia de por qué había elegido comer allí solo en lugar de hacerlo con ella, tal como había hecho todo el verano, o por qué no había ido a verla cuando había pasado en coche cerca de su casa.

Sin embargo, más tarde, aquella misma noche, cuando la recogió para llevarla al trabajo, no hizo ningún comentario al respecto.

Durante todo su turno de trabajo, Denise no pudo evitar pensar que aquel silencio se estaba convirtiendo en una costumbre.

Y

—Solo serán unos días —aseguró Taylor, encogiéndose de hombros.

Estaban sentados en el sofá del comedor mientras Kyle miraba dibujos animados en la tele.

Había pasado otra semana y nada había cambiado. O, mejor dicho, todo había cambiado. Según cómo se mirara. Justo en esos instantes, se inclinaba más por la segunda opción. Era martes y Taylor acababa de llegar para llevarla al trabajo. La alegría inicial al verlo más temprano se había disipado casi de inmediato cuando él le dijo que iba a ausentarse unos cuantos días.

—¿Cuándo lo has decidido? —le preguntó Denise.

—Esta mañana. Un par de compañeros van a ir a Carolina del Sur y me han preguntado si quería ir con ellos. Allí abren la temporada de caza dos semanas antes que en esta zona, así que he pensado que me irá bien ir con ellos. Siento que necesito un respiro.

«¿Un respiro de mí o del trabajo?»

—¿Así que te vas mañana?

Taylor vaciló un momento antes de contestar.

—Bueno, de hecho, saldremos a las tres de la madrugada.

—Estarás agotado.

—Nada que no se pueda arreglar con un termo de café.

—Quizá será mejor que no pases a buscarme después del trabajo —sugirió Denise—. Necesitarás dormir unas horas.

—No te preocupes. Estaré en la puerta del Eights, como de costumbre.

Denise negó con la cabeza.

—No, ya le pediré a Rhonda que nos lleve a casa.

—¿Estás segura de que no le importará?

—No vive muy lejos de aquí. Además, últimamente no le he pedido que me lleve.

Denise se sorprendió al ver que Taylor la rodeaba con sus brazos y la atraía hacia sí.

—Te echaré de menos —susurró.

—¿De veras? —replicó ella, odiando la nota de queja en su voz.

—Por supuesto. Sobre todo alrededor de la medianoche.

Probablemente deambule por ahí con la furgoneta, por la fuerza de la costumbre.

Denise sonrió, pensando que él la iba a besar. En vez de eso, sin embargo, Taylor se volvió y señaló con la barbilla hacia Kyle.

—Y también te echaré de menos a ti, muchachote.

—Sí —dijo el pequeño, con los ojos pegados a la pantalla.

—Kyle, Taylor estará fuera unos días —le dijo su madre, para intentar captar su atención.

—Sí —contestó él de nuevo, obviamente sin prestar atención.

Taylor se puso de rodillas en el suelo y empezó a avanzar con sigilo y a cuatro patas hacia Kyle.

—¿No me haces caso, Kyle? —rugió, imitando a un león.

Cuando estuvo más cerca, el crío comprendió sus intenciones y soltó un chillido mientras intentaba escapar. Taylor lo agarró sin dificultad y empezaron a luchar en el suelo.

—¿Ahora sí que me escuchas? —le preguntó.

—¡É lucha! —gritó Kyle, sin parar de agitar las manos y las piernas.

—¡Y lucharé a muerte! —bramó Taylor.

Durante los siguientes minutos, el suelo del comedor se convirtió en un campo de batalla. Cuando Kyle se cansó, Taylor lo soltó.

—Oye, cuando regrese, te llevaré a ver un partido de béisbol. Bueno, eso si a tu madre le parece bien, claro.

—¡Patido de beisbo! —repitió Kyle, entusiasmado.

—Me parece bien.

Taylor le guiñó el ojo primero a Denise y luego a Kyle.

—¿Has oído eso? Tu madre ha dicho que podemos ir.

—¡Patido de beisbo! —volvió a exclamar el pequeño, esta vez más alto.

«Por lo menos con Kyle no ha cambiado.»

Denise echó un vistazo al reloj.

—Ya es hora de irnos —avisó ella, que lanzó un suspiro.

—¿Ya?

Denise asintió, entonces se levantó del sofá para ir a buscar el bolso. Un par de minutos más tarde ya iban de camino hacia el restaurante. Cuando llegaron, Taylor acompañó a Denise hasta la puerta del establecimiento.

—¿Me llamarás? —le pidió.

—Lo intentaré —prometió Taylor.

Se quedaron de pie, mirándose el uno al otro durante un momento, antes de que Taylor se despidiera con un beso. Denise entró. Deseaba que aquel viaje le sirviera para que aclarara sus ideas y solventara sus posibles preocupaciones.

Tal vez, aunque ¿quién sabía?

Durante los siguientes cuatro días, Taylor no la llamó ni una sola vez.

Denise detestaba estar pendiente del teléfono.

No era propio de ella: una nueva experiencia. En la universidad, algunas tardes, su compañera de habitación se negaba a salir a dar una vuelta por la tarde, por si la llamaba su novio. Denise siempre insistía, pero no solía conseguir nada, entonces quedaba con otras amigas. Cuando les explicaba por qué su compañera de habitación había decidido no salir, todas juraban y perjuraban que ellas nunca harían nada parecido.

En cambio, allí estaba. De repente, no le parecía tan fácil seguir sus propios consejos.

Tampoco era que hubiera dejado de vivir su vida, como había hecho su compañera de habitación. Denise tenía demasiadas responsabilidades como para poder permitirse tal lujo. No obstante, cada vez que sonaba el teléfono, corría a contestar. Cuando la voz que sonaba no era la de Taylor, se llevaba una gran desilusión.

Se sentía impotente, y eso sí que era algo que no soportaba. Denise no era (ni jamás lo había sido) la típica chica indefensa. Se negaba a convertirse en alguien así. Que Taylor no había llamado, ¿y qué? Ella trabajaba, así que no podía llamarla. Además, por las noches no iba a hacerlo…, y se pasaría el día perdido por el bosque. ¿Cuándo iba a llamarla? ¿De madrugada? Bueno, podía telefonearla, aunque ella no estuviera, y dejar un mensaje…, pero ¿por qué esperaba tal gesto?

¿Y por qué le parecía tan importante?

«No caeré en la desesperación», se decía a sí misma.

Después de darle vueltas y más vueltas, se convenció de que no había nada raro. El viernes llevó a Kyle al parque. El sábado fueron a dar un largo paseo por el bosque. El domingo fueron a misa, y después dedicó parte de la tarde a hacer recados.

Como ya tenía suficiente dinero para empezar a buscar un coche (de segunda mano, barato pero fiable), echó un vistazo a la sección de clasificados de dos periódicos. La siguiente parada fue la verdulería. Recorrió los pasillos, eligiendo bien los productos. Como aún tenía que volver a casa en bicicleta, tampoco quería acabar acarreando demasiado peso.

Kyle contemplaba ensimismado el dibujo de un enorme cocodrilo en una caja de cereales cuando Denise oyó que alguien pronunciaba su nombre. Al darse la vuelta, vio a Judy, que empujaba su carrito hacia ella.

—¡Ya me parecía que eras tú! —exclamó, contenta—. ¿Cómo estás?

—Hola, Judy… Estoy bien.

—Hola, Kyle —dijo Judy.

—*Hoa, seora Udi* —susurró él, sin apartar la vista del cocodrilo.

Judy apartó el carrito para dejar el pasillo libre.

—¿Qué es de tu vida? Hace tiempo que Taylor y tú no venís a cenar.

Denise se encogió de hombros y tensó la mandíbula.

—Es que Kyle ocupa casi todas mis horas.

—Es lo que suele pasar. ¿Cómo van las prácticas de lenguaje?

—Ha pasado un verano estupendo. ¿No es verdad, Kyle?

—Sí —dijo él en voz baja.

Judy sonrió y desvió la atención hacia el pequeño.

—Te estás convirtiendo en un niño muy guapo. Y también he oído que te gusta jugar al béisbol.

—*¡Beisbo!* —exclamó Kyle al tiempo que apartaba la vista de la caja para mirar a Judy.

—Taylor le ha enseñado a jugar —apuntó Denise—. A Kyle le encanta.

—Lo celebro. Para una madre es mucho más fácil ver que su hijo juega al béisbol que al fútbol americano. Cada vez que Taylor jugaba, yo me tapaba los ojos. El pobre siempre acababa aplastado, y a mí me parecía oír el crujido de sus huesos desde las gradas. Tenía pesadillas con eso.

Denise rio con tensión mientras Kyle observaba a Judy, sin comprender lo que decía.

—No esperaba verte por aquí. Pensaba que estarías con Taylor. Me dijo que iba a pasar el día contigo.

Denise se pasó la mano por el pelo.

—¿Ah, sí?

Judy asintió.

—Me lo dijo ayer. Pasó a verme cuando llegó a casa.

—Así que… ¿ya ha vuelto?

Judy la miró con curiosidad.

—¿No te ha llamado? —preguntó, con sumo cuidado.

—No.

Mientras contestaba, Denise cruzó los brazos y desvió la mirada, intentando ocultar su malestar.

—Bueno, quizá ya estabas en el trabajo —repuso Judy.

Pero las dos sabían que aquello no era cierto.

Dos horas más tarde de haber regresado a casa, Denise vio a Taylor, que ascendía por la cuesta. Kyle estaba jugando fuera e inmediatamente se puso a correr hacia la furgoneta, veloz como una flecha. Tan pronto como abrió la puerta, el niño saltó a sus brazos.

Denise salió al porche con sentimientos encontrados, preguntándose si había ido a verla porque Judy lo había llamado. De lo contrario, ¿la hubiera ido a ver? ¿Por qué no la había llamado antes? ¿Y por qué, a pesar de todo, el corazón le había dado un vuelco al verlo?

Después de que Taylor dejara a Kyle en el suelo, el crío le agarró la mano y los dos enfilaron hacia el porche.

—Hola, Denise —saludó Taylor con cuidado, casi como si supiera lo que ella estaba pensando.

—Hola, Taylor.

Como ella no bajó del porche para acercarse a él, Taylor dudó un instante antes de recorrer el espacio que había entre los dos. Con un salto ágil subió los peldaños, mientras Denise retrocedía un paso, sin mirarlo directamente a los ojos. Cuando él intentó besarla, ella se apartó con suavidad.

—¿Estás enfadada conmigo? —le preguntó.

Ella echó un vistazo a su alrededor antes de volver a mirarlo.

—No lo sé. ¿Debería estarlo?

—¡*Tayor! ¡Tayor está quí!* —exclamó Kyle con entusiasmo.

Denise dedicó toda su atención al pequeño.

—¿Puedes entrar en casa un momento, cielo?

—¡*Tayor está quí!*

—Lo sé, pero ¿puedes dejarnos solos un momento, por favor?

Denise se dio la vuelta y abrió la mosquitera, luego indicó a su hijo que entrara. Después de asegurarse de que el pequeño estaba entretenido con sus juguetes, volvió a salir al porche.

—¿Qué pasa? —preguntó Taylor.

—¿Por qué no me has llamado?

Taylor se encogió de hombros.

—No lo sé. Supongo que no he tenido tiempo. Pasábamos todo el día fuera. Luego, cuando regresábamos al motel, la verdad es que estaba agotado. ¿Por eso estás enfadada?

Sin contestar, Denise continuó:

—¿Por qué le has dicho a tu madre que íbamos a pasar el día juntos si no pensabas hacerlo?

—¿Se puede saber a qué viene este interrogatorio? Estoy aquí, ¿no?

Denise lanzó un bufido, sin poder ocultar su crispación.

—Taylor, ¿qué te pasa?

—¿A qué te refieres?

—Ya sabes a qué me refiero.

—No, no lo sé. Mira, regresé ayer, totalmente molido. Esta mañana tenía un montón de cosas que hacer. ¿Por qué sacas las cosas de quicio?

—¡Yo no saco las cosas de quicio!

—¿Ah, no? Mira, si no quieres verme, dímelo y me largo ahora mismo.

—No es que no quiera verte, Taylor, pero no entiendo por qué actúas de ese modo.

—¿Cómo?

Denise suspiró, no sabía cómo expresar correctamente sus sentimientos.

—No lo sé…, es difícil de explicar. Es como si no estuvieras seguro de lo que quieres. En nuestra relación, quiero decir.

La expresión de Taylor no se alteró.

—¿De dónde has sacado esa tontería? ¿Acaso has vuelto a hablar con Melissa?

—No. Melissa no tiene nada que ver con esto —respondió, un poco más frustrada y molesta aún—. Pero has cambiado… A veces ya no sé qué pensar.

—¿Y todo este numerito porque no te he llamado? Ya te lo he explicado. —Dio un paso hacia delante para acercarse a ella y suavizó su expresión—. Solo es que no he tenido tiempo. No hay nada más.

Sin saber si creerlo o no, Denise vaciló. Entre tanto, como si notara que algo iba mal, Kyle abrió la mosquitera.

—¡Amos, entrad! —dijo el pequeño.

Durante un momento, sin embargo, los dos se quedaron de pie, sin moverse.

—¡Amos! —insistió el crío, tirando de la camisa de su madre.

Denise bajó la vista y se esforzó por sonreír antes de volver a mirar a Taylor. Él sonreía también, haciendo todo lo posible por romper el hielo.

—Si me dejas entrar, te daré una sorpresa.

Ella se cruzó de brazos. Detrás de Taylor, un arrendajo azul se puso a trinar, encaramado a la valla del jardín. Kyle observó a su madre con curiosidad.

—¿Qué es? —cedió ella.

—Está en la furgoneta. Iré a buscarlo.

Taylor retrocedió unos pasos, sin apartar la vista de Denise. Por su reacción dedujo que podía quedarse. Le hizo una señal a Kyle y exclamó:

—¡Ven conmigo, necesito tu ayuda!

Lo observó mientras se alejaba hacia la furgoneta, con los sentimientos revueltos. Las explicaciones de Taylor parecían razonables, al igual que en las últimas dos semanas.

Pero, entonces, ¿por qué no podía creerle?

Cuando Kyle se quedó dormido, se sentaron juntos en el sofá del comedor.

—¿Te ha gustado la sorpresa?

—Estaba delicioso. Pero no tenías por qué llenarme el congelador.

—Bueno, el mío ya está lleno.

—Quizá tu madre quiera un poco.

Taylor se encogió de hombros.

—El suyo también está lleno.

—¿Sales a cazar a menudo?

—Tantas veces como puedo.

Antes de la cena, Taylor y Kyle habían jugado con la pelota en el jardín; después Taylor se había encargado de preparar la cena, o parte de ella. Para acompañar la carne de venado, había comprado una ensalada de patatas y judías tiernas en el supermercado.

Relajada, Denise se sentía mejor que en las últimas dos semanas. La única luz provenía de una pequeña lamparita situada en un rincón, y la radio deslizaba unas suaves notas musicales en el ambiente.

—¿Cuándo llevarás a Kyle al partido de béisbol?

—Estaba pensando en ir el sábado, si te parece bien. Hay un partido en Norkfolk.

—Huy, es su cumpleaños —dijo ella, decepcionada—. Estaba planeando montarle una pequeña fiesta.

—¿A qué hora será la fiesta?

—Probablemente hacia las doce del mediodía, más o menos. Pero por la noche he de trabajar.

—El partido empieza a las siete. ¿Qué te parece si me llevo a Kyle mientras tú estás en el Eights?

—Pero yo también quería ir con vosotros.

—¡Va! ¡Déjanos disfrutar de otra noche de chicos solos! A él le encantaría, seguro.

—Ya sé que le encantaría. Has conseguido que se aficione al béisbol.

—Así pues, ¿te parece bien que lo lleve a ver el partido? Estaremos de vuelta a tiempo para recogerte en el Eights.

Denise entrelazó las manos en el regazo.

—De acuerdo. Tú ganas. Pero no permitas que se quede despierto hasta muy tarde si está cansado.

Taylor alzó la mano.

—¡Prometido! Pasaré a buscarlo a las cinco, y acabaremos la noche comiendo perritos calientes y cacahuetes, y cantando *Take me out to the ball game*.

Ella le propinó un codazo.

—¡Ni se te ocurra!

—De acuerdo, pero no será por falta de ganas.

Denise apoyó la cabeza en el hombro de Taylor. Olía a salitre.

—Eres un buen tipo, Taylor.

—Lo intento.

—No, en serio. En estos dos últimos meses, has conseguido que me sienta especial.

—Tú también.

Durante unos momentos, el comedor quedó en absoluto silencio. Denise podía notar el pecho de Taylor, que subía y bajaba con la respiración. Aunque aquella noche él se había comportado de forma maravillosa, Denise no conseguía zafarse de la incómoda sensación que la había preocupado en las dos últimas semanas.

—¿Alguna vez piensas en el futuro, Taylor?

Él carraspeó antes de contestar.

—Pues claro, a veces. Sin embargo, normalmente no alcanzo a ver más allá de mi próxima comida.

Ella tomó sus manos y entrelazó los dedos con los de él.

—¿Alguna vez piensas en nosotros? Quiero decir, ¿adónde va nuestra relación?

Taylor no contestó, y Denise prosiguió:

—He estado pensando que, aunque llevamos varios meses saliendo…, no sé cómo interpretas lo nuestro. Quiero decir, estas dos últimas semanas…, no lo sé…, a veces tengo la impresión de que te estás apartando de mí. Has estado trabajando mucho y no hemos tenido tiempo para estar juntos. Además, no me has llamado cuando estabas fuera…

Denise no terminó la frase. No hacía falta, ya había hablado de eso antes. Pudo notar la tensión en el ambiente.

—Me importas mucho, Denise, si eso es lo que quieres saber —contestó Taylor con un susurro.

Ella pestañeó, incómoda.

—No, no es eso… —contestó con los ojos entornados—, o, por lo menos, no es todo. Lo que quiero saber es si te tomas nuestra relación en serio.

Él la atrajo hacia sí y le acarició el pelo con ternura.

—Por supuesto que voy en serio. Pero ya te he dicho que mi

visión del futuro no va tan lejos. ¡Qué le vamos a hacer, soy un tipo limitado!

Taylor se rio de su propia broma. Denise suspiró; estaba claro que no bastaría con un simple tanteo.

—Te lo preguntaré de otro modo, sin rodeos: cuando piensas en el futuro, ¿nos incluyes a Kyle y a mí?

El comedor volvió a quedar sumido en un incómodo silencio. Mientras Denise esperaba la respuesta, de repente notó una gran sequedad en la boca y se pasó la lengua por los labios. Al cabo, Taylor suspiró.

—No puedo predecir el futuro, Denise, nadie puede. Pero ya te he dicho que me importas, igual que Kyle. ¿No te basta con eso?

Desde luego, no era la respuesta que ella había esperado, pero, aun así, apartó la cabeza del hombro de Taylor para mirarlo a los ojos.

—Sí —mintió—, de momento me basta.

Más tarde, aquella noche, después de hacer el amor y quedarse dormidos juntos, Denise se despertó y vio a Taylor de pie junto a la ventana, mirando hacia los árboles, perdido en sus pensamientos. Lo observó durante un buen rato, antes de que él regresara a la cama. Mientras se acomodaba a su lado, Denise se volvió hacia él.

—¿Estás bien? —le susurró.

Taylor pareció sorprendido al oír su voz.

—Lo siento. ¿Te he despertado?

—No, ya llevaba un rato despierta. ¿Qué te pasa?

—Nada, solo es que no podía dormir.

—¿Estás preocupado por algo?

—No.

—Entonces, ¿por qué no puedes dormir?

—No lo sé.

—¿Es por algo que he hecho?

Taylor soltó un largo suspiro.

—No. No tiene nada que ver contigo.

La abrazó con ternura.

A la mañana siguiente, Denise se despertó sola.

Y

En aquella ocasión, Taylor no estaba durmiendo en el sofá, y no la sorprendió con un desayuno. Se había ido sin hacer ruido. Denise lo llamó por teléfono a su casa, pero no obtuvo respuesta. Durante un rato, pensó en pasar por la obra un poco más tarde, pero el recuerdo de la última visita la frenó.

Intentó pensar en lo que había pasado la noche anterior, analizar qué había pasado exactamente. Por cada aspecto positivo, parecía haber otro negativo. Sí, él había ido a verla, pero quizá lo había hecho porque su madre le había dicho algo; sí, se había portado muy bien con Kyle, pero tal vez se centrara en el niño para evitar pensar en lo que realmente le preocupaba; sí, le había dicho que la quería, pero ¿no lo bastante como para pensar en el futuro? Habían hecho el amor, pero a la mañana siguiente ya no estaba a su lado, se había ido sin despedirse siquiera.

Analizar, darle vueltas a las cosas…

Denise odiaba reducir su relación con Taylor a esa clase de juego. Le parecía un enfoque tan desfasado, como si jugara a psicoanalizarlos, un cúmulo de palabras y acciones que podían significar algo o nada… No, mejor dicho, sí que significaban algo. Y ahí radicaba precisamente el problema.

Sin embargo, en el fondo, Denise se daba cuenta de que Taylor no mentía cuando le decía que la quería. Si algo la empujaba a seguir adelante era precisamente el amor. Pero…

Últimamente había demasiados «peros».

Sacudió la cabeza, intentando librarse de aquellos pensamientos, por lo menos hasta que viera de nuevo a Taylor. Pasaría más tarde a recogerla para llevarla al trabajo. Denise sabía que no dispondrían de mucho tiempo para hablar sobre sus temores, pero estaba segura de que, en cuanto lo viera, averiguaría más cosas sobre qué estaba pasando. ¡Ojalá llegara un poco antes!

El resto de la mañana y de la tarde transcurrieron despacio. Kyle tenía uno de esos días difíciles —no hablaba, se mostraba gruñón y tozudo—, lo cual no contribuía a aliviar el pésimo humor de Denise. Eso sí, al menos sirvió para que no se pasara todo el día pensando en Taylor.

Pasadas las cinco de la tarde, le pareció oír la furgoneta que ascendía por la carretera, pero al salir al porche se dio cuenta de que no era Taylor. Decepcionada, se cambió de ropa para ir a trabajar, le preparó a Kyle un bocadillo caliente de queso y después se puso a mirar las noticias en la tele.

Los minutos seguían pasando. Ya eran las seis. ¿Dónde se había metido Taylor?

Apagó el televisor e intentó sin éxito que Kyle se interesara por un libro. Después se sentó en el suelo con él y empezó a jugar con el Lego, pero el crío ni la miró; seguía concentrado en su cuaderno de dibujo. Cuando intentó ayudarlo a colorear, Kyle se mostró arisco. Denise suspiró y decidió que no valía la pena esforzarse.

Se puso de pie y fue a la cocina, en un intento de matar el tiempo. Allí tampoco había nada por hacer, así que plegó la cesta de la ropa sucia y la guardó.

Las seis y media y todavía ni rastro. La preocupación estaba dejando paso a la angustia.

«Vendrá, ¿no?»

Para salir de dudas, marcó su número de teléfono, pero nadie respondió. Volvió a la cocina, tomó un vaso de agua, regresó al comedor y se plantó junto a la ventana, a mirar y a esperar.

Y esperó.

O Taylor llegaba dentro de quince minutos, o llegaría tarde al Eights.

Las siete menos diez.

A las siete menos cinco, Denise estaba agarrando el vaso con tanta fuerza que los nudillos se le habían puesto blancos. Relajó un poco la mano y notó que la sangre volvía a fluir por los dedos. Con los labios fruncidos, vio que el reloj marcaba las siete. Llamó a Ray para disculparse y decir que llegaría un poco tarde.

—Tenemos que irnos, Kyle —dijo después de colgar el teléfono—. Hoy iremos en bicicleta.

—No —contestó el pequeño.

—¡No estoy preguntando, Kyle! ¡Te lo ordeno! ¡Vamos!

Al oír el tono de su voz, Kyle dejó los lápices de colores en el suelo y se levantó sin rechistar.

Denise enfiló hacia el porche trasero en busca de su bicicleta, mascullando una maldición entre dientes. Al sacarla del porche, se dio cuenta de que algo no iba bien. Malhumorada, se agachó para ver qué pasaba.

Una rueda pinchada.

—¡Oh, no! ¡Tenía que ser justamente esta noche! —refunfuñó casi sin creer lo que veía.

Para estar segura, examinó la rueda con el dedo y notó que perdía aire cuando ejercía presión.

—¡Maldita sea! —gruñó al tiempo que le propinaba una patada a la rueda.

Dejó caer la bicicleta sobre un par de cajas de cartón, luego entró en la cocina justo cuando Kyle se disponía a salir por la puerta.

—¡No iremos en bicicleta! —comentó con los dientes prietos—. ¡Entra en casa!

Kyle sabía cuándo no debía provocar a su madre y obedeció. Denise volvió a llamar a Taylor por teléfono. No estaba. Colgó con un golpe seco y pensó a quién más podía llamar. A Rhonda no, porque ya debía de estar en el restaurante. ¿A Judy? Marcó el número y dejó que sonara una docena de veces antes de colgar. ¿A quién más podía llamar? ¿A quién conocía? Solo le quedaba otra persona. Abrió el cajón, sacó el listín de teléfono y buscó la página apropiada. Tras marcar los números, suspiró aliviada cuando obtuvo respuesta.

—¿Melissa? Hola, soy Denise.

—¡Ah, hola! ¿Cómo estás?

—La verdad es que en estos momentos no muy bien. Siento mucho tener que hacer esto, pero te llamo para pedirte un favor.

—¿Qué puedo hacer por ti?

—Ya sé que es un inconveniente, pero ¿podrías llevarme al trabajo en coche esta noche?

—Claro, ¿cuándo?

—¿Ahora? Ya sé que te llamo en el último minuto, y lo siento, pero la rueda de la bicicleta está pinchada y…

—No te preocupes —la interrumpió Melissa—. Estaré en tu casa dentro de diez minutos.

—Te debo una.

—¡Qué va! No hay problema. Solo tengo que agarrar el bolso y las llaves.

Denise colgó, luego volvió a llamar a Ray, explicándole con más disculpas que llegaría hacia las siete y media. Esta vez Ray se echó a reír.

—No te preocupes, princesa. No corras, no hay prisa. Hoy el local está muy tranquilo.

Nuevamente, ella suspiró, aliviada. De repente, se fijó en Kyle, que la miraba sin decir ni una palabra.

—Mamá no está enfadada contigo, cielo. Siento haberte gritado.

Sin embargo, sí que seguía enfadada con Taylor. La rabia contrarrestaba la leve sensación de alivio. ¿Cómo había podido?

Recogió el bolso y esperó a que llegara Melissa. Cuando vio el coche, guio a Kyle hasta el porche. Melissa bajó la ventanilla mientras aminoraba la marcha.

—¿Qué tal? ¡Subid! Siento mucho el desorden: los chicos tenían fútbol esta semana.

Denise le abrochó a Kyle el cinturón, en el asiento trasero, luego se acomodó en el de delante sin dejar de sacudir la cabeza. Al cabo de un minuto, el coche rodaba cuesta abajo y tomaba el desvío hacia la carretera principal.

—¿Qué ha pasado? —preguntó Melissa—. ¿Has dicho que tienes la rueda de la bicicleta pinchada?

—Sí, pero no esperaba tener que usar la bicicleta. Taylor no ha venido a buscarme.

—¿Y dijo que lo haría?

Denise vaciló un instante antes de contestar. ¿Ella se lo había pedido? ¿Todavía tenía que hacerlo?

—No hablamos específicamente de ello —admitió Denise—, pero me ha estado llevando todo el verano, así que suponía que seguiría haciéndolo.

—¿Te ha llamado?

—No.

Melissa la miró. Sus ojos dejaban entrever que estaba preocupada.

—Al parecer, entre vosotros las cosas han cambiado.

Denise se limitó a asentir. Melissa volvió a fijar la vista en la carretera y se quedó callada, dejando que su amiga se perdiera en sus pensamientos.

—Sabías que iba a suceder, ¿verdad?

—Hace años que conozco a Taylor —respondió Melissa con cautela.

—¿Qué le pasa?

Melissa suspiró.

—Si quieres que te diga la verdad, no lo sé. Nunca lo he sabido. Pero Taylor siempre parece actuar del mismo modo cuando la relación se pone seria.

—Pero… ¿por qué? Quiero decir, estamos tan a gusto juntos, y él se porta tan bien con Kyle…

—Ni idea… No puedo hablar por Taylor… La verdad es que no lo entiendo.

—Pero ¿y si tuvieras que dar tu opinión?

Melissa reflexionó.

—No se trata de ti, créeme. Durante la cena en mi casa, no bromeaba cuando dije que Taylor te quiere. Parece más enamorado de ti que de ninguna otra chica con la que lo haya visto. Y Mitch opina lo mismo. Pero a veces creo que Taylor no cree que merezca ser feliz, así que sabotea cualquier oportunidad de serlo. Tampoco creo que lo haga aposta. Es como si no pudiera remediarlo.

—Pero eso no tiene sentido.

—A lo mejor no. Pero es su forma de ser.

Denise ponderó la explicación. Desde la carretera, veía el restaurante. Tal como Ray le había comentado, y a juzgar por el número de vehículos en el aparcamiento, no debía de haber mucha gente dentro. Cerró los ojos y apretó los puños para tragarse la frustración.

—Una vez más, la pregunta es: «¿por qué?».

Melissa no contestó de inmediato. Puso el intermitente y aminoró la marcha.

—Tengo la impresión de que es… por algo que pasó hace mucho tiempo.

El tono de Melissa no dejaba lugar a dudas.

—¿Te refieres a su padre?

Melissa asintió. Acto seguido, dejó que las palabras fluyeran despacio:

—Se culpa a sí mismo de la muerte de su padre.

Denise notó una fuerte opresión en el pecho.

—¿Qué es lo que pasó?

El vehículo se detuvo.

—Será mejor que se lo preguntes a él.

—Ya lo he hecho…

Melissa sacudió la cabeza.

—Lo sé, Denise. Todos lo hemos intentado.

Denise estuvo trabajando sin apenas poder concentrarse en lo que hacía, pero, como la clientela era escasa, nadie se dio cuenta. Rhonda, que podría haberla llevado de vuelta a casa, se había marchado temprano, por lo que solo quedaba Ray como única opción para llevarlos a ella y a Kyle de vuelta. Aunque Denise le agradeció a Ray que se ofreciera a llevarlos, sabía que él solía quedarse una hora después de cerrar, limpiando a fondo el local. Eso quería decir que la noche sería más larga que de costumbre. Ya se había resignado a la idea y había empezado a recoger las mesas cuando la puerta se abrió justo antes de que fuera la hora de cerrar.

Taylor.

Atravesó el umbral, saludó a Ray, pero no hizo amago de querer acercarse a Denise.

—Melissa me ha llamado y me ha dicho que necesitabas que alguien te llevara a casa —dijo.

Denise lo miró, boquiabierta. Enfadada, herida, desconcertada…, y, sin embargo, no lo podía negar, todavía enamorada. Aunque aquel sentimiento parecía irse apagando poco a poco.

—¿Dónde te has metido esta tarde?

Taylor apoyó todo el peso del cuerpo primero en un pie y luego en el otro.

—Estaba trabajando. No sabía que hoy necesitaras que pasara a buscarte.

—Me has estado llevando al trabajo durante los últimos tres meses —replicó ella, procurando mantener la compostura.

—Pero la semana pasada estuve fuera del pueblo. Anoche no me lo pediste, así que pensé que Rhonda pasaría a buscarte. No sabía que me considerabas tu chófer particular.

Denise entrecerró los ojos.

—Eso no es justo, Taylor, y lo sabes.

Él se cruzó de brazos.

—Mira, no he venido aquí a oír tus sermones. Estoy aquí por si quieres que te lleve a casa. ¿Quieres que te lleve o no?

Denise frunció los labios hasta formar una fina línea.

—No —contestó simplemente.

Si Taylor se sorprendió, no lo demostró.

—Muy bien —dijo él, desvió la vista hacia las paredes, luego hacia el suelo, y por último volvió a mirarla—. Siento lo de antes, si sirve de algo.

«Sirve y no sirve», pensó Denise. Pero no dijo nada. Cuando Taylor vio que ella no iba a hablar, dio media vuelta y abrió la puerta.

—¿Necesitas que mañana pase a recogerte? —le preguntó por encima del hombro.

Denise se quedó un momento pensativa antes de contestar.

—¿No me fallarás?

Taylor torció el gesto.

—No, no te fallaré.

—Entonces de acuerdo —aceptó.

Él asintió con la cabeza y atravesó el umbral.

Denise se volvió y vio a Ray, enfrascado en sacarle brillo al mostrador como si con ello le fuera la vida.

—¿Ray?

—Dime, princesa —contestó, fingiendo no haber prestado atención a lo que acababa de suceder.

—¿Te importa si mañana me tomo la noche libre?

Él alzó la vista del mostrador y la observó, probablemente del mismo modo que habría mirado a su propia hija.

—Creo que será lo mejor —contestó sin dudar.

Taylor llegó treinta minutos antes de la hora en que Denise empezaría su turno. Cuando la vio en la puerta vestida con unos pantalones vaqueros y una blusa de manga corta se llevó una buena sorpresa. Había estado lloviendo prácticamente todo el día y la temperatura había descendido considerablemente; hacía demasiado frío para ir en pantalones cortos. Taylor, por su parte, se había duchado y se había cambiado antes de ir a recogerla.

—Pasa —lo invitó.

—¿No deberías estar ya vestida para ir al Eights?

—Esta noche no trabajo —anunció ella en un tono firme.

—¿Ah, no?

—No —replicó ella.

Taylor la siguió hasta el comedor, lleno de curiosidad.

—¿Dónde está Kyle?

Denise se sentó.

—Melissa ha dicho que cuidará de él un rato.

Taylor se detuvo en seco y miró en derredor un tanto desconcertado. Denise dio unas palmaditas al sofá.

—Siéntate.

Taylor obedeció.

—¿Qué pasa?

—Tenemos que hablar —empezó a decir ella.

—¿Sobre qué?

Denise no pudo evitar sacudir la cabeza ante tal pregunta.

—A ver, Taylor, ¿qué te pasa?

—¿Por qué? ¿Hay algo que deba saber? —replicó él, con una sonrisita nerviosa.

—Mira, no es momento para bromas. Me he tomado la noche libre para que me ayudes a entender cuál es el problema.

—¿Te refieres a lo que pasó ayer? Ya te pedí perdón, ¿qué más quieres?

—No hablo de anoche. Me refiero a ti y a mí.

—¿Acaso no hablamos de eso hace un par de noches?

Denise resopló con exasperación.

—Sí, hablamos, o mejor dicho, hablé yo. Pero tú no dijiste gran cosa.

—¡Vaya si no!

—No, no lo hiciste, pero, claro, lo cierto es que casi nunca lo haces. Solo hablas de temas superficiales, y nunca de las cosas que realmente te preocupan.

—Eso no es cierto.

—Entonces, ¿por qué ya no me tratas igual que al principio?

—Yo no…

Denise alzó las manos para indicarle que se callara.

—Ya no pasas por aquí tan a menudo…, no me llamaste mientras estabas fuera. Ayer por la mañana te marchaste sin despedirte, luego, por la tarde, no apareciste…

—Ya te lo he explicado.

—Sí, es verdad. Sé que me has dado una explicación para cada una de estas cosas…, pero no me has dicho nada del problema de fondo.

Taylor se volvió hacia el reloj de la pared y se lo quedó mirando fijamente. Se negaba a contestar aquella pregunta, terco.

Denise se pasó la mano por el pelo.

—Es más que evidente que ya no quieres hablar conmigo. Y me estoy empezando a preguntar si, en realidad, alguna vez te ha interesado hablar conmigo.

Taylor volvió a mirarla. Denise no apartó los ojos. Ya había pasado por eso mismo antes con él, que había negado que existiera un problema, y no quería volver a dejar pasar el tema. Con la voz de Melissa todavía resonando en sus oídos, decidió ir hasta el fondo de la cuestión. Aspiró despacio y formuló la pregunta con cautela:

—¿Qué pasó con tu padre?

Inmediatamente, vio que Taylor se ponía tenso.

—¿Y eso qué importa? —contraatacó él, a la defensiva.

—Creo que tiene algo que ver con tu forma de comportarte últimamente.

En lugar de contestar, Taylor sacudió la cabeza, exasperado.

—¿Por qué dices eso?

Ella volvió a intentarlo.

—No importa. Solo quiero saber qué sucedió.

—Ya hemos hablado de eso —la atajó bruscamente.

—No, no lo hemos hecho. Te pregunté por él, y tú me contaste algo, pero no sé todo lo que pasó.

Taylor apretó los dientes. Abría y cerraba una mano compulsivamente, sin darse cuenta.

—Murió, ¿vale? Ya te lo he dicho.

—¿Y?

—¿Y qué? —estalló, molesto—. ¿Qué quieres que te diga?

Ella le buscó la mano y se la apretó.

—Melissa me ha contado que te echas la culpa de lo que pasó.

Taylor retiró la mano.

—¡No sabe lo que dice!

Denise mantuvo un tono de voz conciliador.

—Hubo un incendio, ¿verdad?

Taylor cerró los ojos. Cuando volvió a abrirlos, pudo ver una furia que jamás le había visto antes.

—¡Murió y punto! ¡No hay nada que hablar!

—¿Por qué no me contestas? ¿Por qué no puedes hablar conmigo?

—¡Maldita sea! —espetó él. Su voz resonó en las paredes—. ¿Por qué no dejas el tema de una puñetera vez?

Su arrebato la tomó por sorpresa. Denise abrió los ojos como platos.

—No, no puedo dejarlo —insistió, con el pulso acelerado—, no cuando se trata de un tema que nos incumbe a los dos.

Taylor se levantó del sofá.

—¡No nos incumbe! Pero ¿a qué diantre viene todo esto? Empiezo a cansarme de tus interrogatorios, ¿sabes? ¡Estoy harto!

Ella se inclinó hacia delante, con las manos extendidas.

—No te estoy interrogando, Taylor, solo…, solo intento hablar… contigo —tartamudeó.

—¿Qué quieres de mí? —le soltó, con la cara encendida.

—Solo quiero saber qué pasa, para que podamos buscar una solución.

—¿Qué solución? No estamos casados, Denise. ¿Quieres dejar de entrometerte en mi vida de una vez por todas?

Aquello le dolió.

—No pretendo entrometerme —contestó ella, a la defensiva.

—¿Ah, no? Estás intentando meterte en mi cabeza para arreglar lo que no funciona. Pero te equivocas, Denise, no me ocurre nada. Soy como soy. Si no te gusta lo que ves, quizá deberíamos dejarlo.

Taylor la acribilló con la mirada, fuera de sí. Denise aspiró hondo. Antes de que pudiera decir nada, él sacudió la cabeza y dio un paso atrás.

—Mira, está claro que no necesitas que te lleve al Eights, y yo no quiero estar aquí en estos momentos, así que… piensa en lo que te he dicho, ¿vale? Será mejor que me vaya.

Y, sin decir nada más, dio media vuelta y enfiló hacia la puerta con paso airado. Denise se quedó allí, plantada en el sofá, totalmente descolocada.

«¿Qué piense en lo que ha dicho?»

—Lo haría, si le encontrara un sentido —se susurró a sí misma.

Y

Los siguientes días transcurrieron sin novedad, salvo, claro está, por las flores que llegaron el día después de la pelea.

La nota era escueta: «Siento mucho mi comportamiento. Necesito un par de días para aclarar las ideas. ¿Me los concedes, por favor?»

Por un lado, Denise quería tirar las flores a la basura; sin embargo, por otro, no quería hacerlo. En parte deseaba poner punto final a aquella relación cuanto antes, pero en parte ansiaba darle otra oportunidad.

«Así pues, nada nuevo bajo el sol, ¿no?», se dijo.

Al otro lado de la ventana, la tormenta había regresado. El cielo estaba encapotado, y una fría lluvia repiqueteaba contra las ventanas mientras el vendaval doblaba los árboles hasta casi por la mitad.

Descolgó el teléfono y llamó a Rhonda, luego volvió a concentrarse en los anuncios clasificados. Aquel fin de semana se compraría un coche, sin falta.

Quizá de ese modo no se sentiría tan atrapada.

El sábado Kyle celebró su cumpleaños. Judy, Melissa, Mitch y los cuatro chicos fueron los únicos que asistieron a la fiesta. Cuando le preguntaron por Taylor, Denise explicó que pasaría más tarde para llevar a Kyle a un partido de béisbol, que por eso no estaba allí en esos momentos.

—Kyle se ha pasado toda la semana emocionado con la idea de ir a un partido de béisbol —comentó ella, quitando importancia a la ausencia de Taylor.

A pesar de todo lo que había sucedido entre ellos dos, él no había cambiado de actitud respecto a Kyle. Denise estaba segura de que iría a buscarlo, esta vez no podía fallar.

Estaba convencida de que a las cinco, se presentaría en la puerta y llevaría a Kyle al partido, seguro.

Las horas pasaban, pero más despacio que de costumbre.

A las cinco y veinte, Denise estaba jugando con Kyle a pasarse la pelota en el jardín, con un nudo en la garganta y a punto de echarse a llorar.

Kyle estaba adorable, vestido con pantalones vaqueros y gorra de béisbol. Con su guante —uno nuevo, cortesía de Melissa— cazó al vuelo la última pelota que Denise le acababa de lanzar. La agarró con fuerza con la otra mano y miró a Denise.

—*Tayor vene* —dijo.

Denise echó un vistazo al reloj por enésima vez. Tragó saliva y sintió ganas de vomitar. Lo había llamado tres veces, pero no estaba en casa. Sin embargo, por lo visto, tampoco estaba de camino.

—Creo que no vendrá, cielo.

—*Tayor vene* —repitió el pequeño.

Su insistencia hizo que a Denise se le llenaran los ojos de lágrimas. Se acercó a su hijo y se agachó hasta quedar a su altura.

—Taylor está ocupado. No creo que pueda llevarte hoy al partido. Tendrás que ir con mamá al trabajo, ¿de acuerdo?

Decir aquellas simples palabras le dolió muchísimo.

Kyle la miró, intentando comprender qué le estaba diciendo.

—*Tayor sa ido* —dijo finalmente.

Denise lo abrazó.

—Sí, se ha ido —repitió con tristeza.

Kyle soltó la pelota y enfiló hacia la casa, más abatido que nunca antes en su vida.

Denise hundió la cara entre las manos.

Taylor se presentó en su casa a la mañana siguiente, con un regalo envuelto en un papel de vivos colores debajo del brazo. Antes de que Denise tuviera tiempo de llegar a la puerta, Kyle salió disparado, con la vista fija en el regalo. Ya había olvidado por completo que Taylor hubiera faltado a la cita el día anterior. Si los niños tenían una ventaja respecto a los adultos, era precisamente esa habilidad de perdonar con tanta rapidez, pensó Denise.

Pero ella no era una niña. Salió al porche, con los brazos cruzados y el semblante serio. Kyle había tomado el regalo y ya lo estaba desenvolviendo, rasgando el papel con una emoción desbordada. Denise decidió no decir nada hasta que Kyle hubiera acabado. Los ojos de su hijo se abrieron como un par de naranjas.

—¡*Yego!* —gritó con una alegría loca, alzando la caja para que Denise pudiera verla.

—Así es, Lego —repitió ella, sonriendo.

Sin mirar a Taylor, Denise apartó un mechón de pelo rebelde que le cubría los ojos.

—Di «gracias», Kyle.

—*Asias* —dijo el niño, sin apartar la vista de la caja.

—¿Quieres que te la abra? —sugirió Taylor al tiempo que sacaba una pequeña navaja del bolsillo trasero del pantalón.

Cortó el precinto de la caja y abrió la tapa. Kyle hundió la mano y sacó un juego de ruedas para montar uno de los vehículos.

Denise se aclaró la garganta.

—Kyle, ¿por qué no lo montas dentro? Mamá quiere hablar un momento con Taylor.

Ella abrió la mosquitera, y Kyle obedeció sin rechistar. Puso la caja en la mesita rinconera e inmediatamente quedó absorto en las piezas.

Taylor permaneció inmóvil, sin acercarse a ella.

—Lo siento —dijo con arrepentimiento sincero—. Esta vez no tengo excusa. Me olvidé por completo del partido. ¿Se disgustó?

—Sí, mucho.

Taylor parecía triste.

—Quizás aún pueda arreglarlo. Hay otro partido el próximo fin de semana.

—No, Taylor, ya basta —contestó ella sin alzar la voz.

Denise señaló hacia las mecedoras en el porche. Él vaciló antes de moverse para tomar asiento. Ella también se sentó, pero no lo miró a la cara. En vez de eso, se dedicó a observar un par de ardillas que atravesaban el jardín con graciosos saltitos y que solo se detenían para recoger bellotas.

—Lo he echado todo a perder, ¿verdad? —dijo Taylor sin rodeos.

Denise sonrió con ironía.

—Sí.

—Tienes todo el derecho del mundo a estar enfadada conmigo.

Denise se volvió hacia él y lo miró directamente a los ojos.

—Lo estaba. Anoche, si hubieras ido al Eights, te habría lanzado una sartén a la cabeza.

Las comisuras de los labios de Taylor se curvaron levemente hacia arriba, pero enseguida ese gesto desapareció. Sabía que Denise no había acabado.

—Pero hoy estoy mejor. Digamos que ya no estoy enfadada, sino simplemente resignada.

Taylor la miró con curiosidad mientras ella respiraba despacio. Cuando volvió a hablar, lo hizo en un tono bajo y suave.

—Durante los últimos cuatro años, mi vida se ha centrado en Kyle —empezó a decir—. No siempre ha sido fácil, pero es una vida predecible, y eso es bueno. Sé cómo será hoy y cómo será mañana, y el día después, y eso me ayuda a mantener cierta apariencia de control. Kyle necesita esa rutina, y a mí también me va bien, porque sé que es bueno para él, y él es todo lo que tengo en el mundo. Pero hace unos meses, apareciste tú.

Sonrió, pero la tristeza empañaba sus ojos. Taylor seguía en silencio.

—Te portaste tan bien con él desde el principio... Tratabas a Kyle de una forma distinta al resto de la gente. Eso significaba tanto para mí... Pero, además, te portaste muy bien conmigo.

Denise hizo una pausa, mientras rascaba algo que había en el apoyabrazos de la vieja mecedora de madera, con la mirada perdida.

—Cuando te conocí, yo no quería iniciar ninguna relación seria con nadie. No tenía ni el tiempo ni la energía necesarias; incluso después de la feria, no estaba segura de estar preparada. Pero tú te mostrabas tan atento con Kyle... Hacías cosas con él que nadie más se habría tomado la molestia de hacer, y así me sedujiste. Poco a poco, me fui enamorando de ti.

Taylor puso ambas manos sobre su regazo y clavó la vista en el suelo. Denise sacudió la cabeza, con aire risueño.

—No sé..., supongo que crecí leyendo cuentos de hadas... Quizás eso haya influido.

Denise se recostó en la mecedora y observó a Taylor con los ojos parcialmente cerrados, como cansada.

—¿Recuerdas la noche que nos conocimos? ¿La noche que rescataste a mi hijo? Al cabo de unos días, te ofreciste a llevarme la compra a casa y luego enseñaste a Kyle a jugar con la pelota.

Era como si fueras el príncipe apuesto de mis fantasías infantiles, y cuanto más te conocía, más lo creía. Y una parte de mí todavía lo cree. Eres todo lo que siempre había querido en un hombre. Pero, a pesar de lo que siento por ti, no creo que estés listo ni para mí ni para mi hijo.

Taylor se frotó la cara, abatido, antes de alzar la vista y mirarla con los ojos oscurecidos por el remordimiento.

—No estoy tan ciega como para no darme cuenta de lo que ha sucedido entre nosotros estas últimas semanas. Te estás alejando de mí..., de Kyle y de mí, por más que te empeñes en negarlo. Es obvio, Taylor. Lo que no entiendo es por qué actúas de ese modo.

—He estado muy liado con el trabajo —empezó a excusarse él.

—Quizá sea verdad, pero no es toda la verdad.

Denise respiró hondo e intentó continuar sin que se le quebrara la voz.

—Sé que te pasa algo, y si no puedes (o no quieres) hablar de ello, entonces no hay nada que yo pueda hacer. Pero sea lo que sea, te está apartando de mí.

Denise hizo una pausa. Los ojos se le humedecieron.

—Ayer me hiciste mucho daño. Pero lo peor es que le hiciste daño a Kyle. Él te estuvo esperando más de dos horas. El pobre daba un brinco de alegría cada vez que oía un coche, pensando que eras tú. Pero no eras tú. Al final, incluso él se dio cuenta de que todo había cambiado. No dijo ni una sola palabra durante el resto de la noche. Ni una palabra.

Taylor, pálido y decaído, parecía incapaz de hablar. Denise desvió la mirada hacia el horizonte mientras una lágrima rodaba por su mejilla.

—Puedo soportar muchas cosas. Creo que lo he demostrado en los últimos cuatro años. Incluso puedo soportar la forma en que me has estado tratando últimamente, ahora acercándote a mí, ahora apartándote. Pero soy una persona adulta, lo bastante sensata como para elegir si quiero seguir aceptando esa clase de relación. Sin embargo, Kyle es solo un niño, y si piensas iniciar el mismo juego con él... —Se le quebró la voz.

Antes de proseguir, se secó la mejilla.

—Eres un hombre maravilloso, Taylor. Tienes tanto que ofrecer, y espero que un día encuentres a la persona que pueda comprender todo ese dolor que guardas dentro. Te lo mereces. En el fondo sé que no has querido hacerle daño a Kyle, pero no puedo permitir que eso vuelva a suceder, especialmente cuando tú no tienes claro nuestro futuro juntos.

—Lo siento —dijo él en una voz ronca.

—Yo también.

Taylor le buscó la mano, y casi entre susurros le dijo:

—No quiero perderte.

Al ver su expresión desencajada, ella le retuvo su mano con ternura. Denise intentó contener las lágrimas.

—Pero tampoco quieres seguir conmigo, ¿verdad?

Taylor no supo qué responder.

Cuando Taylor se marchó, Denise deambuló por la casa como una zombi, al borde de la desesperación. Se había pasado casi toda la noche llorando, consciente de lo que iba a pasar. Mientras se sentaba en el sofá, se felicitó a sí misma por haberse mantenido firme; había hecho lo correcto. No podía permitir que Taylor hiciera daño a Kyle otra vez. No pensaba llorar.

No, ni una lágrima más.

Pero al ver a Kyle jugando con su nuevo Lego y al darse cuenta de que Taylor ya no volvería a pisar aquella casa, se le formó un nudo en la garganta.

—No pienso llorar —dijo en voz alta—. No pienso llorar —repitió, como si se tratara de un mantra.

Pese a ello, se derrumbó y se pasó las siguientes dos horas llorando sin consuelo.

—Así que al final has tirado la toalla, ¿eh? —le soltó Mitch, visiblemente enfadado.

Estaban en un bar, un antro que a la hora de desayunar abría las puertas para un grupito de tres o cuatro clientes fijos que esperaban siempre junto a la puerta. En aquel momento, sin embargo, era de noche. Taylor no había llamado hasta pasadas las ocho. Mitch se había presentado una hora más tarde. Taylor había empezado a beber sin él.

—No he sido yo, Mitch —replicó a la defensiva—. Ella es la

que ha roto la relación. Esta vez no puedes echarme la culpa a mí.

—Ya, y supongo que a Denise se le han cruzado los cables de la noche a la mañana, ¿verdad? Tú no has hecho nada.

—Se acabó, Mitch. ¿Qué quieres que diga?

Mitch sacudió la cabeza.

—¿Sabes, Taylor? No tienes remedio. Aquí estás, tan pancho, pensando que lo tienes todo calculado, pero en realidad no entiendes nada.

—Gracias por tu apoyo.

Mitch lo fulminó con la mirada.

—No me vengas con gilipolleces, ¿vale? Tú no necesitas mi apoyo. Lo que necesitas es a alguien que te diga que muevas el culo, que vayas a verla y arregles el error que has cometido.

—No lo entiendes…

—¡Una mierda no lo entiendo! —gritó Mitch, propinando un golpe seco en la mesa con el vaso de cerveza—. Pero ¿quién te has creído que eres? ¿Qué crees, que no lo sé? ¡Maldita sea, Taylor! ¡Probablemente yo te conozca mejor que tú a ti mismo! ¿Crees que eres el único con un pasado jodido? ¿Crees que eres el único que siempre está intentando cambiarlo? ¡Pues para que te enteres, te equivocas! ¡Todo el mundo tiene mierda en su pasado! ¡Todos cargamos con recuerdos que nos gustaría poder cambiar! ¡Pero la mayoría no vamos por ahí haciendo todo lo posible para joder nuestra vida actual solo por eso!

—¡Yo no he jodido nada! —contraatacó Taylor, molesto—. ¿Has oído lo que he dicho? ¡Ha sido ella la que ha cortado! ¡No yo! ¡Esta vez no!

—Mira, Taylor, si quieres puedes irte de este mundo pensando eso, pero tanto tú como yo sabemos que no es así. Ve a verla e intenta salvar la relación. Denise es lo mejor que te ha pasado en la vida.

—No te he pedido que vengas aquí para darme uno de tus típicos sermones…

—¡Me importa un cuerno para qué me has llamado! ¡Pero que conste que es el mejor consejo que te he dado en mi vida! Haz el favor de escucharme, ¿entendido? ¡Arréglalo! Tu padre habría querido que lo hicieras.

Taylor se puso tenso y achicó los ojos como un par de rendijas.

—No metas a mi padre en esto.

—¿Por qué, Taylor? ¿Tienes miedo de algo? ¿Tienes miedo de que su fantasma empiece a revolotear sobre nuestras cabezas o que derribe las cervezas para asustarnos?

—¡Ya basta! —bramó Taylor.

—¡No olvides que yo también conocí a tu padre! Sé que era un gran tipo, un hombre que amaba a su familia, que idolatraba a su esposa y a su hijo. Estoy seguro de que se sentiría decepcionado contigo, por lo que estás haciendo…

Taylor se puso lívido y agarró el vaso con una fuerza desmesurada.

—¡Que te jodan, Mitch!

—¡No, Taylor, tú te has jodido tu propia vida! Si yo te jodiera, lo único que haría sería amontonar más mierda sobre la que ya cargas.

—¡Mira, no necesito oír esa sarta de chorradas! —le espetó Taylor—. ¡Ni siquiera me conoces!

Acto seguido, se levantó de la mesa y enfiló hacia la puerta, furioso.

Mitch apartó la mesa bruscamente, por lo que derribó las bebidas. Algunas cabezas se volvieron para ver qué pasaba. El camarero interrumpió su conversación con un cliente y alzó la vista al tiempo que Mitch se ponía de pie, avanzaba a grandes zancadas hacia Taylor y lo agarraba por la camisa para obligarlo a darse la vuelta.

—¿Que no te conozco? ¡Maldito seas! ¡Mira, no eres más que un jodido cobarde, eso es lo que eres! ¡Tienes miedo de vivir porque crees que eso significa deshacerte de la cruz que has estado cargando toda la vida! ¡Pero esta vez has ido demasiado lejos! ¿Crees que eres el único en el mundo con sentimientos? ¿Crees que puedes apartar a Denise cuando te apetezca y que todo volverá a ser como antes? ¿Crees que serás más feliz? ¡Pues te equivocas! ¡Porque tú, y solo tú, atentas siempre contra tu propia felicidad! Y esta vez no solo has herido a una persona, ¿te has parado a pensarlo? ¡No se trata solo de Denise, estás haciendo daño a un niño pequeño! ¡Por el amor de Dios! ¿Acaso eso no significa nada para ti? ¿Qué crees que diría tu padre sobre eso? ¿«Bien hecho, hijo, estoy muy orgulloso de ti»? ¡Y una mierda! ¡Tu padre estaría asqueado, igual que yo!

Taylor, con la cara blanca, agarró a Mitch, lo levantó del suelo y lo estampó contra la máquina de discos. Dos individuos abandonaron los taburetes donde estaban sentados para alejarse del tumulto, mientras el camarero se alejaba hacia la otra punta del bar. Tras sacar un bate de béisbol, se dirigió hacia aquellos alborotadores. Taylor alzó un puño amenazador.

—¿Qué piensas hacer? ¿Pegarme? —lo provocó Mitch.

—¡Dejadlo ya! —gritó el camarero—. ¡Fuera! ¡A la calle ahora mismo!

—¡Adelante! ¡Pégame! ¡Me importa una mierda! —gritaba Mitch.

Taylor se mordió el labio con tanta rabia que empezó a sangrar. Echó el brazo hacia atrás, listo para agredir a Mitch. Le temblaba la mano.

—Siempre te perdonaré, Taylor —soltó Mitch, recuperando la serenidad—. Pero tú también tendrás que perdonarte a ti mismo.

Taylor vacilaba, sin saber qué hacer. Al final soltó a Mitch y dio media vuelta hacia las caras que lo miraban sin parpadear. El camarero estaba a su lado, con el bate en la mano, esperando a ver su reacción.

Haciendo un esfuerzo para no ponerse a gritar allí mismo, Taylor enfiló hacia la puerta a grandes zancadas.

Capítulo 23

*J*usto antes de la medianoche, Taylor regresó a su casa y vio que tenía un mensaje en el contestador. Desde que había dejado a Mitch, había deambulado por ahí solo, intentando aclarar sus ideas. Se había sentado en el puente desde el que se había lanzado al río unos meses antes. Aquella había sido la primera noche que había necesitado a Denise. Parecía que hubiera pasado una eternidad.

Pensando que era Mitch quien le había dejado el mensaje, Taylor se acercó al contestador, arrepintiéndose del ataque de rabia contra su amigo. Pulsó el botón para escuchar el mensaje. Para su sorpresa, no era Mitch.

Era Joe, del cuerpo de bomberos. Se notaba que estaba haciendo un esfuerzo por mantener la calma.

—Se ha declarado un incendio en una nave industrial, en los alrededores del pueblo, en el almacén de Arvil Henderson. El fuego arde sin control. He llamado a todos los voluntarios en Edenton. También hemos pedido camiones y más voluntarios de refuerzo a los condados cercanos. Hay vidas en peligro. Si oyes este mensaje a tiempo, necesitamos tu ayuda…

Joe había dejado el mensaje hacía veinticuatro minutos.

Taylor colgó el teléfono sin escuchar el resto y corrió hacia la furgoneta, maldiciéndose a sí mismo por haber desconectado el móvil al salir del bar.

Henderson era mayorista regional de pinturas. Era uno de los negocios más importantes del condado de Chowan. Los camiones entraban y salían cargados día y noche; a cualquier hora, había por lo menos una docena de personas trabajando en esa nave industrial.

Necesitaría unos diez minutos para llegar hasta allí.

El resto de sus compañeros ya debían de estar en el almacén. Él llegaría unos treinta minutos tarde. Esa media hora podía marcar la diferencia entre la vida y la muerte de las personas atrapadas ahí dentro.

Mientras él estaba compadeciéndose de sí mismo, otros estaban luchando por sus vidas.

Las ruedas de la furgoneta levantaron una nube de polvo cuando Taylor maniobró bruscamente para salir del aparcamiento, sin apenas aminorar la marcha al llegar a la carretera. Las ruedas chirriaron y el motor rugió cuando aceleró aún más, sin parar de renegar en voz alta. De camino a la nave industrial, Taylor tomó todos los atajos que conocía.

Al llegar a un tramo de la carretera sin curvas, aceleró hasta alcanzar casi los ciento cincuenta kilómetros por hora. Las herramientas traqueteaban en la parte trasera de la furgoneta; al tomar otra curva, oyó un golpe seco de algún objeto pesado que se había desplazado de un lado al otro de la batea.

Los minutos pasaban lentamente, como si fueran eternos. Al cabo, a lo lejos avistó el cielo iluminado por un resplandor anaranjado, un color diabólico en medio de la oscuridad. Golpeó el volante con fuerza cuando se dio cuenta de la magnitud del fuego. Por encima del rugido del motor, podía oír las sirenas ululando a distancia.

Pisó el freno a fondo. Las ruedas de la furgoneta parecían resistirse a obedecer; el vehículo derrapó al tomar la curva y se incorporó en la carretera que llevaba hasta el almacén. El aire estaba enrarecido por una negra y densa humareda, alimentada por los componentes inflamables de las pinturas. No soplaba ni una gota de brisa; el humo lo envolvía todo con languidez. Taylor podía ver las llamas que se elevaban de la nave industrial. Cuando tomó la última curva, ahogó un grito ante aquel impresionante resplandor. Las ruedas chirriaron de nuevo cuando la furgoneta se detuvo de un frenazo.

Aquello era un verdadero infierno.

Vio tres coches de bomberos con cisterna, con las mangueras

conectadas a las bocas de incendios; lanzaban chorros de agua sobre uno de los flancos del edificio. El otro lado estaba todavía intacto, aunque parecía que no tardaría mucho en ser alcanzado por las llamas. Había dos ambulancias, con las luces de emergencia encendidas; cinco personas tendidas en el suelo, auxiliadas por otras personas, y dos más que en esos precisos instantes salían del almacén arrastradas por unos bomberos con un aspecto casi tan débil como ellos.

Mientras Taylor examinaba aquella dantesca escena, se fijó en el coche de Mitch, aparcado a un lado, aunque le resultó imposible localizarlo en medio del caos de cuerpos y vehículos.

Taylor saltó de la furgoneta y corrió hacia Joe, que no paraba de lanzar órdenes a diestro y siniestro, intentando sin éxito controlar la situación. En ese momento, llegó otro coche de bomberos, procedente de Elizabeth City. Seis hombres más saltaron al suelo y empezaron a desenrollar la manguera mientras otro corría hacia una de las bocas de incendios.

Joe se volvió y vio a Taylor, que corría hacia él. Tenía la cara cubierta de hollín. Señaló hacia el camión con la escalera extensible.

—¡Ponte el traje! —le ordenó.

Taylor acató la orden. Se subió al vehículo, agarró el traje y se calzó las botas. Al cabo de dos minutos, ya con el traje de bombero, corrió de nuevo hacia Joe.

Mientras se movía, el cielo se iluminó de repente con una serie de explosiones, docenas, una tras otra. Una nube negra en forma de seta emergió del centro del edificio, con un humo que se retorcía como si hubiera estallado una bomba. Los que estaban cerca de la nave se echaron al suelo al tiempo que trozos del tejado en llamas salían disparados en todas direcciones con la fuerza de mortíferos proyectiles.

Taylor se agachó y se cubrió la cabeza con ambas manos.

Todo el edificio era ya pasto de las llamas. Hubo más explosiones. Los trozos de chatarra incandescentes siguieron surcando el cielo mientras los bomberos retrocedían para protegerse del calor abrasador. Del infierno emergieron dos hombres, con los brazos y las piernas envueltos en llamas; las mangueras apuntaron hacia ellos, y los dos cayeron al suelo, retorciéndose de forma pavorosa.

Taylor se incorporó y corrió hacia el calor, hacia las explosiones. Recorrió como un loco los sesenta metros que lo separaban de los dos hombres tendidos en el suelo; el mundo de repente parecía un campo de batalla. Las explosiones se sucedían sin parar en el interior de la nave, donde los contenedores de pintura explotaban uno tras otro; el fuego estaba fuera de control. Costaba respirar a causa de los gases. Una de las paredes exteriores se derrumbó súbitamente hacia fuera, y por poco no aplasta a los hombres que estaban cerca.

Taylor llegó por fin hasta los dos hombres. Achicó los ojos, que le escocían de una forma terrible. Vio que ambos estaban inconscientes, con las llamas a escasos centímetros de sus cuerpos. Los agarró por las muñecas y empezó a arrastrarlos hacia atrás, para alejarlos de las llamas. El calor del fuego había derretido parte de los trajes. Casi podía ver como ardían mientras los arrastraba hasta un lugar seguro. En ese momento, llegó otro bombero que Taylor no conocía, y se hizo cargo de uno de los heridos. Aligeraron el paso y los arrastraron hacia las ambulancias. Un enfermero salió a su encuentro, corriendo.

Ya solo quedaba en pie una parte del edificio, aunque a juzgar por el humo que salía de las pequeñas ventanas rectangulares que habían estallado, aquella sección también estaba a punto de volar por los aires.

Joe gesticulaba frenéticamente para que todo el mundo retrocediera y se colocara a una distancia prudente, a salvo. Pero el estruendo hacia imposible que nadie lo oyera.

El enfermero llegó inmediatamente y se arrodilló frente a los dos heridos. Tenían las caras chamuscadas y la ropa todavía ardiendo; las llamas atizadas por el combustible habían derretido los trajes ignífugos. El enfermero sacó del botiquín un par de tijeras y empezó a cortar el traje de uno de los bomberos. Otro enfermero apareció de la nada e hizo lo mismo con el otro traje.

Los dos heridos habían recuperado la consciencia y gemían sin parar. Los enfermeros iban cortando los trajes. Taylor ayudaba a quitar con cuidado los trozos de tela pegados a la piel. Primero una pierna, luego la otra, seguida de los brazos y del torso. Los ayudaron a sentarse, para poder acabar de quitarles los restos de ropa. Uno de los bomberos se había dejado los pantalones vaqueros y dos camisas debajo del traje ignífugo y apenas había sufrido quemaduras, salvo en los brazos. El segundo, sin embargo, solo llevaba debajo del traje una camiseta, que también hubo que cortar a tiras para despegársela de la piel. Tenía la espalda al rojo vivo, con quemaduras de segundo grado.

Taylor apartó la vista de los dos heridos y vio que Joe gesticulaba de nuevo, casi fuera de sí. Había tres hombres a su alrededor, y otros tantos se le acercaban. Fue entonces cuando Taylor se volvió hacia el edificio y supo que algo iba muy mal.

Se puso de pie y corrió hacia Joe, preso de una sensación de náuseas. Al aproximarse, oyó unas palabras que le helaron el alma.

—¡Todavía están dentro! ¡Dos hombres! ¡En esa zona!

Taylor se puso tenso mientras los recuerdos emergían entre las cenizas.

«Un niño de nueve años, en la buhardilla, que grita desde la ventana…»

Taylor se quedó paralizado. Miró hacia las ruinas en llamas de la nave industrial, donde solo quedaba una parte del edificio en pie. Entonces, como si estuviera en medio de un sueño, se dirigió hacia la única sección del edificio que quedaba intacta, la parte donde estaban las oficinas. Aceleró el ritmo, pasó por delante de los compañeros que sostenían las mangueras, sin prestar atención a sus avisos para que se detuviera.

Las llamas del almacén habían devorado prácticamente todo el edificio y habían alcanzado los árboles de alrededor, que también ardían sin control. Más adelante divisó una puerta que los bomberos habían derribado y por la que emergía una densa humareda negra.

Estaba ya junto a la puerta cuando Joe lo vio y empezó a gritarle que se detuviera.

Taylor, que no podía oír nada a causa del estruendo, aspiró hondo y atravesó el umbral con el impulso de una bala de cañón, cubriéndose el rostro con la mano enguantada, sintiendo el desagradable roce de las llamas. Casi a ciegas, se volvió hacia la izquierda, esperando que ningún objeto le obstaculizara el paso. Le escocían los ojos. Inhaló una bocanada de aire ácido y contuvo la respiración.

Había fuego por doquier. Las vigas se hundían. El aire era tóxico.

Sabía que solo podría contener la respiración durante un minuto, no más.

Se propulsó hacia la izquierda. El humo era casi impenetrable; las llamas aportaban la única luz.

Todo resplandecía con una furia antinatural. Las paredes, el techo… Oyó el crujido de una viga sobre su cabeza. Taylor saltó a un lado instintivamente. Al cabo de un instante, el techo se derrumbó justo a sus pies.

Conteniendo la respiración, avanzó veloz hacia la punta más alejada del edificio, la única zona que todavía quedaba en pie. Podía notar cómo su cuerpo se debilitaba poco a poco; sus pulmones parecían encogerse a medida que avanzaba a trompicones. A su izquierda entrevió una ventana, con el cristal intacto, y se precipitó hacia ella. Se quitó el hacha del cinturón y rompió la ventana con un único golpe. De inmediato, asomó la cabeza al exterior y volvió a coger aire.

Como si se tratara de un ser vivo, el fuego pareció percibir la nueva entrada de oxígeno: unos segundos más tarde la sala explotó a sus espaldas con una furia renovada.

El calor abrasador de las nuevas llamas lo empujó lejos de la ventana, y otra vez se adentró en las entrañas del edificio.

Tras haberse avivado, el fuego se redujo momentáneamente, apenas unos segundos. Pero bastó para que Taylor se orientara. Fue entonces cuando vio la figura de un hombre tendido en el suelo. Por el traje, se dio cuenta de que era un bombero.

Taylor avanzó tambaleándose hacia el cuerpo, esquivando por poco otra viga que se desmoronó justo delante de él. Atrapado en el último rincón de la nave, podía ver la cortina de llamas que se cerraba alrededor de ellos.

De nuevo, se había quedado sin apenas aire. Taylor llegó hasta el individuo; se inclinó hacia él, lo agarró por la muñeca y se lo echó al hombro. A continuación avanzó hacia la única ventana que acertaba a ver.

Moviéndose solo por instinto, se precipitó hacia la ventana. Empezaba a notar un leve mareo. Cerró los ojos para que el calor y el humo no los dañaran aún más. Llegó a la ventana y con un movimiento certero lanzó al hombre a través del cristal roto. El bombero inconsciente aterrizó hecho un ovillo. Con la visión nublada, Taylor no acertó a ver si alguno de sus compañeros se acercaba corriendo hacia el cuerpo tendido en el suelo.

Solo podía rezar porque así fuera.

Resolló y tosió violentamente. Entonces, después de aspirar hondo, dio media vuelta y se adentró otra vez en aquel infierno.

Todo estaba envuelto por el rugido de las llamas impregnadas de gases tóxicos y por el humo asfixiante.

Taylor se abrió paso a través de la cortina de fuego y humo, moviéndose como si una mano oculta lo guiara.

Todavía quedaba otro hombre.

«Un niño de nueve años, en la buhardilla, que grita desde la ventana que tiene miedo a saltar…»

Taylor cerró un ojo cuando este empezó a contraerse entre espasmos de dolor. De repente, la pared de la oficina se desmoronó como si se tratara de un castillo de naipes. El techo que tenía sobre su cabeza se combó mientras las llamas ascendían en espiral hacia el agujero en el techo, en busca de nuevas vías de oxígeno.

Todavía quedaba otro hombre.

Se sentía como si se estuviera muriendo. Sus pulmones le pedían a gritos que tomara aire, aunque fuera el aire tóxico y abrasador que lo rodeaba, pero él desestimó tal necesidad, con una creciente sensación de mareo. El humo serpenteaba a su alrededor.

Taylor cayó de bruces. El ojo que mantenía abierto también había empezado a contraerse espasmódicamente. Las llamas lo rodeaban en tres direcciones, pero siguió adelante, dirigiéndose hacia la única zona donde todavía podía haber alguien con vida.

Avanzaba arrastrando los pies penosamente, apenas consciente. El mundo parecía escapársele de las manos.

Fue entonces cuando tuvo la certeza de que iba a morir.

«¡Toma aire!», le gritaba su cuerpo.

Pero siguió avanzando, arrastrándose como un autómata. Delante de él no había más que llamas, un muro infranqueable de calor abrasador.

De repente, vio el cuerpo.

Rodeado por el humo, Taylor no podía ver quién era, pero reparó en que tenía las piernas atrapadas bajo una montaña de escombros.

Con una horrible sensación de estar absolutamente extenuado, de repente su visión se tornó negra, pero avanzó a tientas, a ciegas, hasta el individuo, dejándose guiar por su instinto.

El hombre yacía tumbado boca abajo, con los brazos extendidos a ambos lados. Todavía llevaba el casco sujeto a la cabeza. Tenía las piernas totalmente cubiertas por los escombros, desde la cintura hasta los pies.

Taylor se colocó junto a su cabeza, lo agarró por ambos brazos y tiró. El cuerpo no se movió.

Sin apenas fuerza, se puso de pie y empezó a quitarle trabajosamente los escombros de encima. Trozos de tablones, contrachapados, cascajos de yeso, piezas calcinadas…

Taylor pensó que le iban a explotar los pulmones.

Las llamas se les echaban encima, lamiendo aquel cuerpo inconsciente que estaba tendido en el suelo.

Taylor no paró hasta retirar todos los cascotes. Por suerte, ninguna de las piezas pesaba demasiado, pero aquel esfuerzo casi había acabado con las pocas fuerzas que le quedaban. Volvió a colocarse junto a la cabeza del herido y tiró de él.

Esta vez el cuerpo se movió. Taylor volvió a tirar, con todo su empeño, pero se había quedado completamente sin aire y su cuerpo reaccionó instintivamente.

Inhaló con brusquedad, con una imperiosa necesidad de llenar los pulmones de aire.

Su cuerpo se había equivocado.

De repente, se sintió mareado y tosió con violencia. Soltó al hombre y se levantó tambaleándose en un estado de pánico incontrolable, todavía sin aire en la sala donde no quedaba ni una gota de oxígeno; todo su entrenamiento, todo su pensamiento consciente, pareció desaparecer en un ataque de puro instinto de supervivencia.

Trastabilló y retrocedió por donde había llegado; las piernas parecían moverse a su antojo. Tras unos pasos, sin embargo, se detuvo, como si se despertara a la fuerza de aquel estado de aturdimiento. Se volvió y dio un paso hacia el hombre inconsciente. En aquel segundo, el fuego que había a su alrededor explotó de repente. Taylor sintió que estaba a punto de desfallecer.

Las llamas lo engullían y prendían su traje. Se arrojó por la ventana. Atravesó la abertura a ciegas. Lo último que sintió fue el fuerte impacto contra el suelo y un grito de desesperación que se le moría en los labios.

Capítulo 24

Solo una persona falleció a prímeras horas de aquel lunes.

Seis hombres habían resultado heridos, entre los que estaba Taylor. Los llevaron a todos al hospital. A tres les dieron el alta aquella misma noche; dos de los que permanecieron ingresados eran los bomberos que Taylor había salvado de una muerte segura; tan pronto como llegó el helicóptero, fueron trasladados a la Unidad de Quemaduras de la Universidad de Duke, en Durham.

Taylor yacía solo en la oscuridad de su habitación en el hospital. Solo podía pensar en el hombre que no había podido sacar del edificio y que había fallecido. Llevaba un ojo vendado aparatosamente. Cuando llegó su madre, estaba tumbado boca arriba, con el otro ojo fijo en el techo.

Ella se sentó a su lado durante una hora, luego se marchó y volvió a dejarlo solo con sus pensamientos.

Taylor no pronunció ni una sola palabra.

Denise pasó a verlo el martes por la mañana, cuando empezó la hora de visitas. Tan pronto como llegó, Judy alzó la vista de la silla, con los ojos rojos y exhaustos. La había llamado por teléfono, y Denise había ido inmediatamente al hospital, con Kyle. Judy tomó la mano del pequeño y lo guio en silencio hasta el piso inferior.

Denise entró en la habitación de Taylor y se sentó en la

misma silla que había ocupado Judy. Taylor giró la cabeza hacia el otro lado.

—Siento lo de Mitch —dijo ella con suavidad.

Capítulo 25

El funeral se offició al cabo de tres días, el viernes.

Taylor había recibido el alta el jueves, y desde el hospital fue directamente a ver a Melissa.

La familia de Melissa había llegado desde Rocky Mount. La casa estaba llena de personas a las que Taylor solo había visto en escasas ocasiones en el pasado: en la boda, en los bautizos y en algunas vacaciones. Los padres y los hermanos de Mitch, que vivían en Edenton, también estaban allí, aunque todos se marcharon al anochecer.

La puerta estaba abierta cuando Taylor entró. Buscó a Melissa con la vista.

Tan pronto como la vio al otro lado del comedor, le empezaron a escocer los ojos. Ella estaba hablando con su hermana y con su cuñado, junto a la foto de la familia enmarcada en la pared. Cuando lo vio, interrumpió inmediatamente la conversación y enfiló hacia él. Cuando estuvieron juntos, se fundieron en un efusivo abrazo. Taylor apoyó la cabeza en su hombro mientras lloraba sin consuelo, ocultando la cara entre su pelo.

—Lo siento, lo siento tanto…

Taylor no podía dejar de repetir la misma frase. Melissa también rompió a llorar. El resto de los miembros de la familia los dejaron a solas.

—Lo intenté, Melissa… Lo intenté. No sabía que era él…

Melissa no podía hablar. Joe la había puesto al corriente de lo que había sucedido.

—No pude… —farfulló Taylor, antes de desmoronarse por completo.

Permanecieron abrazados durante un largo rato.

Él se marchó una hora más tarde, sin hablar con nadie más.

Al funeral, que tuvo lugar en el Cypress Park Cemetery, acudió muchísima gente. Además de los amigos y de la familia de Mitch, también asistieron todos los bomberos de los tres condados aledaños, así como todos los oficiales de las fuerzas del orden. Fue una de las exequias más multitudinarias que jamás se habían visto en Edenton. Dado que Mitch se había criado en el pueblo y regentaba la ferretería, prácticamente todo el pueblo pasó a presentar sus respetos.

Melissa y los cuatro niños estaban sentados en la primera fila, llorando.

El párroco dijo unas frases antes de recitar el salmo veintitrés. Cuando llegó el momento de los elogios, se apartó a un lado para permitir que familiares y amigos tomaran la palabra.

Joe, el jefe de bomberos, fue el primero: habló de la dedicación de Mitch, de su valentía y del profundo respeto que siempre sentiría por él. La hermana mayor de Mitch también pronunció unas palabras para recordar algunas anécdotas de su infancia. Cuando terminó, Taylor dio un paso adelante.

—Mitch era como un hermano para mí —empezó a decir con la voz quebrada y los ojos clavados en el suelo—. Nos criamos juntos. Él está presente en todos los buenos recuerdos que tengo de mi infancia y de mi juventud. Recuerdo una vez, cuando teníamos doce años… Mitch y yo estábamos pescando cuando me incorporé demasiado rápido en el bote. Resbalé y me golpeé la cabeza antes de caer al agua. Mitch se zambulló y me sacó a la superficie. Aquel día me salvó la vida, pero cuando recuperé la consciencia, simplemente se echó a reír. Lo único que me dijo fue: «¡Me has hecho perder el pez que había pescado, patoso!».

A pesar de la solemnidad de la tarde, durante unos segundos se levantó un leve murmullo acompañado de risas sofocadas.

—¿Qué puedo decir de Mitch? Era la clase de hombre que siempre aportaba algo a todo y a todos los que se cruzaban en su camino. Envidio su forma de ver la vida. Mitch la interpretaba como un gran partido, en el que la única forma de ganar era ser bueno con el resto de la gente, ser capaz de mirarse a uno mismo al espejo y quedar satisfecho con lo que veía. Mitch… —Cerró los ojos y los apretó fuerte en un intento de contener las lágrimas—. Mitch era todo lo que yo siempre había querido ser…

Taylor se apartó del micrófono, con la cabeza gacha, y volvió a ocupar su puesto. El cura terminó la misa y los congregados empezaron a desfilar delante del féretro, sobre el que habían colocado una foto de Mitch. En ella, sonreía abiertamente, de pie junto a la barbacoa en el jardín trasero de su casa. Al igual que la foto del padre de Taylor, lograba plasmar cómo era su amigo, en esencia.

Después del funeral, Taylor se dirigió de nuevo en coche hasta la casa de Melissa, solo.

La casa estaba abarrotada de gente. Eran los asistentes al funeral, que se habían acercado a ofrecer sus condolencias a la viuda. A diferencia del día anterior —una reunión de los amigos más íntimos y de la familia—, en aquella ocasión todos los que habían ido al funeral estaban allí, incluso personas a las que la viuda apenas conocía.

Judy y la madre de Melissa se encargaban del trabajo pesado de dar de comer a toda aquella multitud. Como en el interior de la casa no cabía ni un alfiler, Denise salió al jardín trasero para vigilar a Kyle y a los otros niños que habían acudido al funeral. Eran sobre todo los sobrinos, niños muy pequeños, como Kyle, incapaces de comprender la magnitud de la tragedia. Ataviados con trajes formales, correteaban de un lado al otro, jugando alegremente, como si aquello no fuera otra cosa que una reunión familiar.

Denise necesitaba respirar aire fresco. Aquella tristeza parecía ahogarla. Tras abrazar a Melissa y darle el pésame, la había dejado con su familia y con la de Mitch. Sabía que Melissa tendría el apoyo que necesitaba en esos momentos; sus padres iban a quedarse una semana con ella. Su madre estaría allí para escucharla y consolarla; su padre se encargaría del insoportable papeleo.

Denise se levantó de la silla y fue hasta la punta de la piscina, con los brazos cruzados. Judy la vio a través de la ventana de la cocina; abrió la puerta corredera de cristal y fue a su encuentro.

Denise oyó unos pasos y miró por encima del hombro. Cuando vio que era Judy, le sonrió con tristeza.

La mujer le puso una mano en el hombro, con ternura.

—¿Cómo lo llevas? —le preguntó.

Denise sacudió la cabeza.

—Debería ser yo quien te lo preguntara. Conocías a Mitch desde pequeño.

—Lo sé. Pero tienes aspecto de necesitar hablar con un amigo.

Denise descruzó los brazos y desvió la vista hacia la casa. Había gente en todas las estancias.

—Estoy bien. Solo estaba pensando en Mitch. Y en Melissa.

—¿Y en Taylor?

Su relación se había acabado, pero no podía mentir.

—También en él.

Dos horas más tarde, la gente empezó a marcharse. La mayoría de los amigos lejanos ya se habían ido, igual que varios familiares que tenían que tomar algún avión de vuelta.

En el comedor, Melissa estaba sentada junto a su familia más próxima; los chicos se habían cambiado de ropa y habían salido a jugar al jardín de la parte de delante de la casa. Taylor estaba de pie en el despacho de Mitch cuando Denise se le acercó.

La vio y desvió la mirada hacia las paredes del despacho. Las estanterías estaban llenas de libros, trofeos que los chicos habían ganado en partidos de fútbol y de béisbol, y fotos de familia. En un rincón había un buró con el tablero bajado.

—Lo que has dicho en el funeral ha sido muy bonito —dijo Denise—. Melissa se ha emocionado al oírte.

Él se limitó a asentir. Denise se pasó la mano por el pelo.

—Lo siento mucho, Taylor. Solo quiero que sepas que, si necesitas hablar con alguien, ya sabes dónde encontrarme.

—No necesito a nadie —susurró él con la voz rasgada.

Acto seguido, le dio la espalda y se alejó de ella.

Lo que ninguno de los dos sabía era que Judy había presenciado la escena.

Capítulo 26

*T*aylor se incorporó bruscamente de la cama, con el corazón desbocado y la boca seca. Por un momento, estaba de nuevo en la nave industrial, rodeado de llamas; la adrenalina corría por su cuerpo. No podía respirar y le escocían muchísimo los ojos. Había fuego por doquier. Intentaba gritar, pero de su boca no salía ningún sonido. Se estaba ahogando en un humo imaginario.

Entonces, de repente, se dio cuenta de que estaba soñando. Miró la habitación a su alrededor y se esforzó para parpadear, mientras, poco a poco, volvía a la realidad. Aquello le provocó un dolor diferente, un insoportable peso en el pecho y en los brazos.

Mitch Johnson estaba muerto.

Era martes. Desde el funeral, no había salido de casa ni había contestado al teléfono. Juró que aquel día se reincorporaría a la vida. Tenía cosas que hacer: su trabajo en la obra y ciertos detalles que requerían su atención. Echó un vistazo al reloj y vio que ya eran más de las nueve y media. Hacía una hora que debería haber salido de casa.

En vez de levantarse, sin embargo, se dejó caer nuevamente hacia atrás, incapaz de reunir la energía necesaria para levantarse de la cama.

El miércoles, a media mañana, Taylor se sentó en la cocina, con unos pantalones vaqueros como única prenda. Se había preparado huevos revueltos y panceta frita, y clavó la vista en el plato unos instantes antes de echarlo a la basura, sin haberlo siquiera probado. Llevaba dos días sin comer. No podía dormir, ni quería hacerlo. Se negaba a hablar con nadie. Las llamadas se iban acumulando en el contestador automático del teléfono.

No merecía tales atenciones. Todo eso podría aportarle placer, podría ser una válvula de escape. Él no se merecía nada de aquello. Estaba exhausto. Sentía la mente y el cuerpo vacíos de todo aquello que necesitaba para sobrevivir. Si se lo proponía, sabía que podría seguir llevando esa vida hasta que se extinguiera. Sería fácil, una válvula de escape diferente. Taylor sacudió la cabeza. No, no podía ir tan lejos. Ni siquiera se merecía esa clase de final.

Con gran esfuerzo, engulló un trozo de tostada. Su estómago seguía rugiendo, pero se negaba a comer más de lo estrictamente necesario. Era su forma de encajar lo que había pasado. Cada pinchazo de hambre le recordaría su culpa, el odio que sentía hacia sí mismo. Por su culpa, su amigo había muerto.

Igual que su padre.

La noche anterior, mientras estaba sentado en el porche, había intentado recordar a Mitch, pero, curiosamente, la cara de su amigo ya se había quedado congelada en el tiempo. Podía recordar la foto, pero no conseguía traer a su memoria el rostro de su amigo cuando reía, bromeaba o le daba una palmadita en la espalda. Mitch ya había empezado a abandonarlo. Pronto su imagen se borraría para siempre.

Igual que le pasó con su padre.

Taylor no había encendido ninguna luz de la casa. El porche estaba totalmente a oscuras. Permaneció allí sentado, en medio de la negrura, abatido por el enorme peso que cargaba sobre sus hombros.

El jueves fue a trabajar. Habló con los propietarios de la casa que estaba rehabilitando y tomó una docena de decisiones. Por suerte, sus trabajadores estaban presentes en la conversación, y contaban con los suficientes conocimientos como para proceder por su cuenta. Una hora más tarde, Taylor no recordaba nada de lo que habían acordado.

Y

El sábado por la mañana, Taylor se despertó muy temprano, de nuevo envuelto en una nube de pesadillas. Se obligó a salir de la cama, enganchó el remolque en la furgoneta y luego cargó la cortadora de césped, una desbrozadora y otras herramientas para podar. Diez minutos más tarde, aparcaba frente a la casa de Melissa. Ella salió al porche justo cuando él acababa de descargar.

—El otro día, cuando estuve en tu casa, me fijé en que la hierba está bastante crecida —dijo él sin mirarla a los ojos.

Tras unos momentos de incómodo silencio, Taylor se aventuró a preguntar:

—¿Cómo estás?

—Bien —respondió ella en un tono apático, con los ojos enrojecidos—. ¿Y tú?

Taylor se encogió de hombros al tiempo que se tragaba el nudo que se le había formado en la garganta.

Las siguientes ocho horas las pasó trabajando sin tregua, hasta que el jardín tuvo un aspecto impecable, como si hubiera pasado por allí un jardinero profesional. A primera hora de la tarde, llegó un camión cargado de paja de pino, y Taylor se encargó de esparcirla con esmero alrededor de los árboles, de los parterres y de la verja de la casa. Mientras trabajaba, realizaba listas mentales de otras cosas que debía hacer. Tras cargar los aparejos otra vez en el remolque, agarró el cinturón de herramientas y reparó unos cuantos maderos rotos de la valla, calafateó tres ventanas, arregló la pantalla de una lámpara y cambió las bombillas fundidas en el porche. Luego centró su atención en la piscina, añadió cloro, vació las papeleras, limpió la superficie y lavó los filtros.

No pisó la casa hasta que estuvo listo para marcharse, y solo entró para despedirse.

—Aún quedan varias cosas por hacer —dijo de camino a la puerta—. Mañana vendré a reparar el resto.

Al día siguiente, Taylor trabajó como un poseso hasta el anochecer.

Los padres de Melissa se marcharon a la semana siguiente, y Taylor llenó el vacío en su ausencia. Tal como había hecho con Denise durante los meses de verano, empezó a dejarse caer por casa de Melissa prácticamente todos los días. En dos ocasiones se presentó con la cena: un día llevó pizzas, otro pollo frito. A pesar de que todavía estaba un tanto incómodo con Melissa, sentía la necesidad de ocuparse de ella y de los niños.

Los pequeños necesitaban una figura paterna.

Taylor había tomado la decisión a principios de semana, después de otra noche de insomnio. La idea, sin embargo, había cobrado forma mientras todavía estaba en el hospital. Sabía que no podría ocupar el sitio de Mitch, y no era esa su intención. Tampoco pensaba entorpecerle la vida a Melissa en ningún sentido. Si al cabo de un tiempo ella conocía a otro hombre, él se retiraría de escena sin hacer ruido. Entre tanto, estaría a su lado, haciendo las cosas que Mitch habría hecho. Cosas como cortar el césped, jugar con los niños y llevarlos a pescar, encargarse de minucias y pequeñas reparaciones en la casa… Lo que fuera.

Sabía lo que era crecer sin un padre. Recordaba cómo él mismo había ansiado tener a alguien con quien hablar, aparte de su madre. Recordaba las noches tumbado en la cama, escuchando los amortiguados sollozos de su madre en la habitación de al lado, y cómo le había costado hablar con ella durante el año que siguió a la muerte de su padre. Cuando pensaba en aquella época, se daba cuenta del efecto nefasto que aquel suceso había tenido en su infancia.

No permitiría que eso les pasara a los hijos de su amigo. Lo haría por Mitch.

Estaba seguro de que eso era lo que Mitch hubiera querido. Eran como hermanos, y los hermanos se ayudan entre sí. Además, él era el padrino de uno de los pequeños. Era su obligación.

A Melissa no parecía importarle el papel que Taylor había asumido. Tampoco le había preguntado por los motivos, lo que significaba que comprendía por qué era tan importante. Los chicos siempre habían sido el centro de su vida. Y ahora que Mitch no estaba, eso sería aún más evidente.

Los chicos. Ellos le necesitaban, sin duda.

Tal como él lo veía, no le quedaba alternativa. Tras tomar la decisión, empezó de nuevo a comer. De repente, las pesadillas desaparecieron. Sabía lo que tenía que hacer.

A la semana siguiente, cuando Taylor llegó para cortar el césped, se quedó de piedra al aparcar delante de la casa de Mitch y Melissa. Parpadeó varias veces seguidas, para confirmar que la vista no le estaba jugando una mala pasada. Efectivamente, lo había visto bien.

Un cartel en el que ponía EN VENTA.

La casa estaba en venta.

Permaneció sentado, con la furgoneta al ralentí, mientras Melissa salía de la casa. Cuando ella lo saludó, Taylor giró la llave de contacto y el motor se detuvo con un seco rugido. A medida que avanzaba hacia ella, podía oír los gritos de los chicos en el jardín trasero, aunque no podía verlos.

Melissa le dio un abrazo.

—¿Cómo estás? —le preguntó, al tiempo que escrutaba su cara.

Taylor retrocedió un paso, evitando mirarla directamente a los ojos.

—Bien, supongo —contestó, aturdido.

Instintivamente, señaló con la cabeza hacia el cartel.

—¿Qué significa eso?

—¿Acaso no es obvio?

—¿Vas a vender la casa?

—Eso espero.

—¿Por qué?

Melissa pareció deshincharse cuando se dio la vuelta para contemplar la casa.

—No puedo seguir viviendo aquí —contestó al final, visiblemente abatida—. Demasiados recuerdos.

Ella pestañeó varias veces seguidas para contener las lágrimas mientras contemplaba la casa, sin añadir nada más. De repente parecía tan cansada, completamente derrotada, como si el peso de seguir adelante sin Mitch la estuviera consumiendo. Taylor sintió una punzada de miedo en el pecho.

—No te irás del pueblo, ¿no? —le preguntó con estupefacción—. Seguirás viviendo en Edenton, ¿no?

Tras una larga pausa, Melissa sacudió la cabeza.

—¿Adónde vas a ir?

—A Rocky Mount —contestó ella.

—Pero ¿por qué? Llevas viviendo aquí más de doce años…,

tienes amigos…, yo estoy a tu lado… ¿Es por la casa? —preguntó, confuso. Sin esperar la respuesta, continuó—: Si la casa es demasiado grande, yo podría ayudarte. Si quieres, te construiré una nueva a precio de coste, donde tú quieras.

Melissa se volvió hacia él para mirarlo a la cara.

—No es por la casa. Te aseguro que no tiene nada que ver con eso. Mi familia está en Rocky Mount… En estos momentos los necesito, y los niños también. Allí están todos sus primos… Además, el año escolar acaba de empezar. No les costará tanto adaptarse.

—¿Piensas irte pronto? —le preguntó Taylor, todavía sin dar crédito a lo que oía.

Melissa asintió.

—La semana que viene. Mis padres tienen una casa más vieja en alquiler y me han dicho que puedo usarla hasta que venda esta. Está en la misma calle donde viven ellos, un poco más arriba. Además, cuando encuentre un trabajo, ellos podrán ocuparse de los niños.

—Yo podría hacerlo —apostilló Taylor rápidamente—. Podría darte un trabajo en mi despacho. Puedes ocuparte de la contabilidad y de los pedidos, si es que necesitas ganar un poco de dinero. Además, podrías trabajar desde casa, a las horas que más te convengan.

Ella le dedicó una sonrisa triste.

—¿También quieres rescatarme a mí, Taylor?

Las palabras lo dejaron sin habla. Melissa lo miró con cautela antes de continuar.

—Eso es lo que intentas hacer, ¿verdad? Como dedicar todo el fin de semana pasado a ocuparte del jardín, pasar el rato con los chicos, ofrecerme una casa y un trabajo… Valoro mucho lo que intentas hacer, pero no es lo que necesito en estos momentos. Necesito ocuparme de mi vida a mi manera.

—Yo no intentaba rescatarte —protestó él, intentando ocultar cómo le había dolido aquel comentario—. Solo sé que es muy duro perder a un ser amado, y no quería que tuvieras que hacerte cargo de todo tú sola, sin ayuda.

Melissa sacudió la cabeza pesadamente.

—Oh, Taylor, ¿no te das cuenta de que es lo mismo? —le dijo en un tono casi maternal. Vaciló unos instantes antes de continuar, con una expresión firme y apenada a la vez—: Es lo que has estado haciendo toda tu vida. Cuando ves que alguien necesita ayuda, si puedes, le das exactamente lo que necesita. Y ahora te has fijado en nosotros.

—No me he fijado en vosotros —negó él.

Melissa no se dejó engañar. Le tomó la mano con ternura y prosiguió con el mismo tono conciliador:

—Sí que lo has hecho. Lo mismo que hiciste con Valerie después de que su novio la dejara, y con Lori cuando viste que se sentía tan sola. Es lo que hiciste con Denise cuando descubriste la vida tan dura que llevaba. Piensa en todas las cosas que hiciste por ella, desde el primer momento.

Melissa hizo una pausa, para que pudiera asimilar qué le estaba diciendo.

—Es como si necesitaras mejorar la vida de los demás, Taylor. Siempre lo has hecho. Quizá no lo creas, pero todos tus actos lo demuestran, continuamente. Incluso tus trabajos. Como contratista, reparas lo que está roto. Como bombero, salvas vidas. Mitch nunca comprendió esa faceta tuya, pero para mí era algo obvio. Es tu esencia.

Taylor no contestó. Apartó la vista mientras pensaba en las palabras de Melissa. Ella le apretó su mano con afecto.

—No hay nada malo en ello. Pero no es lo que necesito. Y, a la larga, no creo que sea lo que tú necesitas. A la larga, cuando creas que ya estoy «fuera de peligro», te alejarás de mí, en busca de la siguiente persona a quien rescatar. Yo te agradecería la ayuda, pero, en el fondo, sabría por qué lo habías hecho.

Melissa se calló, a la espera de la reacción de Taylor.

—¿Por qué lo habría hecho? —preguntó él con ronquera.

—Porque, aunque lograras rescatarme, la verdad es que a quien en realidad intentabas rescatar era a ti mismo, por lo que le pasó a tu padre. Y por más que lo intentes, nunca conseguirás rescatarte a ti mismo de ese modo. Es un conflicto que deberás resolver de otra forma, y no intentando rescatar a los demás.

Las palabras lo golpearon casi con una fuerza física. Notó que se quedaba sin aliento mientras intentaba fijar la vista en los pies, incapaz de sentir su cuerpo. Sentía que se agolpaban dentro de él unos cuantos pensamientos encontrados. Los recuerdos cruzaban su mente en una abrumadora sucesión de imágenes sin orden ni concierto: el semblante enfadado de Mitch en el bar; los ojos de Denise anegados de lágrimas; las llamas en la nave industrial, que le lamían los brazos y las piernas; su padre volviéndose hacia la luz del sol mientras su madre inmortalizaba el momento con una foto…

Melissa vio el cúmulo de emociones reflejadas en la cara de Taylor y lo abrazó efusivamente, como si pretendiera darle todo su apoyo.

—Has sido como un hermano para mí. Aprecio mucho saber que te tendría a mi lado, para ayudar a mis hijos. Pero, si de verdad me quieres, comprenderás que no te he dicho todas esas cosas con la intención de herirte. Sé que quieres salvarme, pero no es lo que necesito. Lo que realmente me gustaría es que encontraras la forma de salvarte a ti mismo, del mismo modo que intentaste salvar a Mitch.

Taylor se sentía demasiado consternado para contestar. Bajo la caricia de los primeros rayos de luz del día, los dos permanecieron juntos, abrazados.

—¿Cómo? —acertó a preguntar Taylor al final, con un hilo de voz.

—Ya lo sabes —le susurró ella, sin dejar de estrecharlo entre sus brazos.

Taylor abandonó la casa de Melissa completamente confuso. Apenas lograba mantener la atención en la carretera; no sabía adónde se dirigía. Se sentía como si la poca fuerza que le quedaba lo hubiera abandonando, dejándolo desnudo y exhausto.

Su vida, tal como la conocía, había tocado a su fin, y no tenía ni idea de cómo proseguir. Por más que quisiera negar lo que Melissa le había dicho, no podía. Al mismo tiempo, tampoco podía creerlo. Al menos, no del todo. ¿O quizá sí?

Aquella confusión lo estaba consumiendo. Siempre había intentado ver las cosas lo más claras posibles; no le gustaban la ambigüedad ni los dobles sentidos. Jamás había querido otra cosa que ser claro con todo el mundo, y consigo mismo. No le parecía bien esconder las cartas.

La muerte de su padre había sido un hecho concreto, espeluznante, pero, al fin y al cabo, real. No podía comprender por qué había muerto. Durante un tiempo, buscó consuelo en Dios, a quien confesaba su gran pena. De ese modo, intentaba hallarle el sentido a aquella terrible tragedia. Sin embargo, con el paso del tiempo, abandonó ese camino. Se dio cuenta de que hablar de ello, incluso llegar a encontrarle el sentido, no serviría de nada; por más que algún día obtuviera las respuestas que buscaba, estas no le devolverían la vida a su padre.

Sin embargo, en esos instantes, en esos momentos difíciles, las palabras de Melissa estaban consiguiendo que se cuestionara todo lo que hasta entonces le había parecido tan claro, tan simple.

¿De verdad la muerte de su padre había condicionado todo lo que había hecho en su vida? ¿Tenían razón Melissa y Denise?

Taylor se dijo que no, que se equivocaban. Ninguna de las dos sabía lo que había sucedido la noche que murió su padre. Nadie sabía la verdad. Solo él y su madre.

Siguió conduciendo sin apenas darse cuenta de lo que hacía. De vez en cuando tomaba una curva, al llegar a una intersección aminoraba la marcha, se detenía cuando tenía que hacerlo, obedecía las normas aunque sin prestar mucha atención. Su mente desconectaba del presente cada vez que cambiaba de marcha. Las palabras finales de Melissa lo atormentaban.

«Ya lo sabes.»

«¿Saber el qué?», le habría gustado preguntarle.

«En estos instantes, no sé nada de nada. No sé de qué me hablas. Solo quiero ayudar a los chicos, que están pasando por lo mismo que pasé yo cuando era niño. Sé lo que necesitan. Puedo ayudarlos, y también puedo ayudarte a ti, Melissa. Lo tengo todo planeado…»

«¿También quieres rescatarme a mí, Taylor?»

«No, solo quiero ayudarte.»

«Es lo mismo.»

«¿De veras?»

No quiso buscar esa respuesta. En ese momento volvió a la realidad y cayó en la cuenta de que estaba en la carretera, en un lugar preciso hasta donde había conducido como un autómata. Detuvo la furgoneta y empezó a caminar hasta su destino.

Judy lo estaba esperando junto a la tumba de su padre.

Υ

—¿Qué haces aquí, mamá? —le preguntó.

Judy no se volvió al oír su voz. Arrodillada en el suelo, continuó arrancando las malas hierbas que habían crecido alrededor de la lápida, tal como hacía Taylor cada vez que iba al cementerio.

—Melissa me ha llamado y me ha dicho que vendrías —explicó ella en voz baja, mientras oía los pasos de su hijo a su espalda—. Me dijo que sería mejor que yo estuviera aquí, para hacerte compañía.

Por el tono de voz, Taylor dedujo que estaba llorando.

—¿Qué pasa, mamá?

Con el rostro azorado, Judy se secó la mejilla. Al hacerlo, le quedó una brizna de hierba pegada a la cara.

—Lo siento, no he sido una buena madre… —masculló.

Su voz pareció ahogarse en la garganta y no pudo continuar. Taylor se había quedado demasiado atónito como para responder. Con una suave caricia le quitó la brizna de hierba de la mejilla. Finalmente, ella se volvió para mirarlo a la cara.

—Claro que has sido una buena madre —le replicó él, sin dudar.

—No, no es verdad —susurró ella—. De haberlo sido, tú no habrías venido aquí tantas veces.

—¿De qué estás hablando, mamá?

—Ya lo sabes —contestó, y luego resopló, cansada—. Cuando atraviesas algún trance, no acudes a mí ni a tus amigos. Vienes aquí. No importa lo que te preocupa, siempre llegas a la conclusión de que estás mejor solo, como ahora. —Lo miró como si estuviera viendo a un extraño—. ¿No sabes cómo me duele eso? No puedo evitar pensar lo triste que ha de ser para ti vivir tu vida sin gente, gente que podría darte su apoyo o escucharte cuando lo necesitas. Y todo por mi culpa.

—No…

Judy no le dejó terminar. No quería escuchar sus protestas. Con la vista fija en el horizonte, parecía perdida en el pasado.

—Cuando tu padre murió, yo me hundí tanto en mi propia tristeza que no supe ver lo duro que era para ti. Intenté serlo todo para ti, pero, precisamente por eso, no me quedaba tiempo para mí misma. No te enseñé lo maravilloso que es amar a alguien y que ese alguien corresponda a tu amor.

—Claro que me enseñaste a amar.

Judy lo miró, con algo parecido al miedo en su mirada.

—Entonces, ¿por qué estás solo?

—No te preocupes por mí, de verdad —murmuró Taylor.

—¿Cómo quieres que no me preocupe? Soy tu madre —susurró ella.

Judy se sentó en la hierba. Él hijo la imitó y le tomó la mano. Su madre se la estrujó con ternura y permanecieron sentados en silencio, arropados por la leve brisa que mecía las copas de los árboles a su alrededor.

—Tu padre y yo nos queríamos mucho —susurró ella al final.

—Lo sé…

—No, deja que acabe, por favor. Quizá no haya sido la madre que necesitabas en esos momentos tan difíciles, pero intentaré serlo ahora. Tu padre me hizo muy feliz, Taylor. Era la persona más buena que jamás haya conocido. Recuerdo la primera vez que me habló. Yo tenía diez años e iba de camino a casa desde la escuela; me detuve a comprarme un helado de cucurucho. Él entró en la tienda justo detrás de mí. Sabía quién era, por supuesto, pues, en esos tiempos, Edenton era incluso más pequeño que ahora. Después de comprar el helado me di la vuelta precipitadamente, choqué contra alguien y el helado se me cayó al suelo. No me quedaba más dinero. Me quedé tan afligida que tu padre me compró otro. Creo que me enamoré de él en ese preciso instante. Después, ya nunca nos separamos. Empezamos a salir juntos cuando estudiábamos en el instituto, y después nos casamos. Y quiero decirte que nunca, ni una sola vez, me arrepentí de haberme casado con él.

Judy hizo una pausa. Taylor le soltó la mano para rodearla con un brazo.

—Sé que querías a papá —musitó.

—Esa no es la cuestión. Lo que intento decirte es que ni siquiera ahora me arrepiento.

Taylor se la quedó mirando, sin entender lo que quería decirle. Judy lo miró a los ojos, con un gesto que, de repente, se había vuelto airado.

—Aunque hubiera sabido que tu padre sufriría ese accidente, me habría casado con él. Aunque hubiera sabido que solo estaríamos juntos once años, no cambiaría esos once años por nada en el mundo. ¿Me entiendes? Sí, habría sido maravilloso haber envejecido a su lado, pero eso no significa que me arrepienta del tiempo que pasamos juntos. Amar a alguien y ser correspondido es lo más maravilloso de la vida. Ese sentimiento es el que me permitió seguir adelante…, pero tú no pareces entenderlo. Cada vez que el amor llama a tu puerta, eliges darle la espalda. Estás solo porque quieres estar solo.

Taylor se frotó las manos, tenso.

—Sé que te sientes responsable de la muerte de tu padre —prosiguió Judy en un tono afligido—. Toda mi vida he intentado ayudarte a entender que no es cierto, que aquello fue un terrible accidente. Tú solo eras un chiquillo. No sabías lo que iba a pasar, ni yo tampoco. Sin embargo, por más que te lo he intentado explicar, sigues creyendo que fue culpa tuya. Y por eso le das la espalda al mundo. No sé por qué. Quizás es que crees que no mereces ser feliz. Tal vez tengas miedo de que, si finalmente aceptas amar a alguien, eso pueda ser una forma de admitir que no tuviste la culpa… Puede que tengas miedo de fallarle a tu propia familia… No estoy segura… Lo único que sé es que te equivocas. No se me ocurre otra forma de decírtelo.

Taylor no contestó.

Judy suspiró cuando comprendió que él no iba a hacerlo.

—Este verano, cuando te vi con Kyle, ¿sabes qué pensé? Pensé en lo mucho que te parecías a tu padre. A él le encantaban los niños, como a ti. Recuerdo cómo te pegabas a sus talones e ibas a todos los sitios con él. Me fascinaba ver con qué carita lo mirabas, con una admiración absoluta, como si estuvieras delante de tu héroe. Lo había olvidado hasta que vi que Kyle te miraba del mismo modo. Estoy segura de que le echas de menos.

Taylor asintió, incómodo.

—¿Era porque intentabas darle lo que pensabas que a ti te había faltado de niño, o porque te gusta?

Taylor se tomó un momento antes de contestar.

—Me gusta. Es un gran chico.

Judy lo miró a los ojos.

—¿También echas de menos a Denise?

«Sí», pensó, pero, tras cambiar de postura, visiblemente tenso, respondió:

—Lo nuestro se acabó, mamá.

Ella vaciló.

—¿Estás seguro?

Taylor asintió. Judy se inclinó hacia él y apoyó la cabeza en su hombro.

—Qué pena, porque ella era perfecta para ti —concluyó.

Permanecieron allí sentados sin decir nada durante unos minutos, hasta que empezó a caer una suave lluvia otoñal que los obligó a regresar al aparcamiento. Taylor le abrió la puerta del coche y Judy se sentó detrás del volante. Después de cerrar la puerta, él apoyó ambas manos en el cristal, sintiendo las frías gotas en las puntas de los dedos. Judy le sonrió con tristeza, luego puso una marcha y se alejó. Taylor se quedó allí, solo, de pie, bajo la lluvia.

Lo había perdido todo.

Cuando abandonó el cementerio y empezó a conducir de regreso a casa, se dio cuenta. Pasó por delante de una serie de mansiones victorianas que ofrecían un aspecto fantasmagórico bajo aquella luz tamizada. Sorteó algunos charcos profundos que se habían formado en medio de la carretera, ensimismado por el rítmico e hipnótico movimiento del limpiaparabrisas. Continuó atravesando el pueblo. Al pasar por delante de unos establecimientos comerciales que conocía desde pequeño, no pudo evitar pensar en Denise.

«Ella era perfecta para ti.»

A pesar de la muerte de Mitch, a pesar de todo lo que había pasado, tenía que admitir que no había podido dejar de pensar en ella. Como una aparición, veía su imagen por todas partes, aunque enseguida intentaba apartarla de su mente. En esos momentos, sin embargo, le resultaba imposible. Con una sorprendente claridad vio su expresión cuando él arregló las puertas de los armarios de la cocina, oyó el eco de su risa en el porche, olió el suave aroma del champú en su cabello. Ella estaba allí con él, y, sin embargo, no estaba. Ni lo estaría nunca más. Aquello le hizo sentir tan vacío como nunca antes se había sentido.

Denise…

Mientras seguía conduciendo, las explicaciones que se había dado a sí mismo (y que le había dado a ella) perdieron de repente todo su sentido. ¿Qué le pasaba? Sí, era él quien la había apartado de su lado. Por más que lo negara, Denise tenía razón. Pero ¿por qué lo había hecho? ¿Tenía razón su madre?

«No te enseñé lo maravilloso que es amar a alguien y que ese alguien corresponda a tu amor.»

Taylor sacudió la cabeza. Ya no estaba seguro de ninguna decisión que había tomado en su vida. ¿Tenía razón su madre? Si su padre no hubiera muerto, ¿habría actuado del mismo modo a lo largo de todos aquellos años? Pensó en Valerie y en Lori. ¿Se habría casado con ellas?

Quizás, aunque no creía.

Sus relaciones con ellas habían estado llenas de problemas. De hecho, no podía afirmar que las hubiera amado.

Pero ¿y Denise?

Notó una desagradable sequedad en la garganta cuando recordó la primera noche que hicieron el amor. Por más que lo negara, sabía que continuaba enamorado de ella. Así que, ¿por qué no se lo había dicho? Y lo más importante, ¿por qué había obviado sus propios sentimientos con el objetivo de apartarla de su vida?

«Estás solo porque quieres estar solo.»

¿Así de sencillo? ¿De verdad quería enfrentarse solo al futuro? Sin Mitch, y pronto sin Melissa, ¿quién más le quedaba? Su madre y… allí se acababa la lista. Aparte de ella, no tenía a nadie más. ¿Era eso lo que quería de verdad? ¿Una casa vacía, un mundo sin amigos, un mundo sin nadie que le amara? ¿Un mundo en el que evitaba el amor a toda costa?

En la furgoneta, la lluvia se estrellaba contra el parabrisas con fuerza, como si quisiera hacer aún más contundentes sus pensamientos. Por primera vez en su vida, fue consciente de que se estaba y había estado mintiéndose a sí mismo.

Conmocionado, empezó a recordar retales de otras conversaciones.

Mitch, previniéndole: «Esta vez no lo eches a perder».

Melissa, bromeando: «¿Piensas casarte con esta preciosidad o qué?».

Denise, con toda su luminosa belleza: «Todos necesitamos compañía».

¿Su respuesta?

«No necesito a nadie.»

Era una burda mentira. Toda su vida no había sido más que una mentira. Y sus mentiras le habían llevado a una vida que despreciaba. Mitch ya no estaba, Melissa tampoco, Denise tampoco, Kyle tampoco… Los había perdido a todos. Sus mentiras le habían conducido a aquella situación tan de verdad.

«No queda nadie.»

Taylor agarró el volante con fuerza, luchando por mantener el control. Apartó la furgoneta a un lado de la carretera y aminoró la marcha, con la visión borrosa.

«Estoy solo.»

Se aferró al volante mientras la lluvia seguía cayendo a su alrededor, preguntándose cómo diantre había dejado que las cosas llegaran a ese punto.

Capítulo 27

$\mathcal{D}$enise aparcó junto a su casa, cansada después de la jornada. Aquella noche no había habido mucho trabajo, debido a que no había parado de llover, solo lo suficiente como para mantenerla en movimiento todo el rato, aunque no tanto como para obtener propinas decentes. Más o menos, una noche desperdiciada. Eso sí, si lo miraba por el lado positivo, había podido terminar un poco antes, y Kyle ni se había inmutado cuando lo había metido en el coche. El pequeño se había acostumbrado a acurrucarse a su lado en el trayecto de vuelta a casa durante los últimos meses, pero dado que Denise volvía a disponer de su propio vehículo (¡hurra!), tenía que viajar en el asiento trasero, con el cinturón abrochado. La noche anterior había pillado tal rabieta que tardó dos horas en quedarse dormido.

Denise ahogó un bostezo cuando tomó el camino sin asfaltar que subía hasta su casa, contenta con la idea de poder acostarse pronto. La gravilla estaba húmeda, por la lluvia; podía oír cómo crujían los guijarros que quedaban apresados bajo las ruedas. En apenas unos minutos estaría saboreando una humeante taza de chocolate y después se iría dormir. La idea le resultaba de lo más atractiva.

Era una noche cerrada y sin luna, las nubes negras no dejaban que se filtrara el brillo de las estrellas. Una neblina enturbiaba el paisaje. Denise ascendió por el camino despacio, usando la luz del porche como baliza. Cuando estuvo cerca de la casa y pudo ver los contornos con mayor claridad, casi pisó el freno a fondo al ver la furgoneta de Taylor aparcada junto a la valla.

Examinó la fachada principal con atención y lo vio sentado en los peldaños del porche, esperándola.

A pesar del cansancio, Denise se despertó de golpe. ¿Por qué estaba allí? Un montón de posibilidades cruzaron su mente mientras aparcaba y apagaba el motor.

Taylor se acercó al coche justo cuando ella se apeaba y cerraba la puerta con suavidad, intentando no hacer ruido para no despertar a Kyle. Iba a preguntarle qué quería, pero las palabras murieron en sus labios.

Taylor tenía un aspecto terrible.

Con los ojos rojos e hinchados, el rostro pálido y abatido, hundió las manos en los bolsillos, incapaz de mirarla a la cara. Denise se quedó paralizada, sin saber qué decir.

—Veo que te has comprado un coche —soltó él.

El sonido de su voz despertó en Denise un cúmulo de emociones: amor y alegría, dolor y rabia, la soledad y la desesperación que había sufrido en silencio durante las últimas semanas.

No se veía con fuerzas para volver a pasar por el mismo mal trago.

—¿Qué haces aquí?

Taylor no se esperaba aquel tono tan amargo. Y aspiró hondo.

—He venido a pedirte perdón —balbuceó—. No quería hacerte daño.

A Denise le habría gustado oír aquellas palabras unas semanas antes. Al escucharlas en ese momento, no sintió nada. Echó un vistazo por encima del hombro hacia el coche y observó la figura dormida de Kyle en el asiento trasero.

—Ya es demasiado tarde para eso.

Taylor alzó un poco la cabeza. Bajo la luz del porche, parecía más viejo de como lo recordaba, casi como si hubieran transcurrido unos años desde la última vez que lo había visto. Taylor esbozó una sonrisa forzada, luego bajó la mirada de nuevo antes de sacar las manos de los bolsillos; entonces dio un paso vacilante hacia la furgoneta.

De haber sido otro día cualquiera, de haber sido cualquier otra persona, habría seguido caminando, diciéndose a sí mismo que lo había intentado. Pero, en vez de eso, se obligó a detenerse.

—Melissa se va a vivir a Rocky Mount —dijo en medio de la penumbra, dándole la espalda a Denise.

Ella se pasó la mano por el pelo.

—Lo sé. Me lo dijo hace un par de días. ¿Por eso has venido?

Taylor sacudió la cabeza.

—No. He venido porque quería hablar de Mitch —murmuró por encima del hombro, por lo que Denise a duras penas oyó sus palabras—. Tenía la esperanza de que me escucharas, porque no sé con quién más puedo hablar.

Verlo tan vulnerable la impresionó. Por un instante, sintió el impulso de acercarse a su lado. Pero se recordó a sí misma que no podía olvidar lo que le había hecho a Kyle... y a ella.

«No puedo volver a pasar por ese mal trago —pensó—. Pero le dije que contara conmigo, si necesitaba hablar.»

—Mira, Taylor, es muy tarde. ¿Quizá mañana? —sugirió en tono conciliador.

Él asintió, como si ya hubiera esperado aquella reacción. Denise pensó que se marcharía, pero Taylor no se movió.

A lo lejos se oyó el retumbar de un trueno. Empezaba a refrescar, y la humedad aumentaba la sensación de frío. Un halo brumoso envolvía la luz del porche, que resplandecía en forma de diminutos diamantes. Taylor se volvió para mirarla otra vez a la cara.

—También quería hablarte de mi padre —dijo despacio—. Ya es hora de que sepas la verdad.

Por lo atormentado de su expresión, Denise dedujo lo mucho que le había costado pronunciar aquellas palabras. Allí plantado delante de ella, Taylor parecía a punto de echarse a llorar. Denise desvió la mirada.

De repente, recordó el día del festival, cuando se ofreció a llevarla a casa. Ella había aceptado la propuesta en contra de sus instintos, y como resultado había aprendido una lección muy dolorosa. De nuevo se encontraba en una encrucijada, y otra vez vaciló.

«No es el momento adecuado, Taylor. Es tarde, y Kyle ya está durmiendo. Estoy cansada y no creo que esté lista para lo que me pides.»

Denise se imaginó respondiéndole eso. Sin embargo, dijo con un suspiro:

—De acuerdo.

Sentado en el sofá, Taylor no se atrevía a mirarla a la cara. La luz de una sola lámpara iluminaba la habitación. Su rostro quedaba oculto entre un mar de sombras.

—Yo tenía nueve años —empezó a contar—. Llevábamos dos semanas soportando una fuerte ola de calor. Hacía casi cuarenta grados, pese a que solo estábamos a principios de verano. Había sido una de las primaveras más secas que se recordaban: ni una gota de lluvia en dos meses. Todo estaba reseco. Recuerdo que mi madre y mi padre hablaban de la sequía y de cómo los agricultores empezaban a preocuparse por las cosechas, con el verano a las puertas. Hacía tanto calor que incluso parecía que las horas pasaban más y más despacio. Yo esperaba todo el día a que el sol se ocultara para notar cierto alivio, pero ni eso ayudaba. Nuestra casa era vieja: no teníamos ni aire acondicionado ni un buen aislamiento térmico. Cuando me tumbaba en la cama, empezaba a sudar a chorros. Recuerdo que las sábanas se me pegaban a la piel y que era imposible dormir. No dejaba de moverme, inquieto, en busca de una postura cómoda, pero no lo lograba. Cuanto más me movía, más sudaba.

Mientras hablaba, Taylor tenía la vista clavada en la mesita, con los ojos desenfocados y la voz apagada. Denise observó cómo cerraba la mano en un puño, luego la relajaba, y luego volvía a cerrarla. Parecía que fuera una suerte de puerta que diera acceso a sus recuerdos, a las imágenes aleatorias que se iban colando por sus grietas.

—Recuerdo que había visto una colección de soldados de plástico en el catálogo de Sears. Tenía tanques, todoterrenos, tiendas de campaña y barricadas; todo lo que un chaval necesita para montar una pequeña guerra. Creo que en mi vida había deseado algo tanto. Solía dejar el catálogo abierto por aquella página para que mi madre lo viera. Cuando finalmente me regalaron la colección el día de mi cumpleaños, brinqué de alegría como nunca. El problema era que mi habitación era muy pequeña (antes de que naciera había sido el cuarto de coser) y no disponía de suficiente espacio para organizarlo todo tal como yo quería, así que subí la colección a la buhardilla. Una de aquellas noches tan calurosas de insomnio, subí a jugar.

Taylor levantó la mirada y resopló con una especie de tormento largamente reprimido. Sacudió la cabeza como si todavía le costara creer lo que pasó. Denise sabía que no era un buen momento para interrumpir.

—Eran más de las doce cuando pasé a hurtadillas por delante de la puerta de mis padres, hacia las escaleras al final del pasillo. Andaba con sigilo; sabía cuáles eran los tablones que crujían, así que avancé con cuidado para que no supieran que todavía estaba despierto. Y no se enteraron.

Taylor se cubrió la cara con ambas manos y se inclinó hacia delante. Resopló, relajó los brazos y los dejó caer de nuevo a ambos lados del cuerpo. Su voz cobró fuerza.

—No sé cuánto rato estuve allí arriba. Podía pasarme horas jugando con mis soldados sin darme cuenta del paso de las horas. Los colocaba en posición de combate, preparados para acometer batallas imaginarias. Siempre era el sargento Mason; los soldados tenían el nombre impreso en la base. Cuando descubrí que uno de ellos se llamaba igual que mi padre, supe que ese tenía que ser el héroe. Él siempre ganaba, por más obstáculos que le pusiera en el camino. Aunque tuviera que luchar contra diez hombres y un tanque, él siempre sabía cómo actuar. Para mí, era indestructible. Me sumergía en el mundo del sargento Mason y dejaba de ser consciente de lo que pasaba a mi alrededor, incluso hasta el punto de olvidarme de bajar a cenar o de hacer los deberes. No podía evitarlo. A pesar de que aquella noche hiciera tanto calor, yo no podía pensar en otra cosa que en esos dichosos soldados. Supongo que por eso no olí el humo.

Taylor hizo una pausa. Su mano volvió a cerrarse en un puño y ya no se abrió. Denise sintió que se le tensaba el cuello, y más aún cuando él siguió contando lo que pasó aquella noche:

—De verdad, no olí el humo. Incluso ahora no alcanzo a comprender cómo es posible que no lo oliera, pero así es. No me di cuenta de que algo iba mal hasta que oí que mis padres salían deprisa y corriendo de su habitación, con gran estruendo. Gritaban sin parar, repitiendo mi nombre una y otra vez. Recuerdo que pensé que habían descubierto que no estaba en mi habitación, que es donde se suponía que debía estar a esas horas. Oía que gritaban mi nombre, pero tenía miedo de contestar —dijo con ojos implorantes—. No quería que me encontraran allí arriba. Me habían dicho un montón de veces que por la noche no debía levantarme de la cama. Pensé que si me encontraban me castigarían. Aquel fin de semana tenía un partido de béisbol. Sabía que, probablemente, me quedaría sin partido. Así pues, en lugar de acudir a sus llamadas, ideé un plan para esperar hasta que ellos bajaran al comedor. Entonces me colaría con sigilo en el cuarto de baño y fingiría que había estado allí todo el tiempo. Ya sé que suena ridículo, pero en ese momento me pareció que tenía sentido. Apagué la luz y me escondí detrás de unas cajas, dispuesto a esperar. Oí que mi padre abría la puerta de la buhardilla y gritaba mi nombre, pero seguí callado hasta que él se marchó. Al final, sus gritos angustiados se perdieron por las escaleras. Fue entonces cuando me dirigí hacia la puerta. No tenía ni idea de lo que pasaba. Cuando la abrí, me quedé paralizado por la bofetada de calor y humo. Había llamas a mi alrededor. Era una escena tan surrealista… Al principio no comprendí la gravedad de la situación. Si hubiera atravesado la cortina de fuego, supongo que habría conseguido salir, pero no lo hice. Me quedé embobado, mirando fijamente el fuego. Ni siquiera puedo decir que estuviera asustado.

Taylor estaba poniéndose más tenso por momentos. Se acurrucó en el sofá, como si quisiera protegerse. Su voz era cada vez más ronca.

—Pero la situación cambió casi de inmediato. Antes de que pudiera darme cuenta, el fuego se propagó por todos los rincones, cortándome cualquier vía de escape. Fue entonces cuando comprendí lo que estaba pasando. A causa de la gran sequía, la casa ardía como una antorcha. Recuerdo que pensé que el fuego se me antojaba tan… vivo. Parecía una criatura de carne y hueso. Las llamas parecían saber exactamente dónde estaba yo. Entonces, una bocanada de fuego me embistió y me derribó. Empecé a chillar, a pedir ayuda a mi padre, pero él estaba lejos, y yo lo sabía. En un estado de pánico, fui hasta la ventana. Como pude, la abrí y vi a mis padres en el jardín. Mi madre iba en camisón y mi padre solo llevaba unos calzoncillos. Los dos corrían arriba y abajo, fuera de sí, buscándome desesperadamente y gritando mi nombre sin parar. Por un momento, no pude decir ni una palabra, pero mi madre pareció intuir dónde estaba, pues alzó la vista hacia mí. Todavía puedo ver la expresión de sus ojos cuando se dio cuenta de que todavía estaba dentro de la casa. Los abrió cuanto pudo, se llevó la mano a la boca y empezó a chillar. Mi padre se detuvo en seco. Estaba junto a la valla. Entonces me vio. Yo rompí a llorar.

Una lágrima rodó por la mejilla de Taylor. Tenía la mirada perdida, apenas parpadeaba. Parecía completamente perdido en sus recuerdos. Denise notó que se le contraía el estómago.

—Mi padre…, mi padre, fuerte e invencible, atravesó corriendo el jardín. En ese momento, casi toda la casa ardía como una pira. Yo podía oír cómo todo explotaba y se desmoronaba en la planta baja. Las llamas empezaban a filtrarse por las paredes y por el suelo de la buhardilla. El humo era cada vez más denso. Mi madre le gritaba a mi padre que hiciera algo. Él corrió hasta colocarse justo debajo de la ventana. Recuerdo que lo oí gritar: «¡Salta, Taylor! ¡Yo te cogeré! ¡Te lo prometo! ¡Yo te cogeré!». Pero, en vez de saltar, redoblé el llanto. La ventana quedaba por lo menos a seis metros del suelo. Estaba seguro de que, si saltaba, no saldría de allí con vida. «¡Salta, Taylor! ¡Te cogeré!», seguía gritando mi padre. «¡Vamos! ¡Salta!» Mi madre chillaba, histérica. Yo lloraba desconsoladamente hasta que al final grité que tenía miedo.

Taylor tragó saliva.

—Cuanto más me decía mi padre que saltara, más paralizado me sentía. Podía oír el terror en su voz. Mi madre estaba fuera de sí, pero yo seguía gritando que no podía, que tenía miedo. Y lo tenía, aunque estoy seguro de que él me habría cogido al vuelo.

Un músculo en su mandíbula se le tensaba rítmicamente. Taylor seguía con la mirada perdida. Se golpeó en la rodilla con el puño.

—Todavía puedo ver la cara de mi padre cuando comprendió que yo no iba a saltar. Los dos llegamos a la misma conclusión exactamente en el mismo momento. Vi el miedo en su rostro, pero no por lo que le pudiera pasar a él. Dejó de gritar y bajó los brazos. Recuerdo que no apartó los ojos de mí ni un momento. Era como si el tiempo se hubiera detenido en ese justo instante, como si solo existiéramos nosotros dos. Ya no oía a mi madre ni notaba el calor ni olía el humo. Solo podía pensar en mi padre.

Entonces, él asintió levemente y ambos supimos lo que se proponía hacer. De repente dio media vuelta y se precipitó hacia la puerta, con tanta rapidez que mi madre no tuvo ni tiempo de detenerlo. En esos momentos, la casa estaba completamente en llamas. Yo estaba acorralado por el fuego. Me pegué a la ventana, demasiado asustado como para seguir gritando.

Taylor se llevó las palmas a los ojos y se los frotó con fuerza. Al cabo de unos segundos, las abandonó sobre su regazo y se echó hacia atrás, hacia el extremo más alejado del sofá, como si no deseara acabar de relatar la historia. Con un esfuerzo sobrehumano, continuó.

—Debió transcurrir menos de un minuto antes de que él subiera hasta la buhardilla, pero a mí me pareció una eternidad. Me costaba respirar, incluso con la cabeza fuera, al otro lado de la ventana. Había humo por todas partes. El rugido del fuego era ensordecedor. La gente cree que un incendio es silencioso, pero no es cierto. Cuando el fuego consume los objetos de su alrededor, es como si una manada de demonios aullaran todos a la vez. A pesar de ello, podía oír la voz de mi padre dentro de la casa. No paraba de gritar que ya acudía a rescatarme.

A Taylor se le quebró la voz. Se volvió hacia la pared para ocultar las lágrimas, que empezaron a resbalar por sus mejillas.

—Recuerdo que me di la vuelta y lo vi, corriendo hacia mí. Ardía en llamas. Su piel, sus brazos, su cara, su pelo… Todo él era una bola de fuego humana que corría hacia mí, devorada por las llamas. Él no gritaba. Se me echó encima y me empujó hacia la ventana al tiempo que me decía: «¡Vamos, hijo!». Me obligó a salir por la ventana, sin soltarme de la muñeca. No me soltó hasta que el peso entero de mi cuerpo quedó suspendido en el aire. Me di tal batacazo al aterrizar que me rompí un hueso del tobillo: oí el crujido cuando caí de espaldas, mirando hacia arriba. Era como si Dios quisiera que fuera testigo de lo que yo había provocado. Vi cómo mi padre retiraba el brazo ardiendo, hacia el interior…

Taylor se detuvo, incapaz de continuar. Denise permanecía sentada en la silla, totalmente paralizada, con lágrimas en los ojos y una fuerte opresión en el pecho. Cuando él volvió a hablar, su voz apenas era audible; temblaba, como si el esfuerzo por contener los sollozos lo estuviera desgarrando por dentro.

—Mi padre no salió de aquel infierno. Recuerdo que mi madre me arrastró lejos de la casa, todavía chillando. Yo también me puse a gritar.

Con los ojos fuertemente cerrados, Taylor alzó la barbilla hacia el techo.

—Papá... no... —balbuceó con ronquera. Su bramido resonó como un disparo en la sala—: ¡Sal de ahí, papá!

Mientras Taylor parecía desmoronarse, Denise se colocó instintivamente a su lado y lo rodeó con sus brazos, acunándolo hacia delante y hacia atrás. Los gritos rotos de Taylor eran incoherentes.

—Por favor, Dios mío..., déjame retroceder en el tiempo..., por favor..., saltaré..., esta vez no vacilaré..., por favor, sácalo de ahí...

Denise lo abrazó con todas sus fuerzas, derramando sus propias lágrimas sobre el cuello y la espalda de Taylor, mientras hundía la cara en su nuca. Al cabo de un rato, ella no oyó nada más que el latido del corazón de Taylor y el chirrido del sofá mientras él se mecía rítmicamente hacia delante y hacia atrás, en estado de trance, sin dejar de murmurar las mismas palabras una y otra vez:

—No quería matarlo, no quería...

Capítulo 28

*D*enise abrazó a Taylor con fuerza hasta que por fin él se quedó en silencio, totalmente agotado. Entonces lo soltó y fue a la cocina. Al cabo de un momento regresó con una lata de cerveza, un pequeño capricho que se había permitido el día que compró el coche.

No sabía qué hacer ni qué decir. A lo largo de su vida había oído historias espeluznantes, pero ninguna como aquella. Taylor alzó la vista cuando ella le ofreció la cerveza. Con el semblante triste, abrió la lata y tomó un sorbo. Luego la bajó hasta el regazo y la cubrió con ambas manos.

Denise se sentó a su lado y le puso la mano en el muslo. Él cubrió la mano con la suya.

—¿Estás bien? —dijo ella.

—No —contestó él sin vacilar—, aunque quizá nunca lo he estado.

Denise le apretó la mano con ternura.

—Probablemente no —convino, sonriendo con desgana.

Durante unos momentos permanecieron sentados en silencio antes de que ella volviera a hablar.

—¿Por qué esta noche, Taylor?

Pese a que podría haber intentado convencerlo de que el accidente de su padre no había sido culpa suya, la intuición le decía que ese no era el momento. Ninguno de los dos estaba listo para enfrentarse a esos demonios.

Taylor hizo rotar la lata de cerveza entre sus dedos, con aire ausente.

—No he dejado de pensar en Mitch desde que murió… Y al enterarme de que Melissa se va del pueblo…, no lo sé…, he tenido la impresión de que me ahogaba… en mi propia agonía.

«Me parece que ese ha sido siempre tu problema, Taylor», pensó ella.

—¿Por qué has decidido contármelo a mí, y no a otra persona?

Él no contestó de inmediato. Cuando alzó la vista hacia ella, sus ojos azules dejaban entrever todo su arrepentimiento.

—Porque nunca antes había sentido algo tan profundo por nadie como lo que siento por ti —se sinceró.

Denise contuvo el aliento. Al ver que no decía nada, Taylor apartó la mano, cohibido, tal y como había hecho en la feria unos meses antes.

—Tienes todo el derecho a no creerme —admitió él—. Probablemente yo tampoco lo haría, por cómo me he comportado. Lo siento, de verdad. Te pido perdón por todos mis errores. Me equivoqué. —Taylor hizo una pausa. Con el dedo pulgar, empezó a juguetear con la anilla de la lata—. Me gustaría poder explicar por qué me comporté así contigo, pero no puedo. Llevo tanto tiempo mintiéndome a mí mismo que ni siquiera estoy seguro de si soy capaz de reconocer la verdad. Lo único que sé es que he echado a perder lo mejor que me ha pasado en la vida.

—En eso te doy la razón —admitió ella.

Su comentario le arrancó a Taylor una carcajada nerviosa.

—Supongo que no estás dispuesta a darme una segunda oportunidad, ¿no?

Denise se quedó en silencio, consciente de que, en algún momento de la noche, su rabia hacia Taylor se había evaporado. Aún le dolía todo por lo que había pasado, y todavía sentía miedo por lo que pudiera depararle el futuro. Sentía la misma ansiedad que la había dominado hacía unos meses, cuando había conocido a Taylor.

—Ya recurriste a la misma táctica antes —respondió ella sin alterar la voz—. Creo que deberías cambiar de método.

Taylor alzó la vista para mirarla a los ojos, esperanzado por lo que le había dicho Denise y por cómo se lo había dicho.

—¿Tú crees?

—Sí —dijo ella, sonriendo—. Si fuera la reina, ya habría ordenado que te cortaran la cabeza.

—¿Así que no hay esperanza?

¿Había esperanza? Al final, todo se reducía a esa cuestión, ¿no?

Denise vaciló. Podía notar que su firme tenacidad se hacía añicos ante la mirada de Taylor, que parecía decirle más cosas que cualquiera de sus palabras. De repente, se sintió desbordada por los recuerdos de todo lo que había hecho por ella y por Kyle. Los sentimientos que había intentado reprimir con tanto esfuerzo durante las últimas semanas salieron a flote.

—Yo no he dicho exactamente eso —dijo finalmente—. Pero no podemos retomar la relación en el punto donde la dejamos. Hay muchas cosas que debemos resolver primero, y no será fácil.

Taylor necesitó solo un momento para asimilar el mensaje. Cuando se dio cuenta de que todavía había una posibilidad, por minúscula que fuera, se sintió revivir. Sonrió levemente antes de dejar la lata en la mesa.

—Lo siento, Denise. Y siento mucho lo que le hice a Kyle.

Ella se limitó a asentir con la cabeza. Luego le tomó la mano.

Durante las siguientes horas hablaron con una ilusión renovada. Taylor la puso al corriente acerca de las últimas semanas: sus conversaciones con Melissa, lo que su madre le había dicho y la pelea que había tenido con Mitch la noche en que este falleció. Le explicó cómo la muerte de su amigo había resucitado los fantasmas de la muerte de su padre. A pesar de todo, todavía se sentía culpable de ambas muertes.

Denise lo escuchó desahogarse. Quería darle todo su apoyo. De vez en cuando le hacía alguna pregunta. Eran casi las cuatro de la madrugada cuando Taylor se puso de pie con la intención de marcharse. Denise la acompañó hasta la puerta y se quedó en el umbral hasta que perdió de vista la furgoneta.

Mientras se ponía el pijama, empezó a darle vueltas a todo. Aún no sabía adónde le llevaría su relación con Taylor. Se recordó a sí misma que no bastaba con las palabras; lo importante eran las acciones. Quizá no significaba nada, o quizá lo era todo. Pese a ello, sabía que no bastaba solo con estar dispuesta a darle otra oportunidad. Desde un principio, en buena parte, todo había dependido de Taylor, y aún seguía siendo así, pensó mientras se le cerraban los ojos.

Al día siguiente, la llamó por teléfono para preguntarle si podía pasar a verla.

—Me gustaría pedirle perdón a Kyle, también. Además, quiero enseñarle algo.

Todavía exhausta por la noche anterior, Denise deseaba disponer de más tiempo para reflexionar. Lo necesitaba, igual que él. Pero al final aceptó, más por Kyle que por ella misma. Sabía que el niño se alegraría muchísimo de verlo. Al colgar el teléfono, sin embargo, se preguntó si había tomado la decisión correcta.

Aquel día amenazaba con caer una buena tormenta. El frío otoñal había llegado con toda su fuerza. Las hojas ofrecían un bello espectáculo multicolor, con tonos rojos, ocres y amarillos. Era como un estallido de color en las ramas, a la espera de su caída final sobre la hierba cubierta por las gotas de escarcha. Pronto el jardín se cubriría de los últimos vestigios del verano.

Taylor llegó una hora después. Aunque Kyle estaba en el jardín de la parte de delante, Denise pudo oír sus grititos de alegría por encima del chorro del agua del grifo.

—¡Mami, es *Teior*! —exclamó el niño.

Denise colgó el trapo —acababa de lavar y de secar los platos del desayuno— y fue hasta la puerta. Aún se sentía un poco incómoda.

Al abrir la puerta, vio a Kyle, que corría como un loco hacia la furgoneta de Taylor; tan pronto como este se apeó, el niño saltó a sus brazos, radiante, como si nada hubiera cambiado. Taylor lo abrazó durante un buen rato, hasta que lo dejó en el suelo cuando Denise salió a su encuentro.

—Hola —la saludó él, tímido

—Hola —contestó ella, cruzando los brazos.

—¡*Teior stá* aquí! ¡*Teior stá* aquí! —gritaba Kyle una y otra vez, eufórico, agarrado a la pierna de Taylor.

Denise sonrió.

—Sí, cielo, está aquí.

Taylor carraspeó nervioso al notar la incomodidad de Denise, y señaló por encima del hombro.

—He pasado por la tienda y he comprado algunas cosas, si te parece bien que me quede un rato, claro.

Kyle rio con júbilo, completamente extasiado por la presencia de Taylor.

—¡*Teior stá* aquí! —repitió.

—Me parece que no me queda otra —contestó ella.

Taylor agarró la bolsa de la compra del asiento de la furgoneta y la llevó hasta la cocina. Dentro había los ingredientes necesarios para preparar un estofado: ternera, patatas, zanahorias, apio y cebollas. Hablaron un par de minutos, pero él se dio cuenta de la incomodidad de Denise, por lo que decidió salir al jardín con Kyle. El pequeño se negaba a apartarse de su lado.

Denise empezó a preparar la comida, agradecida por haberse quedado sola. Doró la carne y peló las patatas, troceó las zanahorias, el apio y las cebollas, y lo echó todo dentro de una gran cazuela con agua y especias. La monotonía de los movimientos le resultaba balsámica, la ayudaba a calmar sus emociones.

De pie delante de la pila, no podía evitar, de vez en cuando, echar un vistazo al jardín. Allí estaban Taylor y Kyle, jugando en el suelo con los camiones Tonka y construyendo carreteras imaginarias. Sin embargo, a pesar de que parecía que lo estaban pasando en grande, la asaltó de nuevo una paralizante duda respecto a Taylor: los recuerdos del dolor que les había causado a ella y a Kyle volvieron a emerger a la superficie, más vivos que nunca. ¿Podía confiar en él? ¿Sería capaz de cambiar? ¿Y estaba dispuesto a hacerlo?

Mientras los observaba, Kyle se echó encima de la figura encorvada de Taylor. Sin querer, lo llenó de tierra. Ella podía oír las carcajadas de su hijo y que Kyle se reía también, satisfecho.

«¡Qué alegría volver a oír ese sonido! —pensó—. Pero...» Sacudió la cabeza.

«Aunque Taylor lo haya perdonado, yo no puedo olvidar lo que nos hizo. Nos hizo daño una vez, y podría volvérnoslo a hacer.»

No estaba dispuesta a enamorarse de nuevo de él. Esta vez sería mucho más precavida.

«¡Qué imagen más entrañable! Verlos así, juntos...»

«No bajes la guardia», se advirtió a sí misma.

Denise suspiró, no quería darle tantas vueltas a todo. Con el estofado cociéndose a fuego lento, puso la mesa, después ordenó un poco la sala…, y entonces no le quedó nada más por hacer.

Decidió sentarse fuera. Atravesó el umbral, aspiró el aire fresco y se sentó en los peldaños del porche. Podía ver a Taylor y a Kyle, que seguían inmersos en sus juegos.

A pesar del jersey grueso de cuello alto, cruzó los brazos ante la dentellada de aire fresco. Por encima de su cabeza, una bandada de ocas pasó volando en formación triangular; se dirigían hacia el sur para pasar el invierno. Un segundo grupo les iba a la zaga, como si quisiera darles alcance. Mientras observaba las aves, Denise se fijó en que su aliento se condensaba en forma de pequeñas nubes de vapor al mezclarse con el aire frío. La temperatura había bajado unos grados. Carolina del Norte sufría la llegada de un frente frío que soplaba desde el Medio Oeste.

Al cabo de un momento, Taylor alzó la vista hacia la casa, vio a Denise sentada en el porche y le regaló una sonrisa. Ella lo saludó con un rápido gesto de la mano, antes de volver a esconderla en el cálido interior de su manga. Taylor se inclinó más hacia Kyle y le hizo una señal con la barbilla, invitando al pequeño a darse la vuelta en dirección a su madre. El crío la saludó, contento, y los dos se pusieron de pie. Taylor se sacudió la tierra de los pantalones vaqueros y los dos se encaminaron juntos hacia la casa.

—Parece que os estabais divirtiendo de lo lindo —comentó Denise.

Taylor rio como un chiquillo travieso y se detuvo a tan solo unos pasos de ella.

—Creo que abandonaré mi trabajo de contratista y me dedicaré a construir ciudades de tierra. Es mucho más divertido, y es más fácil tratar con la gente.

Ella se inclinó hacia Kyle.

—¿Te has divertido, cielo?

—Sí —contestó él, entusiasmado—. *Diveído mujo.*

Denise alzó de nuevo la vista para mirar a Taylor.

—Todavía falta un rato para que el estofado esté listo. Ya está la mesa puesta, así que si queréis podéis seguir jugando.

—Ya lo suponía, pero necesito un vaso de agua para poder deshacerme de la sensación de polvo en la boca.

Denise sonrió con actitud risueña.

—¿Tú también quieres beber algo, cielo?

En vez de contestar, Kyle se le acercó con los brazos extendidos. Sin pensarlo dos veces, el pequeño la abrazó con fuerza por el cuello.

—¿Qué te pasa, cielo? —preguntó Denise, desconcertada.

Con los ojos cerrados, Kyle la estrechó con más fuerza, y ella también rodeó instintivamente a su hijo con los brazos.

—¡Gacias, mami, gacias!

¿A santo de qué venía aquella reacción?

—¿Qué te pasa, cielo? —volvió a preguntarle, preocupada.

—¡Gacias! ¡Gacias, mami! —repetía el pequeño, sin escucharla.

Lo repitió una tercera y una cuarta vez, con los ojos entornados. A Taylor se le borró la sonrisa del rostro.

—Cielo… —insistió Denise, esta vez un poco más angustiada.

Perdido en su propio mundo, el niño continuaba abrazándola con una energía desbordante. Denise le lanzó a Taylor una mirada severa, como reprochándole: «Mira lo que has hecho». Entonces, de repente, Kyle volvió a hablar, con el mismo tono agradecido en su voz.

—Te quero, mami.

Denise cerró los ojos, asombrada. Como si supiera que ella todavía no creía lo que acababa de oír, Kyle la abrazó tan fuerte que casi la ahogó, y lo repitió por segunda vez:

—Te quero, mami.

«¡Dios bendito!»

Se le inundaron los ojos de lágrimas.

Durante cinco años había esperado oír aquellas palabras. Durante cinco largos años se había sentido privada de algo que otros padres daban por sentado, una simple declaración de amor.

—Yo también te quiero, cielo, te quiero mucho.

Perdida en la intensidad del momento, Denise abrazó a Kyle con tanta fuerza como él la abrazaba a ella.

«Nunca olvidaré este momento; jamás», pensó Denise, intentando recordar cada detalle: el tacto del cuerpo de Kyle, su olor infantil, sus milagrosas palabras mal pronunciadas.

Taylor se apartó hacia un lado para contemplar aquella escena tan entrañable. Parecía tan emocionado como Denise. Asimismo el niño también parecía entender que había hecho algo excepcional. Cuando, al final, ella lo soltó, el pequeño se volvió hacia Taylor, con una sonrisa triunfal en la cara. Denise rio al ver su expresión, con las mejillas sonrosadas. Después alzó la vista y observó a Taylor con una mirada llena de sorpresa.

—¿Le has enseñado a decir eso?

Taylor sacudió la cabeza.

—No, solo estábamos jugando.

Kyle volvió a mirar a su madre, con la misma expresión entusiasmada en la cara.

—¡*Gacias*, mami! ¡*Teior stá* aquí! —dijo simplemente.

Taylor está aquí…

Tan pronto como lo dijo, Denise se secó las lágrimas de las mejillas. Le temblaban las manos. No sabía qué decir. Y a Taylor le pasaba lo mismo. Aunque Denise estaba casi en un estado de *shock*, a él le pareció que estaba absolutamente radiante, más guapa que nunca. Bajó la vista, agarró una ramita del suelo y empezó a juguetear con ella. Alzó la vista para mirar a Denise. A continuación volvió a clavar los ojos en la ramita, y miró a Kyle antes de mirar nuevamente a Denise con resolución.

—Espero que Kyle tenga razón, porque yo también te quiero —dijo, con la voz quebrada.

Era la primera vez que se lo decía. Había pensado que iba a costarle mucho decir aquellas palabras, pero, en realidad, había resultado de lo más sencillo. Nunca había estado tan seguro de algo en toda su vida.

Denise pudo sentir la emoción de Taylor cuando él le tomó la mano. En un estado de vértigo, le dejó que se acercara aún más. Él ladeó la cabeza, aproximándose poco a poco. Antes de que Denise se diera cuenta, sintió que sus labios se tocaban, así como el calor que irradiaba su cuerpo. La ternura del beso pareció durar eternamente, hasta que al final él hundió la cara en su cuello.

—Te quiero, Denise —susurró—. Te quiero. Haré lo que sea para que me des otra oportunidad. Si me la das, te prometo que no volveré a fallarte.

Ella entornó los ojos, dejándose arrastrar por su abrazo, antes de apartarse sutilmente y darse la vuelta. Por un momento, Taylor no supo qué pensar. Él le estrechó la mano con ternura, pendiente de su reacción mientras ella aspiraba hondo. Otro segundo, y ella seguía sin hablar.

Por encima de sus cabezas, el sol otoñal iniciaba su lento descenso. Las nubes blancas y grises se desplazaban lánguidamente, arrastradas por el viento. En el horizonte se perfilaban unos amenazadores nubarrones negros. Al cabo de menos de una hora llegaría la tormenta, potente e implacable. Sin embargo, cuando lo hiciera, ellos ya estarían en la cocina, escuchando el cadencioso caer de las gotas de la lluvia contra el tejado de hojalata, contemplando cómo, en espiral, el vaho del estofado ascendía desde sus platos hacia el techo.

Denise suspiró y miró de nuevo a Taylor. Él la amaba. Así de simple. Y ella lo amaba. Se dejó estrechar de nuevo por su abrazo. Estaba segura de que la tormenta que se avecinaba no los afectaría.

Epílogo

A primera hora de la mañana, Taylor había salido a pescar con Kyle. Denise decidió quedarse en casa, pues tenía varias cosas que hacer antes de que Judy llegara para almorzar con ellos. Además, necesitaba un descanso.

Kyle ya había empezado a ir al colegio. Aunque en el último año había progresado considerablemente, todavía le costaba adaptarse a la escuela. Ella seguía practicando con él todos los días, y no solo con el lenguaje; también intentaba ayudarlo a desarrollar otras aptitudes, para que Kyle fuera capaz de relacionarse con sus compañeros. Por suerte, el reciente cambio de vivienda no le había afectado en lo más mínimo. Kyle estaba encantado con su nueva habitación, que era mucho más grande que la que tenía en su primera casa en Edenton. Estaba entusiasmado con que tuviera vistas al río.

Denise debía admitir que ella también estaba encantada con la nueva casa. Sentada en la mecedora del porche, podía ver a Taylor y a Kyle en el embarcadero, con las cañas de pescar en la mano. Sonrió satisfecha, pensando en lo natural que resultaba aquella escena tan familiar entre padre e hijo. Y es que, en realidad, eso es lo que eran: padre e hijo.

Después de la boda, Taylor había adoptado legalmente a Kyle. El pequeño había llevado los anillos en una pequeña ceremonia privada que se llevó a cabo en la iglesia episcopal. Habían asistido unas pocas amigas de Denise de Atlanta, y Taylor había invitado a una docena de personas del pueblo. Melissa ejerció de dama de honor, y Judy derramó lágrimas desde su asiento en la primera fila cuando la pareja intercambió los anillos. Después de la ceremonia, Taylor y Denise se fueron en coche a Ocracoke para pasar la luna de miel en un pequeño hotel con vistas al océano. En su primera mañana de recién casados, se levantaron antes de que saliera el sol, para dar un paseo por la playa. Contemplaron el amanecer mientras, en la distancia, una manada de marsopas rompía el oleaje. Con Taylor a su lado, abrazándola por la cintura, Denise apoyó la cabeza en su pecho y se solazó en su cálida protección mientras contemplaban el nacimiento de un nuevo día.

Cuando regresaron de la luna de miel, Taylor sorprendió a Denise con una serie de bosquejos que él mismo había dibujado. Eran los planos de una bonita casa junto al río, con amplios porches, ventanas con alféizar, suelos de madera y una cocina moderna. Compraron un terreno en los confines del pueblo. Al mes siguiente empezaron a construirla. Se trasladaron justo antes de que empezara el año escolar.

Denise había dejado su trabajo en el Eights. De vez en cuando, ella y Taylor se pasaban por allí a cenar o para ver a Ray. El dueño del local estaba como siempre: los años no parecían pasar para él. Cuando se marchaban, siempre le decía a Denise, en broma, que cuando quisiera podía volver a ocupar su puesto. Pero ella no echaba de menos aquel trabajo, a pesar del buen humor de Ray.

Aunque Taylor todavía sufría alguna pesadilla de vez en cuando, la sorprendió con su absoluta devoción durante todo aquel año. A pesar de la responsabilidad de construir la casa, iba todos los días a comer con ella y se negaba a trabajar después de las seis. Taylor había entrenado al equipo de béisbol de Kyle la primavera anterior; el crío no era el mejor jugador, pero tampoco era el peor. Además, pasaban los fines de semana unidos, como una familia. Durante el verano fueron a Disney World, y en Navidad se compraron un todoterreno Cherokee de segunda mano.

Lo único que quedaba era erigir la valla de maderos blancos, un trabajo que habían dejado para la semana siguiente.

Denise oyó la alarma del reloj en la cocina y se levantó de la mecedora. Sacó del horno la tarta de manzana y la puso en la encimera para que se enfriara. En los fogones hervía un estofado de pollo, que dejaba por toda la casa un delicioso aroma.

Su casa, el hogar de los McAden. Aunque ya llevaba un

poco más de un año casada, aún le gustaba oír eso de «Denise y Taylor McAden». Sonaba tan bien cuando lo repetía en voz baja para sí misma.

Removió el estofado, que llevaba más de una hora cociendo a fuego lento; la carne empezaba a desprenderse de los huesos. Aunque Kyle todavía se negaba a comer carne, unos meses antes Denise le había hecho probar un poco de pollo. El pequeño se había pasado una hora enfurruñado, pero al final había acabado por comérselo. A lo largo de las siguientes semanas, empezó a comer más cantidad, poco a poco. Por fin habían llegado a un punto en el que los tres comían juntos, compartiendo la misma comida, tal y como debería ser en cualquier familia.

Una «familia». También le gustaba el sonido de aquella palabra.

Denise echó un vistazo por la ventana y vio que Taylor y Kyle subían por el sendero, hacia el cobertizo donde guardaban las cañas de pescar. Observó cómo Taylor colgaba su caña y luego tomaba la de su hijo. El niño depositó la caja de señuelos en el suelo, y Taylor la apartó hacia la pared con la punta de la bota. Al cabo de unos momentos, los dos ya subían los peldaños del porche.

—¡Hola, mamá! —gorjeó Kyle.

—¿Habéis pescado algo? —se interesó ella.

—No, nada —contestó el pequeño.

Como todo en la vida de Denise, la capacidad para comunicarse de Kyle había mejorado muchísimo. Aún no hablaba perfectamente, pero el pequeño estaba reduciendo la diferencia que existía entre él y sus compañeros de clase. Y lo más importante de todo era que ella había dejado de obsesionarse tanto por eso.

Taylor besó a Denise mientras Kyle entraba.

—A ver, ¿dónde está el ratoncito? —preguntó Taylor.

Ella señaló con la cabeza hacia el rincón en el porche.

—Sigue dormido.

—¿No deberíamos despertarlo ya?

—Dentro de unos minutos. Pronto tendrá hambre.

Juntos se acercaron al capazo. Taylor se inclinó para contemplarlo mejor, algo que todavía hacía a menudo, como si no pudiera creer que él hubiera contribuido a crear una nueva vida. Alzó el brazo y acarició la cabecita de su hijo. A sus siete semanas de vida, apenas tenía pelo.

—Da gusto verlo dormir tan plácidamente —susurró, feliz.

Denise colocó la mano sobre el hombro de Taylor, deseando que un día aquel pequeño se pareciera a su padre.

—Es precioso —dijo ella.

Taylor miró por encima del hombro a la mujer que amaba. Luego volvió a fijar la vista en su retoño. Se inclinó más y le dio un beso en la frente.

—¿Has oído eso, Mitch? Tu madre cree que eres precioso.